Лилия Александровская

Басси
и
Брысс

ХАРЬКОВ

2013

84(2)
А46

Александровская Л.

А46   Басси и Брысс: Приключенческая повесть-сказка. — Харьков: Игрек-Принт, 2013.— 464 с.

ISBN 978–966–8971–07–5

Древним пещерным городом, населенном кошками всех размеров и пород, властвует лев Лионелл. «Высшее общество» составляют леопарды, тигры, ягуары... а обычные кошки работают на них. Однажды двое хитроумных котов внезапно узнают: лев тоже относится к семейству кошачьих! «Значит ли это, — спросил Басси, — что лев — всего лишь крупный кот?» — «Разумеется!» — хмыкнул Брысс. — «Так кто же, — произнес заговорщик, — в нашем семействе главный? И кого в городе больше, львов или кошек? А не захватить ли нам власть?»

Всем известно, что страшнее кошки зверя нет...

Приключенческая повесть-сказка для читателей маленьких и больших.

84(2)

ISBN 978-966-8971-07-5

СОДЕРЖАНИЕ

Басси и Брысс

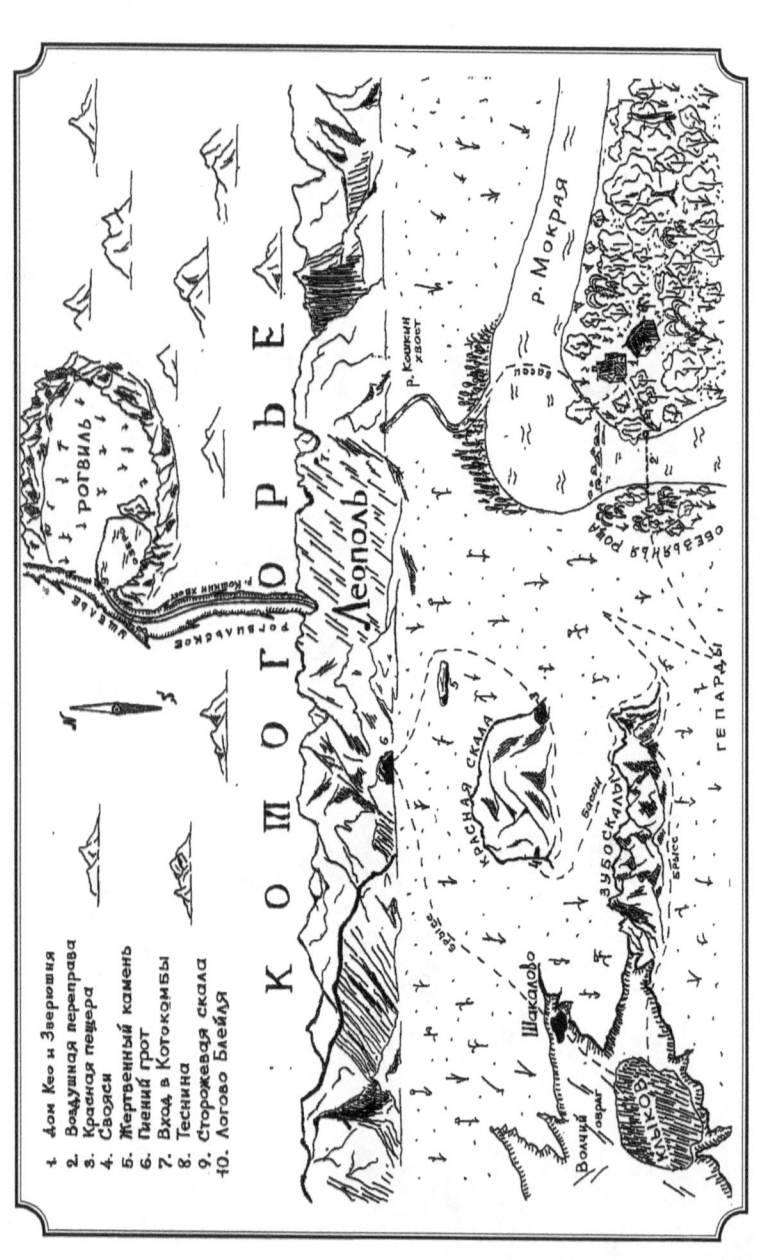

1. Дом Кео и Зверюшка
2. Воздушная переправа
3. Красная пещера
4. Своды
5. Жертвенный камень
6. Гиений грот
7. Вход в Котокомбы
8. Теснина
9. Сторожевая скала
10. Логово Блейдя

КОТОГОРЬЕ

РОГВИЛЬ

Рогвильское озеро

Р. Кошкин хвост

Р. Кошкин хвост

Леополь

Р. Мокрая

ЛЕСЯНАЯ РОЩА

Шакалово

КРАСНАЯ СКАЛА

ЗУБОСКАЛЫ

ГЕПАРДЫ

КУЛАКОВО

Волчий овраг

Сергею Александровскому,
моему любимому поэту

ВСТУПЛЕНИЕ

Историю эту намурлыкала мне кошка.

Не верите? Тогда скажите: а вы когда-нибудь пробовали слушать этих замечательных животных?

Да ведь, ответите вы, их язык и так понятен! Они или выпрашивают чего-нибудь повкуснее, или орут благим матом по ночам, выясняя свои кошачьи отношения. Ну, а мурлычут они от хвастовства: мол, я — воплощенье красоты! И ума! Мне нет равных! И потому хозяева меня обожают. Так?

Не так. Точнее, может быть и так, но зависит это не от вашей кошки, а от вашего к ней отношения. Ибо такова уж ее сущность, что она сначала ждет, что же именно подумает о ней человек, а потом искусно ему подыгрывает, льстя хозяйской проницательности. На самом же деле...

О, потемки кошачьей души для людей непостижимы! Разве что ваша киска *сама* захочет вам что-либо поведать... Не упустите же своей удачи! Ибо этому племени есть о чем порассказать.

Итак, вы готовы попробовать? Тогда дождитесь холодного, дождливого, ветреного вечера, растопите огонь в очаге, погасите свет и, сытно накормив кошку — не забудьте, иначе та-а-кое услышите... — повторяю: накормив кошку, закутайтесь в плед и сядьте в кресло у огня. Ни в коем случае не зовите киску к себе! Все испортите. Ждите, пока ей *захочется* подойти, вспрыгнуть к вам на колени и, помедлив для важности, улечься.

Вот тогда и попросите ее рассказать вам сказку.

Вы не пожалеете.

Итак, история, намурлыканная кошкой.

Не спрашивайте меня, когда это было: я не знаю. У кошек свои понятия о времени. Им не нужно делить время на минуты, часы, годы — они признают только целые эпохи, говоря: «В те дни, когда...» или «До тех пор, пока...»

Нам с вами, привыкшим мерить время и расстояния, без этой привычки и неудобно, и неуютно — будто чего-то не хватает. Так что есть в нашем повествовании и минуты, и часы, и дни. Есть и человеческие числа. Моя кошка обходилась без них, и все было понятно. Но пусть она меня простит — куда уж нам без условностей!

Моя пушистая рассказчица, точнее, размурлыкательница, назвала мне вот какое время: «Тогда, когда все кошки, большие и маленькие, жили вместе», и далее, загадочно: «До того, как погас костер».

На вопрос «Где это случилось?» прозвучало: «Там, где тепло, но бывает холодно и дождливо». Даже не пытайтесь найти это место на карте — не сумеете. Уж очень их много.

Вполне внятно моя кошка рассказала мне лишь одно: *что* же именно произошло в неясно указанное время в уклончиво названном месте. А произошло вот что...

Часть первая
ЧТО ГУБИТ КОШКУ

Глава 1
Ходячее любопытство

Едва появившись на свет, котенок Басси решил, что мир отвратителен. Котенка не устраивало решительно все: холодный пол, чуть прикрытый сухой травой, непрерывный сквозняк, от которого не защищал даже теплый мамин бок, назойливо копошашиеся рядом другие малыши, — и к тому же постоянный голод. Кошачье молоко очень сытно, да только если его вдоволь! Мама же все время где-то пропадала, а когда наконец приходила, бедные котята так торопились наполнить свои брюшки, что часто срыгивали и оставались голодными.

Из четверых детей Басси открыл глазки первым, но увы! — ничего хорошего не увидел. Низкий потолок пещерки, где они лежали, грязная лужа на полу, зловещий полумрак — все было гадко. Сбившиеся в кучу ради тепла котята выглядели заморышами.

О, как же в тот день он ожидал маминого прихода! Уж мама-то должна быть красивой! Ведь она и есть сама радость... Но вместо пушистой красавицы в пещеру, запыхавшись, прибежала худая, облезлая серая кошка. Басси оторопел и уже хотел обидеться, но запах был мамин, молоко тоже, и он успокоился.

Между тем кошка... Ее звали Миурой, и запомните это имя! Всем самым лучшим, что есть в ваших домашних кисках, они обязаны Миуриному наследию, — кошка сразу поняла, что происходит с ее не по возрасту умным ребенком. Облизав его недовольную мордочку, она сказала:

— Добро пожаловать в мир света, малыш! Гляди вокруг и помни: красота — это не всегда то, что ты видишь. Красота — то, что ты чувствуешь.

Прошло еще немного времени, и Басси встал на лапки. Его сразу же обуяла страсть к исследованиям. Переваливаясь на неокрепших ногах и держа хвостик флажком, котенок шаг за шагом обходил пещеру. К его восторгу, там оказалось много укромных уголков, и в каждом — что-то интересное: паук, ящерка, груда камешков, песок, родник.

Постепенно другие котята присоединились к нему, а бедной Миуре каждый день стал приносить новые тревоги: дети шустрели не по дням, а по часам.

Сестричек Басси звали Миона и Миола, брата — Барр. У всех четверых были пушистые серые шубки с еле заметными черными полосками, но на этом их сходство и кончалось.

Молчаливый, вечно недовольный Барр не интересовался ничем, кроме еды. Окрепнув, он облюбовал себе темный уголок в пещерке и все время проводил там. Выходил он лишь для того, чтобы поесть, а разговаривал — только когда рассчитывал поживиться.

Миона росла красавицей и простушкой. Из всех котят она одна не вызывала у матери мучительной тревоги, ибо была предсказуема до мелочей.

Зато ее сестра ежеминутно норовила отнять у бедной кошки последние крохи покоя. Ходячее любопытство по прозванию Миола умудрялось влипнуть во все неприятности, которые только собирались поблизости. Но при этом она обладала тонким умом и добрейшей душой.

С Басси они были неразлучны.

Что касается главы семейства, то о существовании такового дети даже не подозревали. Впрочем, ни у кого из соседских котят папы также не было. Очевидно, законы

Кошачьего города не предусматривали никакой ответственности за семью со стороны отца.

Итак, котята, обследуя пещеру, неотвратимо приближались к заветному проему в стене, откуда доносились чужие голоса и запахи.

Умная Миура, предвидя, куда заведет растущее любопытство, решила взять события в свои лапы. Как-то вечером, строго предупредив детей, чтобы не вздумали выходить наружу, кошка разрешила им выглянуть.

Барр на приглашение даже не отозвался, Миона запищала: «Я боюсь!» — и полезла под мамино брюхо, так что к выходу двинулись только лишь двое: Басси и Миола.

О, как горели их глаза! Как воинственно топорщились усы! Как отважно они прижимались друг к другу...

Мир за порогом их дома оказался большой пещерой (котятам она показалась необъятной), в стенах которой находилось множество мелких гротов и пещерок, пригодных для кошачьего обитания. Располагались они беспорядочно, на разной высоте, и кое-где соединялись уступами и мостиками из веток.

Миура выбрала очень удобное место для дома: не высоко и не совсем вровень с полом, к тому же с выходом на узкий карниз. Впрочем, выбрала она это жилище по другой причине... Но всему свое время. Вернемся в большую пещеру.

Под высоким сводом из серого камня было сухо и тепло. Отверстия в потолке пропускали достаточно света и воздуха. Пол устилал чистый желтый песок. Впрочем, пола-то видно почти не было, ибо всюду сновали кошки.

Наши малыши даже не подозревали, что на свете так много их сородичей. Коты и кошки разнообразных расцветок расхаживали по пещере, что-то перетаскивая и складывая, торопясь и мешая друг другу. Никто не лежал и не сидел, не разговаривал и не смеялся. В пещере царило деловитое уныние.

— Мама, — спросил Басси, — куда все эти кошки бегут? Почему они торопятся?

— Они работают, — ответила Миура. — Зарабатывают себе и детям ежедневный кусок мяса. И я тоже там работаю, просто сегодня меня отпустили пораньше.

— Тут только взрослые, — подала голос Миола. — А где же дети?

— Дети сидят по пещеркам, поскольку не хотят неприятностей своим мамам. Как подрастете — будете ходить в гости к соседским котятам, но только по карнизу! В пещеру спустишься — беды не оберешься.

— Почему? — еле дыша от страха, спросили оба.

— Потому, что в городе действует Закон. И за порядком повсюду следят те, чья работа в этом заключается.

— А что такое город? А что такое закон? А кто следит за порядком? — вопросы посыпались, как капли дождя.

— Погодите, погодите! Так я половину вопросов забуду, прежде чем начну отвечать. Город — это место, где много кошек, больших и маленьких, живут все вместе. Наш город называется Леополем, хотя многие называют его Кошачьим. Здесь, в этой пещере, обитают только кошки, но чуть ниже нашей, сбоку есть еще одна пещера, и населяют ее кошки покрупнее нас.

— Что, мама, даже больше тебя? — округлив глазки, спросила Миола.

— Больше... Намного больше. Что вы еще спрашивали? Ах да: Закон — это то, что делать можно и то, чего делать нельзя. Когда вы маму не слушаете — то просто меня огорчаете, а не послушаете Закона — получите наказание.

— Какое, мама? — чуть дыша, спросил Басси.

Миура помолчала. Пугать детей ей не хотелось.

— Запомните: Закон нарушать нельзя, и все! А теперь — быстро спать! — предвидя дальнейшие расспросы, скомандовала мама. — Отныне вам разрешается сидеть у порога и смотреть, но повторяю: *в пещеру выходить вы не будете!* Обещаете?

— Да! — сладкими голосками соврали дети.

Миура нисколько не обольщалась по этому поводу. Но события опередили наихудшие ее опасения, ибо начались на следующий же день.

Безусловно, никто порядка нарушать не собирался. Два послушнейших кошачьих ребенка лежали на пороге своей пещерки и наблюдали за деловитой суетой внизу. И тут...

— Интересно, — сказал маленький негодяй, — зачем это под самым нашим порогом свалена куча веток и листьев?

— Любопытно, — подхватила негодяйка-сестра, — придет ли кому-нибудь в голову искать котят в этой куче?

— Спорим, никто не заметит? — топорща усики, прошептал Басси. — Мы только туда — и обратно, мигом!

— Ой, как нехорошо! Мама расстроится, — для виду помялась Миола. — Конечно, если узнает...

— Я все маме расскажу! — заныла сзади Миона.

И тем самым подарила злоумышленникам желанный повод.

— Ах так! — вознегодовали оба. — Тогда мы пойдем назло тебе, ябеда!

Миг — и они, спрыгнув с карниза, пробираются между ветками, ища местечко поудобнее. Еще минута — и две пары горящих глазок осматривают все вокруг из надежного убежища.

Пещера служила складом. Там и сям виднелись кучи хвороста, сухой травы, кореньев, птичьих перьев и пуха, шишек, еще чего-то непонятного. Прямо на песке были расстелены шкуры больших животных, и несколько кошек выскабливали их когтями.

Все кошки, находившиеся в пещере, усердно работали. Кто перетаскивал хворост, кто сгребал в кучу траву и листья, кто хвостом подметал пол. Одна еще совсем молоденькая киска остановилась, чтобы почесаться, но тут же, боязливо взглянув куда-то поверх наших наблюдателей, принялась за работу снова.

Басси только собирался скомандовать отступление, как Миола нашла себе неприятность.

— Ой, смотри, мама! Мама! — радостно запищала она и ринулась вперед, прямо под ноги котов, тащивших тяжелую шкуру. Образовалась куча мала.

Сосредоточенную тишину в пещере нарушили грубые выкрики. Оробевшую Миолу тут же схватил за холку старый, разбойничьего вида кот и, мгновенно определив по запаху, где ее дом, вбросил в пещерку.

Тотчас же туда шмыгнул перепуганный Басси. Он собирался строго отчитать сестренку и уже открыл рот, как произошло нечто страшное.

Входное отверстие вдруг оказалось полностью закрыто кошмарной мордой огромной кошки. Черный нос пятном выделялся на светло-желтой короткой шерсти, длинные черные уши заканчивались кисточками. Широченная пасть скалилась зубами величиной с пол-уха. Ужасней же всего были глаза: раскосые, ядовито-зеленые, они горели такой неутолимой злобой, что котята, вместо того чтобы убежать, застыли на месте.

Оцепенев, смотрели они, как в пещерку, рядом с мордой, протискивается страшная когтистая лапа. Вот она уже наполовину внутри... дальше...дальше...остается только схватить Басси.

Внезапно стало совсем темно. Свет, пробивавшийся откуда-то сверху и сбоку, что-то заслонило, правда, всего на миг. Еще через мгновение Басси и Миола, отброшенные мягкими толчками, полетели в разные стороны, а на их месте оказалась Миура.

Тот, кто видел разъяренную кошку, не нуждается в подробном описании. Кошка, защищающая детенышей, вдвое страшнее. А к тому же, это была особенная кошка.

— Прочь отсюда, Каррис! — сказала она зловеще тихо. — Моих детей ты не тронешь.

Сколь бы невероятным это ни казалось, но мордоворот струсил. Когтистая лапа убралась, хотя глаза загорелись пуще прежнего: злодей учуял поживу.

— Отныне половину своей доли мяса будешь отдавать мне, — прорычал он. — А сунутся еще раз — уже ничем не откупишься. Смотри у меня!

Когда морда наконец убралась, Миура отнесла дрожащих детей в дальний угол и долго облизывала их, утешая. Мудрая кошка не ругала и не наказывала их: они и так натерпелись страху.

— Мама, — спросил ее Басси, придя в себя, — почему Каррис такой огромный? Разве кошки бывают такими?

— Нет, малыш, — грустно ответила мама. — Каррис вообще не кошка. Он — каракал. С ним ни одной кошке не справиться. Потому он и поставлен над нами надсмотрщиком.

— Поставлен? Как поставлен? Кем? И зачем? — посыпались вопросы.

— Поставлен нашими повелителями, теми, на кого мы работаем. Он сидит на балконе как раз над нашей пещеркой и следит, чтобы никто не отдыхал и не воровал.

— А почему он так на нас рассердился?

— Потому, что вы нарушили порядок. И потому что он вообще очень злой, и любит, чтобы его боялись. Но Каррис — всего лишь мелкий начальник, и сам боится тех, кто над ним.

— А кто его начальники?

— Всех я даже и не знаю, — помедлив с ответом, сказала Миура. — Над Каррисом правитель — леопард Леурт, тоже злющий. Иногда он приходит сюда — видели бы вы, как Каррис перед ним лебезит! Леопарды и пантеры отвечают в городе за всю работу, которую выполняют кошки и мелкокрупные. За порядком следит полиция — рыси, клан Линкстонов. Страшный народ! Но неподкупный, в отличие от... — Миура кивнула головой в сторону большой пещеры.

— А кто больше, рысь, каракал или этот... как его...

— Леопард, — подсказала мама. — Леопард и есть больше. И пантера — тот же самый леопард, только черный. Но и они еще не самые большие. А теперь, — внезапно спохватилась она, — хватит вопросов! Мне пора на работу.

— Мама! — вдруг встрепенулась Миола, — а как ты попала в пещеру, чтобы нас спасти?

Только теперь Миура поняла, как она боялась услышать этот вопрос. Ожидая появления котят, она намеренно выбрала единственную пещерку, имевшую окно в Большой мир — мир за пределами Кошачьего города. Намеренно, ибо предвидела положения вроде сегодняшнего. Даже рискуя здоровьем котят, постоянно находившихся на сквозняке, она решила, что так будет лучше.

Миура не учла одного. Того, чего до рождения детей предвидеть нельзя.

Она не учла их несносных характеров.

Глава 2
Не все кошки серы

После знакомства с Каррисом дети некоторое время вели себя смирно. За событиями в большой пещере они, правда, наблюдали, но только из своего логова.

Миура, обладавшая поистине некошачьим чутьем, вскоре заподозрила неладное: уж слишком невинно хлопали глазки, чересчур радостно звучало: «Ах, мамочка!» при ее появлении. Однажды она заметила, как Миона открыла рот, намереваясь что-то сказать — и тут же, взглянув на сестренку, стушевалась и шмыгнула в темный угол.

В общем, мама знала, что зреет заговор. Но опасения были неясными, к тому же что она могла поделать? Чтобы кормить детей, кошке приходилось работать не покладая лап. Следить за котятами она не могла.

Прокормить четверых быстро растущих малышей было очень трудно. Законы Кошачьего города не учитывали числа едоков в семье — лишь количество работающих. К тому же, распределяя ежедневный мясной паек, Каррис не забывал урвать себе штрафную половину. Частенько мордоворот забирал все мясо, а Миуре доставались лишь хрящи и жилы, но она не унывала. Заветный лаз на волю кормил ее по ночам: птицы и мыши водились на скалах в изобилии.

Вскоре котята попробовали мяса. Лежа в пещерке и отдыхая, Миура любила наблюдать, как они едят. В еде, как и в игре, детский нрав проявляется очень ярко.

Вот, например, Басси: все никак не найдет местечка, где бы подступиться к еде, все бегает вокруг и выбирает, а начав есть, поглядывает на чужие кусочки — не лучше ли? Миона где подойдет, там и жует, спокойно и не торопясь: уверена в своем праве. Миола, как всегда, заторопится, непременно поперхнется, или подавится косточкой, а то и прокусит себе губу, но никогда не забудет поблагодарить маму за обед. Прелестная девочка!

На Барра Миура избегала смотреть, прогоняя мысль о том, что собственный ребенок ее пугает. В самом деле, зрелище было не из приятных: маленький котенок пожирал кусок мяса, точно голодный тигр — убитую лань, вгрызаясь в хрящи, давясь, хрипя, урча и подвывая.

У брата и сестер хватало ума во время еды к нему не приближаться, а мать старалась не давать сыну лишнего: от обжорства Барра страшно рвало, оставить же кусок недоеденным для него было немыслимо.

Охотясь вечерами на скалах, Миура благоразумно съедала добычу там же и возвращалась в пещерку, тщательно умывшись: зачем будить в детях любопытство? Хотя, полагала она, малышам еще расти и расти, прежде чем они смогут добраться до окошка...

Как известно, мудрость и наивность — понятия несовместимые. Во всяком случае, совместимые ненадолго.

Однажды утром, уходя на работу, Миура поймала заговорщический взгляд, рикошетом промелькнувший между котятами. Тут же все — во всяком случае, трое маленьких негодяев, — одарили маму такими лучезарными улыбками, что сомнений у нее не осталось: затевалась шкода.

Кошачий город — не такое место, где детей за шкоды журят, добродушно посмеиваясь. Тут попахивает кое-чем похуже. Надо было действовать.

Миура знала, что расспрашивать бесполезно, и, сделав вид, что ничего не заметила, удалилась. Но через некоторое время, дождавшись, пока Каррис пойдет разбираться с очередным нерадивым котом, она опрометью кинулась домой — и успела как раз вовремя!

Вовремя, чтобы увидеть серый хвостик Басси, исчезавший в окне. Объяснений не требовалось: пирамида из трех котят служила превосходной лестницей. Внизу находился Барр, стоя задними лапками на полу, а передними упираясь в стену. Задними лапами на его плечи опиралась Миона, а на ее плечи взгромоздилась Миола. Басси взлез, можно сказать, по семейному древу.

В мгновение ока растащив котят по углам и отшлепав каждого, Миура взлетела на окно — и настигла беглеца.

Басси сидел на скале, глядя вдаль, как зачарованный. Глаза его переливались всеми цветами радуги, голова слегка покачивалась. Малыш был на грани обморока.

Впрочем, мамам, заскочившим домой на минутку, недосуг бывает разбираться с чувствами нашаливших детей. Совершив обратный перелет в зубах Миуры, Басси остался переваривать впечатления, а бедная кошка ринулась назад в пещеру, отчаянно надеясь, что Каррис не заметил ее отсутствия.

Сначала мама собиралась наказать детей и запретить им подобные вылазки. Но, поразмыслив, решила иначе. Неуемное любопытство шустрой половины ее потомства сдержать было невозможно. Миура знала, что рано или поздно оно опять выманит котят в Верхнюю пещеру, где Каррис расправится с ними, не моргнув глазом.

Поэтому вечером, вернувшись в пещерку и накормив провинившихся, умная кошка усадила их перед собой и сказала:

— Дети, давайте больше не обманывать друг друга. Вам надоело сидеть взаперти, а мне надоело ломать голову, гадая, что еще вы собираетесь учинить, и притворяться, что я ничего не замечаю. Поэтому предлагаю честный уговор: вы весь день ведете себя смирно, а я вечером вытаскиваю вас на скалы и даю там поиграть. Согласны?

— Уррра! Согласны! — завопили Басси и Миола.

— А я боюсь, — сказала Миона.

— А я не хочу, — отозвался Барр, — но если уж секреты в сторону, то где обещанное мне мясо? Мама, эти двое клялись, что я получу половину их обеда за участие в этой дурацкой вылазке. А то стал бы я им помогать, как же!

Миура, подозревавшая что-то подобное ранее, строго отчитала всех троих: Барра — за корыстолюбие, а Басси и Миолу — за использование оного в своих целях. Выяснять, как они склонили к участию Миону, мама уже не стала.

В тот вечер вылазка наверх не состоялась: дети были наказаны. Зато следующий день стал праздником!

Оказавшись на воле, брат и сестра чуть не помешались от радости. Они вдыхали свежий ветер, как будто собирались раздуться и взлететь, они так вертели головами, осматриваясь, что ноги у обоих стали заплетаться.

Решив, что для начала хватит, Миура унесла их назад, в пещерку.

— Ой, мамочка! — выдохнул Басси, — как там замечательно! И как тут... ужасно. Прости, мама, я знаю, что это наш дом, что мы должны его любить, но... Почему мы не можем жить *там*?

— Глупыш, — грустно сказала Миура, — ты видел Большой мир мельком, сверху и издалека, потому он и показался тебе таким волшебным. На самом же деле мир этот очень жесток. Там бывают наводнения, холода, бури, а найти подходящее жилье очень трудно: ведь мы, кошки, не роем нор. И степь, и леса кишат зверьем, а каждый второй зверь, превышающий кошку размерами — ее враг, запомните это. И вообще, кошка слишком мала, чтобы выжить без сильного покровителя.

— А здесь наш покровитель — Каррис? — поежившись от страха, спросила Миола.

— Хорош покровитель! Дай ему волю — он нас всех передушит. Нет, дети, наш покровитель — Закон Кошачьего города, а ему подчиняются все, от Карриса внизу до Великого Владыки наверху. Да, Закон строг, но если знать свое место и выполнять все, что от тебя требуется — можно жить спокойно и сытно.

— А что от нас требуется? — спросили котята.

— Прежде всего не совать нос не в свое дело, — строго сказала Миура, — не выходить в пещеру до тех пор, пока не начнешь работать. А когда начнешь — работать на совесть.

— Как? — Басси даже задохнулся от возмущения, — Только работать, и ничего больше? И никакой радости в жизни?

Мама вздохнула. Закон города гласил, что работа — высшая радость, дарованная кошке. Миура так не думала, но говорить это котятам было опасно: им предстояло тут жить.

— Нет, почему же, — сказала она, — у нас бывают праздники, а в дождливый сезон, зимой — даже выходные. Что касается радости, то главная радость — это семья, дети, друзья. Мое счастье — это вы.

Девчонки тут же с писком полезли к маме целоваться, а Басси глубоко задумался. Барр молчал в своем углу: он дулся.

Прошло еще несколько дней, и мама разрешила малышам познакомиться с соседскими котятами.

Рядом с ними жили две кошачьих семьи. Дети в пещерке слева были еще слишком малы, едва раскрыли глазки, поэтому играть с ними нашим героям не хотелось. Правда, Миона здесь нашла себе применение: возиться и сюсюкать с малышами было как раз по ней. С тех пор Басси и Миола редко видели сестру.

Справа жило семейство родичей: двоюродная сестра Миуры, по имени Миррена, и ее дети — трое пятнисто-рыжих разгильдяев, добродушных и недалеких, и две послушные и спокойные киски.

Котята были ненамного старше наших героев, и компания получилась превосходная: устраивать потасовки у них дома и играть в прятки в Миуриной пещерке (при этом обходя логово Барра стороною) стало привычным развлечением детей днем.

Но когда приходила мама, Басси и Миола сами выпроваживали гостей.

Никакие игры и веселье не могли бы сдружить детей крепче, чем доверенная им тайна. А тайну окна в Большой Мир брат с сестрой хранили свято, ибо в противном случае рисковали наибольшим своим сокровищем — свободой, пусть недолгой и небезопасной, но все-таки почти настоящей.

Постепенно их вылазки наверх превратились из прогулок в исследования. Миура, поворчав для виду, с удовольствием принимала участие в экспедициях. Как выяснилось, она хорошо знала лишь скалы вокруг дома.

Кошачий город — Леополь, — располагался внутри огромного горного кряжа. Заветный лаз из пещерки выводил на волю чуть ли не на самой вершине склона, чуть ниже скального гребня. На той же стороне кряжа, ниже и правее заветного окошка, находился и единственный вход в большую пещеру — широкий пролом в скале, бдительно охраняемый днем и ночью. Кошкам и котам разрешалось выходить наружу только в сопровождении охраны — свирепых ягуаров — и отнюдь не для прогулки. Кошки собирали на скалах птичьи яйца и перья, а коты таскали ветки и траву.

В тот страшный день, когда Каррис наведался к ним домой, Миура выскользнула из пещеры через ворота, под самым носом у охраны, но сделала это так проворно, что стража не успела не то что ее задержать — даже разглядеть.

Никто не знал, как далеко простираются горы. Уходившая на восток и запад скальная гряда тонула в дымке на самом горизонте. Гребень ее был не очень высок, но страшно крут; кое-где его стены даже нависали над знакомым склоном.

Серые скалы, почти напрочь лишенные растительности, могли представлять исследовательский интерес, но особой привлекательности не имели. Красота лежала внизу, на огромной равнине, казавшейся еще больше с высоты кошачьего убежища.

Зрелище было волшебным. Весь окоем делился на две части: зеленую и желтую. Зелень, как известно, требует присутствия воды, и воды там было вдоволь. Могучей сине-зеленой змеей из-за горизонта на восходе солнца выползала великая река. Направившись поначалу в степь, прочь от кряжа, а потом, словно решивши вернуться и взглянуть на него поближе, она описывала дугу и подходила к скалам довольно близко, — за час можно было добежать. Как раз напротив Леополя река, не найдя серые камни интересными, резко поворачивала к югу. Резвой ящеркой догоняла ее речка, вытекавшая из-под скал.

На другом берегу стоял лес. Необъятный, прекрасный и таинственный, переливающийся всеми оттенками зеленого, — от изумрудного, как светлячок, до темного, как старый мох. Издали можно было различить отдельные деревья-исполины, там и сям возвышавшиеся над другими кронами, — точь-в-точь пушистые кошачьи хвосты над травой.

Степь между руслом и скалами также зеленела: очевидно, река щедро поила низины. Кое-где виднелись рощицы и болотца.

Отрадна зелень для глаз: на лес хотелось смотреть часами. Но стоило перевести взор на правую часть картины, как дух захватывало иное чувство.

Там царил его величество Простор. Безграничная желтая степь уходила за горизонт, и невозможно было представить, что она где-нибудь кончается.

Высокая сухая трава полоскалась на ветру, точно гривы бегущих львов. Подобно островкам над волнами, кое-где возвышались скалы и отдельные деревья.

Примерно в трех-четырех часах пути от кряжа высилась огромная скала необычного красного оттенка, кое-где покрытая травой. За ней, еще на каком-то расстоянии, тянулась цепь невысоких скал бурого цвета. Из-за дальности их трудно было разглядеть.

Сидя на склоне и глядя вниз, котята подмечали очень многое. Они засыпали Миуру вопросами. Однажды Басси удивился, почему стада изящных рогатых животных пасутся везде, но не приближаются к скалам.

— Видите холмистую степь за бурыми скалами, вон там, на закате? Там владения гепардов, больших пятнистых кошек, — пояснила мама. — Антилопы боятся туда ходить. Еще бы! Ведь гепарды охотятся на них.

— Гепарды — тоже кошки? — спросил Басси. — Почему же они не живут в Леополе?

Миура вздохнула. Не все могла она рассказать своим несмышленышам, к тому же сама не все знала. Тем не менее, уходить от ответа умная кошка не стала: пусть не будет у детей искушения задавать вопросы кому-то другому.

— Это давняя, очень давняя история, — осторожно пояснила она. — Гепарды — особый народ, гордый и независимый. Я не знаю, как это произошло, но, когда создавался Всекошачий союз и великим Владыкой был избран Лев, гепарды откупились от него и получили свободу.

— Откупились? Чем? — последовал неизбежный вопрос.

— Обязательством ежедневно поставлять высшему обществу мясо антилоп — и еще каким-то секретным договором, о котором не знает почти никто в городе. С тех пор сменилось не одно поколение, но гепарды продолжают кормить наших правителей, — думаю, что и тайный договор остается в силе. Этот народ свое слово держит всегда.

Как бы в подтверждение рассказа, котята увидели в сгущающейся темноте длинноногих пятнистых зверей, тащивших тушу антилопы к городским воротам.

Гепардов было трое. Им навстречу вышли два ягуара, поговорили с охотниками, забрали добычу и ушли.

В другой раз Миола поинтересовалась, кому и для чего нужно так много хвороста: работники-коты каждый день таскали их издалека, порой из дальней рощи у подножия скал.

— Затем, чтобы кормить огонь, — отвечала Миура.

— Огонь? А кто это?

— Огонь — не зверь, но зверю сродни. Прожорлив и капризен, но красив, ярок и горяч. Его-то и кормят сухим деревом. Вы не задумывались, отчего в Верхней пещере тепло? Ведь сам по себе камень холоден. Дело в том, что под нашей пещерой есть другая, немного поменьше. Зовется она Нижней, и в ней горит костер, согревающий обе пещеры. Мы, кошки, любим тепло. Этот костер — бесценное сокровище города.

— Мама, а почему мы не живем там, внизу?

— О, туда нам вход заказан! Львы, тигры и другие крупные кошачьи племена, наши повелители, обитают в Нижней пещере. А в боковых пещерках и гротах — другие кошачьи народы, помельче, все как один у правителей в услужении.

— Значит, ты никогда не видела огня?

— Нет. Из кошек в Нижней пещере бывают только избранные, да и тем не позавидуешь. Время от времени льву или львице приходит в голову завести себе домашнего питомца, что-то вроде игрушки. Тогда в нашу пещеру приходит советник Владыки и выбирает самую красивую кошечку. Почему-то никто из них не заводит себе кота, только кошку.

— Отчего же избранным плохо живется? Они тоже работают?

— Нет, они не работают. Едят досыта и спят у огня, но выходить из пещеры, видеться с родными им не разрешается. К тому же — постоянная опасность попасть кому-то под горячую лапу, — Миура помолчала. — Впрочем, по-всякому бывает. Помните тетю Милону, что вчера вечером к нам заходила? Недавно Владыка взял себе в питомицы ее дочку. Редкой красоты киска, белоснежная, пушистая. Совсем еще молоденькая. Говорят, лев так ее обожает, что позволяет сидеть у себя на голове. Вероятно, ей даже разрешат наведываться домой.

— Вот бы познакомиться! — мечтательно сказал Басси. — Я бы ее расспросил об огне!

Миола ревниво нахмурилась и фыркнула.

— Может, и познакомитесь — кто знает? — рассеянно сказала мама. — Ее зовут Мисмис.

Глава 3
Кошки в темном лабиринте

Открытия начались совершенно случайно. Миура, решив поучить детей охотиться, повела их выше по склону, под самый гребень, где было много мышиных нор.

Кошке приходилось бывать там и раньше, но всегда в темноте и почти всегда — в спешке. Ей никогда и в голову не приходило обследовать все вокруг!

Этим занялись ее шустрые дети. Их глаза, носы и лапы находили на скалах много интересного. Вот кустик, под ним — трава. Как же не посмотреть, что там, в траве? Ай! Ну, ну, полноте, пошипели — и успокойтесь, пожалуйста. Проползайте, куда вам угодно. А тут куча песка, и вся шевелится! Занятно, где кого больше — кошек в рабочей пещере или козявок, копошащихся здесь? А вот какая-то щель в скале... Любопытно: пролезет ли в нее котенок? А два котенка? Ой, как темно! Спорим, этот коридор никуда не ведет? Сейчас проверим... Скорей, скорей, пока мама не видит...

Но так уж устроены мамы: когда они не видят, они слышат. Или *не* слышат, что всего подозрительнее. Вскоре, не услыхавши возни у себя за спиной, Миура осмотрелась — и тут же отправилась по следу.

Щель оказалась достаточно широка и для взрослой кошки. Окликнув детей и не получив ответа, мама поторопилась вперед.

Узкий извилистый коридор уводил в глубь скального гребня. Местами на полу появлялась вода, но всего лишь мелкие лужицы: идти они не мешали. Миура явственно ощущала ток воздуха, что значило — пещера сквозная.

Тьма была кромешная, но что для кошки темнота!

Через какое-то время она достигла развилки. И остановилась в растерянности: запах котят доносился из обоих коридоров! Правда, чужими не пахло, а значит, можно было не беспокоиться. И все же смутная тревога гнала кошку вперед.

Она свернула в левый проход. Тропинка круто пошла вниз, кое-где приходилось даже спрыгивать с уступов. Потолок спускался все ниже и ниже, и становилось теплее. Наконец, Миура услышала приглушенные голоса.

— Басси! Миола! — позвала она.

В ответ прозвучали те же имена, гулко повторенные эхом. И — топот маленьких лапок. Миола, перепуганная, дрожащая, прильнула к маме и зашептала:

— Ой, мамочка! Тише! Там... там... та-а-акие чудовища!

— За тобой гонятся? — быстро спросила Миура.

— Нет, они меня не видели. Но... но...

— Где Басси?

— Не знаю, — ответила малышка и заплакала. — Мы с ним поспорили, в какую сторону идти...

— ...и пошли в разные стороны? Эх вы, друзья! Да разве можно в пещере разделяться? Ну, ну, успокойся, глупышка. Сейчас же пойдем по следу, и найдется твой братец.

Возвратившись тем же путем к развилке, следопыты отправились по другой дороге.

Правый коридор, постепенно расширяясь, плавно уводил вверх. В стенах то и дело попадались гроты и ответвления, но тут уж мамин нос ошибиться не мог: отряд первопроходцев теперь был неделим.

Сквозняк все усиливался и вскоре перешел в порывы ветра. Еще поворот — и появился слабый свет, потом стал виден кусок вечернего неба в круглом проеме. Несколько шагов — и кошки вышли на карниз почти на самом гребне кряжа. Сидевший там Басси, увидав их, с восторгом кинулся навстречу.

Совершенно незнакомая картина открылась новоприбывшим. Ведь никто из кошек даже не слыхал о том, что лежит по другую сторону скал.

От высоты и красоты захватывало дух. Горные цепи, одна выше другой, заполняли весь окоем. С правой стороны, с восхода солнца, на двух высочайших вершинах сияли в закатных лучах белые короны. Слева, почти на самом горизонте, горы понижались и переходили в покрытые лесом холмы.

Прямо под ногами наших наблюдателей, от подножия скальной гряды, начиналась и уводила в горную страну прекрасная зеленая долина. По дну ее текла еле заметная в сгущающихся сумерках речка.

— Мама, — внезапно сказал Басси. — Что это за зверь: похож на леопарда, но намного больший, рыжий с черными полосами? На морде и груди — белые пятна.

— Тигр, — ответила Миура, — воплощение злобы и кровожадности. Где ты его видел? Надеюсь, издали?

— Вот в том ущелье, незадолго до вашего прихода,— сказал котенок. — Их было трое, и они что-то тащили, двигаясь по долине к скалам. Достигли кряжа и исчезли.

— Значит, там есть проход в Нижнюю пещеру, — задумчиво проговорила кошка. — А может, и в другую какую-то, — похоже, наши скалы насквозь дырявые, как муравейник. Миола, что с тобой? Ты вся обмерла!

— Мамочка, — выдохнула Миола, — да ведь я тоже видела этих... как ты сказала? Тигров! Двоих! Только не знала, что они так называются. Бррр... какие страшилища!

Миура и Басси навострили уши.

— Я шла по коридору, — рассказывала Миола, — шла и злилась на тебя, Басси, и на себя тоже! Мне было так страшно одной... И вот, я совсем уже собралась повернуть назад, как вдруг услышала шепчущие голоса. Подумала, что это кошки, и может быть, кто-то знакомый, — и пошла на звук. Открылась пещера с низким потолком, и в стенах щели. Из одной пробивается свет и слышатся голоса. Я подошла и заглянула, и увидела тигров... Ах, мамочка, у меня ноги отнялись от страха! Подумать только: нам Каррис показался громадным! Что же говорить об этих?

— А о чем они шептались? — полюбопытствовал Басси.

— Не могу сказать точно, — попыталась припомнить сестра, — но вид у них был самый заговорщический. Они злословили о ком-то по имени Лиу... или Лио... ой, нет, не помню.

Миура как-то странно посмотрела на дочку и задумалась.

Все трое еще долго сидели на карнизе, любуясь незнакомой картиной. Тьма в горах поднимается снизу, как вода, постепенно окружая вершины и превращая их в острова, и, продолжая наползать, поглощает их одну за другой.

Перед глазами наблюдателей серые скалистые горы покорно ныряли в темноту, но два снежных пика не сдавались еще долго после того, как солнце скрылось за горизонтом. Казалось, весь свет уходящего дня нашел приют на этих высотах. Но вот сияние стало тускнеть, белизна сменилась желтым, оранжевым, затем лиловым светом, бледнея и переливаясь перламутром, потом набежала синяя тень, сделав вершины похожими на облака в вечернем небе. Наконец, исчезли и они, уступив сцену бриллиантовой россыпи звезд. Наступила ночь.

Прежде чем уйти, восхищенные зрители окрестили прекрасные горы Кошачьими ушами.

Обратный путь показался котятам коротким и приятным: они уже начали осваиваться в новых владениях.

На следующее утро, едва Миура ушла на работу, малыши совершили новое открытие. Заключалось оно вот в чем: если очень-очень захотеть и к тому же немного разбежаться — допрыгнуть до окна можно и без маминой помощи!

Нечего и гадать, куда непоседы направились: конечно, в лабиринт.

Тот день положил начало подробнейшим исследованиям коридоров и пещер вокруг Леополя. Чувствуя себя в безопасности — большинство лазов были слишком узки для существа крупнее кошки, — Басси и Миола проникали в самые потаенные уголки, вынюхивали, высматривали и подслушивали...

В честь первооткрывателей новые владения получили название: Котокомбы.

По вечерам к детям присоединялась мама. Отдыхая после работы, Миура лежа ждала, пока они пообедают, затем выслушивала отчет о новейших открытиях — и частенько отправлялась с котятами на это посмотреть.

Надо сказать, что новости интересовали не только маму. Все ярче сверкали глазки из темного угла, все внимательней слушал их рассказы братец Барр. Он даже начал задавать вопросы, неумело притворяясь праздно-любопытным. Мама поглядывала на него с тревогой.

Миона почти совсем переселилась к соседям. Прибегала она только к обеду, ласкалась к маме, с восторгом рассказывая о своих «милашках», и убегала снова. Миура не удерживала ее: дочка выглядела совершенно счастливой.

Дети быстро взрослели.

Маленький рост кошки — это, конечно, недостаток. А ну-ка, любой может ее, крошку, обидеть! Если, конечно, крошка не юркнет в щель... или не взлетит на дерево... или не выпустит когти.

А теперь представьте себе, каким преимуществом оборачивается этот недостаток для исследования мест, куда нужно *влезть*! Или пролезть. Подлезть. Перелезть. Взлезть... Поверьте: кошачьи способности этими словами не исчерпываются.

Басси и Миола своим преимуществом пользовались вовсю. Через несколько дней под скалами осталось очень мало неисследованного.

Конечно, были там участки опасные и вовсе непроходимые, были тупики и провалы, осыпи и колодцы, но в основном лабиринт являл собой рай для любопытных.

В Верхнюю пещеру вел только один ход — к проему высоко в стене, расположенному так удобно для обозрения, что дети большую часть наблюдений вели оттуда. Из смотрового окна можно было сбросить палку или камень прямо на макушку Каррису! Только боязнь выдать свой лучший наблюдательный пункт удерживала котят от искушения. Впрочем, воображение частенько проделывало этот трюк.

О, как бы хотелось малышам иметь подобный лаз в Нижнюю пещеру! Ведь все самое интересное содержалось именно там... Но добраться до цели им не удавалось, сколь бы многочисленны ни были лазейки, ведущие в жилища больших кошачьих. Их дома располагались в гротах Нижней пещеры.

Зато маленьким шпионам представилась возможность слушать разговоры, для их ушей не предназначенные. Понятия о порядочности их не обременяли: совесть легко уступает любопытству.

Галереи и ходы, которыми изобиловали скалы, либо соединялись между собой, либо выводили наружу. Среди последних была длинная пещера, поражавшая великолепием. Там протекала подземная река.

Всем известно, что кошки прекрасно видят в темноте. Но видят они только вблизи. Кошачий глаз не может охватить большого пространства или различить дальних уголков без помощи света.

Пещера, о которой идет речь, была освещена. Кусок скалы, рухнувший с потолка, оставил в нем дыру изрядной величины. Прямые, как струи ливня, солнечные лучи падали сверху, ныряли в зеленую воду и лежали на дне ленивым котенком, потягиваясь и поигрывая разноцветными камешками. Веселая дымка вуалью окутывала столб света, а легкая рябь отбрасывала на стены пляшущие блики.

Наряду с красотой пещера была полна опасностей. Река, разливаясь и мелея в одном месте, становилась глубже и быстрее, стоило руслу немного сузиться.

Неосторожную Миолу однажды чуть не смыло потоком, стоило ей ступить лапкой в воду у самого берега. А Басси умудрился искупаться, соскользнув с камня, — по счастью, в мелкой и спокойной заводи.

Крутые берега сплошь были покрыты сыпучими мелкими камешками и шаткими валунами.

Миура, приведенная детьми на осмотр и одобрение, пришла в ужас и строго запретила им играть возле реки.

Впрочем, сама она решила пройти пещеру до конца, дабы проверить одну догадку: не та ли это речка, что вытекает на равнину из-под скал, — если смотреть сверху, слева от их дома?

Галерея заканчивалась широкой круглой затокой. Оттуда вода изливалась через край каменной чаши, образуя невысокий водопад, в другую пещеру, лежащую ниже. Нижняя пещера, длинная и прямая, тоже освещалась: в дальнем конце ее река, разогнавшись по наклонному желобу, с ревом вырывалась навстречу солнцу.

Безусловно, это была их знакомая речка. Но о том, чтобы пользоваться найденным выходом, не могло быть и речи: поток в нижней пещере несся между отвесными стенами.

На обратном пути кошка натерпелась страху. В узком месте между стеной и затокой, там, где начинался водопад, над самой водой возвышалась каменная колонна. Минуя ее, Миура, по кошачьему обыкновению, потерлась о шершавую поверхность.

Колонна слегка качнулась и задрожала. Пол под ногами у кошки загудел, и со всех сторон посыпались в воду мелкие камни.

Паника — плохой советчик. Миура хорошо это знала, а потому, вместо того чтобы бежать, осталась на месте, лишь отпрянула и прижалась к стене.

Впрочем, ничего страшного не произошло. Камень устоял на месте. Немного выждав для верности, Миура обошла его сбоку и присмотрелась. Громадной высоты и тяжести колонна, в незапамятные времена отколовшаяся от стены, очевидно, удержалась торцом на самом краю мыса из мягкого песчаника. Время шло, и вода, огибая берег тугой струей, сточила опору до узенькой полоски. Оставалось только гадать, каким чудом камень еще не рухнул.

Говорят: нет худа без добра. Дети, когда мама рассказала им все, так напугались, что тут же поклялись без нее к реке не приходить.

Им было чем заняться вблизи Нижней пещеры.

В тигриных разговорах часто повторялось слово «хранилище». Причем произносилось оно всегда с почтением, порой — со вздохом, иногда — с умилением и даже с мерзкой ухмылкой. Что же, недоумевали котята, может храниться в особой, потайной комнате? Ведь все приносимое в город через ворота складывалось в кучи наверху, в ведомстве Карриса.

Детям очень хотелось найти «хранилище». Они подозревали, что располагалось оно в другом, не знакомом им лабиринте. В их владениях остался неисследованным только самый нижний ярус, глубже уровня равнины. Однажды котята сунулись было туда, но холод быстро выгнал их наверх.

Желание найти тайник росло и крепло с каждым днем. Пока Басси не сделал важного открытия, — как всегда, случайно.

Открытие ходило по пятам за мамой—тигрицей и задавало бесчисленные вопросы. Оно было умненьким, избалованным тигренком по имени Тусси. На радость шпионам, мама уважала сыновнюю любознательность.

Всего лишь на второй день подслушивания котята узнали то, что хотели, — благодаря тигриной прожорливости.

— Мама, — заныл полосатик, — я опять хочу есть!

— Потерпи, сынок, — терпеливо отвечала тигрица. — Папа еще на работе. Вот вернется, поиграет с тобой, — и сходит за мясом для нас всех.

— Я не играть, я есть хочу! — возмутился сынок и топнул лапой. — Сходи сама за мясом!

— Я не знаю точно, где хранилище, — терпеливо отвечала мама. — Знаю, что спуск туда начинается из пустого грота, слева от нашего дома.

— А дальше? — спросил тигренок, видимо, заботясь о будущем.

— Дальше? — тигрица помолчала, припоминая. — Вниз по спирали, до пересечения с большой галереей... минуя галерею, вправо — по крутому спуску до поворота влево, потом прямо до родника, и вниз. А дальше не помню.

— А дальше большой дядя выходит навстречу и рычит на тебя, — захохотал громадный тигр, заходя в пещеру. — Ни маму, ни тебя в хранилище не пустят: это строго запрещено. Подрастешь — будешь сам его сторожить, а пока не суйся.

— Папа, папа, — обрадовался Тусси, — а что еще есть в этом... бранилище? То есть вранилище?

— Цыц! — рявкнул папа, впрочем, совсем не зло. — Мяса хочешь? Можешь меня проводить, но только до спуска.

Обрадованный Тусси ринулся вперед, а тигр задержался, чтобы тихо сказать жене:

— Ни слова мальцу об оружии! Знаешь, как это опасно: сболтнет тигренок — узнает лев.

Тигрица покорно кивнула, а котята за слуховым окошком, старательно запомнив услышанное, помчались докладывать маме.

В тот вечер у них был гораздо более внимательный слушатель, чем Миура. Наутро за ними увязался Барр.

Поначалу Басси и Миола даже обрадовались. Они охотно провели брата в лабиринт, показали лаз в Верхнюю пещеру, главную галерею. Потом стали спорить, какое из чудес заслуживает скорейшего осмотра.

Их спор был бесцеремонно прерван.

— Ведите меня к тигриному жилищу, а дальше я сам разберусь, — наглым тоном заявил Барр.

Басси и Миола тут же пожалели о своем великодушии. Они еще не знали, чего можно ждать от братца, но подозревали, что ничего хорошего.

Вечером Барр опоздал к обеду, а когда пришел, то на вопросы встревоженной мамы отвечал лишь одно:

— Вот уж я их!

После обеда он опять ушел в лабиринт. Мама пошла следом, но вскоре вернулась, огорченная и задумчивая.

В ту ночь Миура по-особенному нежно обнимала сына и дочерей.

Глава 4
Чем пахнет заговор

Великой сложности задача — как проникнуть в «хранилище» — не давала котятам покоя.

Поскольку из тигриных разговоров явствовало, что тайник охраняется днем и ночью, они боялись открыто использовать известный им теперь путь. Но добытые сведения сузили круг поисков.

Скалы вокруг Кошачьего города напоминали древесину, источенную жуками. Тигру, идущему по широкому коридору, невдомек было, что совсем близко от него, за перегородкой, по узенькому, извилистому ходу следуют за ним маленькие сородичи. Порою ход заводил их в тупик, или уводил далеко в сторону, — тогда приходилось искать другой. Путеводный тигриный запах облегчал задачу.

Чем ближе подбирались лазутчики к заветной пещере, тем больше охватывал их азарт. Даже холод, безмолвный страж подземных ходов, уже не обращал детей вспять.

Барр в их поисках участия не принимал: у него были свои планы, никому не ведомые.

Басси и Миолу интересовали не запасы мяса, хранимые в тайнике: им хватало того, что приносила домой мама. Когда Барр жаловался на недоедание, он просто жадничал.

Страшное, безликое слово «оружие» завораживало и притягивало юные сердца. К тому же тайна, окутывавшая это и без того непонятное слово, наталкивала на мысли о заговоре.

— Оружием, — пояснила мама, — может быть что угодно! При условии, что оно обращает в бегство врага.

Но даже Миура не могла представить себе, какое именно оружие хранят в подземелье заговорщики. Относительно тигриных врагов, надо сказать, у кошки были подозрения, да она помалкивала.

С появлением в лабиринте Барра начались неприятности.

Через несколько дней, выйдя из нижнего яруса в главную галерею, котята почуяли новый запах. Незнакомым они назвать его не могли, ибо пахло кошками, — но чужими кошками.

Встревоженные, они вернулись домой и все рассказали маме. Миура тут же собралась на разведку, но выйти не успела: в окне показался Барр.

Оказавшись на полу пещерки, он преспокойно направился к еде, а следом спрыгнули еще двое котят, постарше и покрупнее его.

Миура сразу узнала сыновей тощей многодетной кошки, жившей неподалеку. Ее дети жили впроголодь и славились воровскими наклонностями.

Пробормотав извинения, гости удалились в большую пещеру. Миура выжидательно молчала.

— Да, я их позвал с собой! — вызывающе заявил Барр. — Что в этом плохого? Кто сказал, что лабиринт принадлежит только нам? Пусть и другие пользуются!

— Выходя и заходя через нашу пещерку? — сдержанно спросила мама.

— Конечно! Ведь другого прохода нет, — ответил кошачий гуманист.

— А знаешь ли ты, сынок, — уже не скрывая раздражения, сказала кошка, — что кошкам запрещается покидать город? Это еще строже, чем запрещение котятам выходить в большую пещеру! Ты хочешь, чтобы меня наказали?

— Ну, если ты сама признаешься, что нарушаешь Закон, значит, тебя и накажут по справедливости, — нагло ответил Барр.

Умница Миура, не спасовавшая перед разъяренным каракалом, не нашлась, что ответить собственному сыну.

Миола разрыдалась, а Басси полез в драку, но быстро отлетел в сторону: с Барром тягаться было трудно.

Помимо прежних, на следующий день через окно пролезли еще трое котят, в том числе и туповатый сынишка тети Миррены, а через три дня Миура уже сбилась со счета.

Барр сколачивал себе банду. Дома он больше не ночевал и даже обедать не приходил. Впрочем, в разные уголки большой пещеры он частенько наведывался: вербовал новых соратников, — исключительно среди котят, чем-либо обделенных или ущербных.

Вскоре их жилище окончательно превратилось в проходной двор, а по большой пещере поползли слухи.

Это было опасно: среди котов водились доносчики.

Миура, поразмыслив, велела Мионе пока оставаться у соседей, пообещав навещать ее, Басси и Миолу пристроила к тете Миррене, а сама занялась поисками нового жилья. Благоразумие подсказывало ей выждать какое-то время и не наведываться в лабиринт.

Как и следовало ожидать, у ее детей были свои расчеты. Послушно приходя обедать и ночевать к родичам, брат и сестра все дни по-прежнему проводили в Котокомбах.

Тем временем приближалась дождливая пора. Дни становились короче и холоднее. На скалах не видно было птиц, а мелкие грызуны запечатывали свои норки изнутри.

Надо сказать, что понятие о временах года леопольцы имели весьма приблизительное. Для простоты объяснения давайте обратимся к нашему календарю. Так вот: дожди начинались в сентябре, короткая осень миновала незаметно. Постепенно холодало, поднимались ветры, но до снега не доходило — стылая сырость и дожди назывались у кошек зимой. Впрочем, удовольствие сомнительное, не лучше мороза! Зато прекращалась тамошняя зима рано — в середине февраля уже наставала робкая весна. А еще через месяц солнце заставляло жителей тех широт забыть о прошедшей зиме, ибо жара держалась чуть ли не полгода!

В Кошачьем городе дождливая пора означала меньше работы, но и еды тоже. Недостаток питания восполнялся хорошо известным способом: когда кошки не работали, они спали. Замирало ежевечернее оживление. Город погружался в сонную лень.

Накануне первого дождя Басси и Миола нашли лазейку в тигриный тайник. Точнее, это была просто узенькая щель в стене, но при большом старании туда мог бы протиснуться маленький тощий котенок. Басси и Миолу никто бы не назвал заморышами, к тому же подросли они уже изрядно. Поэтому о том, чтобы проникнуть в хранилище, и речи быть не могло.

Пришлось ограничиться нюхательным исследованием. По очереди засовывая нос в щель, котята вдыхали воздух и бродившие в нем запахи.

Мясной дух, приведший их к лазейке, теперь назойливо мешал определить, что же еще хранилось в заветной пещере. Но лазутчики терпеливо ждали, зная о свойстве воздушных струй, не смешиваясь, выходить в отверстие по очереди, одна за другой.

Когда тот самый, таинственный запах достиг щели, в ней торчал нос Басси. Миола, стоявшая рядом, сразу заметила что-то неладное в поведении брата.

Сначала шерсть у него на загривке встала дыбом, а все тело напряглось. Передние лапы, упиравшиеся в стену, быстро заскребли по камню, а задние — заплясали по полу. Потом раздалось громкое мурлыканье вперемежку с дурацким смехом.

Миола, вся дрожа, окликнула брата раз, другой, потом тронула его лапкой. Басси даже не заметил этого! Поведение его становилось все безумнее: урча, он начал утираться носом о края щели, потом загривком — о стену, и наконец, рухнув на пол, стал перекатываться с боку на бок, ловя свой хвост и глупо хохоча. Изо рта у него текла слюна.

Пока Миола, оцепенев, наблюдала за братом, запах — правда, многократно ослабленный током воздуха, — коснулся и ее милого носика. Но малышка была достойной дочерью Миуры. Почувствовав, как шерсть на ее загривке шевелится и тело напрягается, она быстро поняла, что происходит с ее братом. Вышедший из тайника запах был ядовит.

Скорее на открытый воздух! Иначе она через минуту упадет рядом с Басси, и кто знает, что с ними будет дальше...

Не тратя времени на разговоры, Миола схватила брата зубами за холку и поволокла прочь, — в сторону просторного коридора, где гулял холодный ветер. О том, что там, бывало, гуляли и тигры, она позабыла.

Басси брыкался, упирался и щелкал зубами, и вдобавок был тяжелее сестры, но она не сдавалась. Медленно, шаг за шагом, приближались они к свежему воздуху.

Попавшие в беду котята были слишком заняты, чтобы смотреть по сторонам. Поэтому они не заметили, как серая тень, крадучись сопровождавшая их в тот день повсюду, потихоньку выскользнула в галерею и исчезла.

Добравшись наконец до коридора, дети долго лежали на полу: Миола — от изнеможения, а Басси — приходя в себя после припадка.

Очнувшись окончательно, он ничего не мог припомнить, — кроме впечатления невероятной, дикой радости, охватившей его при появлении опасного запаха.

— Знаешь, что я думаю, — задумчиво сказала Миола — Мы слышали, как пахнет секретное оружие тигров.

Только тут они вспомнили, что лежат прямо на главной тигриной дороге, и поспешили убраться оттуда.

Возвращаясь домой из Котокомб, дети были подавлены пережитым и встревожены. Не добавило им бодрости и то, что они увидели на скалах.

Снаружи царила зловещая тьма — несмотря на то, что время было не позднее. Закатное небо, которое так нравилось наблюдать котятам, почти совсем скрылось за наползающими тушами туч. Из темноты веяло холодом.

Поеживаясь и стараясь держаться рядом, Басси и Миола спускались от лабиринта к своему окошку, когда из клубившихся туч полыхнули чьи-то злющие глаза, — и грянул та-а-акой рык! Тому, кто его слышал, львиный рев показался бы писком новорожденного котенка.

По счастью, дети были уже рядом с родной пещеркой. Оглушенные, дрожащие, они кубарем скатились на пол и кинулись разыскивать маму.

Миура как раз пришла с работы, и они с тетей Мирреной о чем-то шептались. Вид у обеих был очень встревоженный.

Какое счастье для перепуганного ребенка — нырнуть в мамины объятия!

Все страхи тут же отступают, трусливо поджав хвост.

— Вас напугал гром, — сразу поняла Миура. — Еще бы! Все его боятся, а услыхать впервые — и льву страшно будет.

— Гром? Кто это, мамочка? — спросила Миола, придя в себя. — Он, наверное, очень злой?

— Помните, я рассказывала вам про огонь? — ответила мама. — Не зверь, но зверю сродни — повадки те же. Так и гром: рычит, молнией сверкает, дождем поливает, но спрятаться от него можно.

— И его, как огонь, тоже надо кормить? — спросил Басси, обожавший разговоры об огне.

— Нет, не надо, — Миура улыбнулась. — Напротив: это дождь кормит землю, без него засохли бы трава, деревья и кусты, а следом погибли бы те, кто зеленью питается. Потом — те, кто питается травоядными, и мы в том числе. Учитесь уважать воду. Вода — это жизнь.

— Верю. Но окунуться в нее не особенно приятно, — вспомнив приключения у подземной реки, поежился Басси.— И вообще, если дождь и впрямь собирается идти много дней, то я скажу: хорошо, что у нас есть сухая пещерка.

— Вот ты сам и произнес то, что собиралась сказать вам я, — сказала мама. — Пора вам прекратить путешествия в Котокомбах, во всяком случае, до конца дождей.

— Ну, мамочка, еще хоть один день! Обещаем: последний! Ну пожалуйста! — заныли искатели приключений. Страхов уже и след простыл, а о ядовитом запахе ведь рассказывать не обязательно, правда? Зачем же огорчать маму?

Миура помолчала. Сердце ее уже давно чуяло беду. Но что может изменить один день? Ведь уже столько времени дети провели в лабиринте... Отогнав предчувствия, она согласилась.

Увы! Как выяснилось, один день может изменить очень многое.

За один день может смениться эпоха. Помните предисловие? Долгое «В те дни, когда…» внезапно прерывается событием, следующим за фразой «До того, как…»

Бедная Миура! Как хотелось ей, уставшей от работы, недосыпания и тревог, провести зиму в сухой, уютной пещерке, рядом с детьми и родичами!

Но случилось так, что ее сын Басси явился причиной пресловутого «До того, как…» в кошачьем времяисчислении, затеяв великий переворот, вошедший в историю. Нет, событие это случилось не в одночасье, — но началось оно на следующий за нашим повествованием день.

В ту, последнюю, ночь уходящей эпохи весь Кошачий город дружно сопел во сне. Не спалось только будущей исторической личности. Шумевший наверху дождь и сырость, уже начавшая проникать в жилище тети Миррены (а ведь пещерка даже не имела выхода наружу!), нагоняли на котенка уныние. К тому же он начал малодушно сожалеть о своем обещании маме.

Почему, ну, почему они с Миолой не смогут ходить в лабиринт? Ведь в самих Котокомбах дождя нет! Подумаешь, пробежать до входа, чуть-чуть намокнув! Да мыслимо ли: сиднем сидеть дома неведомо сколько времени! Нельзя же продрыхнуть всю зиму!

Эти и подобные им мысли потоком текли в мятежной детской голове. Текли тем быстрее, чем больше он сознавал, что там, на дне потока, камнем лежит истинная причина его недовольства.

Такова уж природа зависти: она лицемерна. Тысячи масок у нее в запасе. Собираясь посетить вас, она наденет ту самую, в которой вы будете рады ее видеть. Можете пожалеть себя. Можете обвинить кого-то в ваших несчастьях. Можете посетовать на обстоятельства…

Только истинно отважные души могут глядеть в лицо зависти.

Увы, наш маленький герой героем не был. А потому уснул в ту ночь, жалея себя и не понимая, что отчаянно завидует Барру, который и не подумал бы просить у мамы позволения ходить в лабиринт.

Глава 5
Беда

С самого утра все пошло не так. Миура и Миррена убежали на работу чуть свет, и котята, раскатившись во сне, озябли до такой степени, что проснулись, стуча зубами. Первой мыслью Басси было: «А у огня сейчас, наверное, тепло... Ну почему только большие кошки могут греться у костра? Это же несправедливо!»

Обычно утро начиналось с веселой потасовки, но игривое настроение — вещь капризная, и зависит от погоды. В первый дождливый день игра не клеилась.

Немного побродив по пещерке, кузены и кузины снова улеглись спать, сгрудившись для тепла, а Басси и Миола отправились с прощальным визитом в Котокомбы.

Наверху их встретил холодный ливень. «Добежать побыстрее», как собирались котята, не получилось: лапки скользили и разъезжались на мокрых скалах. Когда дети добрались до входа в лабиринт, на них шерстинки сухой не осталось.

Басси доводилось вымокнуть и раньше — один раз в реке, потом — в глубокой луже, а однажды под струями веселого водопада, падавшего на тропу в галерее. Каждый раз это было довольно неприятно, но и только: увлеченные исследованиями котята не замечали, как просыхали их шубки.

То, что чувствовал Басси теперь, можно назвать одним словом: злоба. Чувство, дотоле ему незнакомое, мешало дышать и рвалось наружу.

Бедная Миола попала, что называется, под горячую лапу.

— Бежим ск-корее! — стуча зубами, предложила она. — В гал-лерее возле тигриного логова т-тепло. Просохнем и об-богреемся!

— «Об-богреемся!» — грубо передразнил ее Басси. — Дура! Там сырость и сквозняк, к тому же в тех пещерах Барровы дружки околачиваются.

Миола ахнула: да ее ли это брат? Но обидеться не успела, ибо второго своего брата узнала сразу и безошибочно.

— Отчего же «в тех пещерах»? — раздался знакомый наглый голос. — Мы тут повсюду хозяева,— и Барр развязной походкой приблизился к ним.

За его спиной виднелся лес ушей. Банда направлялась к выходу из лабиринта.

— Знакомьтесь, друзья мои, — осклабившись, сказал Барр, обращаясь к разбойникам. — Эти две мокрые крысы приходятся мне братом и сестрой. Их зовут Дубасси и Мышеола.

Толпа дружно захохотала, грубо, с повизгиванием.

— Смею просить почтенное общество о снисхождении к моей родне, — продолжал кривляться негодяй. — Мы постановили, что каждый непрошеный гость будет сброшен со скалы, но помилуйте—неужели у вас поднимется лапа на моих брата и сестру? Покорнейше прошу общество о милосердии. Могу я надеяться, что их выпроводят с почетом?

— Куда это нас выпроводят? — придя наконец в себя, возмутился Басси.

— Не куда, а откуда, — хмыкнул Барр. — Вот как следует задавать вопрос. Отвечаю: из *нашего* лабиринта.

— Вашего? Вашего?! — задыхаясь от возмущения, закричали «родичи». — А кто нашел лабиринт? А кто тебя сюда привел?

Разбойники покатывались со смеху, глядя на них. Барр чувствовал себя королем.

— Ну, положим, вы! Но мне тут понравилось, а я сильнее вас, — бессовестно сообщил узурпатор. — Впрочем, я могу явить великодушие. Предлагаю вам присоединиться к нашей компании. Хотите?

— Ни за что на свете! — хором ответили Басси и Миола.

— Ну что ж! Ничего не поделаешь, — притворно вздохнул братец. — Интересы общества превыше всего! Поскольку вы не желаете присоединяться к отряду, а мы не можем допустить наглого хождения в своих владениях, то добро пожаловать отсюда! Ну, поворачивайте!

Слезы ярости душили обоих изгнанников. Мало того, что собственный брат подвергал их страшному унижению, — им предстояло опять выйти под дождь! А они так промокли и озябли...

И тут Барру, злой язык которого просился в пляс, вздумалось сказать то, о чем впоследствии пожалел даже он сам.

— Впрочем, если вам не хочется под дождик, — язвительно начал он, — то можете пойти в Нижнюю пещеру и погреться у огня! В таком случае проход мы вам разрешим. То-то уж прославите род кошачий!

Если бы не взрыв бешеного хохота, — с икотой, хрипом, подвыванием, — последовавший за речью вождя, Басси не решился бы на подобное безрассудство. Собственно, он просто поддался искушению заставить толпу замолчать.

— Ты знаешь, — громко сказал он, — эта затея мне по душе. Я, пожалуй, пойду.

Миола ахнула и села. Барр вытаращил глаза и захлопнул рот. Разбойнички, соображавшие медленнее, глупо хихикали и ждали распоряжений.

Все понимали, что это — самоубийство. Нижняя пещера не бывала пуста; те, кто в ней обитал, не знали пощады для нарушителей Закона. Обхитрить их тоже представлялось невозможным.

— При условии, — продолжал Басси, — что ты оставишь в покое Миолу. Пусть идет, куда хочет.

Его слова вернули сестре дар речи.

— Басси, — взмолилась она, — ты с ума сошел! Посмотри на эти морды — это *им* ты хочешь доказать свою храбрость? Ценой своей жизни? А что будет с мамой и со мной, ты подумал?

Басси знал, что она права. Но пойти на попятный уже просто не мог. Не из-за безмозглой толпы. Повзрослев в одно мгновение, он понял, что не сможет жить, не доказав Барру, кто из них двоих — настоящий кот.

Если бы злодей мог себе представить, что его братец-хлюпик способен на храбрость, он бы подумал — и прекратил опасную ссору. Но — увы! — судя обо всех по себе, он решил, что Басси всего лишь хитрит.

— Договорились, — сказал Барр, — Миола может идти куда хочет. А тебя, любезный братец, мы с почетом проводим до самой пещеры! И подождем твоего возвращения.

Миола, забыв гордость, кинулась к негодяю и стала его умолять одуматься и отпустить их обоих — ради мамы! Лучше бы она промолчала...

Процессия, возглавляемая Барром и Басси, направилась по коридору к Нижней пещере. Разбойная братия, весело балагуря, двинулась следом.

А Миола... Впрочем, о ней потом. Как вы, наверное, поняли, она времени терять не стала.

Братья, шествуя плечом к плечу, молчали. Басси с удивлением ощущал, что не только не боится, но даже уверен, что с ним ничего плохого не случится. Барр, убежденный, что в последний момент брат струсит, готовил язвительную речь.

До цели похода было недалеко. Достигнув широкой, низкой галереи, куда выходили щели из тигриных и леопардовых жилищ, все остановились.

— Ну, — глумливо, но как-то неуверенно произнес Барр, — вперед, братец! Покажи нам, что такое храбрость. Только чур, дойти до самого огня! Не вздумай где-то отлежаться. Имей в виду: мы будем следить из необитаемого грота.

Внезапно Басси понял, что подсознательно рассчитывал именно на укромный уголок. Ему стало страшно. Из пустого грота, о котором говорил Барр, нельзя было увидеть костер, но правая половина пещеры, ярко освещенная и обитаемая огромными пестрыми кошками, просматривалась великолепно. Выйдя из грота, кто бы то ни было попадал в поле зрения великокошачьего общества.

Заметив, что брат колеблется, Барр съязвил:

— Ах, бедная детка! Ты вспомнил, что не спросил мамочкиного позволения сходить в пещеру!

Храбрость, многократно усиленная злостью, вернулась в сердце Басси.

— Не рассчитывай на то, что я струшу и поверну назад! — сказал он. — Я знаю: тебе этого очень хочется. Но ты не получишь такого подарка. Я иду.

Тут наконец вся банда поняла, что братья не разыгрывают комедию. Воцарилась тишина.

Басси, отряхнувшись как следует (он уже почти просох), направился к лазу, ведущему в нежилой грот, и прополз внутрь. Сразу же он увидел нескольких тигров и леопардов, занятых беседой или спором, справа от выхода.

«Прекрасно, — подумал он, — по крайней мере у меня есть возможность проскользнуть за угол незаметно для этой компании. Ну, а дальше... дальше посмотрим.»

Барр и его команда уже были рядом. Большинство разбойников впервые попали сюда и изрядно трусили, глядя на огромных зверей.

Левая стена грота мысом выдавалась в пещеру. Поскольку костер находился за поворотом, никто не мог увидеть котят в густой тени, тем более из освещенного пространства. Крадучись вдоль стены грота, Басси был в безопасности.

Достигнув мыса, он остановился. В нескольких шагах справа, в кругу других зверей, спиной к нему сидел громадный тигр. Собеседники переговаривались, наклонив головы и подавшись вперед. Хвосты нервно подергивались. От компании за версту разило заговором.

Воспользовавшись их безразличием к окружающему, Басси обогнул мыс, прижимаясь к стене. Он рассчитывал оглядеться прежде, чем его заметят, и действовать сообразно рассудку.

Бедный малыш! То, что он увидел, лишило его рассудка напрочь.

Те кошки, которые судачили о Нижней пещере, никогда там не бывали.

Те, кто там бывал, никогда оттуда не выходили и рассказать ничего не могли. Таким образом, Басси оказался совершенно неподготовленным ко встрече со своим повелителем.

Пещера была немного меньше Верхней, и не так высока. Дальняя стена, черная от копоти, опускалась в огромную чашу в полу. Примерно посередине между полом и потолком в стене зияло отверстие. Пологие террасы охватывали чашу с боков, и многочисленное львиное семейство восседало и возлежало на этих ступеньках. Леопарды, тигры, пантеры и другие благородные кошки прохаживались и сидели вдоль примыкавших к террасам стен. Очевидно, этикет запрещал им выходить на открытое пространство посередине пещеры. Звери непринужденно разговаривали, слышался смех и мурлыканье.

Ничего этого Басси не замечал. Глаза его, не мигая, смотрели туда, где на возвышении перед каменной чашей возлежал великий правитель Кошачьего города, лев Лионелл. Повернувшись боком к собранию, приподняв увенчанную роскошной гривой главу и полузакрыв глаза, Владыка являл собой образец царственного благородства. О, сколько достоинства было в его облике! И сколь восхитительной казалась кошечка, снежным комочком свернувшаяся у ног хозяина...

Нет, наш герой смотрел не на льва. И не на красавицу Мисмис, имя которой помнил по маминому рассказу. Завороженный взгляд его был прикован к живому солнцу, танцующему за спиной Лионелла. Ибо в каменной чаше у дальней стены горел Огонь.

Замечали вы когда-либо, как жадно смотрят кошки на пламя? И как оно притягивает их, — будто удав кролика? Зачастую кошки, осторожные существа, забываются настолько, что лишаются усов, стремясь подойти поближе к огню. Знаете, почему?

Потому, что кошки поклоняются огню. Огонь — их единственный повелитель, ибо они сами его выбрали. Какое именно поколение кошек сделало выбор, неизвестно. Но Басси с ним родился.

А потому и оказался совершенно беззащитным, лишенным воли и разума, ничего не видящим, кроме обретенного божества, зовущего к поклонению.

Двигаясь как во сне, котенок отошел от стены и медленно, торжественно направился к огню прямо через заповедную середину пещеры.

То, что он вообще дошел до костра, было чудом. Спасла его, можно сказать, невероятность поступка. Заметив наглого котенка почти сразу, высшее общество отказалось верить своим глазам. Если бы Басси бежал—привычка «догони-убей» взяла бы верх, и наша сказка закончилась бы скоропостижно.

Но нарушитель Закона неторопливо, уверенно шагал, как будто имел на это право. Придворные провожали его растерянными взглядами.

Воцарившаяся тишина привлекла внимание Владыки. Он повернул голову и увидел приближающегося котенка. Мисмис вскочила и замерла, широко открыв глаза.

Замешательство не к лицу повелителям. Даже если Лионелл и опешил, он этого не показал. Спустившись со своего ложа, лев ждал, пока преступник подойдет достаточно близко, чтобы карающая лапа Закона опустилась на него.

Казалось, Басси ничто уже не могло спасти. И никто…

Кроме Миуры.

Помните, мы покинули Миолу в коридоре недалеко от выхода, когда братья направились к Нижней пещере? Конечно, умница сразу поняла, что помочь в такой беде может только мама. И что терять нельзя ни секунды.

Что делать? Бежать назад? По скользким камням, под дождем? Пока она доберется до дома, Басси уже не будет в живых. И потом, как отыскать Миуру среди сотен других кошек в большой пещере, под злобным надзором Карриса?

Как вспышка молнии, озарила ее внезапная мысль. Поспешно отряхнувшись, малышка со всех ног кинулась в боковой проход. Вверх по крутым уступам, влево, вправо, снова вверх вела тропа к заветному окошку над Верхней пещерой. Только бы успеть, твердила Миола, только бы успеть!

Запыхавшись от бега, кошечка взлетела на площадку перед окном и выглянула. Лихорадочно обшаривая взглядом пестрый живой ковер внизу, она попыталась найти маму. Тщетно! На это нужно было много времени. Драгоценного времени…

Отчаяние подсказало малышке единственный выход.

— Мама! — зазвенел под сводами пещеры ее голосок.—Мама, посмотри вверх, это я!

Все кошки и коты внизу остановились и подняли головы. И тут Миола увидела маму! В толпе у задней стены, рядом с тетей Мирреной.

— Мама! — изо всех сил закричала она. — Басси в беде! Он отправился в Нижнюю пещеру!

— Беги домой, быстро! — крикнула в ответ Миура. И, повернувшись к Миррене, тихо сказала: — Позаботься о моих девочках, сестра. Я не знаю, вернусь ли. Чуяло мое сердце...

Каррис, пытавшийся увидеть окошко со своего насеста, чуть шею себе не свернул. А когда понял, что нарушительницу все равно не достать, решил наказать Миуру, благо до нее было два прыжка.

Куда там! Никто не мог сравняться с этой кошкой, когда она начинала действовать.

Всего на один миг Миура задумалась. Еще мгновение — и она нырнула в туннель, по которому доставлялся хворост к костру.

Этот ход охранялся построже Главных ворот. Коты в сопровождении Карриса дважды в день втаскивали огромные кучи хвороста в туннель и оставляли в пещерке, расположенной в стене над костром. Дровяной склад днем и ночью караулили пумы, хранители огня.

Пролом в стене, вровень с полом пещерки, позволял легко и бесхлопотно кормить огонь: хворост просто сбрасывали вниз, в костер. Правда, пумам при этом приходилось наглотаться дыма и копоти, но они не жаловались. Хранителям огня в городе все уступали дорогу.

Жили эти большие желтые кошки в пещерах по соседству со складом. Дозор несли по очереди, и очень добросовестно. Возле заветного пролома всегда кто-то был.

В тот день в гроте сидели и разговаривали трое. Внезапно их внимание привлекла непривычная тишина в Нижней пещере. Они замолчали, прислушиваясь.

И усляхали чуть слышный топот ног несущейся по коридору кошки.

Пумы вскочили и, не зная, что подумать, ждали.

Миура вихрем ворвалась в грот, крича на ходу:

— Спасайтесь! Каррис взбесился! Он бежит сюда! — и, как бы в подтверждение панического ужаса, юркнула за спины часовых, к самому окну.

Что такое взбесившийся зверь, знали все. А о кошках-самоубийцах в городе не слыхивали. Поэтому ни одна из пум даже не подумала оглянуться.

Стоя бок-о-бок, дрожа от возбуждения, все трое не сводили глаз со входа в туннель.

Миура оказалась у пролома как раз вовремя. Ей было довольно одного взгляда вниз, чтобы разобраться во всем.

Она увидела, как Басси, не сводя глаз с огня, двигался прямо к Лионеллу. Лев уже поднял лапу... Еще мгновение — и...

Бывает, что мгновения вполне хватает.

...Миура прыгнула. Не успев подумать, не рассчитывая, куда приземлиться. Она прыгнула туда, откуда ее ребенку грозила опасность.

Перелетев над пылающим костром, она с размаху опустилась прямо на царственную гриву своего Владыки.

Глава 6
Кошки — мышки, рыси — кошки

От неожиданности Его величество повел себя, как обычный кот: он присел и прижал уши. При этом он совсем не по-королевски крякнул. Карающая лапа ударила в пол перед самым носом Басси.

Заминка продолжалась недолго. Миг — и события замелькали, как поднятые ветром осенние листья.

Басси наконец очнулся. С удивлением и страхом огляделся. И… глупо уставился в синие глазки Мисмис.

Миура, скатившись с монаршей главы, одним прыжком оказалась рядом с ним. Раздумывать было некогда, да и что она могла сделать? Только схватить несмышленыша за холку и отволочь подальше от страшной лапы.

Впрочем, далеко она не ушла. Протащив свое, уже не маленькое и не худенькое, чадо несколько шагов, кошка остановилась…

…И приготовилась умереть, защищая свое дитя. Ибо со всех сторон к ней устремились жаждущие крови звери. Придворные, разбуженные нанесенным повелителю оскорблением, кинулись наказать виновных.

Спасти наших героев могло лишь чудо.

И оно произошло!

Их спасение явилось в образе прелестной белой кошечки. Метнувшись в сторону нижней террасы, Мисмис остановилась у темной щели в скале и завизжала что было сил. Басси и Миура, обернувшись, увидели, как она юркнула в нору и тут же выглянула, маня их взглядом.

Повторного приглашения не потребовалось. Три прыжка — и беглецы нырнули в убежище.

В тот же миг гулкие удары и дикий, душераздирающий вой возвестили о том, что их преследователи с разгону сшиблись друг с другом и сцепились, давая выход распаленной злобе.

Последнее, что слышали беглецы, углубляясь в узкую галерею, был громоподобный рык: Владыка призывал собрание к порядку.

Мисмис торопливо вела их по запутанным ходам. С удивлением Басси оглядывал совершенно незнакомый ему лабиринт. А он-то полагал, что изучил все подземелье вокруг Кошачьего города!

Наконец, выйдя в широкую пещеру со множеством ответвлений, отряд остановился. Мисмис обернулась и с любопытством оглядела спасенных.

— Дальше я не пойду, — сказала она. — Мне пора назад.

— Спасибо тебе, девочка, — отозвалась Миура.—Если б не ты… Но безопасно ли тебе возвращаться? Ведь все видели, как ты нас спасла!

Киска самодовольно и чуть кокетливо рассмеялась.

— Даже если бы я сделала это открыто, Лионелл не дал бы меня наказать, — сказала она. — Но что же особенного все видели? Бедная кошечка, обезумев от страха, спряталась в первую попавшуюся щель. Откуда ей было знать, что преступники кинутся следом? Очень выгодно притворяться трусливой глупышкой. Давайте познакомимся! Меня зовут Мисмис.

— Твое имя знают все в городе, — ответила Миура. — И я тебя знаю давно. Я частенько забегала к вам в гости, когда ты еще жила у матери. Правда, ты была еще совсем мала.

— Постой-ка, — Мисмис округлила глазки. — Сейчас скажу! Миурина! Тетя Миурина! Так?

— Почти так. Миура.

— Да-да, припоминаю! Миура, — улыбнулась красотка. — Ну, а как зовут нашего глупенького героя?

Скажи это кто-нибудь иной — Басси полез бы в драку. Но он был очарован — и побежден.

Басси, — покорно представился он. — Очень приятно.

Мисмис расхохоталась.

— Очень приятно! Ну что ж, мне тоже очень приятно. Особенно приятно то, что вы сидите здесь, в безопасности, — сказала она, — только безопасность эта хлипкая. Вам нужно уходить отсюда как можно скорее.

Беззаботное чувство облегчения, обуявшее беглецов после спасения от гибели, испарилось. Беда глядела им в глаза, скаля зубы.

Преступления в Кошачьем городе совершались редко. Если Закон нарушался большими кошками, Владыка сам судил и наказывал. Подобное держалось в строжайшем секрете от малого кошачьего народа.

Преступлениями у малого народа назывались провинности, ибо ничего страшнее украденного куска мяса или опоздания на работу в Верхней пещере не совершалось. Там судьей и карателем служил Каррис.

С преступлением, подобным происшедшему, правосудие в городе никогда не сталкивалось. Басси нарушил все мыслимые статьи Закона. Миура совершила то, чего, за неслыханностью оного, и Закон-то не предусматривал: публичное оскорбление Владыки.

Безусловно, высокое звание первых Настоящих Нарушителей Закона требовало и первого настоящего наказания. Правители не успокоятся, пока преступники не будут пойманы и казнены.

Затянувшееся молчание прервала Миура.

— Знаешь ли ты, куда ведут эти ходы? — спросила она. — И есть ли здесь выход наружу?

— Кажется, вон тот коридор ведет к ручью, — сказала Мисмис. — Я сунулась туда однажды, услыхала журчанье и повернула назад: терпеть не могу воды! Рядом с ним тупик, а дальше не знаю. Я ведь бываю здесь лишь изредка, когда Лионелл спит.

— Кого отправят нам вдогонку?

— Сейчас подумаю, — Мисмис на секунду задумалась, — Линкстоны, безусловно, сюда заявятся. Кроме рысей, за вами кинутся камышовые коты — злющие обжоры, и пронырливые сервалы. Да и другие мелкокрупные — их знаете, сколько!

Малышка вдруг присела, прижав ушки и испуганно озираясь. Ее глаза расширились до невероятных размеров.

— Ой, тетя Миура! — торопливым шепотом сказала она. — Я совсем забыла... Слышали вы когда-нибудь о ягуарунди?

Басси и Миура недоуменно переглянулись. Им стало очень страшно.

— Я никогда не видала ни одного, — продолжала Мисмис, — но знаю, что это зверь свирепый, сильный и хитрый. Ростом чуть больше кошки... Самое же ужасное то, что кошек ягуарунди ненавидят.

— Они тоже служат в полиции? Как Линкстоны? — тихо спросила Миура.

— И да, и нет. Это — тайная полиция, но рысям они не подчиняются, — Мисмис помедлила. — Их содержит сам Лионелл. Ягуарунди — его личная гвардия. Не знаю, где они живут, но встречается лев с ними тайно, в своей пещере. И уж в лабиринтах они хаживают, будьте уверены!

Миура помолчала. Надежда на укромную пещерку с водой и мышами, где можно было бы отсидеться, а может, даже и поселиться, упорхнула, как птичка в открытое окно. Вместо нее снаружи пучеглазой совой влетело страшное, неизбежное решение: бежать. Не только из города и окрестных пещер. Бежать следовало в Большой мир, как можно дальше.

И ведь надо же — только вчера начались дожди...

— Мисмис, — сказала кошка, — тебе надо идти. Ничем больше ты нам не поможешь. Ведь ты и так...

Внезапно из дальнего конца галереи донеслось то, чего они ждали и боялись услышать. Топот ног, крики, боевой клич.

— Бегите! — вскричала Мисмис. — Спасайтесь! Это Линкстоны! — и, подождав, пока Басси и Миура юркнули в боковой проход, она повела себя очень хитро. Чтобы отбить запах беглецов, малышка на минутку присела у входа в коридор, затем отбежала и улеглась на пол в живописной позе: ни дать ни взять лишившаяся чувств слабонервная барышня.

Рысей было трое. Увидев Мисмис, они остановились.

— Гражданка Мисмис, — строго возгласил старший. — Были ли здесь нарушители общественного порядка?

Двое младших почтительно подняли красотку. Она томно прислонилась к ногам самого, как ей показалось, чувствительного к ее чарам кота.

— Ах...да, — Слабым голоском пропела она. — Нарушители? Отвратительные, серые, беспородного вида кошка и подросток-кот?

— Да. Описание сходится, — сказал начальник. — Вы не пострадали от них?

— Они оттолкнули меня! Грубо! Как простую кошку! — Мисмис разрыдалась. — Арестуйте их! Накажите! Так поступать с любимой киской Владыки!

— Непременно арестуем, — заверил ее старший. — Можете ли вы указать, куда они направились?

— Да-да, — обрадованно воскликнула заговорщица. — Они побежали назад, к Нижней пещере.

— Назад? — Линкстон ушам своим не поверил. — Зачем назад? Льву в когти?

— Ах, не спрашивайте меня, — капризно отозвалась Мисмис. — Откуда мне знать? Кажется, кошка что-то говорила о том, что там безопаснее.

— Понятно, — вставил слово младший Линкстон, — там узкие коридоры! И нам туда не пролезть.

Но его начальник был тертый калач.

— Разве что они ополоумели от страха! — сказал он и двинулся вокруг, принюхиваясь. — Нашли безопасное место! Да всех коридоров там сотня шагов, и воды нет. Что-то тут не так...

Мисмис с замиранием сердца следила за его действиями. Вот он достиг того прохода, куда спрятались беглецы... Принюхался. Сочувственно взглянул на киску, покачал головой... И прошел мимо.

—Да, похоже, что они действительно пошли назад, — решил старший, закончив обнюх. — Работенка для ягуарунди. Ну что ж! В таком случае вам, гражданка, небезопасно возвращаться этой дорогой. Мы проводим вас в обход.

Прежде чем идти назад, рыси подкатили большой камень к выходу из коридора, ведущего к пещере.

Мисмис очень не хотелось уходить с полицейскими, но отказ мог вызвать подозрения. Она согласилась. Впрочем, умея извлечь выгоду даже из неудач, киска от души постаралась задержать их продвижение, притворяясь обессиленной.

Малышке было невдомек, что она спасает преступников в другой раз: коридор, куда они нырнули, оказался тупиком.

Едва затихли шаги Линкстонов, беглецы покинули убежище.

— Басси, — воскликнула мама, — они скоро вернутся с подкреплением! Времени у нас в обрез. Давай сделаем так: я обследую коридоры, а ты запутывай следы. Бегай вокруг, заскакивай в каждый проход— несколько шагов, не более, и назад. И все время следи, куда я свернула. Если услышишь шум — беги за мной!

Драгоценные минуты утекали. Миура сунулась в один коридор — там оказалась осыпь, в другом мокрая глина на полу не позволила бы бежать. Еще проход — и опять неудача. Еще и еще...

Наконец, она попала в галерею, где чувствовался сквозняк. Встречный ток воздуха предполагал выход в большую пещеру или даже наружу. Миура остановилась в нерешительности: идти вперед или вернуться за сыном? Сквозняк-то есть, а вдруг прохода нет?

Басси быстро разрешил ее сомнения, появившись в галерее.

— Что, уже? — спросила она. — Сколько их?

— Не знаю точно, но много, — запыхавшись от бега, ответил котенок. — Да и какая разница? Все равно поймают.

Миура не ответила. Пусть попробуют, подумала она. Пока есть куда бежать и чем сражаться, сдаваться она не собирается.

И беглецы направились вперед.

Тем временем в городе царила суматоха. Все население разделилось на три группы: жаждущие мести, преследующие и сочувствующие.

Последняя, самая многочисленная категория, узнала новости от побитого и покусанного Карриса, возвратившегося в пещеру после встречи с пумами. Злодей был в таком бешенстве, что молчать просто не мог. А сама история, незатейливая и короткая, не поддавалась извращению никакими проклятиями.

Преследователей оказалось гораздо больше, чем предполагала Мисмис. Живя в непосредственной близости от Владыки, она не знала, сколько мелких кошачьих находилось в услужении у придворной знати. Теперь все, кто по размерам и жадности годился в охотники, ринулись в лабиринт. Вознаграждение, опрометчиво обещанное Владыкой, сулило: *все, что пожелает исполнитель монаршей воли*. Как же было усидеть на месте?

Кружево из следов Басси ненадолго задержало погоню. Вскоре свора карателей вышла на верный путь.

Беглецы опережали их всего на несколько минут. Коридор то расширялся, то сужался, два-три раза повернул — и повел вниз, все круче и круче. Журчал ручеек, вытекавший из-под стены и бежавший с кошками наперегонки.

Внезапно впереди забрезжил свет. Дневной свет! У Миуры бешено заколотилось сердце: неужели выход? Вот явственно обозначилась дыра в стене, куда прыгал с радостным бульканьем ручеек...

Затаив дыхание, она выглянула наружу. И обмерла.

Хорошо знакомая пещера с подземной рекой лежала внизу. Столько раз освещавший детские игры пролом в потолке сейчас пропускал больше дождя, чем света. Ручеек, мурлыча, сбегал по стене на осыпной берег.

Басси и Миура привыкли считать пещеру своей. Оттуда вела дорога в их заповедный лабиринт, где знаком каждый поворот, каждый укромный уголок.

Увы! До спасения было очень далеко. Вернее, высоко. Окно, из которого они глядели, располагалось почти под самым сводом. Спрыгнуть или спуститься оттуда мог разве что паук.

В отчаянии Миура опустила глаза... и увидела соломинку для утопающих. Судьба, испытывая ее отвагу, предлагала выбор: спастись, преодолев страх, или умереть, сдавшись.

Снаружи, чуть ниже проема, начинался и уводил вправо узенький карниз. Неровный, ступенчатый, шириною в две кошачьих лапки. Он был сух — ручеек стекал в другую сторону. Страшная тропа полого спускалась и исчезала за поворотом стены невдалеке.

На разведку времени терять нельзя. Ну что ж!

— Басси, — сказала мама, — нам надо пройти по этому уступу. — И, взглянув в полные ужаса глаза котенка, добавила: — Там, за углом, дорога расширяется. И ведет вниз. Ну же, малыш! Смелее! Или ты хочешь остаться здесь?

Басси, глотая слезы, дрожащей лапкой ступил на карниз. Потом, чуть дыша, сполз целиком. Вжался в стену. И — замер, не в силах двинуться с места.

В этот миг из глубины коридора послышались голоса. Погоня настигала беглецов.

— Басси! — вскричала Миура. — Ты хочешь, чтобы твою маму растерзали?

Нет лучшего способа избавиться от страха, чем получить для сравнения что-нибудь похуже. Тропа сразу же показалась котенку надежной и приветливой.

Не оглядываясь, он чуть не побежал вперед.

Преследователи достигли окна как раз вовремя, чтобы увидеть серый кошачий хвост, исчезающий за обрывом. Крики ярости огласили своды пещеры. Еще бы: вместе с добычей ускользало исполнение всех заветных желаний!

И тут, перекрывая шум, раздался голос старшего Линкстона. Он требовал пропустить кого-то вперед.

Наступившая внезапно тишина заставила Миуру насторожиться. Она остановилась, оглянулась — и от страха чуть не сорвалась вниз.

Следом за ней по карнизу шел незнакомый зверь. Желто-коричневая шкура, широкая грудь, короткие лапы. На круглой голове — карикатурно маленькие ушки. Спокойная, деловитая поступь. В немигающих желтых глазах — ни злобы, ни страха. Убийца на работе.

Только бы малыш не заметил его, подумала Миура и поторопилась дальше.

А Басси тем временем достиг поворота и радостно воскликнул:

— Мама! Тропа расширяется! И ведет вниз! А откуда ты это знала?

— Просто знала — и все, — ответила Миура, нагоняя его. А знала она то, что идти легче, когда надеешься на лучшее.

Прежде чем свернуть за угол, она оглянулась опять. Кругломордый был гораздо ближе, чем раньше. Мало того: за его спиной по карнизу пробирались еще двое.

Тропа за поворотом, расширяясь, ступеньками спускалась вниз.

— Вперед, Басси! Бегом! — скомандовала мама.

Они побежали изо всех сил. Впереди виднелся еще один поворот. Почти достигнув его, Миура обернулась — и поняла, что им не уйти. Всего лишь несколько шагов разделяли охотников и дичь.

То, что оказалось за углом, поставило их в тупик. В буквальном смысле. Небольшая площадка — и конец пути.

Миура поспешно огляделась.

Спустившись примерно до середины стены, они все еще были гораздо выше безопасного прыжка вниз. Да и что толку прыгать на осыпь? Ягуарунди тут же настигнут.

Карниз нависал над берегом в том месте, где вода через запруду изливалась в нижнюю пещеру. Прямо напротив карниза, на расстоянии прыжка, высилась каменная колонна. Ее плоская верхушка находилась на одном уровне с карнизом, и на ней могли уместиться две кошки.

Что-то касающееся этой колонны начало всплывать в памяти Миуры, но ждать она не могла. Выбора у нее не было, времени — тоже. В тот миг, когда погоня достигла поворота, она скомандовала перелет.

Точным, слаженным прыжком беглецы перескочили на верхушку камня.

Ягуарунди, добежав до карниза, остановились. Зная, что добыча никуда не денется, они решили перевести дух.

И тут Миура вспомнила! Вспомнила и пожелала оказаться где угодно, только не на верхушке этой колонны!

Но было уже поздно.

Глава 7
Самое страшное

Каменная махина содрогнулась. Что-то внизу загудело, и скала мелко задрожала. С берега в воду поползли крупные и покатились мелкие камни.

Прошло два, может, три долгих мгновения — и громадина начала падать. Сначала пошатнулась и слегка осела. Потом накренилась и замерла, найдя какое-то подобие равновесия. Но вскоре, собравшись с духом и выбрав направление, стала валиться — сначала медленно, похрустывая камешками у основания, потом все быстрей и быстрей — и, наконец, с оглушительным грохотом рухнула поперек русла реки, прямо по краю запруды.

Удар сотряс всю пещеру. Со стен стали падать камни, где-то обрушился карниз, осыпи на берегах сползли в воду. Скалы гудели, угрожая новыми обвалами.

Бывает так, что беда помогает горю. Напугав наших беглецов до полусмерти, происшествие подарило им вожделенный выход на волю.

Спаслись они, опять-таки, благодаря самообладанию Миуры.

Когда кошка поняла, что обвал неминуем, она велела Басси повернуться в сторону падения — и приготовиться прыгать. На их счастье, колонна опрокидывалась к противоположному берегу.

Самым трудным было рассчитать момент прыжка. В подобных положениях нужный миг приходится на середину дуги, что описывает верхушка падающей колонны. Секундой раньше — не сможешь оттолкнуться как следует, мгновение промедли — скала догонит в полете и накроет.

— Я скажу, когда! — крикнула Миура. — И не бойся прыгать в воду! Я тебя вытащу.

В нужный момент она подала команду, рассчитав не только время прыжка, но и место приземления. Взвившись в воздух, беглецы пролетели над водой и упали на берег, довольно далеко от колонны.

Ни мама, ни сын ничуть не пострадали. Песок и мелкие камни осыпи смягчили падение. Правда, поднявшаяся волна стащила Басси в воду, но он тут же выбрался на берег.

Переведя дух, они огляделись. Пещера предстала им с непривычной точки зрения: они никогда не бывали на том берегу. На покинутой ими стене, высоко под потолком, чернела дыра, — начало их пути над пропастью. Никто оттуда не выглядывал — очевидно, обвал охладил охотничий пыл, и преследователи разбежались. По незаметной снизу тропе удирали вспять маленькие фигурки ягуарунди.

— Мама! Бежим в наш лабиринт! — обрадовался Басси. — Там легко спрятаться. Перейдем реку по колонне, как по мосту!

Миура не ответила. Затаив дыхание, она следила, как поднимается уровень реки в затоке. Возникшая плотина перекрыла отток воды, и шум водопада стих.

— Нет, малыш, — ответила она. — Кажется, у нас есть выход получше.

Если только успеем… Идем-ка!

Они вспрыгнули на поверженную колонну — и ахнули.

Невероятное зрелище ожидало их. Русло реки в нижней пещере мелело на глазах. Устилавшие дно камни, испокон веков покрытые водой, поднимали головы и удивленно озирались. Последние ручейки ящерками скользили вниз по склону.

Путь в Большой мир был открыт! Дождь и холод не пугали изгнанников. Что такое лишения, если ты свободен?

Прежде чем спуститься на обнажившееся дно реки, они оглянулись — и правильно сделали! В дальнем конце пещеры, у выхода из обжитого лабиринта, показалась погоня. На сей раз преследователи были далеко.

— Видишь? Хорошо, что мы не пошли туда, — сказала Миура и поторопилась вниз.

Ни мама, ни сын ни словом не обмолвились о том, что среди охотников видели очень знакомую серую фигурку. Издалека фигурка выглядела совсем крошечной. И так хотелось ошибиться…

Бежать по мокрым камням оказалось трудно. Лапы скользили на отполированных быстрой водой валунах. Иногда приходилось шлепнуться в холодную лужу.

И все же беглецы приближались к свободе!

Они миновали уже середину пути, когда под ногами стала прибывать вода. Нет, река еще не затопила плотину, но по бокам колонны, очевидно, на месте размытой осыпи образовался сток.

— Басси, быстрей! — торопила мама. — Выбирай камни покрупнее!

Еще четверть дороги осталась позади, когда стало ясно, что им не выбраться.

Вода неумолимо поднималась, превращая валуны в острова. Журчанье мелких ручейков стихало по мере нарастания глубины, а сзади, постепенно усиливаясь, догонял их шум возрожденного водопада.

Басси с тоской посмотрел вперед, на яркий свет свободы. До него было лапой подать...

Но Миура, верная своему неукротимому характеру, не оставила надежды и сейчас. Взгляд ее метался от стены к стене, пытаясь отыскать грот, щель, карниз — что угодно, где можно было бы спастись от потопа.

Ничего! Лишь груда плоских камней у правой стены. Выделяясь странным красноватым цветом, камни возвышались над уровнем дна.

Кликнув Басси, Миура бросилась туда. Из последних сил, в последние секунды, прыгая по уже покрытым водой валунам, они достигли нагромождения и взобрались на самую верхушку.

Камни оказались сухими: очевидно, упали с потолка во время обвала. Удивительной была их форма — плоская, как кусок древесной коры, — и поверхность, пористая и необычайно шершавая.

Единственная надежда оставалась у беглецов: быть может, вода не достигнет их убежища.

Но горные реки неумолимы. Прибывая с каждой секундой, вода все яростней наступала на берега. Вот она уже подобралась к подножию груды... лизнула нижние камни... забралась под них...и внезапно, одним махом, разрушила весь завал.

Нет, дорогой читатель, наша сказка не кончена. На этом месте так и хочется произнести нравоучение: никогда не сдавайся! Поступай, как Миура! Ибо отважным душам всегда помогают — называй эту помощь судьбой или как-нибудь иначе.

Кто мог надеяться, что камень поплывет? Никто из кошек не слыхивал о существовании пемзы, окаменевшей вулканической пены, которой не страшна вода. Поэтому Басси и его мама, оказавшись на необычном плоту, восприняли это совершенно правильно: как помощь неизвестного Покровителя.

В мгновение ока бурная река вынесла плот с пассажирами из пещеры.

Холодным душем встретила их свобода. Порывы ветра пронизывали мокрые шубки насквозь.

К тому же радоваться было рано. Неведомая опасность всегда хуже известной. А в том, что они плывут навстречу новым испытаниям, сомневаться не приходилось.

Река, несущая их по равнине, называлась прозаически: Кошкин хвост. Несмотря на резвый нрав, была она довольно узкой и мелкой. Сверху, со скал возле своего дома, котята едва замечали ее. Их взоры приковывал водяной исполин, великая Мокрая вода, казавшаяся непреодолимой.

Кошкин хвост впадал в большую реку в примечательном месте. Немного ниже его устья Мокрая вода решительно поворачивала к югу, и сразу за излучиной каменистое дно русла показывало зубы: ряд грозных порогов прегра-

ждал путь течению. Будто пятясь назад, чтобы разбежаться и прыгнуть, река перед порогами широко разливалась.

Размытый правый берег Мокрой порос густыми ка-
мышами.

На сей раз у Миуры было время подумать. Куда направиться?

Они могли, перескочив на левый берег Хвоста, вернуться на скалы подальше от города и попытаться найти пещерку. А если не найдут? Ни птиц, ни мышей на мокрых камнях нет. Холод, дождь, ветер. Что тогда?

По правому берегу речушки лежала Великая равнина. Там жили гепарды и другие звери. Отдельные деревья
и камни виднелись над прибитой дождем травой, но где
найти убежище? Разве что на Красной скале, что видне-
ется вдалеке. Говорят, там есть теплая пещера. А еще говорят много чего страшного…

Глаза Миуры обратились вперед. Сквозь пелену хле-
щущего дождя темная стена леса на том берегу казалась
зловещей.

Лес! Совершенно незнакомая страна, пугающая и в то
же время манящая. Из поколения в поколение переда-
валось доброе слово о лесах: мол, там кошкам легко выжить. Зная наивность преданий, Миура не обольщалась
на этот счет. Наверняка звери покрупнее обрадуются их
появлению не только из гостеприимства.

И все же только в лесу возможно найти кров и пищу
в дождливое время года.

Пока Миура размышляла, речка, принимая в себя по-
путные ручейки, стала полноводнее и замедлила бег. Берега становились все ниже, появились отмели. Приближалась большая река.

Чем дальше от скалистого кряжа отплывали наши путешественники, тем больше они видели на его склонах.
Конечно, издали нельзя было различить родное окно или

вход в лабиринт, но главные ворота города выделялись черным пятном на серых камнях. А еще — желтыми и коричневыми букашками казались снизу звери, вереницей спускавшиеся на равнину, к берегу Кошачьего хвоста. Погоня отстала ненадолго.

Еще один довод в пользу леса. Переправившись на ту сторону, можно будет забыть о Линкстонах и ягуарунди.

— Как их много! — тоскливо сказал Басси. Он уже устал бояться.

— Пусть себе гонятся! По счастью, у нас есть плот, — отозвалась мама. — Еще немного — и мы будем на том берегу.

Бедная Миура! Ее злоключения в тот день еще не кончились. Так вышло, что на тот берег она не попала.

Итак, вскоре плот оказался меж зелеными стенами камышовых плавней, и скалы скрылись из виду. Кошкин хвост, постепенно расширяясь и мелея в устье, плавно повернул к югу. Широкая затока великой реки открылась взору беглецов.

Они ахнули от восторга... и тут же похолодели от ужаса.

Ибо увидели зверя страшнее льва.

Строптивая речка, впадая в залив, намыла по правому берегу мыс — песчаную косу, до середины скрытую водой. За мысом, вдоль берега затоки, тянулся пляж. И там, на мелководье, лежали рядком безобразные зеленые бревна о четырех коротких лапах и с чудовищной пастью.

Вопрос: зачем крокодилу такие большие зубы? — для Басси и Миуры был излишним. Они сразу увидели, зачем.

Будучи легче плота, другие куски пемзы из пещеры попали в реку раньше, — и обеспечили крокодилов чудным развлечением. Зверюги резвились вовсю: дождавшись, пока красный поплавок, обогнув мыс, выйдет в затоку, несколько весельчаков кидались в воду, плыли к нему наперегонки и, настигнув, крушили зубами.

Лязганье челюстей и удары хвостов заглушали шум дождя.

Изо всех испытаний, выпавших на долю Миуры за день, это оказалось самым страшным. Выбора не было: ей предстояло расстаться с сыном.

Она знала, что останься они на этом берегу — и погоня, рано или поздно, настигнет. А силы у Басси на исходе...

— Слушай внимательно, малыш, — как можно спокойнее сказала мама, — там, на скале, когда я описала тебе тропу за поворотом, ты мне поверил?

Басси молча кивнул. Он уже знал, что сейчас будет что-то ужасное.

— Тогда поверь и на этот раз, — продолжала Миура. — Там, за рекой, для тебя есть убежище, сухое и теплое. Там полно вкусной еды, а главное — тебя за рекой ждет друг. Может быть, он сейчас сидит на том берегу и смотрит сюда.

— Мама, — всхлипнул Басси, — мама, ты же не?.. ты же меня не?..

— Мой мальчик, вдвоем нам через реку не переправиться, — грустно ответила кошка.

Малыш разрыдался. Ничего хуже расставания с мамой на свете быть не может.

Миура огляделась. Плот приближался к мысу. Следя за поверхностью реки, крокодилы не видели ничего позади и сбоку себя. Нужно привлечь их внимание прежде, чем они заметят новый поплавок...

— Басси, — сказала Миура торопливо, — ты знаешь, что я никогда не нарушаю данного слова. Так вот тебе мое слово: со мной ничего не случится! Мы обязательно встретимся! Не могу сказать, когда и где, но это будет!

Плот как раз поравнялся с мысом. На мгновение прижавшись щекой к зареванной мордочке сына, мама спрыгнула на мель и, пошлепав по воде как можно громче, выскочила на косу и помчалась прямо к лежбищу крокодилов.

Все, что делала эта кошка, делалось с умом и приносило пользу. Прыгая, задними лапками она изо всех сил оттолкнула плот, пустив его наискось к середине реки и против течения. Следуя заданным курсом, плот должен был по дуге обойти крокодилий пляж и приблизиться к тому берегу, не достигая порогов.

Лежа на плоту, полуослепший от дождя и слез, чуть живой от горя, Басси смотрел, как мама играла в кошки-мышки с крокодилами.

Играла она, разумеется, роль мышки. Цель ее была проста: отвлечь плавучие челюсти от реки, предоставив им другую забаву.

Надо ли говорить, как страшно она рисковала? Судя по внешности, кошка полагала, что крокодилы на суше медлительны и неповоротливы. Куда там! Обозленные изворотливостью приманки, подогреваемые жадностью, чудовища метались по пляжу, щелкая зубами. Серой стрелой летала между ними Миура, едва касаясь земли, а иногда приземляясь и на чью-то бугристую спину. Дважды ей чуть не откусили хвост, она задыхалась от усталости, но все же умудрялась держать весь пляж в поле зрения.

И вот она заметила, что один крокодил не принимает участия в охоте. Лежа у края воды, он пристально следил за чем-то на поверхности затоки... В мгновение ока Миура оказалась у него на спине и чуть-чуть помедлила, — доли секунды, может быть. Этого хватило: три пасти раскрылись, чтобы схватить ее, и все три сомкнулись на хвосте у чересчур любознательного товарища. Забавы тут же прекратились. Началась честная драка.

Тем временем наступали сумерки. Серая завеса дождя потемнела и сгустилась, и тот, желанный далекий берег, стал едва различим.

Отлежавшись в зарослях камыша, кошка выглянула — и не увидела плота. Сердце ее тоскливо сжалось.

Тяжело вздохнув, Миура повернулась прочь от реки и углубилась в плавни. Пора было подумать о себе. Ведь она дала слово Басси.

Кошки не учат законов физики, но о природе стихий знают больше, чем мы с вами. Точнее, не знают, а чувствуют, что оставляет наши знания далеко позади. И вообще, если бы не любопытство, они никогда не попадали бы в беду. Но о любопытстве потом. А сейчас...

Впервые столкнувшись с задачей: рассчитать плавание плота по большой реке, Миура и тут оказалась на высоте. Воды быстрого притока, вбегая в реку навстречу течению, дугой огибали затоку поперек русла и должны были доставить плот с пассажиром на тот берег.

Если бы не начавшееся половодье, так бы и произошло. Но всего предвидеть не могла даже умница Миура.

Отброшенный силой толчка, кусок пемзы с перепуганным мокрым котенком попал прямиком в дуговое течение. Басси смотрел на оставленный берег, пока дождь и надвигающийся вечер позволяли что-то различить. Он не видел, как мама скрылась в камышах, но всеми силами души надеялся, что ей удалось спастись.

Взглянув наконец на близкую цель своего путешествия, малыш обмер. Надо сказать, было от чего!

Кромка берега нависала над водой. Корни растений держались друг за друга долго после того, как вода вымыла почву из-под них. Нигде не видно было места, похожего на пляж или отмель. Зверь покрупнее кошки, наверное, мог бы вспрыгнуть на обрыв, но что говорить о полуживом котенке!

И все же самое опасное было впереди. Под самым берегом река, торопясь избавиться от лишней влаги, образовала узкую стремнину. Весело журча, упругий жгут воды подхватывал все, что выносили к нему неторопливые воды затоки, и, разогнавшись, швырял на камни порогов.

Басси заметил страшный поток, только угодив в него, да и то сказать: а что он мог сделать? Миновать стремнину на пути к берегу было невозможно.

У него не осталось сил бояться. Спокойно и отстраненно разглядывал он проносящиеся мимо деревья, кусты, камни. Впереди, нарастая, возник шум водопада: приближались пороги.

Внезапно плот, ударившись о подводную корягу, завертелся волчком и выскочил из течения на спокойную воду. Его тут же потянуло назад, но пассажир получил лишнюю минутку, чтобы подумать.

В надвигающихся сумерках предстало перед ним последнее испытание.

Вспенивая мутную воду на камнях, впереди клокотал и бурлил бешеный поток. Надежды проскочить пороги не было: плот будет разбит прежде, чем достигнет водопада.

В измученной голове Басси промелькнуло: «Ну, вот и все. Зря мама столько вытерпела, спасая меня».

И, словно разбуженная воспоминанием о маме, проснулась и вскричала его совесть: «А ты? Ты что-нибудь сделал ради нее? Подумай: каково ей было бы узнать, что ты покорно утонул, не пошевелив лапой? Посмотри: вот берег, рядом! Делай что-нибудь! Ищи!»

И — как же он раньше не заметил! — тут же малыш увидел верный путь к спасению. Перед самым порогом громадное дерево протянуло ветку над водой. Ветка была высоко, но если разозлиться как следует и собрать все силы, то допрыгнуть можно.

Басси встал, отряхнулся и приготовился к прыжку. Вот плот снова скользнул в поток... Ох, как быстро! Еще быстрее... Вот она, ветка! Прямо над головой! Ну же!

Он прыгнул. Но, то ли расчет был неверным, то ли ветка оказалась на самом деле выше, — вскочить на нее котенку не удалось. Зацепившись когтями передних лап, не в силах подтянуться, Басси беспомощно повис над водой.

Взглянув вперед, он увидел, как его плот разбило о камни.

— Вот видишь, мама, я сделал все, что мог, — сказал он вслух. — Теперь даже ты бы сдалась.

— Нет, малыш, — ясно прозвучал в его сознании ответ, — не все ты сделал. Держись! Остается еще надежда! Надежда на помощь. Ты ее заслужил.

Ветка закачалась, пружиня под чьими-то шагами.

Прежде чем разжать когти, теряя сознание, Басси почувствовал, как его схватили за холку и потянули вверх.

Часть вторая
БРЫСС, ПОВЕЛИТЕЛЬ ХОЗЯЕВ

Глава 1
Дом на опушке леса

Вы, конечно, замечали, как падающий дождь искажает наши представления о пространстве: недалекое кажется дальним, близкое — отодвигается. Виною тому, быть может, не глаза, а вполне понятное нежелание выходить из дому под льющуюся с неба холодную воду. Воображение — верный помощник лени и праздности.

Всем нам, лишенным корней, кажется ненужным и досадным этот праздник зеленой жизни. Люди привыкли смотреть на дождь, как на неприятность, которую надо пережить.

Но это еще не все. Нам, обитателям теплых жилищ и неблагодарным владельцам очагов, невдомек, насколько дождь удлиняет время. Оно становится нудным и бесцветным, — подобно струям дождя, тягучим и липким, что древесная смола; оно цепенит душу, обволакивает волю. Сознание беспомощно, как бабочка с намокшими крылышками; обрывки мыслей — падающие листья в тумане. Даже воображение засыпает — уж и не припомнить, каким бывает солнечный денек...

Наши предки это знали. А потому и придумали дом. И поселили внутри кусочек солнца, назначив ему почетное место — очаг. Человек обманул природу и получил полноценное время в свое распоряжение.

И напрочь забыл о тех, кто этих благ лишен...

Невыразимое блаженство, от которого пробудился Басси, было вызвано теплом. Боясь, что это — сон, и стоит ему открыть глаза — наваждение исчезнет, котенок замер, чуть дыша. Тепло обволакивало измученное тельце, ласкало и успокаивало натерпевшуюся страха душу. Наконец, вынырнув из забытья окончательно, он решился приоткрыть глаза.

И тут же вскинулся, сел и уставился на то, что с недавних пор ценил больше всего на свете. Он увидел огонь! Близко, прямо перед собой.

Не успел Басси придти в себя от одного потрясения, как испытал другое. Мамин язык нежно погладил его по голове, прошелся по спине и бокам. От привычной ласки у малыша зашлось сердце. Он снова зажмурился — на сей раз от счастья. О, какой же страшный сон ему приснился! Как будто они с мамой...

Но если это мама, почему она молчит? И отчего ее язык такой большой, и совершенно сухой? И на чем, интересно, Басси лежит? Что-то теплое и живое... Собравшись стайкой в детской голове, вопросы распахнули ему глаза и выпорхнули наружу.

Глянув вверх, котенок обомлел. Над ним наклонилось лицо крупного безволосого зверя. Точнее, шерсть у него была, и предлинная, но росла она только на верху головы. Зверь бережно держал малыша на коленях и гладил его лапой, тоже голой, без волос.

От незнакомца, — вернее, как выяснилось вскоре, незнакомки, — веяло добротой. Поэтому Басси не испугался, он только с отчаянием подумал: «Значит, не сон».

С минуту они разглядывали друг друга, потом зверь вдруг открыл рот и заговорил. И — вот чудеса! — малыш его понял! Язык был чужой, совсем не похожий на кошачий, и звучал непривычно, но все было понятно. Вот что сказал, вернее, прокричал зверь:

— Мама, мама! Иди сюда, посмотри! Котенок уже опять живой! Я же говорила! А ты — выбрось, выбрось! Дохлятина, мол, и шкурка мала, не обдерешь! А я знала — если Брыссенька мне его принес, значит, он живой!

Раздались шаги, и похожий зверь, но покрупнее первого, наклонился над Басси.

— Ну надо же! — раздался другой голос, — действительно оклемался! А хорошенький какой! И морда не нахальная — не то, что у Брысса. Только вы с папой из него такого же разбойника сделаете.

Снова раздались шаги, и подошел третий зверь — очевидно, самец. Пышная черная грива оставляла голой лишь верхнюю часть его лица.

— Ну-ка, покажите найденыша, — басом сказал вожак. — Ух ты, лапочка какая! Что ж, если вы со своей женской мудростью соваться не будете, я из него настоящего зверя сделаю.

— Нет уж, папочка! — взвизгнула младшая зверушка. — Он мой! Мне его Брыссушка подарил! — и она громко чмокнула Басси прямо в нос.

Самка ужасно рассердилась.

— Аюна! — закричала она. — Не смей целовать животное! Ты что, знаешь, где он шлялся? И откуда он вообще? У него могут быть...

— Глисты, — сказала дочка, — и блохи. Я знаю. Скажи это папе — он Брысса с ног до головы облизывает.

— Кто облизывает? Я облизываю? — возмутился старший. — Поцелуйчики и сюсюканье — это по твоей части, а у нас с котом — мужская дружба.

— Ладно вам, — примирительно сказала мама, — хватит болтать. Лучше накормите малыша. Эх, жаль, что он — не кошечка! Была бы Брыссу подружка. Все наши соседи мечтают завести котенка, да где его возьмешь? Редкое животное!

— Только не вздумай отдавать Пуссика, — воскликнула девочка, — он мой! Пойдем, Пуссечка, я тебе молочка налью.

— Ну, все! Воспитание начинается, — вздохнул отец, — Пуссик! Тьфу! Ты ему еще бантик на шею повяжи.

— Мой котик — что хочу, то и делаю, — ответила Аюна, вставая и унося свое сокровище прочь от очага.

Как вы уже, безусловно, догадались, это была человеческая семья. И жила она в обыкновенном человеческом логове, называемом коротким словом: дом.

Дом был деревянным, и все внутри было сработано из дерева, кроме очага, сложенного из больших камней. Семья не держала ничего лишнего и потому жила беззаботно. Низкие кровати, скамьи, стулья и два стола — вот и все убранство комнаты. Один стол служил для приготовления и поглощения пищи, другой принадлежал Кео — так звали отца семейства, — и был завален всякой совершенно необходимой в хозяйстве всячиной. Мама по имени Эна называла этот стол каким-то мудреным словом — Басси его не понял. Впрочем, котенку пришлось догадываться о значении многих слов — ведь он впервые видел все, чем пользуются люди.

Самым примечательным в доме, — разумеется, после очага, — был пол. Сложенный из деревянных досок и сплошь покрытый звериными шкурами. Ковер этот, мягкий, теплый и скрадывающий шаги, так и манил прилечь и подремать.

Над миром лил дождь. Сизый туман клубился над рекой. В камышах плескались крокодилы. Время висело в воздухе, как туча комаров над болотом. А в домике на самой опушке леса царил его величество Уют. Там можно было жить — и не считать минуты.

И там Басси обрел пристанище, которое могло бы стать его домом — стоило только захотеть.

Ему повезло попасть к добрым людям. Давайте познакомимся с ними поближе.

Кео, самец семейства, занимался охотой и ловил рыбу в реке. Промышлял он в основном антилоп, реже — вепрей, иногда других животных, но никогда не убивал больше, чем требовалось его семье. То, чего не съедали сразу, коптили и вялили впрок; шкуры служили для обмена: ниже по течению реки, на той стороне, жили в степи люди, сеявшие хлеб. Те, в свою очередь, выменивали у приморских жителей соль и полезные вещи, жить без которых возможно, да трудно, — речь идет об оружии и домашней утвари.

Что касается одежды и обуви, то мастерица Эна почти все делала сама, используя шкуры, козью шерсть и мягкие волокна трав. Многого ее семье не требовалось: морозов они не знали, дождливая пора называлась у них зимой.

Рядом с домом срублен был сарай, вернее, еще один дом, попросторней и повыше первого. Он служил одновременно и амбаром, и кладовой, и дровяником, и хлевом. Назывался сарай ласково — Зверюшня, ибо обитали там животные: домашние и «больше не дикие», по определению Аюны.

Неподалеку от наших новых знакомых, чуть глубже в лес, жили еще три человеческие семьи. Все они держали домашних животных, и все как один считали семью Кео и Эны немного чокнутыми. Причина была проста: хозяева Зверюшни никогда не ели своих питомцев. Даже куры — глупейшие из птиц — умирали на ферме Кео от старости, к тому времени успев вдоволь накормить людей отборными яйцами. Козы снабжали хозяев молоком и шерстью, а милая зебра по имени Тпруся таскала тележку с припасами и катала на себе Аюну. Лошадка с удовольствием возила бы и взрослых, но те щадили ее: Кео нашел малышку зебру в степи погибающей, с вывихнутым коленом, а Эна превзошла себя, вылечив ее. Полосатая красотка бегала, совершенно не хромая, и обожала своих хозяев.

Жителей Зверюшни никто не держал взаперти. Необычного устройства дверь, вращаясь на деревянном шесте, позволяла каждому из обитателей войти и выйти, когда захочется. Любой из них мог погулять в лесу или выкупаться в реке — никто и не вздумал бы препятствовать!

И, разумеется, никто не ставил силков и ловушек, чтобы эту семейку собрать. Подобно Тпрусе, попадали туда исключительно беспомощные, раненые, увечные твари, подобранные Кео в округе и принесенные домой, под надежную женскую опеку.

Надо сказать, Эна умела врачевать: она знала целебные травы и могла уговорить больного потерпеть — великое искусство, когда имеешь дело с животными! Аюна была образцовой сиделкой, и даже ее навязчивые ласки приходились кстати выздоравливающим зверям.

Все вылеченные ими животные оставались в Зверюшне. И все дружили между собой, независимо от природных склонностей. За долгие годы лишь однажды мир в обители был нарушен.

Случилось это так. Однажды утром Кео, надрываясь от тяжести, приволок сеть с запутавшимся в ней крокодилом. Освобожденный пленник никого не тронул, ибо у него была сломана челюсть. Провозившись полдня, челюсть вправили и взяли в лубки. Потом Аюна целый месяц кормила нового питомца крошеной рыбой. Наконец, настал торжественный день: лубки сняли, крокодил щелкнул челюстью…и тут же пустил оную в дело: ухватил неосторожную хохлатку за крыло, — за что и был выдворен из Зверюшни навеки, унося на себе множество новых повреждений. Освобожденная хохлатка с товарками преследовали его до самой реки, и как они при этом кудахтали!

Помимо коз, зебры и кур, в славную пеструю компанию входили: хромая щетинистая свинья; одноглазый ушастый еж — обжора и увалень; глухой филин по имени Фука; престарелый горный баран; лебедь с перебитым крылом и его подружка, не пожелавшая его покинуть; попугай с трещиной в клюве — страшное увечье для птицы! — которого Аюна каждый день кормила с рук; потерявшая хвост выдра; питон, подобранный Кео после лесного пожара; еще десятка два различных птиц, зайцы, ондатра, бурундук, и наконец — наилучшее из домашних животных, собака.

Бонго был чудным лохматым псом благородной волчьей породы. Четыре лета тому назад Кео отбил полуживого щенка у степного орла, Эна выхаживала заморыша чуть ли не год. Старались они не зря: лучшего друга и помощника, чем они получили, найти было нельзя. Пес сторожил дом, ходил с хозяином на охоту, присматривал за порядком в Зверюшне и вообще был незаменим, ибо любил хозяев истинно и верно.

Впрочем, одну слабость непогрешимый Бонго все-таки имел. Он испытывал брезгливую неприязнь — о, вполне не понятную! — к Брыссу.

Ну вот, наконец мы и добрались до Брысса. Но… личность столь яркая и необыкновенная заслуживает большего, чем простое упоминание в числе прочих. Давайте познакомимся с ним постепенно — глазами Басси.

Глава 2
Азы воспитания хозяев

Второе пробуждение в теплом доме оказалось для котенка гораздо приятнее первого: малыш отогрелся, отдохнул и перестал бояться новых напастей. Открыв глаза, он спокойно и внимательно осмотрелся.

Кровать, где лежал Басси, стояла в углу. Неподалеку от нее в стене располагалось окно. Затянутое чем-то прозрачно-мутным, оно пропускало мало света: в комнате царил полумрак. Зато каким уютом дышал огонь в очаге! Хитроумный дымоход, сплетенный из лиан и обмазанный глиной, опирался на четыре бревна, врытых в землю по углам очага. Тени метались по стенам, будто стайка встревоженных рыбок.

Тепло и янтарный свет пламени — казалось, ничего лучшего на свете не бывает. И, как бы тяжело ни было на сердце у Басси, он сладко зевнул и, потянувшись, выбрался из-под одеяла.

— Не торопись, Пуссик, — раздался насмешливый кошачий голос сверху. — Хочешь опять на ручки? Если нет — притворись спящим! Слышишь: Липучка топает.

В ту же секунду хлопнула дверь, и раздались легкие шаги. Басси поспешно лег и зажмурился. Аюна тихонько подошла, накрыла его сброшенным одеялом, проворковала что-то и удалилась.

Тотчас же кровать прогнулась под тяжестью спрыгнувшего с полки крупного кота, и когтистая лапа стащила с малыша покрывало.

— Будем знакомы, Пуссик! — произнес незнакомец. — Меня зовут Брыссом.

Басси с восхищением оглядел великолепного черного зверя. Пушистая шерсть лоснилась в отблесках огня, роскошный хвост грациозно изгибался. Движения красавца были то ленивы, то стремительны. В искристых зеленых глазах читался ум, лукавство и много чего другого.

— Вообще-то я — Басси, — сказал оробевший котенок.

— Теперь уж ничего не поделаешь, — усмехнулся котяра. — Придется поработать Пуссиком.

— Как это — поработать? Разве можно работать именем? — недоуменно спросил Басси.

— Скоро поймешь, — ответил Брысс. — Даже очень скоро. Пойдем, покажу тебе свои владения. За мной! — и он спрыгнул на пол.

Басси, совершенно зачарованный, двинулся следом. Экскурсия началась с обеденного стола. Вспрыгнув на крышку и дождавшись спутника, Брысс начал объяснения:

— Это — обеденный стол. Собственность хозяйки. Охраняется криком и веником. Строго запрещенное для котов место. На столе нельзя стоять, лежать, сидеть...

— Как? — изумился Басси. — А почему же мы здесь сидим?

— Потому, — сердито сверкнул глазами кот, — что надо сначала дослушать, а потом уже соваться с дурацкими вопросами.

Басси сконфуженно притих.

— Запомни, — назидательно продолжал Брысс, — любой запрет для котов следует дополнять словами: *когда хозяева дома*. А когда их нет — все можно.

Пойдем дальше.

Они перепрыгнули на широкую низкую скамью, где вперемешку лежали мотки шерсти, лоскутки, полоски шкур, спицы, иголки и нитки.

— Это — усмехнувшись, сказал наставник юных нарушителей запретов, — мастерская хозяйки. Неисчерпаемый источник возможностей для кота. Какое удовольствие наблюдать, как хозяйка весь дом переворачивает, разыскивая то, на чем ты сидишь! Или улечься к ней на колени во время работы и шипеть, стоит ей протянуть руку за шитьем. Еще можно сгрести весь этот хлам в кучу и спать на ней. Забавно выдернуть спицы из вязания... А иногда можно обеспечить себе безнаказанность.

— Безнаказанность? Как?

— Представь себе, что тебе захотелось побезобразничать в кладовой, ну, слизать понемножку сливок с каждого горшка молока, к примеру. Спихни пару клубков на пол и покатай хорошенько, и сядь рядом. Люди глупы: они считают, что если ты не прячешься, — значит, не виноват. Так вот: хозяйка придет, увидит тебя, скажет, что ты — хороший котик, а от остальных в доме житья нет, и поднимет крик. Прибегут хозяин с Липучкой, все вместе покудахчут и станут распутывать нитки, а ты потихоньку — шасть в кладовую! И можешь быть уверен: тебе никто не помешает.

Басси с растущим уважением внимал старшему товарищу.

— В этом деле, — продолжал тот, — главное — не переусердствовать, а то вместо развлечения получишь веником по хвосту.

— А что такое веник? — спросил котенок.

— Орудие самовнушения, — весело ответил Брысс. — Вон он, стоит в углу! Почему-то хозяйке кажется, что она с веником в руке выглядит устрашающе. Ума не приложу, как она может верить мне, когда я прикидываюсь испуганным!

— А сюда тоже нельзя? — малыш, привстав на задние лапки, заглянул через край стола, принадлежащего Кео.

— Туда-то? Напротив: можно. И потому неинтересно. Спихнешь что-нибудь, поцарапаешь, опрокинешь — никто даже не заметит. Напрасный труд!

— А там что? — Басси глядел на полог из козьих шкур, подвешенный над другой кроватью в дальнем углу.

— Липучкино логово, — злорадно ответил Брысс. — Там тебе отныне и жить. Тяжела участь Пуссика! Я через это уже прошел.

Басси недоуменно посмотрел на него.

— Должен же я что-то получить за то, что тебя спас, — пояснил кот и нахально подмигнул. — Теперь ты отдувайся, а мне пора на заслуженный отдых.

Басси, уже получивший представление о заботах Аюны, сник.

— Ладно, будет тебе огорчаться! — добродушно хохотнул Брысс. — На Липучку управа тоже найдется. Во-первых, ее можно царапнуть или цапнуть — так, легонько, для острастки. Поревет немного, потом дуться будет — в общем, полдня выгадаешь. Во-вторых, можно спрятаться — я тебе покажу места. В-третьих, устроить маленький переполох в Зверюшне — легче легкого! Липучку медом не корми — дай навести там порядок, понунунукать и поцеловаться с каждым. Еще можно...

Хлопнула дверь. Но вместо долгожданной Аюны вошла хозяйка. Она несла большую глиняную плошку.

— Коты-ы! — пропела Эна. — А, коты! Кого накормить?

Запах свежего мяса разнесся по комнате. Проголодавшийся Басси задрал хвост и кинулся ей навстречу — как, бывало, встречал маму после работы.

Внезапно увесистая лапа сбила его с ног и прижала к полу, а сердитый голос прошипел прямо в ухо:

— Нет уж, детка! Ты мне хозяев не порти! Зря я их, что ли, воспитывал? Они у меня ведут себя прилично, но люди, знаешь ли, такой народ: чуть попустишь — враз обнаглеют!

— Да что же я сделал не так? — испуганно спросил Басси.

— Объяснять некогда. Смотри и делай, как я, — и Брысс развалился на полу, прямо на проходе, — хозяйке пришлось через него переступить.

— Неужели не проголодались? — ласково произнесла Эна. — А я-то торопилась!

Две мисочки появились на полу возле стола. Какой запах шел от них! Но Басси, глотая слюнки, сидел смирно и ждал распоряжений нового друга.

Брысс продолжал валяться, как ни в чем не бывало. Он даже глаза прикрыл — мол, спит человек, не мешайте.

Все последовавшее далее, видимо, повторялось так часто, что превратилось в обряд.

— Брысс! — уперев руки в бока, возгласила Эна. — Иди обедать! А не то перестану тебя кормить, пойдешь мышей ловить!

Хвост Брысса дернулся и хлопнул по полу. Поза осталась прежней.

— Ах ты, ленивец! — повысила голос хозяйка. — Кабы мне твои обожатели не мешали, я бы тебя быстро выучила благодарности! На кашу и сухари посадила бы на недельку-другую, — ты бы вежливей Бонго стал!

Хвост опять дернулся и ритмично, но неторопливо заколотил по полу. Один глаз приоткрылся.

— Ну ладно, сам совесть потерял, — продолжала Эна, — Но малыша-то чему учишь? Гляди: сидит себе, глаз с тебя не сводит.

Брысс приподнялся, глянул на женщину. Помедлил. Почесал за ухом. Встал, потянулся. И — завалился на другой бок.

Эна разразилась жаркой речью. Басси и невдомек было, что в человеческом языке столько оттенков! Но почему-то котенку захотелось спрятаться под стол.

Через минуту плошки с мясом исчезли, убранные недрогнувшей рукой.

Все еще ругаясь, хозяйка принялась стряпать.

Дверь снова открылась, и вошел Кео. Он сбросил мокрую накидку и присел у порога, снимая грязные сапоги.

И тут Брысса как подменили! Лицемер вскочил и с громким, жалобным мяуканьем бросился навстречу хозяину.

Разувшись, Кео подхватил кота на руки и заворковал:

— Что, моя радость? Не кормят? Сами отборным мясом питаются, а котику — пропадай? Ах они, жадины, ах они, обжоры!

Кот, будто обессилев от голода, нежно прислонился к его плечу и легонько подмурлыкивал.

Эна лишилась дара речи — правда, ненадолго.

— Да я… да он же… ах ты, мерзавец! Неблагодарная тварь!! — возопила она. — Ну, если у тебя один хозяин, пускай кормит тебя сам! А я посмотрю.

Хозяин продолжал плясать под Брыссову дудку.

— Посмотри, посмотри, — отозвался он, — не помешает. Можно подумать, котику что-нибудь хорошее предлагалось! Наверняка жилы и хрящи. Сейчас, солнышко, мы тебе найдем кусочек повкуснее…

Опустив на пол черного негодяя, Кео взял нож и выкроил из окорока такой отменный кусок, какой в Кошачьем городе полагался разве что Владыке. Затем, искрошив мясо для удобства кошачьего пищеварения, он разложил угощение по мисочкам и поставил одну перед черным носом, а другую — перед серым.

Обладатель серого носа ждать больше не мог и накинулся на еду, постанывая от удовольствия.

Что касается черноносого, то он не торопился: сначала понюхал воздух, приблизился к плошке, сунулся туда и громко фыркнул. Затем уселся и укоризненно посмотрел на хозяина.

— Ну, что? — торжествующе воскликнула хозяйка. — Как насчет жил и хрящей? Опять не по вкусу?

— Да здоров ли наш котик? — озабоченно сказал Кео. — Сокровище мое, что с тобой? Животик болит?

— Я вот сейчас веник возьму, чтоб у него спинка заболела, — кровожадно ответила Эна. — Это ж надо — так избаловать животное!

— Я знаю, в чем дело! — вдруг встрепенулся хозяин. — Он не любит кушать из миски! Надо класть мясо на пол, понемножку.

Предложенный описанным образом кусочек был, к величайшему восторгу Кео, неспешно проглочен. Но до второго Брысс не снизошел.

Наевшийся до отвала Басси с любопытством наблюдал эту сцену.

В разгар кормежки явилась Аюна и сразу же взяла дело в свои руки.

— Вы ничего не понимаете, — заявила она родителям. — У котика душевное потрясение! В доме появился соперник, еще один кот. Брыссенька боится, что его больше не любят! И потому решил уморить себя голодом.

Она плюхнулась на пол перед бедняжкой и принялась доказывать, что его очень-очень-очень любят, так любят, что...

Брысс слушать не стал. Широко зевнув, он неторопливо удалился под кровать.

Тут уже взбунтовалась хозяйка.

— А ну-ка, брысь отсюда, сочувствующие! — скомандовала она. — Нашли страдальца! Если ему не хочется мяса, пусть переваривает душевное потрясение. А мне дайте приготовить обед!

Кео, потихоньку ворча, принялся рыться в хламе на своем столе.

Аюна утешилась тем, что сграбастала Басси и уселась у очага.

Малыш тут же забыл о Брыссе. Жадно уставившись на огонь, он думал: какое это чудо! И до чего несправедливо, что такое сокровище в Кошачьем городе принадлежит лишь немногим. Он вспомнил о своих сородичах, ютящихся в темных холодных пещерах. Они даже не подозревают, что такое — настоящее блаженство! Живут себе, покорно и безропотно...

Тут Басси почувствовал, что вот-вот на поверхность сознания вынырнет болезненное воспоминание о маме. Чтобы избавиться от встречи с ним, надо было чем-то заняться — все равно, чем, лишь бы не думать.

Аюна, болтая с Эной, отвернулась. В мгновение ока котенок выскользнул у нее из рук и юркнул под кровать, к Брыссу.

Тот как ни в чем не бывало лежал и умывал лапой нос.

— Ты уж прости меня, — робко сказал Басси. — Не утерпел. Мне так хотелось есть!

— Ничего, ничего, — ответил кот, — для первого раза неплохо. Воспитание хозяев — тяжкий труд, не сразу получится. Для начала запомни: благодарность — признак слабости. Когда тебе что-то дают, ты должен явить *снисхождение,* хотя бы помедлив для важности. Впрочем, в соответствии с наукой воспитания, это — третья, последняя ступень укрощения.

— А две первые? Ты их знаешь? — спросил ученик.

— Знаю ли я собственное учение? — усмехнулся мудрец. — Да, детка. Слушай и запоминай. Первую ступень в применении к одному отдельно взятому обеду ты только что видел. Она называется: *пренебрежение.*

— Но ведь ты остался голодным!

— Ты хочешь сказать, что я проявил должное терпение, без коего достижения невелики и недолговечны? Правильно. А сейчас ты увидишь в действии вторую ступень, называемую: *поощрение в разумных пределах.* Повторяю: в разумных пределах, а не всякие там мурлысеньки-курлысеньки, на радость Липучке.

Выйдя из-под кровати, великий укротитель направился к обеденному столу. Приблизившись к хозяйке, он прошел мимо, будто бы нечаянно потеревшись об ее ногу.

Эна вздрогнула, как от укуса змеи, и замерла, не сводя счастливых глаз с питомца. А тот неспешно достиг очага и вспрыгнул на колени к Аюне. Девочка ахнула и распростерла объятия, но Брысса уже и след простыл: взлетев на стол Кео, он сидел, жмурясь и переминая передними лапами в такт мурлыканью. Чуть не растаявший от умиления хозяин протянул руку... и погладил воздух. К тому времени Брысс сидел под кроватью и поучал Басси:

— Чем больше суетятся вокруг тебя хозяева, тем больше ты преуспел в их воспитании. Запомни это — и еще несколько простых истин. Никогда не показывай, что ты всем доволен. Никогда не мурлычь задаром, и вообще мурлычь пореже — сделай это средством поощрения. Люди почему-то с ума сходят от наших песен — так почему этим не пользоваться? Никогда ничего не проси: сделай так, чтобы дали сами. Побольше важности, достоинства в манерах. Забудь о фамильярности! Оставь это собакам. Окружай себя таинственностью: разговоры о «загадочной кошачьей душе» подогревают уважение.

Лекция была прервана появлением двух лиц, заглядывающих под кровать, и пары ног, стоящих рядом.

Лица сияли заискивающими улыбками. Недостойные упоминания возгласы витали в воздухе.

— Ладно, — сказал Брысс, — пора явить третью ступень, снисхождение.

После поговорим.

И повелитель хозяев отправился обедать.

Перед сном, сбежав от Аюны, Басси разыскал Брысса в углу за скамьей: тот караулил мышиную норку.

— Можно, я задам тебе вопрос? — робко спросил котенок. — Ты не обидишься, если вопрос... ну, невежливый?

— Там, где другие обижаются, я кусаюсь, — ответил Брысс, хищно блеснув глазами. — Спрашивай, не терпится послушать!

— Понимаешь, — неуверенно начал Басси, — эти люди, хозяева, тебя очень любят. Тебе не кажется, что ты их обижаешь своим обращением?

Котяра хмыкнул и дернул хвостом.

— Я не прошу их меня любить, — беззаботно ответил он. — Мне нужно, чтобы со мной считались.

— И ты их нисколечко не любишь? — не отставал Басси.

— Я люблю мясо, рыбу и развлечения, — с оттенком раздражения ответил Брысс. — Что касается хозяев, то хватит и того, что я их терплю.

А теперь иди к Липучке! Иначе заявится сюда и испортит мне охоту.

Перед сном Басси долго и нежно мурлыкал хозяйке — вопреки, а может, назло Брыссу.

На следующий день, стоило Аюне отлучиться, черный разбойник похитил ее сокровище и повел в Зверюшню — знакомиться.

И тут выяснилось, что, помимо укротительских, Брысс обладает еще и языковыми способностями. Басси был потрясен: с каждым из питомцев Эны ученый кот умел объясниться!

Он шипел по-гусиному, кудахтал, как куры, блеял с чистейшим козлиным произношением и весело ржал в ответ на приветствия Тпруси. Когда же очередь дошла до собаки, Брысс превзошел себя: он так перелаивался с Бонго, что из дома прибежали обе хозяйки — думали, что в Зверюшню забрался чужой.

Разумеется, котов они там не застали. Наделав шуму, приятели отсиживались на уютном чердаке дома.

О, это было волшебное место! И колдовала там Эна. Будучи превосходной хозяйкой, она обладала и разумной долей лени: зачем подметать там, где никто не живет?

По этой причине пол на чердаке был покрыт восхитительной смесью пыли, соломы, перьев, яичной скорлупы (Брыссовы грехи) и козьей (с примесью кошачьей) шерсти. Пучки сушеных трав, гирлянды грибов, копченые окорока, связки вяленой рыбы свисали с потолка. Внизу рядами, да и как попало тоже, стояли корзины с яйцами, орехами, какими-то плодами и кореньями, горшки с маслом и медом. Непередаваемый аромат сытого, ленивого, беззаботного зимовья витал в воздухе.

Царивший на чердаке полумрак и тепло от очажной трубы навевали дремоту. И — поистине королевская кровать так и ждала, чтобы ее оценили по достоинству. Полноте, можете возразить вы: разве короли спят на тюках козьей шерсти, покрытых шкурами? Конечно, не спят, бедняги. Впрочем... смотря какие короли.

Единственным источником рассеянного дневного света служило маленькое окошко над крыльцом. Оно не было затянуто, и проникавший внутрь тихий шум дождя добавлял прелести этому приюту безмятежности.

Избегая думать о маме, Басси старался не смотреть в окно. По той же причине весьма кстати пришлось то, что его новый друг оставлял ему мало времени на размышления.

— Все кошки от рождения понимают человеческую речь, — поучал малыша Брысс. — Но это — страшная тайна! Если ты выдашь ее человеку, то навеки лишишься великого преимущества знать все, о чем они говорят, и использовать знание в своих целях.

— А как ты научился разговаривать с другими животными? — полюбопытствовал Басси.

— Первое: желание. Терпеть не могу чувствовать себя бараном оттого, что не могу с бараном объясниться. Второе: возможность. Было бы очень скучно дразнить одних хозяев. Третье: способности. Это ты мог заметить и сам.

Ну, и вообще: поди предугадай, что тебе в жизни пригодится! Для путешествий, к примеру, языки — вещь не-
обходимая.

Басси недоуменно похлопал глазами.

— Для путешествий? Да зачем же тебе покидать такое чудное место? Где тебя к тому же обожают...

— Э-э-э, детка! — назидательно протянул кот. — Мал
ты еще! Это тебе сейчас кажется, что нет большего счастья, чем сидеть у огня да сытно есть. А кажется оттого,
что намыкался, да и ничего лучшего в жизни не видал.
К тому же зима началась, а зимой порядочные коты только спят и едят. Но погоди! Как пригреет солнышко, да ве-
сенний хмель в голову ударит — вот тогда посмотришь,
чего тебе захочется.

— А хозяева? Что с ними будет, если ты... это... уйдешь?

Брысс хмыкнул:

— Будет море соплей. Липучка решит, что Брыссушка не выдержал лишений и утопился. Хозяин заявит, что
котика уморили голодом. А хозяйка скажет, что я — неблагодарная тварь, и пойдет рыдать в кладовую. Но в общем они это переживут. К тому же я не собираюсь покидать их навсегда.

— И куда ты отправишься? — с замиранием сердца
спросил Басси.

— Вот пристал! — Брысс почесал за ухом и зевнул. —
Не знаю еще. Да и не решено это вовсе, а так... раздумья.
Давай спать.

Вспрыгнув на королевское ложе, кот стал вылизывать
шерстку перед сном, а Басси, впервые осторожно подпу-
стив к себе воспоминания, задумался.

Соблазн остаться навсегда в теплом доме был велик.
Но мама! Басси не знал, где она, что с ней, жива ли она вообще. Прощаясь с ним, Миура сказала: «Мы обязательно
встретимся!», но не обещала, что будет искать его. Каю-

щаяся совесть Басси подсказывала ему, что искать маму должен он. Сколько ей, бедняжке, досталось из-за глупости сына!

Бродяжнические наклонности Брысса натолкнули малыша на счастливую мысль: надо уговорить его отправиться на поиски мамы вместе! С таким попутчиком и крокодилы не страшны. Вот только дожди прекратятся... Басси вздохнул. Он знал, что дожди прекратятся не скоро.

Поглядев в окошко, котенок свернулся калачиком и уснул.

Глава 3
История Леополя

Зима во всех широтах — праздник ленивого блаженства. Конечно, если ты озаботился заранее припасти вдоволь еды и поленьев для очага, а чтобы спастись от сырости и сквозняков, законопатил щели в стенах. И если все, кого ты любишь, зимуют вместе с тобой. Или ты хотя бы знаешь, что у них где-то есть такое же уютное убежище.

И, безусловно, если на сердце у тебя легко, и не мучает тебя совесть.

Совесть Басси скребла его душу четырьмя когтистыми лапами. Что он наделал! Разлучил всю семью, отправил в изгнание маму, сам оказался на чужбине. А Миола! О бедной сестренке, оставшейся в городе, Басси не мог думать без слез: кроме брата, малышка не дружила ни с кем. Как же ей одиноко сейчас! И еще неизвестно, оставил ли ее в покое Каррис...

Кео, Эна и Аюна делали все, чтобы котенок был счастлив. Басси ел столько, сколько хотел, — и то, что хотел; спал в тепле, играл и лазал повсюду. Хозяева души в нем не чаяли, и малыш платил им тем же. Впрочем, малышом Басси оставался недолго. Хорошая еда, сон и беззаботная жизнь полезны для кошачьего роста. Котенок быстро догонял Брысса.

А Брысс, в свою очередь, занимался воспитанием юного ума. Не все ученик принимал на веру сразу, сомневался, зачастую начинал спорить, но переубедить его наставника было так же легко, как состязаться в беге с гепардом.

Настал день, когда Басси рассказал Брыссу свою историю, впрочем, несколько приукрашенную. Кот пришел в восторг и засыпал его вопросами. Особенно заинтересовало слушателя все, что касалось Мисмис. Не без тени ревности Басси снова и снова повторял рассказ о своей встрече с красоткой. Наконец, Брысс заявил:

— У меня есть все, кроме жены. Пожалуй, за подобной феей я мог бы даже отправиться в Леополь. Что, действительно синие глаза? И шубка — пушистая, как моя? Белоснежная? С ума сойти!

— Не забывай, — с понятным раздражением сказал Басси, — что Мисмис — любимая игрушка самого Владыки. Тут уж веником не обойдется.

— Ах! — притворно испугался кот. — Какой ужас! Сейчас в обморок упаду. Да неужели ты не понимаешь, балда, что для меня главное очарование твоей принцессы — это ее неприступность? Расскажи ты мне, что с тобой по соседству живет такая киска — да будь у нее хоть радужные, как форель, глаза, я бы о ней сразу же забыл. Но тут речь идет о приключении! А приключение, друг мой, да еще и опасное, — наилучшее приданое невесты. За ним стоит поохотиться.

Брысс вскочил и выгнул спину дугой, потом быстро заходил взад-вперед от возбуждения. Глаза его горели, усы топорщились.

— Подумаешь, Владыка! — возмущался он. — Ну, лев. Ну, большой. Важности на себя напускает. Драться на когтях я с ним не собираюсь! Мы с ним померяемся умом.

И там уж посмотрим, кто — кого! Решено: как только спадет вода в реке, я отправляюсь в путь! Пойдешь со мной?

— Пойду, — ответил Басси. О своих планах он пока решил помолчать. — А когда спадет вода?

— Еще через много дней после дождя. Когда просохнет почва, — с досадой ответил Брысс. — Ничего не поделаешь: переправиться на тот берег можно лишь по камням порогов, а во время паводка они покрыты водой. Придется ждать.

Оба замолчали, думая каждый о своем. Вдруг Басси спросил:

— Брысс! А откуда ты сам? Как ты попал к людям?

— Я? Разумный вопрос! — кот усмехнулся. — Не знаю, детка. Понимать-то я хозяев понимаю, а вот спрашивать так и не научился — человеческий язык мне не дается. Знаю только, что попал к ним совсем маленьким, гораздо младше тебя. Липучка меня из соски кормила — мое первое воспоминание. Еще знаю, что было это весной, полтора года назад.

— Я думаю, — задумчиво произнес Басси, — что мы с тобой родом из разных мест. Вот тебе загадка: почему я так опешил, когда увидал тебя? Не знаешь? А потому, что в Кошачьем городе черных кошек нет! Ни кошек, ни котов. Иногда можно увидеть черную лапу или хвост, ну, пятно на боку или на морде, но совершенно черной шкурки не найдешь. Я даже не подозревал, что такие, как ты, бывают.

— Ты хочешь сказать, — подхватил Брысс, — что черные котята в городе не родятся? Вот уж приятный сюрприз! Оказывается, помимо ума и красоты, я обладаю еще и редкой мастью!

— Мне кажется, что нам надо внимательнее слушать разговоры людей, — ответил Басси. — Коль скоро вопросов мы задавать не умеем...

Сказано — сделано. С тех пор хозяева нарадоваться не могли: вместо того, чтобы удирать куда-нибудь, оба кота что ни вечер сидели у них на коленях, либо лежали на шкурах, постланных перед очагом. Эна даже заподозрила их в совершении какой-то пакости, но за отсутствием улик вынуждена была признать, что один из котов благотворно действует на другого.

Разговоры у людей редко бывают осмысленными. В основном они беседуют о хозяйстве, о погоде, о соседях, обсуждают прошедший день или будущий. Иногда еще ругаются.

Но время от времени на них накатывают воспоминания. Глупые и сентиментальные, а все же полезные для любознательного уха. Именно таких разговоров и ждали наши друзья.

И не зря!

Однажды вечером Кео пришел с охоты с пустыми руками, усталый и огорченный. Эна его не упрекала: запасы в доме имелись. Пообедав, хозяин уселся у очага. Брысс тут же взлетел к нему на колени, а Басси улегся на шкурах рядом с Аюной.

— Переправляться через реку становится все труднее: вода прибывает с каждым днем, — сказал Кео, закуривая трубку. — К тому же неприятность сегодня со мной приключилась. Подстрелил косулю, да не убил, а ранил, причем легко. А она возьми да побеги к скалам! Поспешил за ней, — хотел поймать и в Зверюшню привести, — ну, и увлекся... и нарушил границу.

Эна ахнула. Коты навострили уши.

— Какую границу? — спросила девочка, встрепенувшись.

Кео вопросительно посмотрел на жену.

— Так и быть, — сказала Эна. — Расскажи ей все. Большая уже, девять лет скоро исполнится. Весной, пожалуй, с тобою в степь ходить начнет.

Если бы у котов было заведено потирать лапы в предвкушении, они бы это сделали. Аюна подхватила Басси и уселась рядом с отцом, не сводя с него глаз.

— Давным-давно, много поколений назад, — начал рассказ хозяин, — люди обитали в пещерном городе внутри скальной гряды, что на севере от нас. И вместе с ними, очень дружно, жили кошки. Там две пещеры, одна над другой, и много переходов между ними, правда, лишь один коридор достаточно широк для человека — и для крупного зверя. Из Верхней пещеры можно выйти в степь, а из Нижней — в горы. Так вот, наши предки облюбовали Нижнюю, и завалили проход в Верхнюю большими камнями, — для защиты от непрошеных гостей. По той же причине в Нижней пещере всегда горел костер. Обычно звери боятся огня, но любят тепло. Исключение составляют кошки: они обожают и то, и другое.

— И наши коты — не исключение из исключения, — засмеялась Эна, глядя на питомцев.

— Все было хорошо, — продолжал Кео, — до тех пор, пока не выдалась особенно холодная зима — иногда такое случается. Спасаясь от стужи, в Верхней пещере поселились львы, позже — леопарды. Казалось, с людьми они могли и не встречаться, — но в стене Верхней пещеры, прямо над костром, горевшим в Нижней, имеется изрядной ширины дыра.

Басси и Брысс переглянулись: человек был хорошо осведомлен.

— И вот к этому проему начали похаживать львы, — погреться, а заодно и на людей посмотреть, себя показать. Звери все больше привыкали к огню и переставали его бояться, а у наших предков при виде эдаких красавцев громко стучали зубы.

Слушая, Басси прижал уши от страха: уж он-то их понимал!

— Диких зверей в Верхней все прибывало, — рассказывал хозяин. — Львы на правах первоприходцев прини-
мали или прогоняли беженцев из выстуженной степи.
Собственно, отбор был прост: в пещере оставалось только семейство кошачьих. Волки и их родичи уходили, на-
рычавшись вдоволь, а рогатые, сунувшись в пещеру, тот
же час удирали во все лопатки, — если, конечно, успева-
ли. Сами понимаете, что людям эта компания бодрости не
прибавила. Когда же, кочуя по скалам в поисках жилья, из
горной страны явились тигры... О, тут уж хозяевам Нижней пещеры захотелось померзнуть в степи.

— Почему? — еле слышно спросила испуганная Аюна.

— Потому, дочка, что у львов и гепардов есть врожден-
ное благородство, а у тигров и леопардов — нет. У них
один закон: захочу — убью. Таковы же и небольшие, чтобы не сказать — мелкие, кошачьи. Что же касается твоих
любимцев, то они — народ непредсказуемый, и сочета-
ют в себе все мыслимые добродетели (друзья гордо переглянулись), — и пороки (Брысс презрительно фыркнул).
Совсем как люди!

Кео выбил трубку, спрятал ее в карман и продолжал:

— В общем, настал день, когда человеку надо было
сделать выбор: или уйти, или достаться на обед тиграм.
Полосатые разбойники обнаглели до того, что стали разрушать каменный завал в коридоре, соединяющем пещеры. Они разбегались и врезались в баррикаду изо всей
дури, а поскольку весит тигр побольше Тпруси, камни послушно раскатывались в стороны. Не имело смысла под-
кладывать новые: силы были неравны.

Аюна начала шмыгать носом: приготовилась зареветь.

— Надобно все же отдать должное львам: они не даром царствуют в своем племени. В тот день, когда упал
последний камень и проход освободился, раздался повелительный рык, — и в пещеру вошел не тигр, а лев. Те-

перь слушай внимательно, дочка. Сей рассказ передается из поколения в поколение, и тебе предстоит поведать его своим детям.

Три пары ушей накалились от нетерпения. Кео помолчал для пущей важности и заговорил:

— Люди окаменели от ужаса, увидав льва. Но тот не собирался нападать на них. Горделиво и неспешно прошествовал он к огню и уселся рядом. Затем посмотрел на людей и топнул правой лапой, утверждая тем самым свои права. Тотчас же кошки ринулись к нему и окружили кольцом, всячески давая понять, что отрекаются от прежних хозяев. Люди, дрожа от страха, двинулись вдоль стены к выходу из пещеры — тому самому, что ведет на север. Надо сказать, что если бы той зимой наши предки ушли в горы, то мы с вами не сидели бы здесь сейчас: в живых не осталось бы никого. Ведь ветры в наших краях зимой дуют с севера, а убежище найти не так-то легко. Но лев не позволил им уйти тем путем. Все так же неспешно он встал и, пройдя пещеру наискось, преградил им дорогу. Затем негромко зарычал и пошел к расчищенному проходу, все время оглядываясь: звал за собой. И, как ни страшно было людям входить в Верхнюю пещеру, полную хищников, они последовали за львом.

Аюна захныкала и полезла к маме на колени, не выпуская из рук Пуссика. Брыссовы глаза пылали.

— Когда последние люди покидали теплое жилище, от стаи вероломных питомцев отделился один-единственный кот и побежал за прежними хозяевами. Кто-то из людей взял его на руки — и все племя скрылось в Верхней пещере. Дальше предание гласит: лев, войдя в свои владения, повелительным рыком разогнал в стороны подданных и повел людей к южному выходу. Сидя у стен пещеры, голодные хищники провожали их злющими взглядами. Аюна, прекрати реветь! Не то рассказывать перестану.

Басси принялся усердно мурлыкать и тереться лбом о руки хозяйки, успокаивая ее. Сопение прекратилось, и Кео продолжил рассказ:

— Его величество шествовал впереди, а с тыла людей охраняла львица. Так они миновали пещеру и спустились по скалам в степь. Было очень холодно. Даже закутавшись в шкуры, изгнанники все же зябли, но выбирать не приходилось. Они прошли насквозь рощу у подножия скал, затем — полосу кустарника, и выбрались на открытую равнину. Лев остановился. Повернувшись к людям, он ударил лапой оземь и испустил грозный рык, не оставлявший сомнений: владыка определил границу своих земель. И повелел людям не нарушать ее. Засим он повернулся и пошел вспять, вверх по склону, а львица повела отряд дальше.

— Папа! — взмолилась Аюна. — Скажи мне сразу: котик выжил? Он не замерз вместе со всеми?

— Не замерз. И никто из людей не замерз также — благодаря львам. Помнишь, дочка, мы с тобой лазали на то высокое дерево у порогов? И я сверху показал тебе далеко в степи большую темно-красную скалу? Внутри нее есть большая пещера с теплым источником. Вот туда львица и привела изгнанников. Рыкнув на прощание, она удалилась, а люди остались, не веря собственному счастью.

— Противные львы! — возмутилась девочка. — Сами бы и жили в той пещере! Зачем было выгонять людей из дома?

— Ты рассуждаешь, как маленькая! — сердито сказал отец. — У Владык свои законы. На их стороне — право сильного. И если Владыка являет милосердие — это бесспорный признак благородства, ибо никто, кроме своей же совести, судить его не посмеет. Почему ты все время перебиваешь? Так я, того и гляди, собьюсь.

Брысс ожег хозяйку взглядом, полным ярости.

— В Красной пещере, — продолжал Кео, — был один недостаток: сквозняки. Ветер, проникавший в многочисленные щели, выстуживал ее, несмотря на тепло от источника. Но с этой бедой новые жители справились за считанные дни: возле скалы полно отличной глины, и замазать ею отверстие в стене могла бы, наверное, даже обезьяна. В общем, скоро у людей было отличное, уютное убежище, и костер пылал там так же весело, как прежде в Нижней пещере. А с наступлением лета выяснилось и еще немало преимуществ жизни на равнине, таких, как возможность охотиться, не уходя далеко — антилопы стадами бродили поблизости. С вершины скалы открывался обзор на много миль вокруг. И вообще, степь была намного приветливее горного кряжа. Это убежище служило людям очень долго, никто не знает, сколько. Человек покинул Красную пещеру, лишь научившись строить дома.

— А котик? Что сталось с ним? — спросила Аюна.

— Котик — история не сохранила его имени — грелся у костра и ел вволю, оставшись единственным и горячо любимым питомцем племени. Так он состарился и умер, оплакиваемый всеми, и потомства не оставил, ибо не было у него жены. Но именно благодаря тому, давно умершему коту, у нас и появился Брысс.

Три рта дружно открылись от изумления. Кео вздохнул и произнес:

— Хотя причина эта очень печальна... Дело в том, что легендарный кот был черным.

Глава 4
Заговор

— Какая низость! Какая подлость! Маленьких, беззащитных котят, повинных лишь в том, что их шкурки черные, изгонять из города! Да чем же можно оправдать подобное зверство?!

Басси, восседая на королевской постели, терпеливо ждал, пока друг угомонится. А Брысс, вне себя от ярости, метался по всему чердаку, вздымая тучи пыли и перьев, и говорил, вернее, орал без умолку:

— Видите ли, их пра-пра-пращур изменил им, уйдя к людям! А расплачиваться за то, что храбрый кот предпочел умереть в изгнании вместе со старыми хозяевами, чем вероломно присягнуть новым, приходится невинным младенцам! Как же тут не поверить в благородство, присущее Владыкам от рождения!

Брысс остановился и посмотрел на Басси.

— Тут дело посерьезней, чем отобрать у льва любимую игрушку! — сказал он. — Я отомщу ему! Отомщу за всех своих со-мастников, погибших в степи. Ну, погодите, Ваше милосердное величество! Если Брысса хорошенько разозлить — он способен на многое! Вот только решу, какой мести достойно ваше благородство.

Басси слушал вполуха. Что-то зрело в его подсознании. Рассказ Кео непонятным образом обрадовал его: котенок чувствовал, что получил козырную карту.

Была глубокая ночь. Брысс, побуйствовав еще немного, утомился и лег спать. Он даже не облизал шерстку перед сном — явный признак расстройства кошачьей души!

А Басси перебрался к окошку — шум дождя успокаивал и помогал думать. Там он просидел, глядя в сырую темноту, очень-очень долго.

На рассвете он разбудил Брысса. Тот справедливо возмутился.

— Скажи мне, — начал Басси, не обращая внимания на негодующее шипение, — ведь хозяин в своем рассказе упоминал «семейство кошачьих»? И, по-моему, даже не раз?

— Конечно! — не скрывая раздражения, ответил Брысс. — Ты хочешь знать, родственники мы с тобой или нет?

— Да нет же! Выслушай меня: это касается замысла мести.

Брысс мигом проснулся и уселся, готовый внимать младшему брату.

— Значит ли это, — продолжал Басси, — что лев — всего лишь крупный кот?

— Разумеется! — хмыкнул Брысс. — Ты что, предпочел бы зваться мелкой рысью? А я, получается, — недоразвитая пантера? Нет уж, благодарю покорно.

— Так кто же, — медленно, с нажимом произнес заговорщик, — в нашем семействе главный?

Как костер от искры, вспыхнули азартом зеленые глаза.

— И кого, — продолжал Басси, — в городе больше, львов или кошек? Почему власть принадлежит меньшинству? Да, хозяин утверждает, что львы благородны от рождения. Видите ли, Владыка спас людей от гибели в степи! Но, даже если предположить, что люди и впрямь чем-то обязаны львам, то при чем тут кошки? По какому праву львы заставляют нас работать на себя? Потому что они крупнее?

— Чем больше вес, тем больше прав! — подхватил Брысс.— Старая зверская истина.

— Я открою тебе новую истину! Бедные кошки в городе подчиняются львам по привычке, из уважения к старым законам, — все жарче излагал свои мысли Басси. — Когда живешь там, и работаешь, и один день похож на другой, и все время боишься кого-то — тебе даже в голову не приходит усомниться в правильности общественного устройства. Мне потребовалось нарушить Закон, попасть в изгнание, потерять маму, встретить тебя, выслушать рассказ хозяина, ну и... В общем, только теперь я начал думать о несправедливом положении своих сородичей.

Недоговоренное «ну и...» касалось мук совести, от коих избавиться можно было, лишь затеяв что-то грандиозное, всепоглощающее.

Что наш герой и сделал. Он затеял переворот в кошачьем племени.

Весь следующий день друзья проспали возле очага. Аюна решила, что у котиков упадок сил от недоедания, и пыталась их разбудить, чтобы накормить. Брысс ответил за обоих — когтями. Хозяйка обиделась, но оставила спящих в покое.

Впрочем, вечером коты наверстали упущенное. Плотно наевшись, они отправились на чердак.

О, это была великая ночь! Кошачий город мирно спал в пещерах на горном кряже, а всего в нескольких часах бега к югу, на другом берегу реки, двое заговорщиков решали судьбу его обитателей.

Два острых ума, подстегиваемые жаждой мщения и не лишенные корысти, объединились, дабы свергнуть власть крупных кошек.

— Успех любого предприятия, — разглагольствовал Брысс, — зависит от трех условий: знаний, умений и...

— Хитрости? — хотел щегольнуть догадливостью Басси.

— Хитрость и есть главное умение, — докладчик поморщился. — Не перебивай! Совсем как Липучка. Третье важнейшее условие — это подготовка. Все три связаны теснейшим образом.

— Ты хочешь сказать, что, к примеру, знания о численности и составе крупного когтистого населения города...

—...добываются разведкой, что есть составная часть подготовки. Ведение разведки требует разнообразных, изощренных умений. Столь же сложна разъяснительная работа среди мелкого *котингента*. — Брысс вставил умное словечко, подхваченное из речи хозяина. — Еще подготовка вовлекает поиски союзников и разработку плана захвата власти.

— А зачем нам союзники?

— Подумай, детка! Кошки, безусловно, — великий народ. Но велики они, за единичным исключением, в основном благодаря многочисленности. О, если бы среди городских котов хотя бы каждый пятый отличался умом, подобным твоему, не говоря уже о... но к чему предполагать невероятное? Я почти уверен, что в целом наши сородичи — серая, безвольная, скудоумная толпа. Рассчитывать только на них, даже при условии гениального руководства, неразумно. Нужен сильный союзник, заинтересованный в свержении львиной власти.

— Кому же это может быть выгодно?

— Надо как следует подумать. Может, гепардам. Ведь они по сей день платят дань львам. А может, волкам и шакалам, сородичам нашего Бонго...

— Ты с ума сошел! Да они начнут переворот с того, что передавят всех кошек!

— Э-э, видно, ничего ты не понимаешь в искусстве дипломатии. Оставь это мне. Хотя, повторяю, поиск союзников — задача сложная, и боюсь, сидя в доме ее не решить.

— Да и разведку, не приближаясь к городу, вести невозможно...

— Это не совсем верно. Видишь ли, то, что видят глаза, не всегда воспринимает ум. Какой бы тебе пример привести? — кот на мгновение задумался. — Нашел! Мы оба знаем этот чердак как свои пять когтей. Ну-ка, скажи мне — нет, не оглядывайся! — как с кровати, где мы сидим, пробраться к выходу незамеченным, если за тобой следят из окна?

Басси зажмурился и напряг память. Кровать находилась в правом, дальнем от воображаемого наблюдателя, углу, а выходной лаз располагался у левой стены. Корзины стояли по сторонам, под скатами кровли, середина же чердака была пуста и прекрасно просматривалась из окна. Даже толстый деревянный столб, подпиравший конек крыши, не мог послужить убежищем: до него надо было еще добраться.

— Нужно сползти вниз слева, чтобы очутиться за корзиной с орехами, — начал Басси, — двигаться до середины стены под прикрытием корзин и бочек, затем вспрыгнуть на поперечную балку...

— Стоп! Балка высоко. Если не тебя, то мелькнувший хвост заметят.

— Ну, уж тогда не знаю. Другого пути нет.

Брысс широко ухмыльнулся. Он обожал изумлять собеседников.

— Идем вместе твоим путем, — пригласил он.

Оба кота спрыгнули с кровати и, пробираясь вдоль стены, достигли места, где толстый брус, привязанный посередине к столбу крест-накрест, тянулся до самой противоположной стены — высоко над их головами.

— Детка, — тоном терпеливого учителя вопросил Брысс, — сколько поперечных балок у нас на чердаке?

— Одна, — уверенно ответил Басси.

— А ну-ка, посмотри вперед внимательно! — Котяра указал взглядом на окно. Там, прибитый к стене над оконной рамой, виднелся точно такой же брус, как посередине. Третий, точно такой же, находился на стене над кроватью: все три служили опорой для продольных балок. Кео был отличным строителем.

— Видишь? — торжествующе возгласил Брысс. — Ряд корзин доходит до самой стены с окошком. Угол из окна не виден, к тому же в нем всегда темно. Пробравшись за корзинами, можно вспрыгнуть на торцевую балку незамеченным, добраться по ней до противоположного угла, спрыгнуть опять же за корзинами и доползти до выхода. Единственная сложность — пройти у наблюдателя над головой совершенно бесшумно, высоко задрав хвост. А если достанет храбрости, то можно и напасть на него сверху, причем из выгоднейшего положения.

— Надо же! — сконфузился Басси. — Как просто...

— Ладно, ладно, — успокоил его кот, — я просто показал тебе разницу между словами «смотреть» и «видеть». Надеюсь, теперь ты отнесешься с уважением к моему намерению вести разведку, не выходя из дома. Дожди продлятся еще столько же, сколько уже идут. У нас есть время на подготовку. Ты будешь рассказывать мне все о Леополе, а я буду задавать много вопросов.

— Но ведь я уже рассказывал тебе обо всем! — недоуменно сказал Басси.

— Ты рассказывал о себе, — возразил Брысс. — И я слушал тебя, как друг. Теперь ты будешь *докладывать обстановку*, как разведчик, а я буду слушать, как полководец. Я должен увидеть все твоими глазами, запомнить каждый поворот в лабиринте, всякую лазейку в пещерах, изучить нрав и повадки тех, с кем ты сталкивался. Согласен?

— Согласен, — пожал плечами разведчик. — Хотя не уверен, что это что-нибудь даст.

— Посмотришь, — ответил Брысс.

Как всегда, он оказался прав.

Жизнь в домике на краю леса текла своим чередом. Зима подходила к концу. Кео заново просмолил лодку, починил рыболовные снасти и выстрогал сотню стрел для охоты. Эна одела всю семью в новое платье и сапожки.

Аюна успела так надоесть питомцам, что те прятались от нее по углам и притворялись спящими.

И люди, и звери с нетерпением ждали, когда прекратятся дожди.

Басси, ростом и весом почти догнавши Брысса, не без зависти убедился, что умом ему с другом не сравняться никогда. Как тот умел слушать! Сколько невзрачных мелочей, будучи сопоставленными, обретали вдруг чрезвычайную важность, сколько неожиданных выводов всплывали сами собой, стоило великому стратегу, обдумав услышанное, изложить все по-своему. Он даже рассказчика заставлял увидеть события иными глазами.

— Безусловно, в городе уже созрел заговор, — заключил Брысс. — Тигры вознамерились свергнуть львов и занять их место. Без сомнения, они рассчитывают изгнать Владыку с семейством из города, оставив все остальное без изменений. Об этом свидетельствует их выбор оружия.

Басси слушал, стараясь пореже хлопать глазами.

— Если бы полосатые хитрецы хотели победить в честной схватке, им не понадобилось бы оружия — кроме собственных когтей и зубов, разумеется, — и они не прибегли бы к подлому сговору с другими крупнокошачьими. Последнее говорит об их неуверенности в победе. Союзникам, судя по всему, обещан особый почет при будущем Владыке. Из того, что нам известно о тактике заговорщиков, следует:

1. Они хотят нанести удар по самому уязвимому месту львиной натуры — гордости. Преврати льва в посмешище — и он уйдет сам, безо всяких переворотов. Помнишь, как подействовал на тебя тот запах, их оружие? Конечно, оно предназначено Лионеллу. Представь себе Владыку валяющим дурака перед честным собранием! Тут уж тигры подадут пример, хохоча во всю глотку... Не сомневайся — их поддержат все.

2. Выставив льва шутом, заговорщики убивают двух мышей сразу: во-первых, Владыка уходит, низко опустив голову, и уводит все семейство из города. Во-вторых, за тиграми закрепляется репутация *веселого* победителя, в противовес высокомерному Владыке. О, народ любит удачливых и беззаботных правителей!

— Откуда ты все это знаешь? — спросил друга Басси. — Я имею в виду... ты же никогда не бывал в кошачьем обществе.

— Я наблюдателен, детка, — хмыкнул Брысс. — Ты сам мне много чего поведал, а я умею делать выводы. И нашего хозяина иногда стоит послушать. То, что он рассказывал о человеческом племени... Опять ты меня перебил! Так вот... Тигры рассчитывают на легкую победу, и, скорее всего, они добьются ее. Наша задача — извлечь выгоду из создавшегося положения.

— И свергнуть тигриную власть?

— Не торопись! Если свергнуть тигров, на их месте тотчас окажутся леопарды или ягуары, потом настанет черед пум и рысей, а о прочих мало-крупных ты забыл? Они своего также не упустят. Если свергать каждого, то это будет не переворот, а круговорот.

— Как же тогда «извлечь выгоду»?

— Нужно перессорить всех крупнокогтистых между собой.

— Хитро! А как их перессорить?

— О, это нетрудно! Слушай: надо заставить других крупнокошачьих сражаться за власть наравне с тиграми. Пусть себе дерутся! А мы подождем, кто победит. И тогда займемся победителем.

Басси помолчал, обдумывая услышанное. Внезапно он встрепенулся:

— А что, если тигры уже царствуют в городе? Ведь столько времени прошло!

— Не думаю, — сказал Брысс. — Все великие коша-чьи дела совершаются весной. А зима еще не кончилась.

Глава 5
Пау-пау

В тот долгожданный день, когда прекратился дождь, друзья пошли поглядеть на реку.

Все кругом было пропитано водой. На тропе приходилось выбирать, куда ступить — в лужу или в грязь. С листьев непрерывно капало, а нечаянно задетая ветка дарила путников щедрым душем. Пахло гнилью и плесенью.

— Бррр! — отфыркивался Басси, получая очередной ушат воды на спину. — Нет, о походе в таких условиях и речи быть не может! Уж лучше мы опоздаем к тигриному перевороту...

— Можно подумать, я тебе этого не говорил! — ответил мокрый и раздраженный Брысс. — Даже если бы нам сейчас взбрело на ум трюхать в город по болоту, что было когда-то степью, то все равно не получилось бы — как переправиться через *это*? — и он указал носом на реку.

Река являла собой поистине страшное зрелище. Распухшая, злобная, бежала она вперед, как больной зверь. Даже вода имела нездоровый вид: мутная, густая, вскипающая илистыми водоворотами.

Берег отступил. Вода цеплялась за ближайшие деревья у самых корней, пытаясь стащить их в поток и уволочь. Ветки, листья, прочий лесной хлам проносились мимо наблюдателей так скоро, что голова кружилась. Шум порогов стих: на их месте образовался страшный перекат, скрывший камни под толщей воды.

Подавленные, притихшие, друзья бездумно пошли вдоль берега, вниз по течению.

— Заметь: крокодилов не видно, — сказал Брысс. — На дне отлеживаются. Не нравится им, стало быть, быстрое течение.

Они остановились на минутку там, где старая ива когда-то протянула ветку помощи погибающему мокрому котенку. Басси поглядел на нее с благодарностью. Затем перевел умиленный взгляд на спасителя...

— Если собираешься сказать глупость, подумай, стоит ли, — буркнул спаситель. — Нахватался нежностей от Липучки! Лучше соображай, как попасть на тот берег поскорее.

Ничего путного друзьям в голову не приходило. Одного взгляда на жуткий поток хватало, чтобы подавить любую зарождавшуюся мысль.

Вечером, сидя у очага, Кео сказал:

— Такого половодья я что-то не припомню. Думаю, вода не спадет до самой жары.

— Надеюсь, ты не вздумаешь переправляться через реку прежде того времени? — спросила Эна обеспокоенно.

— Сейчас это можно сделать только по воздуху, — попыхивая трубкой, ответил Кео.

Друзья переглянулись. Странный огонек зажегся в глазах Брысса.

На следующий день коты снова отправились знакомой тропой к реке.

Воды на листьях поубавилось, но липкая сырость висела в воздухе, проникала в легкие и гасила исследовательский пыл.

Тем не менее, черный нос упорно вел вперед — вниз по течению, минуя иву, мимо порогов, дальше и дальше к югу, за излучину реки, где берега сходились ближе всего, а течение из быстрого превращалось в бешеное.

Басси никогда не бывал там и теперь с любопытством оглядывался. После просторного залива русло казалось узким, роща на другом берегу дразнила близостью: каждый ствол дерева, каждая ветка были различимы.

— Где мы? — спросил он Брысса. — Что это за место? Проводник остановился и повернулся к нему.

— Видишь рощу на том берегу? — сказал он. — Обезьяньи владения. За рощей — антилопий выгул, излюбленное место охоты нашего хозяина. А привел я тебя сюда вот зачем.

И Брысс взглядом показал вверх, на дерево, под которым они стояли.

Басси поднял голову и с любопытством оглядел необычное сооружение. Широкая корзина с плоским дном была подвешена на высоте человеческого роста. Веревка, точнее, две веревки, толстая и тонкая, тянулись от нее до противоположного берега.

— Тут самое узкое место на всей реке, — продолжал Брысс. — То, что ты видишь, сделано руками хозяина. Когда он охотится на том берегу, то обычно оставляет лодку ниже по течению, в тихой заводи, довольно далеко отсюда. Потом идет пешком вверх по реке, до обезьяньей рощи, и в кустах на опушке устраивает засаду. Антилопы глупы: они боятся только движущегося врага, — и, как правило, к полудню человеку приходится возвращаться домой с добычей. Топать с тяжелой тушей к лодке и мне было бы лень. Поэтому хозяин придумал способ грузовой переправы. Взгляни сюда.

Друзья влезли на ветку. Басси с любопытством оглядел нехитрое устройство. Корзина имела две ручки и, судя по всему, могла выдержать приличный вес. Сквозь ручки был продет туго натянутый канат, один конец которого обвивал древесный ствол и закреплялся узлами и клиньями, а другой исчезал в ветвях дерева на том берегу реки. Тонкая веревка, привязанная к внешней ручке корзины, сопровождала канат по всей длине.

— Видишь то высокое дерево? — продолжил пояснения Брысс. — К нему приделана надежная лестница, любимая игрушка обезьян. По ней хозяин взлезает наверх
и втаскивает убитую антилопу. Затем тянет за вот эту
веревку, тонкую, — и корзина скользит к нему по канату, виляя хвостом от радости, как Бонго. Остается только ее нагрузить.

— А кто же тащит корзину с добычей назад? — недоуменно спросил Басси. — Неужели хозяйка сидит здесь
полдня и ждет?

— В том-то и состоит хитрость, что никому ничего не надо тащить, — хмыкнул Брысс. — Канат натянут
под углом: на той стороне он укреплен гораздо выше, чем
здесь. Корзина сама ползет обратно, как сытый удав в логово, и здесь уже спокойно дожидается хозяина с Тпрусей. Правда, иногда под деревом собираются рыдающие
крокодилы, но, насколько мне известно, ни один из них
еще не сумел допрыгнуть до приманки.

Басси расхохотался, представив себе эту картину.

— Ну, а теперь к делу, — сказал Брысс. — Перед нами —
единственная возможность переправиться через реку
в ближайшее время.

Смех умолк. Желтые глаза на серой мордочке округлились от испуга и недоумения.

— Но я не умею ходить по канату! — в ужасе вскричал Басси. — К тому же над этим потоком...

— А кто говорит о хождении по канату? — удивился Брысс. — Ты что, откажешься проехаться в корзине?

— В корзине? Как в корзине? Но ведь, чтобы попасть
отсюда туда, надо, чтобы корзину кто-то тащил!

— Безусловно!

— Так кто же?

— Подумай! Кто живет на том берегу?

— Обезьяны!

— Ты что, не знаешь, что у обезьян руки, как у людей?

— Знаю! И обезьяны умирают от желания помочь двум котам переправиться на тот берег, правда?

— Еще нет. Но завтра будут, — весело ответил Брысс.

Басси помотал головой, собираясь с мыслями. Затея казалась ему безумной. Его друг, напротив, был уверен в успехе.

— Знаешь, что обезьяны любят больше всего на свете? — разглагольствовал он. — Бананы, те самые желтые колбаски, что висят у нас на чердаке. За один банан обезьяна продаст собственных детей, все племя, родную рощу и еще будет навязывать свой хвост в придачу.

— Но ведь бананы тут не растут! Хозяин вымени-вает их на рыбу у лесных жителей, — возразил Басси. — Ты мне сам рассказывал. Откуда же им знать, что это такое?

— А откуда мы с тобой знаем, что надо бояться змей? Почему любой птенец удирает, завидев орла даже издали? Существуют знания, с которыми звери рождаются. К тому же наши кривляки свои знания уже применяли. Я — свидетель. Однажды тонкая веревка запуталась на самой середине, и хозяин решил положить связку бананов в корзину — надеялся, что длиннохвостые додумаются распутать узел, дабы подтянуть к себе угощение.

— Ну и как? Чего он добился?

— Получил представление о характере и уме обезьян — и вдобавок такое зрелище! Мы чуть животы от смеха не надорвали. Ни одна из этих дур и не подумала заняться узлом. За веревку они, правда, подергали — по привычке подражали хозяину. Затем, видя, что сокровище остается на месте, вся стая ринулась по канату напе-регонки. Что такое высота, глубина, крокодилы, недотепы тут же позабыли. О, какой тут раздавался визг! Как они неслись! Задние перепрыгивали через головы передних, а кое-кто бежал и вверх ногами, охватив снизу канат. Когда вся банда добралась до корзины, началась потасовка. Клочья шерсти летали в воздухе...

— И чем это закончилось?

— Для кого как! На всех бананов не хватило. Кто получил кусочек лакомства и впридачу тумака — считал себя счастливцем. Больше было тех, кто, кроме тумаков, не получил ничего... кроме надежды на будущее.

— И этой надеждой мы воспользуемся?

— Да, детка! Глупость и жадность — главные обезьяньи пороки. И я собираюсь превратить их в наши преимущества!

Отгрызть банан от связки оказалось делом нелегким. Оба кота трудились попеременно, но все же дело продвигалось туго: жесткие волокна никак не поддавались. Лишь хорошенько разозлившись, Брысс наконец откусил черенок.

Нести обезьянью радость тоже было непросто. Фрукты — непривычная ноша для кошек: их челюсти быстро устают. Пыхтя, сменяясь каждую минуту, друзья с трудом дотащили добычу до переправы и сели под деревом, дабы перевести дух.

— Да где же они, наши паромщики? — спросил Басси, вглядываясь в листву деревьев на том берегу. — Ты уверен, что они здесь еще живут? Я до сих пор ни одной не видел.

— Сейчас увидишь, — усмехнулся Брысс. — По-обезьяньи я знаю только два слова, — те, что они орали, добираясь до угощения, — но думаю, нам этого хватит. Одно из них значит «банан», а второе — что-то вроде «давай-давай».

— А что мне нужно делать? — спохватился Басси.

— Слушаться меня, и только, — прозвучало в ответ. — Ну как, отдохнул? Тогда вперед!

И Брысс, схватив банан в зубы, взлетел на ветку и влез в корзину. Басси последовал за ним, — и тут ему стало страшно: корзина не просто качалась, она ходила ходуном. Даже тяжесть двух упитанных котов не придала ей устойчивости. К тому же она была еще и мелка: стенки подымались лишь на высоту кошачьего носа.

— Держись правого борта, а я буду сидеть слева, — бодро приказал Брысс. — Чуть что — цепляйся когтями за прутья! И прекрати дрожать — корзину развалишь.

Басси криво улыбнулся, завидуя храбрости друга. А друг тем временем приступил к исполнению задуманного. Набрав побольше воздуха в легкие, он изо всех сил заорал:

— Ки-ки! Ки-ки! Ки-ки!

Ответа ждать не пришлось: в одно мгновение в листве деревьев на том берегу возникли сотни обезьяньих морд. Выпучив глаза, все племя выжидательно застыло.

Брысс помедлил немного для пущей важности, затем нагнулся, схватил в зубы банан и, став передними лапами на край корзины, явил сокровище зрителям.

Трепетный стон донесся с того берега, — и сразу же, нарастая, как шум обвала, началась общая истерика. Отчаянно вереща, обезьяны метались вверх и вниз по деревьям, заскакивали на канат, хватались за веревку, но тут же, испугавшись, шарахались назад. Пугаться было чего: два любопытных крокодила всплыли послушать концерт.

Так продолжалось несколько минут, пока за дело — точнее, за веревку — не взялся вожак. Хитрый старый обезьян стал подтягивать к себе корзину, перебирая руками, как заправский матрос. Воздушный паром поплыл над водой.

— Ура! Ура! — бросив банан на дно корзины, завопил Брысс. — Я знал, что получится! Еще немного — и мы на том берегу! Вот смотри...

Внезапно корзина остановилась. Вожак, держа веревку в руке, застыл, не сводя глаз с кота. Челюсти его задумчиво двигались.

— Банан! — закричал Басси. — Быстро! Покажи ему банан!

Брысс поспешно вознес банан над бортом, и путешествие продолжалось.

Тем временем суматоха в роще не утихала. Было совершенно ясно, что народная любовь к вождю уступает личной страсти к бананам. Каждая из обезьян пыталась подобраться как можно ближе к канату, дабы вовремя выхватить вожделенный плод из-под властной старческой руки.

Неизвестно, чем закончилось бы соревнование, если бы Брыссу не показалось, что паром движется слишком медленно. Корзина доползла уже до середины реки, когда ему вздумалось подбодрить старого вождя вторым известным ему обезьяньим словом.

— Пау-пау! — пронеслось над рекой. — Ки-ки! Пау-пау!

...Никогда больше в своей долгой и полной приключений жизни не пользовался Брысс чужеземными словами, смысл которых не был ему ясен до конца. Опыт оказался опасным. Друзья так и не узнали, что же значит «пау-пау» по-обезьяньи. Ибо в тот день они чудом остались в живых...

Обезьяны замерли, не веря своим ушам. Вождь от неожиданности выпустил из рук веревку, и корзина поползла назад. Брысс, видя, что добился обратного тому, чего хотел, удвоил усилия.

— Пау-пау! Ки-ки! — надрывался он. — Пау-пау, образины вы куроголовые! Да пау-пау же!!!

Что поняли образины из его слов — остается только гадать. Но племя в ту же секунду забыло об опасности. Многоголосый, леденящий душу вопль сотряс воздух. И все как один, — точь-в-точь по Брыссову рассказу, — бросились по канату наперегонки. Правда, в этот раз они делали вид, что их интересует не банан, а чистота родной речи.

Коты поняли, что пропали. Деваться было некуда: внизу вода и крокодилы, а до берега еще далеко — корзина скользит вниз не торопясь. Все, что им оставалось делать — лечь на плетеное дно, вцепиться в него когтями и боком прижаться к плетеной стенке. Брысс благоразумно оставил банан лежать на виду, между собою и Басси.

Через несколько секунд по их спинам и головам скакал десяток разъяренных обезьян. Забыв о высокой цели, мстители делили добычу.

Старый вожак, громким «пау-пау» заявляя свои права, чуть не отправился на корм крокодилам. Дрались самые сильные, проворные и жадные.

Корзину подбрасывало и раскачивало так, что она чуть не вертелась волчком — но все-таки продолжала понемногу скользить под уклон.

Крупный самец, завладевший бананом, увидев, что отбиться не удается, решил удрать. Схватив добычу в зубы, он сиганул через головы соперников на канат и помчался к чужому берегу. Стая кинулась следом.

Бедные коты наконец получили возможность вздохнуть и открыть глаза. Над их головами, воинственно задрав хвосты, вереницей неслись в погоню супостаты. Корзина сотрясалась, но теперь ее хотя бы никто не пытался опрокинуть.

Потихоньку они доползли до родного дерева. Не веря своему счастью, друзья с трудом вскарабкались на ветку и, спустившись вниз, растянулись на траве.

Поначалу у котов не хватало сил даже разговаривать. Отдуваясь, постанывая, молча следили они за обезьянами, оравшими и прыгавшими на ветках над их головами. Банан был уже съеден — теперь племя выясняло отношения.

Прошло немало времени, прежде чем шум улегся. Усталые, но довольные, горлопаны потянулись домой. День для них прошел не зря.

— Брыссушка! — умоляюще произнес Басси. — Может, найдем другую переправу, а? Уж очень эти обезьяны... обидчивые.

— Фигушки! — отдохнув телом, его друг воспрял духом. — Теперь я знаю все, чего мне недоставало. Обезьянья натура у меня в кулаке! Считай, что мы на том берегу!

Глава 6
В путь!

На следующий день... О, на следующий день никаких подвигов запланировано не было. С трудом поднявшись утром (все тело ныло от ушибов), друзья немного пошатались вокруг дома.

Впервые, осторожно, выглянуло солнышко. Кео вынес из кладовой рыболовные сети и весла — просушить. Аюна подмела во дворе, а Эна подстригла разросшиеся кусты. Обитатели Зверюшни повыползали наружу и прохаживались, радостно повизгивая, похрюкивая, почесываясь и похлопывая крыльями.

Обед был восхитителен! Вопреки привычке, хозяйка приготовила жаркое большим куском на вертеле. Коты, обычно предпочитавшие сырое мясо, уписывали угощение за обе щеки и начали было подумывать, что переворот, конечно, дело нужное и полезное для общества, но как же хорошо дома!

Засыпая на родном чердаке, друзья втайне друг от друга обдумывали, как отказаться от трудной затеи...

Перед восходом солнца Басси проснулся от странного чувства: его переполняли тревога и радость одновременно. Вскочив, он подбежал к окошку и выглянул.

Изумрудная ночь сменялась перламутровым рассветом. По небу рыскали низкие облака, переливаясь нежными оттенками розового, сиреневого, желтого цветов. Звезды моргали, зевали — и закрывали глаза, укладываясь спать. Из темноты крадучись выползали лапы, когти, хвосты и крылья ближних деревьев. Стояла упоительная тишина.

Басси зевнул и сел у окна, размышляя.

И вдруг... вдруг его охватила паника. Прохладный, душистый ветерок пробежал мимо, коснувшись серого носа — и было в том дыхании нечто колдовское. Бешено забилось кошачье сердце, и вспомнился сладкий ядовитый дурман, что тигры называли своим оружием.

Но *этот* запах не отравлял: он звал, манил и сулил невообразимое, невероятное счастье. Было в нем что-то тоскливое, и тревожное, ласковое и желанное одновременно. Хотелось мурлыкать, тереться боками обо что попало, чесать когти и бегать, бегать, бегать...

Ноги сами собой подняли Басси. Шерсть на загривке встала дыбом, спина и хвост выгнулись.

— Мррр-аа-у! — неожиданно для себя заорал он незнакомым, шальным голосом. — Мрррриу-вааааау!

— Но-но! — раздалось сзади, и Брысс подбежал к нему. — Полегче с боевым кличем, дружок. Иначе подеремся.

— Подеремся? Почему?

— Закон природы, — зеленые глаза блеснули в полумраке. — Единственный закон, которому мы обязаны подчиняться.

— Прости, пожалуйста, — испуганно сказал Басси. — Я не нарочно. Просто этот запах...

— Ага! Значит, ты слышал Великий Зов весны, — отозвался Брысс. — Ну что ж, весьма кстати. А то меня чуть лень не одолела.

И друзья отправились отгрызать новый банан.

Надежда — великая сила! Обезьяны уже поджидали их. Шум поднялся, едва лишь коты появились на берегу.

— Ки-ки! Ки-ки! Ки-ки! — гремел повсюду гимн обжорству.

Веревка задергалась и поползла прежде, чем друзья взлезли на дерево. С риском для жизни, на ходу, впрыгнули они в корзину.

Как и позавчера, на шум явились крокодилы — на сей раз четверо. Но это не остановило обезумевших бананоедов. Они вознамерились повторить ограбление в том же порядке: подтянуть корзину до середины реки, напасть на недотеп и отобрать сокровище.

Но не таков был Брысс, чтобы дважды потерпеть одно и то же поражение. Укрощение дикого племени началось.

— Я вам покажу, как бить честных котов! — приговаривал он, пристально следя за вожаком, тянувшим веревку. — Вы у меня обучитесь хорошим манерам!

— Только не вздумай кричать «пау-пау», — умоляющим тоном произнес Басси, — ведь убьют же!

— Не бойся, не собираюсь, — ответил Брысс. — У меня другой план, хотя тоже не безопасный. На всякий случай приготовь когти.

Корзина, достигнув середины реки, замерла. Вожак держал веревку в руках, но тянуть ее перестал. Он чего-то ждал.

Поспешно предъявленный банан не возымел никакого действия: обезьян интересовало другое.

— Что, кривляки? — громко сказал Брысс. — Опять хотите сделать вид, будто я вас оскорбляю? Ну, погодите у меня!

Он весь подобрался, набрал побольше воздуха в грудь и издал душераздирающий кошачий вопль.

Обезьяны, ожидавшие доброго старого «пау-пау», сначала оторопели.

Но тут же, решив, что слыхали всего лишь перевод оного на кошачий, они сорвались с места и кинулись в атаку.

Брысс не стал дожидаться, пока его ограбят. В мгновение ока он схватил в зубы сокровище, поднял его над бортом корзины — и бросил вниз.

Как по команде, четыре крокодильих пасти раскрылись — и захлопнулись. В одной из них исчез банан раздора.

Подобного кощунства не видало ни одно из обезьяньих поколений.

Вопль, раздавшийся над рекой, был слышен на час бега вокруг и поверг в трепет обитателей степи и леса: столько ужаса, боли и негодования звучало в нем. Слыхавшие его поняли, что племя понесло тяжелую утрату.

Оправившись от потрясения, орда ринулась мстить обидчикам.

Первым корзины достиг верзила, укравший банан в прошлый раз. Но на сей раз коты не собирались подставлять бока под побои. Две когтистые лапы взметнулись навстречу налетчику — и вопль ярости сменился жалобным визгом. Роняя капли крови из расцарапанного носа, обезьян метнулся назад, наскочил на следовавшего за ним сородича, уцепился за него — и оба они, сорвавшись с каната, повисли над рекой, едва успев зацепиться: один — хвостом, другой — заднею рукой.

К обезьяньему «кто быстрей» присоединилось крокодилье «кто выше». Выпрыгивая из воды и щелкая зубами, страшилища пытались достать висящие деликатесы. А те никак не могли вскарабкаться на канат, ибо над их головами все новые и новые каратели шли на приступ корзины с котами.

Осажденные успешно сдерживали натиск. Канат ходил ходуном, и плетеная крепость отчаянно раскачивалась. Ее доблестные защитники изо всех сил пытались удерживать равновесие. Брысс, лежа на дне корзины вдоль левого борта, наносил удары правой передней лапой. Басси, привалившись к правой стенке, орудовал левой.

И все же осаждавших было так много, что рано или поздно они взяли бы верх.

Исход битвы решило отступление. Честь оборонявшихся при этом не пострадала, ибо отступила сама крепость.

Выпрыгнув из корзины на ветку, а следом — на землю, Брысс разразился презрительным хохотом.

— Дуры! — потешался он. — Дураки и дуры! Подумать только — это племя может ходить вверх ногами! И они не додумались до того, чтобы опрокинуть корзину, скопом уцепившись за нее снизу, с одной стороны? Да будь у них хоть капелька мозгов...

— Какое счастье, что этой капельки им недостает! — в сердцах ответил Басси. — Ты предпочел бы, чтобы их умом восхищались крокодилы?

Следующее утро началось с неприятности: обезьяны поджидали их на лесном берегу! Они обсели все дерево, как летучие мыши. Некоторые даже имели наглость забраться в корзину.

Коты услыхали их прежде, чем увидали. Это спасло положение: если бы хитрая обезьянья затея принесла плоды (точнее, один плод), длиннохвостые потеряли бы всякое уважение к звериному закону о соблюдении границ.

Брысс пришел в ярость.

— Уму непостижимо! — шипел он, отступая к дому. — Как же можно сочетать столько глупости и хитрости в одной башке!

Однако отступление и капитуляция — понятия далеко не всегда взаимосвязанные. Во всяком случае, последнее в планы главнокомандующего не входило.

Банан был спрятан под стенкой дома, причем спрятан столь тщательно, что с трудом нашелся впоследствии. Коты же налегке направились обратно — к парому.

— Как выйдем из лесу, шагай неторопливо, — поучал друга Брысс. — Смотри по сторонам, зевай, можешь почесаться, погоняться за бабочкой. В общем, делай что хочешь, только не смотри в сторону дерева!

Басси подчинился беспрекословно и прекрасно сыграл свою роль. Выглядело это так: два праздно прогуливающихся кота случайно забрели на берег реки, где неизвестно каким образом оказался воздушный паром, до коего им никакого дела не было, а уж что касается обезьян на дереве... Позвольте! Каких-таких обезьян?

В тот день светило веселое солнышко. Трава на почти уже просохшей земле пестрела цветами. Пряные весенние запахи витали над поляной.

Подчеркнуто ленивой поступью коты приблизились к берегу. Басси сел и, жмурясь от яркого света, стал умываться. Брысс улегся и принимал солнечные ванны, подставляя то один бок, то другой, то уже начавшее линять брюшко под теплые ласковые лучи.

Тихий ужас сковал злоумышленников. В их сознании Брысс и банан были неразделимы: дважды увидав кота в образе Дары приносящего, обезьяны решили, что так будет всегда.

Похлопав глазами и почесав затылки, племя нехотя двинулось по канату восвояси. Старый вожак, впрочем, решил убедиться в тщетности своих чаяний: спустившись с дерева, он приблизился к котам и несколько раз обошел вокруг них, принюхиваясь и жалобно поскуливая.

Разумеется, его никто не заметил. Оба негодяя — и черный, и серый, — были заняты вычесыванием блох и вылизыванием шубок.

Бормоча себе под нос «пау-пау», обезьян удалился.

Друзья повалялись еще какое-то время, затем встали, картинно потянулись и, зевая, неспешно покинули лужок.

В лесу, однако, прыти у них прибыло. Добежав до дома, они откопали банан и пустились обратно той же дорогой.

Длиннохвостые только-только пришли в себя после разочарования, вызванного неудавшейся засадой, как их постиг еще горший удар.

— Ки-ки! — раздалось над рекой. — Ки-ки-ки-ки-кии!!!

Не веря своим ушам, обезьяны кинулись к канату и — о ужас! — увидали на том берегу две наглые кошачьи морды над бортом корзины. Черная орала «ки-ки», серая держала в зубах лучезарный банан.

Вожак опомнился первым. Схватив веревку, он заработал локтями с завидной скоростью. При этом он верещал и щелкал зубами направо и налево, отгоняя охотников-канатоходцев.

Никогда еще корзина не скользила так быстро. Минута — и она уже на середине реки… Дальше… Дальше… Еще четверть пути! Не сводя глаз с вожака, коты боялись шелохнуться.

До берега было уже лапой подать, когда канат внезапно содрогнулся и заплясал под тушей спрыгнувшего с высокой ветки крупного самца. За ним кинулись другие.

На сей раз нападающие были так близко, что Басси едва успел выбросить за борт банан. Коты тут же приняли оборонительные позы и приготовились сражаться, но их ждал приятный сюрприз: никто и не думал гнаться за ними. На сей раз обезьяны решили подраться между собой.

— Ты видишь, кого они бьют? — в восторге закричал Брысс. — Сородича, посмевшего прогневать бананоносца! Дорогие мои образины! Ура! Я знал, что это сработает! Они приняли наши условия. Считай, что мы уже на том берегу!

Рощу трясло и трепало, точно ураганом. Причина драки была давно забыта: у каждого нашелся повод лупить ближнего.

Пламя гражданской войны полыхало вовсю, когда корзина доползла до родного берега. Визг и вопли сопровождали друзей по всей дороге до дома.

Вечером Эна сказала мужу:

— Кажется, к нам повадилась обезьяна: кто-то таскает бананы с чердака. Ты бы забрал окошко решеткой.

Коты замерли от страха. Но Кео спас положение. На какую же самоотверженность способна лень!

— Это я сам взял несколько, — ответил хозяин, сидя у очага с Брыссом на коленях, — сладенького захотелось.

Эна приготовилась было ответить, но Басси поспешно стащил со скамьи вязанье. И с удовольствием выслушал, какой он гадкий.

Настало утро решающего дня. Сворачивая на лесную тропу, Басси украдкой оглянулся на дом и, подавляя чувство вины, тихонько вздохнул. Брысс, сделав вид, что ничего не заметил, поступил так же.

Уверенной поступью победителей друзья прошествовали к парому и заняли свои места.

— Ки-ки, — повелительно произнес великий укротитель.

О, на это стоило посмотреть! Во мгновение ока вожак ухватился за веревку, а вся стая чинно расселась по веткам. Никакой истерики и в помине не было.

— Следи вон за той образиной, справа от вождя, — велел Брысс другу, — а я пригляжу за верхними ветками.

Паром прошел, как и в прошлый раз, три четверти пути, когда Басси подал сигнал тревоги: его поднадзорный явно готовился к прыжку.

Мгновение — и банан повис за бортом, удерживаемый кошачьими зубами за черенок.

Сотни глоток судорожно вдохнули воздух. Сотни глаз округлились от ужаса. Цепенящая тишина накрыла берег.

Паром остановился. Вожак замер, не выпуская веревки из рук.

Выждав положенное по укротительской науке время, Брысс втащил банан обратно в корзину. Вздох облегчения пронесся над рекой. Обезьяны заулыбались, закивали головами.

Триумфальный полет продолжался. Вот корзина прошла половину оставшегося пути... Еще немного... Еще...

Верхняя ветка качнулась. Наглый молодой обезьян, очевидно, вознамерился попробовать банана пусть даже ценой своей жизни. Вот он присел, готовясь к прыжку...

Поздно! Вожделенный плод уже висит за бортом. Сейчас черный зверь разожмет зубы...

Не бывать тому! Все племя кинулось на неразумного юнца. Снизу, сверху, с соседних веток навалились на злоумышленника сородичи. Отчаянно вереща, тот пустился наутек. Беглец и преследователи кубарем скатились с дерева и поскакали вглубь рощи. Кто не погнался за нахалом, тот подавал голос за правое дело, сидя на месте, подле каната.

А морщинистые руки, дрожа от нетерпения, тем временем подтягивали корзину с лакомой начинкой к берегу. С замиранием сердца коты следили за исчезающей в листве веревкой.

— Давай договоримся: банан должен достаться нашему милейшему другу-вождю, — сказал Брысс. — Он честно заслужил мзду. Если сунется другой — бей по морде!

Вот до конца путешествия остается четыре кошачьих прыжка… три… еще немного… два… ну же!

И тут случилось непредвиденное. Сдали старческие нервы! Бросив веревку, вожак устремился навстречу дорогим гостям.

Корзина тут же поползла обратно. С горестным воплем обезьян поскакал вдогонку.

Но укротитель был начеку. Банан неумолимо повис за бортом. Очень кстати всплывший крокодил разинул пасть.

Пришлось бедному вожаку признать, что удел старости — терпение и смирение. Метнувшись назад, он схватил веревку и уже безо всяких помех дотянул паром до берега.

Победа! Слаженным прыжком коты перескочили на ветки. Банан остался в корзине. Рванувшись вперед, вожак плюхнулся прямо на него и, заполучив наконец сокровище, стал громко чавкать.

Пока он ел, его благодетели воспитывали в обезьянах уважение к старости. Всякого, кто намеревался двинуться по канату вслед за уползающей корзиной, ожидал удар когтистой лапой по носу. Желающие скоро отступились.

Дождавшись, пока сияющий глупой улыбкой обезьян вернулся по канату на дерево, друзья спустились по крепкой, широкой лестнице, сделанной руками хозяина.

Шум смолкал. Длиннохвостые угомонились и принялись жевать какие-то фрукты, в изобилии росшие вокруг. Без сомнения, именно эти плоды, пусть и не такие вкусные, как бананы, и кормили обезьян в роще из года в год.

Прежде, нежели скрыться среди деревьев, коты оглянулись на родной берег. Корзина уже достигла середины реки. Следя глазами за ее продвижением, беглецы втайне друг от друга пожелали когда-нибудь вернуться в чудесный теплый дом с милыми, но такими неразумными и беспомощными хозяевами.

Как только корзина скрылась в листве, два носа — серый и черный — повернулись в сторону заката. Пробираясь через заросли, их обладатели старались отогнать невольную грусть расставания и подавить угрызения совести.

Сытая, ленивая, беззаботная жизнь для них закончилась.

Настала новая пора — полная опасностей и приключений.

Часть третья
ТАМ, ГДЕ БРОДИТ КОЕ-КОТ

Глава 1
Разбойники

Пробираясь сквозь заросли кустарника, коты тайком друг от друга думали о только что покинутом доме. Вернее, тщетно пытались перестать думать о нем. Еще бы! Ведь помимо теплого очага и услужливых хозяев, они лишились еще и тихого уголка, столь необходимого каждому живому существу, — места, где стены хранят тепло и уют, где нет ветра и холода, и куда так приятно возвращаться после скитаний в большом мире, кишащем опасностями.

В полной мере наши путешественники ощутили это в первую ночь, проведенную на чужбине.

Случилось это так.

Роща была невелика. Достигнув ее дальнего края, Басси и Брысс взобрались на ветку высокого дерева, чтобы осмотреться. Взгляд сверху привел их в восторг — и поверг в трепет.

Его величество Простор оказался намного красивее и страшнее, чем они ожидали. Да, полжизни назад Басси видал мир с большей высоты, — с горного кряжа, но тогда он не собирался покорять этот мир! Что касается Брысса, выросшего в лесу, то его знаменитое воображение втайне признало себя побежденным.

Изумрудная зелень равнины смыкалась с ослепительной синевой неба где-то за пределами кошачьего разумения. Отдельные кочки, холмики, нагромождения камней и редкие корявые деревца разнообразили картину. Справа, на севере, серой стеной высилась скальная гряда, Котогорье, откуда оба кота, каждый в свое время, отправились в путь.

— Ну, и куда мы теперь пойдем? — притворно-бодрым тоном осведомился Брысс.

— Как куда? — Басси оторопел. — Ведь мы следуем твоему плану!

— Оно-то так, — великий стратег почесал за ухом. — Да только план мой создавался на теплом чердаке, на мягкой постели, под висящими окороками, и казался заманчивым, как Липучкина сказка на ночь. А сейчас мне что-то уже не хочется никаких переворотов. Я бы побродил недельку и вернулся к хозяевам.

От негодования у Басси вся робость улетучилась.

— Как? Отступаться сейчас, когда мы с таким трудом перебрались через реку и путь наконец свободен?

— Не знаю, что ты называешь трудом, — хмыкнул Брысс. — По мне, это было чудным развлечением.

— Но ведь ты хотел посвататься к Мисмис! — впервые Басси не почувствовал ревности, говоря о Белоснежке.

— Подумаешь, великая цель! Да я могу себе жену из диких кошек взять. Они, правда, нраву крутого... Ну, так мы с ней силами померяемся — вот будет потеха!

— А как же месть, которую ты столько обдумывал? Ведь черные котята по-прежнему родятся, и впредь будут рождаться! Ты допустишь, чтобы их выносили в степь и бросали там?

— Если мне не суждено было погибнуть, — не очень уверенно сказал Брысс, — то я и не погиб. А вот ты, хоть и серой масти, чуть в реке не утоп!

Басси подозревал, что «неохота» тут совсем ни при чем, а друг просто робеет, но, имея дело с Брыссом, никогда нельзя было знать что-то наверняка. Поэтому он пустил в ход последний козырь.

— Как знаешь, — притворно-равнодушно сказал он. — Я могу пойти один.

Зеленые глаза полыхнули огнем: никогда и никому не мог Брысс уступить право быть храбрее его. Он открыл рот, чтобы ответить весьма язвительно, но в этот миг произошло нечто, что заставило котов забыть о раздоре.

Откуда-то справа, из-за рощи, выскочила на равнину антилопа. Грациозными прыжками пронеслась она прямо под деревом, где сидели наблюдатели, и помчалась в степь.

А следом за ней, распластываясь в беге, стрелой летел пятнистый зверь. И так гибки были его длинные ноги, так упруг прыжок и столь стремителен натиск, что друзья поняли: козочке далеко не уйти.

— Видел? Это гепард! — в восторге закричал Брысс. — Нет, каков красавец, а? А скорость-то, скорость! С птицей померяться впору.

Хитрость подсказала Басси: молчи. Его друг, избалованный хозяевами до полнейшего безобразия, часто капризничал. При этом он любил, чтобы его уговаривали и ублажали — и чем усерднее были уговоры, тем больше упорствовал в противности Брысс. Только Эна умела, когда нужно, сладить с питомцем: она просто переставала его замечать. Негодяю тут же становилось скучно дразнить хозяйку, и он делал то, чего от него ждали.

Так случилось и на этот раз: засмотревшись на гепарда, Брысс позабыл, о чем они спорили. Провожая взглядом пятнистую стрелу, он перепрыгивал с ветки на ветку, подымаясь все выше, пока не оказался на самой верхушке дерева — и там уже позабыл о гепарде, ибо увидел много нового.

Из зеленых травяных волн вынырнула известная им по рассказам хозяина Красная скала. Очертаниями она напоминала термитник с плоской верхушкой. Располагалась скала довольно далеко — примерно за день кошачьего хода на запад. Стало видно и то, о чем Кео не упоминал, а может, и не знал: к югу от Красной виднелась цепь других скал, не таких высоких и менее приметных из-за бурого цвета. Гряда тянулась на запад, подобно Котогорью, и исчезала вдали.

Помимо камней, Брысс увидел еще стада, стаи и стайки разных животных и птиц.

Слева от них, на юго-западе, в трех-четырех часах ходьбы, лежало царство гепардов. Крошечные издали, фигурки длинноногих красавцев нельзя было спутать ни с кем другим. Самки, каждая со своими детенышами, сидели и лежали поодаль друг от друга, а отцы семейств чинно прохаживались мимо, порою останавливаясь поговорить с соседом.

— Обрати внимание, — сказал Брысс подоспевшему наверх другу, — на вон тех двух зверей, справа и слева от племени. Они сидят спиной к обществу, и не отрываясь смотрят вдаль.

— Часовые? — неуверенно предположил Басси.

— Вот именно! Но почему? Кого бояться крупному хищнику в степи, да еще и средь бела дня? Все кошки крупнее них живут в Кошачьем городе, крокодилы — в реке... Разве что человека? Ведь не все люди таковы, как наш хозяин.

— А кто эти мелкие проныры в кустарнике? — спросил Басси. — Вон там... и там! Ой, сколько их! Они, пожалуй, ненамного больше нас с тобой... Видишь, еще двое бегут? Ну и походка! Будто что-то украли и ждут трепки.

— Я так не хожу никогда, — пренебрежительно ответил Брысс. — Даже когда ворую. Что касается шакалов, то ты заблуждаешься. Да, это трусливые твари, но и наглые к тому же. Хозяин о них рассказывал...

Невдалеке, у излучины реки, паслось стадо полосатых лошадок-зебр, а равнина между наблюдательным пунктом и Красной скалой пестрела разномастными спинами антилоп. В небе кружили крупные птицы и порхали мелкие пичуги. Жизнь в степи била ключом.

Наглядевшись всласть, коты стали думать, куда направиться. Басси полагал, что нужно без промедления двигаться в Леополь. Брысс склонялся к тому, что необходимо сначала обзавестись союзниками. Оба выдвигали вполне справедливые доводы, и оба великодушно соглашались друг с другом. В конце концов они пришли к выводу, что стоит попытаться склонить на свою сторону хотя бы гепардов — благо до их жилища было недалеко.

Солнце уже изрядно склонилось к западу, когда друзья наконец решили, что пора в путь. Заставил их поторопиться извечный враг лени — голод.

Спустившись с дерева, коты занялись мышиной охотой.

Полевую мышь поймать легче, чем домовую — она не так пуглива. И все же Басси, отвыкшему от необходимости добывать себе пропитание, пришлось изрядно попотеть, прежде чем он изловил нескольких. Брысс, напротив, справился с задачей очень быстро: он имел обыкновение доводить все свои навыки до совершенства.

Лежа под кустом и умывая черный нос, кот следил глазами за другом, скрадывающим мышь в траве на опушке рощи. И вдруг...

Басси остановился, принюхиваясь. Тело его напряглось, голова задергалась. Раздалось несмысленное пофыркивание, следом — глухое урчание. Зрачки у него расширились, изо рта потекла слюна, ноги свело судорогой...

Как вы уже поняли, Басси набрел на ту самую травку, что тигры припасли для Лионелла. Понял это и Брысс. Не медля ни секунды, он бросился на выручку, схватил друга зубами за холку и отволок далеко в сторону.

Затем, убедившись, что с Басси все в порядке, он оставил друга приходить в себя, а сам осторожно приблизился к страшному растению. Выглядело оно невзрачно: трава как трава, мелкие блеклые цветочки...

135

Брысс никогда не отличался благоразумием: оно не уживалось с любопытством, коего хватило бы на десятерых. Он просто не мог обойтись без приключений.

Все ближе ступали черные лапы, все напряженней втягивал воздух черный нос. Еще шаг... еще... вот и трава, перед глазами! Ну, где же ядовитый запах?

Брысс так усердно принюхивался, что начал чихать. Но других неприятностей так и не дождался. Поначалу он даже испытал разочарование: как посмела опасность им пренебречь? Но, подумав немного, обрадовался.

Когда он поделился открытием с Басси, оба пришли к выводу, что обнаружилось это весьма кстати и может пригодиться в будущем: неуязвимость для вражеского оружия — сильнейший козырь.

Переварив потрясение, друзья направились на юго-запад.

Идти было приятно и легко: почва уже совсем просохла, жухлая прошлогодняя трава, прибитая дождями к земле, мягко пружинила, а молодая зеленая поросль еще не поднялась настолько, чтобы затруднять ходьбу.

То и дело дорогу им перебегал какой-нибудь жук или ящерка, попадались и змеи, и яркие бабочки, и прочая мелкая живность. Пасущиеся невдалеке антилопы, верные привычке всегда быть начеку, поглядывали на них краем глаза. Но, в общем, никому не было дела до двух малорослых и безобидных с виду котов.

Тем временем приближалась ночь. Солнце торопилось спрятаться, будто ему не терпелось отдохнуть после утомительного дня. В траве торопливо зашуршали маленькие ножки и лапки: поди-ка, прозевай появление ночных хищников — времени пожалеть об этом уже не останется.

Поднявшись на пригорок, путешественники увидели, что уже почти достигли цели: до лагеря пятнистых сородичей оставалось полчаса ходьбы.

Быстро темнело. Посовещавшись, коты решили спрятаться среди камней и заночевать, а визит к гепардам отложить до утра.

Так они и сделали. Убежище нашлось быстро — кругом беспорядочно громоздились скальные обломки. Забравшись поглубже в каменный завал, друзья нашли пещерку с сухим песком на полу и, прижавшись друг к другу, мгновенно уснули.

Однако поспать от души им не пришлось.

Среди ночи Басси пробудился оттого, что кто-то пытался протиснуться в их убежище. Тяжелые камни поддавались с трудом, но ночной гость напирал изо всех сил, и один, а следом другой кусок скалы вскоре сдвинулся с места.

— Эй-эй, полегче! — завопил Басси. — Здесь занято! Проваливай! Ищи себе другое место!

В ответ раздался визгливый хохот: оказывается, налетчик был не один.

— Чего орать-то? — отозвался проснувшийся Брысс. — Подумаешь, нашел опасность! Ну, шакалы. Ну, лезут. Пусть попробуют нас достать!

— Да ведь они сейчас обвал устроят! — не унимался Басси. — Слышишь, как прут?

Возня возобновилась. Теперь уже не таясь, орудуя всеми четырьмя лапами, пыхтя от натуги, несколько злоумышленников пытались расширить ход и вытащить котов из пещерки, как улитку из раковины.

Вот в одном месте камни раздвинулись — и просунулся черный нос. Басси, недолго думая, тяпнул его когтями. В ответ раздался такой визг и тявканье, что у котов уши заложило.

— Мастера! — с уважением заметил Брысс. — Я так ругаться не умею. Да и обезьянам с их жалким «пау-пау» до этих ребяток далеко.

— Неужели ты понимаешь их язык? — поразился Басси.

— Их язык! Да у этого отребья и языка-то своего нет. Говорят они на искаженном волчье-собачьем, — с презрением ответил Брысс.

— Ну, так скажи им, чтоб убирались отсюда!

— Ты думаешь, это придаст им уважения к дичи? — хмыкнул Брысс. — Разве что прибавит аппетиту...

Натиск возобновился. Яростно визжа, шакалы лезли со всех сторон. Груда камней шаталась. Время от времени раздавался скрежет, и какой-нибудь обломок скалы сползал со своего места.

Еще дважды просовывались в пещерку носы — и дважды Брысс отдавал должное выразительности и богатству вражьего языка.

Но вскоре положение дел изменилось в плачевную для друзей сторону: самый хитрый из шакалов, отчаявшись поужинать свежей котятинкой, забрался на самый верх каменной груды и стал прыгать на ней. Вся банда, заливаясь злорадным смехом, тут же присоединилась к нему.

Такого не могло бы выдержать и убежище попрочней. С каждым прыжком пещерка становилась все ниже и теснее. Потолочная плита сдвинулась и стала сползать с одной стороны. Ясно было, что еще несколько прыжков — и она обвалится, накрыв собой обитателей пещерки.

Басси и Брысс отчаянно пытались что-нибудь придумать. Они попробовали копать песок, но внизу оказалась скала. Обследовали все щели — и поняли, что выхода нет.

От очередного лихого прыжка потолочный камень рухнул — но не плашмя, а боком, оставив затворникам уголок, где можно было лежать, тесно прижавшись друг к другу, — и один узкий лаз наружу. А пляска продолжалась...

И вдруг все стихло. Шакалы замерли, будто их и не было. Слышен стал даже шум ветра в степи. Секунда, другая — и раздался низкий, бархатистый, исполненный достоинства голос, говоривший — о чудо! — на общекошачьем языке:

— Что за непристойные крики среди ночи! Как смеете вы, вонючее отребье, оскорблять слух благородного племени?

Даже если бы шакалы и не поняли прозвучавших слов, тон обращения не оставлял сомнений: они прогневили кого-то очень важного. Но они все поняли. Трусливые твари тут же подобострастно захихикали и заскулили. Камни слегка раскачивались: очевидно, негодяи переминались с ноги на ногу, виляя хвостами.

— До чего они отвратительны! — сказал кто-то другой, должно быть, спутник благородного пришельца (судя по голосу, второй был моложе). — Просто смотреть тошно. И когда мы уже избавимся от такого соседства!

— К чему мечтать о несбыточном, Фарни? — ответил первый. — Нужно просто держать этот сброд в руках. Они наглеют от безнаказанности.

— И как же можно такую мразь наказывать? — отозвался тот, кого звали Фарни. — Ведь лапы марать противно!

— А вот как, — и незнакомец сказал, обращаясь к шакалам: — Слушайте меня, жалкое охвостье! И не притворяйтесь, что не понимаете! Вы схватываете на лету все, что для ваших ушей не предназначено, так услышьте же то, что вам знать нужно. Желаете ли и впредь получать недоеденную гепардами добычу даром?

— Даом! Даом! — раздалось в ответ. — Мясум! Мясум!

— Тогда запомните: если еще раз вы подымете шум среди ночи, то вашу долю с тех пор будут поедать грифы, а мы будем охранять их покой, покуда они не насытятся.

— Не надум! Не надум! — взвыли шакалы.

— Я, Гарлис, всегда держу свое слово, — продолжал гепард, — и, хоть в ваших подлых головах это и не укладывается, все же советую мне поверить. Повторяю: один раз — и навсегда!

— Наседаум! Наседаум! — раздалось горестное причитание.

— То-то же! — несколько миролюбивей сказал Гарлис. — Надеюсь, вы никого не обижали здесь? Уж очень гадко вы орали.

— Никовоум! Никовоум! — воровато затявкали шакалы.

— Это как же так «никовоум»? Очень даже ковоум! Целых двух ковоум! — наперебой возопили Басси и Брысс.

Раздался визг и следом — торопливый топот: разбойники бросились врассыпную.

— Эге! Да это кошки! — радостно воскликнул Фарни. — Я так и знал, что шакальё кого-то загнало в ловушку. Они умеют радоваться только своим злодействам.

— Кошки, попавшие в беду! — голос старшего теперь звучал приветливо. — Послушайте доброго совета: уходите отсюда подобру-поздорову. Оставаться в убежище небезопасно. Я знаю шакалью природу: мы уйдем — они вернутся. А пока мы здесь...

— Подождите! Не уходите! Мы сейчас! — в панике закричал Басси.

Коты стали выкарабкиваться наружу. Это было нелегко: камни теперь лежали в ином порядке — пришлось искать новые лазейки. Но надо ли говорить о том, как бедняги старались!

Несколько минут пыхтения и возни — и в узенькую щель, ведущую на свободу, протиснулись два кота, черный и серый. Пыльные и встрепанные, но ужасно счастливые, они с некоторой робостью приблизились к своим спасителям.

Глава 2
Неоправдавшийся расчет

Гепарды были великолепны! Помимо чудесной пятнистой шкуры и длинных ног, они обладали поистине королевской осанкой и особым, необъяснимого свойства взглядом, добрым и повелительным одновременно. Две темные полоски, ведущие от уголков глаз к подбородку, напоминали следы от слез и придавали красавцам печальный, даже скорбный, вид.

— Откуда вы, кошки? — спросил старший. — Не из Кошачьего ли города? Не бойтесь: мы, гепарды, не вмешиваемся в ваши дела, и беглецов выдавать не станем.

— Нет, мы не из Леополя, — ответил Брысс почтительно, — хотя и родились там. Мы из заречья. Сегодня переправились.

— Через реку? — изумился Гарлис. — Во время высокой воды? Уж не перевез ли вас на спине добрый крокодил?

— Нет, мы воспользовались человеческим изобретением и обезьяньей глупостью, — сказал Басси.

Гепард посмотрел на них с интересом, но не стал расспрашивать: гордость держит любопытство в узде.

— Очевидно, вы большие пройдохи, — сказал он. — Но все же мы рады, что спасли вас. В какую сторону вы направляетесь?

Друзья переглянулись в нерешительности. Затем Брысс, откашлявшись, притворно-испуганным голосом пропел:

— Не зна-аем... Страх лишил нас возможности соображать ясно. Поэтому... Позволительно ли будет нам, малорослым котам, недостойным покровительства столь могущественного племени, просить о великой милости — провести ночь в вашем лагере?

— Мы страсть как боимся шакалов, — поддакнул Басси.

— Ну и наглецы! — рассмеялся Гарлис, впрочем, довольно добродушно. — Ладно, будь по-вашему. Фарни!

— Слушаю! — и молодой гепард, не принимавший участия в разговоре, выступил вперед и почтительно склонился перед старшим.

— Проводишь мелкоту в лагерь, накормишь и оставишь на попечение Барнила, а сам можешь отдыхать. Я обойду посты и скоро вернусь.

Коты поспешили рассыпаться благодарностями. Гарлис, с легким пренебрежением выслушав их, повернулся и скрылся в темноте.

Фарни велел подопечным идти за собой и не отставать, — и компания двинулась на юго-запад.

Обычной кошке очень трудно поспеть за длинноногим гепардом, даже идущим неспешно. Особенно если кошку (то-есть, в данном случае, кота) обуревает жадное любопытство. А уж когда любопытство помножено на два...

— Скажите, пожалуйста, — очень вежливо спросил Басси провожатого, — а почему вы, гепарды, — сильное, ловкое племя, — живете в голой степи? Неужели мало пещер в скалах?

Фарни остановился в недоумении.

— Как почему? Да потому что нам так нравится! — воскликнул он. — Кто прячется за стены — стесняет свою свободу. Наш дом — вся степь!

Басси примолк, и вновь зашуршала трава под двенадцатью лапами.

Но уже через несколько шагов зазвучал голос Брысса.

— А позволительно ли будет нам узнать, — вкрадчиво вопросил он, — кто у вас в племени старший?

— Старший? — недоуменно переспросил Фарни. — По возрасту? Не знаю. У нас не принято считать чьи-либо годы. Гепарды уважают сородичей не за старость, а за доблесть.

— Ну тогда кто у вас старший по доблести? — не отставал Брысс.

— Эх вы, мелкота! — в сердцах ответил провожатый. — Неужели вы не в состоянии распознать истинно благородную особу, поговорив с оной?

— Так это Гарлис? — изумились коты. — Неужели ваш Владыка охраняет покой племени ночью?

Фарни опять остановился. И, строго глядя на несмышленышей, терпеливо объяснил:

— У нас нет Владыки. Гарлис главный в племени потому, что его все уважают, даже враги. Не было случая, чтобы он о себе подумал прежде, чем о других. И справедливей его никого нет на свете. Он добр и великодушен, но коль ты виновен — пощады не жди!

Еще несколько шагов — и снова вопрос:

— А где живут шакалы? И почему они не охотятся сами?

— Считается, что они живут в Клыкове — это волчье-собачий город, недалеко отсюда, к западу от вон тех бурых островерхих скал, что зовутся Зубоскалами. Но их там терпеть не могут, еще бы! — эдаких ворюг и лгунов, поэтому волки и собаки только рады, что шакалы где-то шляются днями и ночами. Почему не охотятся? Судите сами: крупную дичь они не догонят, а чтобы наесться разной мелкой зверушкой, надо изрядно потрудиться... Это с их-то ленью! Вот и побираются, где только можно.

Неугомонные коты донимали гепарда расспросами всю дорогу, и тот терпеливо отвечал им.

Ночь на равнине гораздо светлее, чем в лесу. Луна уже зашла, но даже при свете звезд видны были камни и одинокие деревья тут и там. И, как бы ни были все трое увлечены беседой, они все же заметили тени крадущихся следом шакалов.

Идти было недалеко. Вскоре раздался повелительный окрик часового, Фарни отозвался, и путешественники вошли в лагерь.

Старый гепард по имени Барнил радушно встретил гостей. Котов проводили туда, где лежала недоеденная туша антилопы, и дали насытиться.

Пока Басси и Брысс ужинали, хозяева вполголоса беседовали. Краем уха гости слышали многократно повторенное слово «шакалы», произносимое с негодованием. Очевидно, презренное племя изрядно досаждало гепардам.

Спустя какое-то время, засыпая на мягкой траве, Брысс шепотом сказал другу:

— Как нам повезло, что мы оказались у них в гостях!

— Еще бы! — ответил Басси, тоже шепотом. — Теперь никто над ухом не верещит, поспать можно, да и наелись мы от души.

— Я не о том, — сказал Брысс. — К гостям, видишь ли, у хозяев отношение особое. Надеюсь, ты не забыл, зачем мы здесь?

Сытость и привычка к беззаботной жизни заставили котов спать долго. Они не слышали, как Барнил разговаривал с вернувшимся на рассвете Гарлисом. Не разбудили их и голоса любопытных гепардов, поутру собравшихся вокруг — поглядеть на диковинных гостей. Многие из хозяев впервые видели кошек.

Смех и оживленный говор стихли, когда к компании присоединился отдохнувший Гарлис. Предводитель хотел было разбудить заспавшихся котов, но его маленький сынишка, прибежавший следом, справился с задачей проворнее.

Дети не задумываются над такими глупостями, как хорошие манеры.

— Кто там спит под деревом? Это в такое-то утро? Ну, лежебоки, держитесь!

И малыш с разбегу обрушился на котов.

Пятнистый котенок ростом был чуть больше каждого из гостей. Мгновенно пробудившийся Брысс вступил в потасовку не раздумывая, тогда как Басси хлопал глазами и глупо озирался.

Дружный хохот зрителей окончательно привел его в себя.

— С добрым утром! Надеюсь, вы хорошо выспались, — сказал Гарлис приветливо. — Пожалуйте к завтраку, друзья.

Маленькому гепарду очень хотелось помериться силами с чужеземцем, оказавшимся вовсе не слабым, но он хорошо знал, что слово отца — закон. Нехотя отпустив противника, он потихоньку шепнул ему на ухо:

— Давай после завтрака подеремся! Я тебя знаешь как вздую!

— Как бы не так, — буркнул Брысс, у которого были совсем другие планы. — С мелюзгой не связываюсь.

По-видимому, гепарды-охотники вставали спозаранку: недавно убитая антилопа лежала под деревом невдалеке. Котам оказали великую честь — они ели вместе с Гарлисом и его семьей.

Разговор не клеился. Басси просто робел, а Брысс никак не мог измыслить предлога, под который можно было бы начать переговоры.

Предлог сыскался сам собой. После завтрака предводитель гепардов, полулежа в тени невысокого дерева, сказал:

— Дорогие гости, вы пришлись по душе моему племени. Можете оставаться с нами, сколько пожелаете.

— Спасибо, вы очень великодушны! — воскликнул Брысс. — Мы с удовольствием бы погостили у вас еще, да неотложные дела гонят нас вперед.

— Ну что ж, — произнес Гарлис. — Не в наших обычаях удерживать гостей против их воли. В какую сторону вы направляетесь?

— В Леополь, — осторожно ответил Брысс. — Прямо, через степь.

— Прямо? — изумился гепард. — И как же вы рассчитываете пройти через степь без разрешения хозяина Красной скалы?

Коты в страхе переглянулись. Басси робко спросил:

— А кто хозяин Красной скалы? Мы здесь впервые, и не слыхали о нем.

— Эх вы, горе-путешественники! — добродушно ответил Гарлис. — Да неужто вы не знаете, что вся земля, да и вода тоже, поделена на владения, и всюду есть хозяин? Это мудро и справедливо, ибо хозяин, помимо прав, имеет и обязанность: заботиться о своей вотчине. Да, не все хозяева гостеприимны, но с этим нужно считаться. Земли гепардов обширны, но они лежат в основном к югу отсюда. В получасе ходьбы к северу начинаются владения Шамбо и простираются до самого Котогорья.

— Шамбо? — в один голос переспросили коты. — Кто это? Какого он племени?

Прежде чем ответить, Гарлис задумался.

— Красная скала окутана тайной. Неведомо, кто ее хозяин и откуда. Никто и никогда не видел его днем. Я дважды говорил с ним, но безлунной ночью и на расстоянии. Мы, гепарды, дневные хищники и ночью видим плохо. Поэтому я различил лишь очертания его тела. Могу сказать, что это — огромный, сильный зверь, по какой-либо причине ставший отшельником. Родом он из кошачьих и говорит на нашем языке. Это не лев — у него нет гривы. И не тигр, ибо держится он с царственным благородством, тиграм не свойственным. Не ягуар, не барс — Шамбо не похож ни на кого из них. И он гораздо крупнее любого из перечисленных.

— А он очень страшен? — еле слышно спросил Басси.

— Как сказать? — ответил гепард. — Любой зверь страшен, если нарушить его покой и волю. Шакалы боятся его, как огня. Говорят, что он невообразимо жесток. Но шакалам веры нет — послушать их, так подлее нас, гепардов, на свете никого не сыщешь. У нас с Шамбо — мирный договор: дважды в сутки мы пересекаем его земли. Мы соблюдаем обычай, установленный нашими предками давным-давно, задолго до появления хозяина Красной скалы.

У Брысса загорелись глаза: вот он, долгожданный повод начать переговоры о союзничестве! Но практичный Басси опередил его с мелким, хотя и насущным, вопросом:

— А можно, мы перейдем владения Шамбо вместе с вами? Ведь вы направляетесь в Леополь, не так ли?

Гарлис нахмурился: кое-о чем эти простаки были осведомлены. Но тут же, отогнав подозрения, ответил:

— Хорошо, хотя вам придется всю дорогу бежать — у гепардов ноги длиннее ваших, а путь неблизок. Сегодня же вечером можете отправиться. Фарни! — кликнул он.

Молодой гепард подошел и поклонился старшему.

— Чей нынче черед относить дань Владыке?

— Мой, повелитель.

— Ты и твои охотники двинетесь в путь немного раньше, ибо с вами вместе пойдут наши подопечные.

Фарни, поклонившись, отошел.

И тут Брысс наконец решился заговорить о главном.

— Не понимаю, — с напускным недоумением сказал он, — как такое гордое, сильное, независимое племя, как гепарды, к тому же живущее на своей земле, может покорно признавать над собой чью-то власть, пусть даже и великого Владыки!

Гарлис посмотрел на наглеца сурово и надменно.

— Ты забываешься, чужеземец, — холодно ответил он. — Может, у вас, кошек, и заведено нарушать обычаи, установленные далекими предками, но для гепарда это недопустимо.

— Ваши предки подчинились превосходящим силам противника, и только! Неужели вы не понимаете, что пра-пращур нынешнего Владыки обложил гепардов данью не по закону, а лишь в наказание за свободолюбие? Знаете ли вы, сколько у Владыки придворных? Не сосчитать! А сколько лоботрясов охраняют главный вход? Ведь все они — сильные, ловкие звери, которые слишком ленивы, чтобы охотиться! А бедные гепарды должны ежедневно таскать им добычу со своих земель, совершая при этом длиннейший переход!

Тщательно подбирая слова, Брысс не замечал грозных изменений в поведении предводителя гепардов. Поначалу Гарлис слушал, нахмурившись. Затем угрожающе прижал уши и слегка наморщил верхнюю губу. Тело его напряглось, ноги медленно приподняли туловище. Теперь пятнистый зверь сидел прямо, глядя на черного кота с презрением и ненавистью.

Басси хотелось провалиться сквозь землю. Неужели Брысс не видит опасности? Но тот смотрел не на Гарлиса: когда он начал речь, все гепарды, лежавшие и сидевшие поблизости, прекратили разговоры между собой и, подойдя ближе, стали напряженно вслушиваться. Брыссу это явно польстило. Вертя головой во все стороны, как заправский оратор, он продолжал разливаться соловьем:

— Подумать только: каждый день! Через всю равнину, туда и обратно, да с тяжелой ношей! Сколько времени, сколько сил — и все это добровольно, как дань обычаю! Неужели вы не видите, какому унижению подвергается ваша гордость? Неужели не понимаете, что с несправедливостью надо бороться? Чем вы, гепарды, хуже львов и тигров? Тем, что меньше ростом? Если так — тем больше чести будет вам, коль вы отстоите свое право на независимость!

— Надо полагать, — сдерживая ярость, промолвил Гарлис, — этот ваш совет совершенно бескорыстен?

— Не совсем, — не моргнув глазом, ответил Брысс. — Но об этом потом. Так вот: не только гепарды терпят притеснения со стороны Владыки и его приближенных. В Кошачьем городе много веков томятся под гнетом рабства наши сородичи, малое кошачье племя. Тяжкий труд, ужасные условия жизни, недоедание, постоянный страх — вот горькая доля нашего народа! — потрясенный собственным красноречием, Брысс чуть не всхлипнул. — Но в малом теле живет великий дух! Именно среди кошек нашлись избранные, что задумали восстановить справедливость!

— Избранных ровно двое, не так ли? — язвительно спросил Гарлис.

— Да, пока только двое! — бесстрашно ответил подстрекатель. — Но свободолюбие нашего народа велико! Чаша терпения переполнена! Умные, храбрые, справедливые вожди и вдохновители борьбы за свободу уже разработали хитроумный план переворота. Для свержения власти больших кошачьих не хватает лишь надежного союзника.

— Коего и надеетесь вы обрести в нашем лице, — сказал Гарлис. — И, надо думать, наградой за предательство будет наше избавление от дани Владыке?

Брысс, задетый словом «предательство», взглянул наконец на верховного гепарда. Взглянул — и осекся: столько горечи и презрения было в совсем еще недавно дружелюбном взгляде Гарлиса.

— Ваше свободолюбие, — медленно произнес предводитель, — замешано на зависти. Тот, кто хочет свободы, бежит от общества, а не устраивает перевороты, ибо свержение одной власти ведет к установлению другой, новой. Любая власть — это кабала, как для подчиненных, так и для повелителей. И почему вы думаете, что ваше правление будет лучше львиного?

— Львы — тираны, — осмелился подать голос Басси. — Они единолично владеют огнем в пещере...

— Ну, вот и цель вашего переворота обнаружилась, — с усмешкой сказал Гарлис. — И еще, думаю, какие-то личные счеты, но это уже не имеет значения.

Гепард помолчал, глядя вдаль, на скальную гряду. Собрание безмолвствовало. Коты больше не решались говорить.

— Вам не понятно, почему мы по сей день платим дань Владыке? Если так — то вам просто нечем этого понять. Держать данное когда-то слово на протяжении долгих веков способны лишь истинно благородные создания. Помимо гепардов, изо всех кошачьих племен на это способны только львы. Остается подивиться прозорливости пра-пра-льва, первого пещерного Владыки, который, отпуская гепардов на свободу, взял с них слово — помимо дани, разумеется, — охранять мир и покой Леополя извне и предупреждать Владыку в случае опасности.

Коты в страхе переглянулись. Им внезапно захотелось домой, на чердак.

— Мне жаль, — сурово продолжал Гарлис, — что вы обманули наше доверие. Теперь мы будем плохо думать обо всем кошачьем племени, а это, наверное, несправедливо. Вы же, как предатели и подстрекатели, понесете заслуженное наказание.

— Мы у вас в гостях! — в панике выкрикнул Басси. — А гость — лицо неприкосновенное.

— Говоря о таком ничтожестве, как вы — не лицо, а морда. Так вот, мы к вашим мордам не прикоснемся. И в Кошачий город вместе с Фарни вы отправитесь, но только в другом качестве — как преступники под конвоем.

— Помилуйте! — взмолился Брысс. — Ведь нас там убьют.

— И поделом, — неумолимо ответил Гарлис.

— И совесть не упрекнет вас в том, что вы обрекли на смерть двух маленьких, беззащитных сородичей?

— Моя совесть, — сказал Гарлис, вставая и собираясь уходить, — никогда не простит мне, если я дозволю свергнуть Владыку, глубоко чтимого в племени гепардов. Барнил! Стереги преступников. Хвостом отвечаешь за них!

Глава 3
Ночные страхи

День наши друзья провели невесело. Старый гепард загнал их на дерево и улегся внизу. Прежней дружелюбности как не бывало. Никто с ними не разговаривал, все обходили дерево стороной.

— Влипли, — уныло сказал Брысс. — И тут благородство!

Впрочем, от благородно предложенного обеда преступники отказываться не стали.

Фарни, принесший мясо к подножию тюрьмы, сочувственно посмотрел на котов и вздохнул. Это натолкнуло Брысса на размышления.

После еды, забравшись повыше, подальше от ушей надзирателя, коты вполголоса обсуждали, что же делать дальше.

— О побеге и речи нет, — сказал Басси. —Удрать от гепарда нельзя. А даже если можно было бы, шакалы все равно настигнут.

— Да, но во владениях Шамбо шакалов нет — помнишь, Гарлис говорил, что они боятся туда ходить? Значит, нам нужно бежать по дороге к Котогорью, — ответил Брысс.

— Ты шутишь? А наш конвой? Те же длинноногие гепарды!

— Там, где не справятся ноги, должна работать голова. Наших провожатых нужно обмануть! Еще не знаю, как, но есть у меня маленькая надежда: думаю, что молодые гепарды не столь преданно относятся к давним обычаям, как старики. Во всяком случае, попробовать можно.

— А сам Шамбо? Он тебя не пугает? Ведь мы можем попасть к нему в лапы!

— Когда за тобой гонится сначала лев, а следом за ним — крокодил, кто из них для тебя страшнее? Давай сначала улизнем ото льва, а потом будем бояться крокодила.

Друзья принялись измышлять, как им обмануть гепардов. Но, как назло, даже многохитрая Брыссова голова соображала туго — сказывалась привычка к безмятежному сну после обеда.

Вечер неумолимо приближался.

Коты ожидали, что в назначенный час все племя соберется под деревом и, торжественно проклиная преступников, отправит их в путь по этапу.

На самом деле ничего подобного не произошло. Солнце едва склонилось к закату, как Фарни подошел к Барнилу, обменялся с ним несколькими словами, позвал котов и велел им следовать за собой.

Мысль «А не остаться ли сидеть на дереве?» промелькнула в обеих малых кошачьих головах. Но тут же исчезла, подавленная собственной бесполезностью.

Спустившись на землю, Басси и Брысс прежде всего потянулись и почесали когти о ствол тюрьмы. Затем, гордо подняв головы, дабы подчеркнуть свое бесстрашие, они отправились за провожатым.

Старались коты напрасно — никто даже не взглянул в их сторону. И было в том согласном презрении нечто гораздо более обидное, чем брань и насмешки.

Фарни вывел их на северный край лагеря. Там его ожидали двое других гепардов. На земле лежала туша только что убитой антилопы.

Басси и Брысс с тоской посмотрели вперед. Широкая равнина лежала перед ними во всем своем великолепии.

Испещренные узором из света и тени, далекие серые скалы под лазурным небом казались приветливыми. В стороне Красная скала пылала огромным факелом.

Давно известно: если хотите сполна оценить красоту пейзажа — взгляните на него в лучах заката. Косые лучи солнца кропят все вокруг золотом, и краски начинают сиять, и соперничать друг с другом в яркости, и завораживают взор, и дарят наблюдателю радость жизни.

Увы! Приговоренному к смерти они лишь напоминают о том, как много он теряет.

Гепард отдал приказание, и его подчиненные, подняв тушу антилопы, направились вперед. Преступникам было велено идти следом, а сам Фарни замыкал шествие.

Поначалу шагалось легко. Коты весь день отдыхали, и сытный обед придал им сил. Шли они споро, хотя и не бодро, ибо двигались не в ту сторону, куда им хотелось.

Десятка два шакалов сопровождали отряд, держась на безопасном расстоянии и делая вид, что спешат по своим делам.

Становище гепардов давно уже скрылось за пологим холмом: равнина едва заметно спускалась к северу. Трава становилась все гуще и выше.

Время от времени Брысс оглядывался и ловил на себе суровый, но полный сочувствия взгляд Фарни.

Солнце спускалось все ниже и наконец присело на краешек горизонта — окинуть хозяйским глазом владения перед тем, как отправиться спать.

Оглянувшись в очередной раз, Брысс не увидел шакалов. Он решил, что настала пора действовать.

— Позвольте нам отдохнуть, — жалобно произнес он. — Я очень устал, но не о себе забочусь: мой друг несказанно страдает от боли в правой передней лапе — повредил ее, когда выбирался из-под камней, вчера ночью... Мужество не позволяет ему жаловаться.

Басси тут же сел и трогательно поднял лапку, — точь-в-точь как Бонго, выпрашивающий косточку у хозяйки.

Провожатый нехотя остановился. Идущие впереди охотники, не оглядываясь, продолжали путь.

— Мы не прошли еще и десятой части дороги, — нахмурившись, сказал Фарни. — Конечно, отправились мы раньше обычного, но, делая привал каждый час, мы не доберемся до города и к утру.

— Бедный, бедный Басси! — запричитал Брысс. — Жестокие гепарды! Зачем вы спасли нас вчера от шакалов? Чтобы сегодня отвести к палачам?

Фарни сконфузился.

— Быть может, вас и не убьют вовсе, — неуверенно сказал он.

— Непременно убьют! — заверил его Брысс. — Причем наипренеприятнейшим способом. Например, разорвут на кусочки.

Фарни поежился.

— Или утопят, — предположил Басси.

Фарни содрогнулся.

— Скорее всего, просто сожрут, — трагически заключил Брысс.

Фарни вскочил и быстро зашагал туда-сюда. Коты ждали с замиранием сердца. Наконец, гепард остановился. Взгляд его опять был суров.

— Я не могу ослушаться предводителя! Это неслыханно в нашем роду. Да, мне вас жаль, но вы сами виноваты в своей беде.

— Но Басси не может идти! — возмутился Брысс.

— Тогда я понесу его, — решительно сказал Фарни, схватил Басси за холку, точно кошка — котенка, и зашагал вперед.

Брысс, чей рот остался незанятым, поспешил воспользоваться своим преимуществом. Не отставая от Фарни, для чего ему пришлось бежать рядом, он беспощадно терзал доброе сердце гепарда жалобными речами. Начав с того, как мало хорошего видели осужденные в своей короткой, едва начавшейся жизни, он вспомнил безутешных матерей, безотцовщину, затем оплакал несбывшиеся надежды...

Время от времени Фарни останавливался и обращал на Брысса гневный взор поверх затылка Басси, но что он хотел сказать, оставалось непонятным.

Тем временем солнце скрылось за скалами слева от путников. Быстро сгущавшиеся сумерки скрыли из виду охотников, тащивших впереди антилопу.

Чтобы помочь другу, Басси дергался и всхлипывал у гепарда в зубах.

— Потерпи, — нежно уговаривал его Брысс. — Еще немного — и все закончится. Скажи спасибо доброму Фарни — видишь, как он торопится избавить нас от страданий! Правда, простейший выход из положения ему в голову не приходит: зачем вести нас в город? Несколько лишних часов жизни счастья не принесут, только продлят мучения... Так почему не убить нас сейчас, прямо здесь? Владыка не прогневается — ведь преступники наказаны! И дань будет доставлена в срок. А главное — совесть гепарда останется чиста...

Фарни неожиданно разжал зубы, и Басси упал на землю.

— Негодные коты! — воскликнул несчастный гепард. — Знаете, что со мной будет, если я вас отпущу? Изгнание — самая страшная участь для гепарда! Лучше смерть, чем изгнание!

— Прекрасно! — воскликнул Брысс. — Ты можешь наказать нас изгнанием! Надеюсь, сородичи не обвинят тебя в излишней жестокости...

— Что я скажу Гарлису?

— Что мы пытались удрать и попались в лапы Шамбо! Тем более что такая возможность не исключается.

Фарни погрузился в отчаяние. Впервые в жизни перед ним стоял столь трудный выбор — между долгом и совестью. Необходимость солгать глубоко чтимому предводителю удручала бесхитростную душу. Но обречь двух очаровательных прохвостов на гибель было и вовсе немыслимо. Тем более, что — в этом бедняга и сам едва ли признавался себе — Фарни понимал: коты правы, и гепарды родятся вовсе не затем, чтобы всю жизнь таскать убитую дичь Владыке.

Наконец он вздохнул и поднял голову.

— Поклянитесь, — сказал он, — что не станете пытаться свергнуть Владыку.

— Клянемся! — в один голос воскликнули коты. «За нас это сделают тигры», — одновременно подумали оба.

— И обещайте мне, — продолжал Фарни, — что не появитесь в Леополе в ближайшие несколько дней, пока ваш побег не забудется.

— Обещаем, — уже не так радостно ответили коты. — Вот только...

Словно прочитав их мысли, Фарни сказал:

— Вы можете безопасно для себя переждать время на Зубоскалах, что сейчас слева и немного позади нас, примерно в двух часах ходьбы отсюда. Там есть пещерки, и уйма птиц и мышей. У подножия, с северной стороны, под кустами прячется родник. Скалы разделяют наши земли и владения Шамбо, и тянутся на запад до самого Клыкова.

— Спасибо, — вежливо промолвил Басси, зная, что от Брысса благодарности не дождешься. — Мы у тебя в долгу. Может, когда-нибудь и сумеем отблагодарить — кто знает?

— Прощайте, — сказал Фарни и горько вздохнул. — Лучше бы мы не встречались...

Гепард повернулся и бегом бросился догонять сородичей, ушедших со своей ношей уже далеко.

Когда легкий топот его ног затих вдали, коты остались наедине с тишиной и темнотой. И сразу же суеверный страх когтистой лапой сжал их сердца, вытеснив не успевшую поселиться там радость счастливого спасения.

От льва они улизнули. Настал черед крокодила.

Что может быть приятнее после жаркого дня, чем ночной ветерок? Прохладный, ласковый, игривый, как котенок, он обнимает усталого путника, целует в лицо, шепчет что-то на ухо. И тут же дразнит, шурша травой; приглашает порезвиться, побежать куда-то сломя голову, без дороги и без цели, смеясь от счастья.

Так бывает, когда путник ничего не боится. И не ожидает нападения в любой миг. И не чувствует себя одиноко...

Никогда в жизни еще не казались себе Басси и Брысс такими маленькими и беззащитными. Необъятность равнины под ногами — и неба над головой угнетала, давила, заставляла припасть к земле, распластаться, закрыть глаза и сходить с ума от страха. В каждом шорохе травы вокруг чудились крадущиеся шаги кого-то злого, беспощадного.

И надо же было именно этой ночи оказаться безлунной! Небо затянули низкие тучи, и ни одна звездочка не могла найти щелочки, чтобы дружески подмигнуть испуганным беглецам.

Лежа на земле, прижавшись друг к другу, от всей души завидуя мелким зверушкам, что могут спрятаться в норку, коты провели не один час.

Наконец, они вспомнили: гепарды, доставив дань Владыке, должны возвращаться той же дорогой. Кто знает, не передумает ли Фарни, застав отпущенных на свободу преступников на том же месте? А его спутники, быть может, вообще другого мнения на этот счет...

В общем, оказалось, что оставаться на месте страшнее, чем идти. Но тут обнаружилась еще одна напасть:

ни Басси, ни Брысс толком не помнили, в какую сторону двигаться. Не видно было ни зги, — конечно, кроме ближайших стеблей травы — и то лишь благодаря особенностям кошачьего зрения.

Наконец, собравшись с духом и взявши более или менее вероятное направление, друзья сделали несколько осторожных шагов. Остановились, прислушались. Снова пошли, уже немного смелее. Еще несколько минут — и они уже смеялись над своими недавними страхами. Подставляя мокрые носы ласковому ветерку, упоенно вдыхая аромат свободы, коты довольно уверенно топали на запад. Во всяком случае, они думали, что на запад.

Когда, по их расчетам, вот-вот на пути должны были возникнуть скалы, дорогу им преградило нечто пострашнее прежних бесплотных кошмаров. Нечто имело очертания сидящего зверя и было *темнее тьмы*. Оно не шевелилось, но какой затаившийся хищник будет двигаться?

Беглецы замерли. Боясь выдать себя, они даже дышать перестали. От напряжения ноги у них сводило, глаза начали часто моргать. Прошло несколько оцепенелых минут, и вдруг Басси, которому колеблемая ветром травинка попала в нос, громко чихнул! Тут же из травы выпорхнула степная птица — и, взмахнув тяжелыми спросонок крыльями, опустилась прямо на голову черному пугалу.

— Что-то я себе не нравлюсь,— переведя дух, сказал Брысс. — Этак я скоро собственного хвоста пугаться начну.

С искренним недоумением смотрели коты на большой камень, который — и как только это получилось! — они приняли за неведомого зверя. Посмеявшись довольно натянуто (обоим было неловко друг перед другом), они обогнули преграду и направились дальше.

До рассвета было еще далеко, но тьма чуть-чуть поредела. Во всяком случае, от следующего камня бесстрашные путники всего лишь шарахнулись, однако обмирать уже не стали.

Почва под ногами стала тверже, трава — реже, появился песок и скальные обломки. Темные фигуры возникали теперь так часто, что коты больше не обращали на них внимания.

И, как выяснилось, весьма напрасно.

Ночь отступала. В небе проглянули пятна посветлее, черный сумрак вокруг стал густо-серым. Яркие цвета обозначились своими бледными подобиями.

— Посмотри-ка, — внезапно сказал Басси. — Тебе не кажется, что эти камни движутся вместе с нами?

Брысс, заметивший ту же странность, ответить не успел: уже знакомый им визгливый хохот осквернил ночную тишь. Шакалы! На сей раз их было гораздо больше, чем в прошлый раз. И спрятаться было некуда.

Глава 4
Катастрофа

Тут же стало ясно, что, не видя ничего в темноте, коты ошиблись направлением и вместо запада двинулись к югу, назад во владения гепардов, лишь немного отклонившись к западу, — россыпь валунов свидетельствовала о том, что скалы уже неподалеку.

Итак, они снова попали в беду. Но — вот странное дело! Теперь, когда наши герои оказались лицом к лицу с настоящей опасностью, они ничуть не испугались. Напротив — зная, что рассчитывать больше не на кого, преисполнились отваги.

Брысс решил, что настало время явить образованность.

— Прочь! Убирайтесь! — свирепо, с подвывом завопил он по-собачьи. — Вы забыли, что обещали гепардам? Тронете нас — пожалеете.

Новый взрыв хохота проскрежетал в воздухе.

— Ну и произношеньице! — протявкал самый наглый из шакалов, очевидно, вожак. — Как у шелудивого волка!

— Какое удовольствие — съесть ученого кота! — отозвался другой.

— Надо оказать ему почесть, — мягкий, язвительный голосок принадлежал, очевидно, шакалихе. — Мы будем есть его понемножку, начиная с хвоста.

— Нет уж, давайте поскорее, — подал голос еще кто-то, — а не то заявится Кое-кот, будет нам всем потеха!

Басси не понимал слов, но смысл разговора был ясен и без перевода. Припомнив, что шакалы без труда понимали Гарлиса, он сказал:

— Мы на земле гепардов! А гепарды — наши покровители. Наверняка дозорные уже услышали ваше тявканье и бегут сюда. Не видать вам больше дарового угощения!

Поистине безудержное веселье охватило мерзкую стаю. Они всхлипывали, икали, падали наземь и дрыгали лапами, — и хохотали, хохотали…

Коты оторопело переглянулись. Отчего-то шакалы чувствовали себя в полной безопасности. Неужели у них настолько короткая память?

Все прояснилось через минуту. Бурый вожак, просмеявшись, объяснил:

— Стали бы мы за вами красться, кабы не наша хитрючесть! Нет, мы не на земле гепардов — *еще* не на их земле. Но *уже* и не во владениях Кое-кта. Мы на границе! И здесь можем делать, что хотим. Гепарды границ не нарушают, а Кое-кту все едино — что кот, что шакал, — он всех ненавидит, любому враг. От него помощи не ждите. Ух, и злюка!

Брысс поспешно перевел шакалью речь Басси.

— Надо думать, «Кое-ктом» они зовут Шамбо, — заключил он. И, подумав, сказал разбойникам:

— Кое-кот по следам узнает, что вы нарушили границу, выслеживая нас. Так или иначе, а вам несдобровать!

— А мы отсюда вмиг удрапаем! — опять хохотнул шакал. — Вот только позавтракаем... Ату их, ребятки!

И вся стая кинулась на котов.

Но коты были начеку. В самом начале переговоров они, перемигнувшись, начали потихоньку пятиться к невысокому, в четыре кошачьих роста, камню с покатой верхушкой. Шакалы за своим весельем ничего не заметили.

Прыжок, которым коты взлетели на верхушку камня, сделал бы честь любой обезьяне. Громко щелкнули зубы охотников, упустивших добычу из-под носа.

Убежище было из разряда «лучше, чем ничего». Камень оказался мокрым от росы и скользким, к тому же, стоя бок-о-бок, голова к хвосту, и нанося удары правой передней лапой, коты невольно толкали друг друга, усугубляя опасность сорваться вниз.

Положение было отчаянное, но друзьям опять повезло. Можно сказать, что их выручила шакалья жадность. Если бы нападающие установили какой-то порядок и прыгали слаженно, с четырех сторон — Басси и Брысс не продержались бы и двух минут.

Но шакалы бездумно лезли напролом, по спинам и головам сородичей. Тем, кто оказался ближе к камню, не давали подпрыгнуть наседавшие сзади, на второй ряд нажимали отстающие и потому самые напористые. Никто не запятнал шакальей чести вежливостью. Проклятия, вой и визг доносились, наверное, до самого Кошачьего города.

Вокруг камня бурлила драка. Шакалы делили добычу, еще не заполучив ее. Время от времени оскаленная пасть какого-нибудь удальца взлетала навстречу когтистой, бившей без промаха кошачьей лапе — и на поверженного кидались свои же, кусая и гоня его прочь.

В пылу сражения никто не заметил, как ночной сумрак, тая с каждой минутой, уступает место призрачной белесой мгле. Надвигаясь из низины, туман накрывал холодным мокрым одеялом всех и вся на своем пути.

Помимо промозглой сырости, в воздухе повисло еще и что-то незримое, зловещее.

Внезапно тупоголовые шакалы почуяли угрозу. Их натиск мгновенно ослаб.

В наступившей тишине раздалось далекое, еле слышное гудение, — будто рой пчел спозаранку плутал в тумане. Но уже через несколько мгновений звук усилился и стал походить на рев ветра в ветвях деревьев. Следом, нарастая, возник рокот камнепада — сначала заворчали, оползая, мелкие камешки, потом покатились, сшибаясь, голыши, — и, наконец, затопляя все вокруг несносным грохотом, начался обвал: рушились скалы, катились по крутому склону валуны...

Но почему не содрогается земля? И откуда в степи камнепад, не с этих же едва заметных издали скал?

Недоумевали коты, — шакалы же сразу поняли, что к чему. Точнее, кто — к кому.

— Кое-кот! Спасайтесь! Кое-кот!!! — завизжали они и бросились наутек.

Недоумение кончилось: рев камнепада на самом деле был злобным, оглушительным рычанием огромного зверя. И тем страшнее казался этот голос, что исходил он, казалось, из-под земли. Обычная шутка тумана...

Шерсть встала дыбом на кошачьих спинах. Но не спешите обвинять наших героев в трусости — сначала представьте себе этот кошмар: грязно-серая мгла, знакомые враги кругом и незнакомый — неизвестно где. И жуткий, леденящий кровь рык со всех сторон сразу.

Потеряв голову от страха, кошка вручает заботу о своем спасении ногам. Спрыгнув с камня, Басси и Брысс поступили так же. Они не выбирали дороги, но неосознанно последовали за удирающими шакалами.

Уже совсем рассвело; туман позволял видеть дорогу на два прыжка вперед. Коты держались рядом. Попадавшиеся по дороге камни они огибали с двух сторон.

Так они бежали довольно долго. Шакалы отстали или свернули куда-то. Рычание постепенно становилось тише, несколько раз прекращалось и начиналось снова, — и, наконец, затихло совсем. Но ужас по-прежнему гнал беглецов вперед.

И вот, когда, казалось, опасность миновала, случилось самое страшное, — то, о чем, по своей беспечности, наши герои даже не задумывались.

Дорогу им преградил очередной серый камень. Брысс повернул влево, а Басси — вправо. Камень оказался длинным. Пробежав несколько шагов, Басси окликнул друга — тот отозвался. Им бы вернуться, встретиться и продолжать путь вместе! Но мысль о том, что нужно пойти *навстречу* опасности, была непереносима.

Уверенные, что камень вот-вот закончится, коты продолжали бежать. Но преграда не только не кончалась — она стала расширяться и уводить друзей в разные стороны.

Затем оба одновременно подумали, что можно вспрыгнуть на скалу и пересечь ее поверху — но не тут-то было! Пока они бежали, глядя вперед, камень вырос в высокую — не одолеешь!— стену.

А ноги все несли и несли их вперед...

Пробежав изрядное расстояние, беглецы поняли, что достигли вожделенных скал — и оказались по разные их стороны!

Страх потерять друг друга оказался сильнее, чем встреча с Шамбо. Оба кинулись назад.

Но удача иногда изменяет даже своим любимцам. Обратная дорога вовсе не была прямой. Следуя вдоль стены, коты не замечали разломов и трещин, валунов и обломков, разбросанных вокруг, порой смыкавшихся со стеной, пересекавших тропу и уводящих в сторону. Деревья и кусты, что путники миновали, не заметив, при взгляде назад казались незнакомыми.

К тому же былая помеха, туман, рассеялся очень некстати: представшая глазам широкая, пестрая картина скрыла знакомые мелочи. А искать собственный след на влажных камнях по запаху — занятие бесполезное.

Пытаясь отыскать друг друга, беглецы потерялись окончательно.

Поднявшееся над степью веселое солнышко с недоумением смотрело на вполне взрослого серого кота, сидевшего на камне и плакавшего навзрыд, как маленький котенок.

А Басси и впрямь чувствовал себя покинутым ребенком. Будто заново переживал он полузабытое расставание с мамой. Опять потеря самого родного существа, опять отчаяние, одиночество — и обида, горькая обида на судьбу.

Он даже не подозревал, как сроднился с Брыссом. Шалости и проказы, походы и открытия, что они совершали вдвоем, сделали их неразлучными. Басси добровольно и с радостью признавал друга старшим, охотно слушаясь его, — причем отнюдь не в силу возраста.

И потому он чувствовал себя осиротевшим вновь. Ему не хотелось уже никаких переворотов, ему было все равно, получат кошки огонь в свое владение или нет, ему даже не хотелось больше отыскать маму, Миолу и Мисмис — все на свете отдал бы Басси за то, чтобы увидеть сейчас нахальную, бесконечно милую черную морду друга.

Утес, который он выбрал для обозрения, клыком выступал вперед из ровного ряда скал на северном склоне гребня. Вид оттуда заставил бы ахнуть любого наблюдателя, но Басси, погруженный в свою беду, не замечал окружавшей красоты.

Освещенная утренним солнцем, Красная скала вовсе не выглядела зловещей. Напротив: с утеса видно было, что стены ее покаты, на них множество уступов и террас, покрытых зеленой травой. Скала вздымалась над степью, как сторожевая башня.

Помимо Красной скалы, равнины, Котогорья и далекого берега реки, с утеса открывался вид и на кое-что новое. Глубокий овраг с каменистыми склонами тянулся к западу от скал, приютивших Басси, и, постепенно расширяясь и мелея, терялся в поросли кустарника на горизонте. Его отроги простирались в сторону Котогорья, как лепестки цветка.

Отчаянный взгляд серого кота обшаривал все вокруг в надежде уловить мелькание черного хвоста. Но увы! — часы шли, солнце двигалось по небу, а Брысс не появлялся.

Наконец, Басси почувствовал, как на него наваливается усталость. Бросив последний взгляд сверху, он спустился со скалы и отправился на поиски источника, о котором говорил Фарни. Источник сыскался не так скоро: бедный кот, не спавший сутки и переживший столько потрясений, к тому времени буквально валился с ног.

Вдоволь напившись студеной воды, Басси забрался под куст, свернулся калачиком и уснул.

Он не слышал, как приходили на водопой козы и мелкие, пугливые зверушки; не проснулся даже когда его с любопытством обнюхал забредший на скалы муравьед. Ему снилось, что они с Брыссом гнались за львом, и лев, оглядываясь на бегу, молил о пощаде...

Внезапно Басси проснулся. Сквозь сон он слышал, как кто-то мяукнул поблизости. Он вздрогнул, прогоняя сонное наваждение, и с замиранием сердца позвал Брысса — а вдруг?..

Гулко стучало сердце в ожидании ответа. Ветер шелестел листьями у него над головой. Прошуршала ящерка в траве... И больше ничего.

Горестно вздохнув, Басси выбрался из-под куста, вспрыгнул на высокий камень и осмотрелся.

Проспал он долго. Солнце уже склонилось к западу. Еще два-три часа — и будет темно. Басси содрогнулся: впервые в жизни ему предстояло провести ночь одному.

Усилием воли он заставил себя думать, что же делать дальше. Выбор у него был невелик.

Первое: он мог, не плутая среди камней, спуститься в степь, обогнуть скалы с востока и выйти на след друга. Конечно, если друг еще там...

Не в характере Брысса было сидеть на месте и ждать. И потом, южная сторона скал принадлежит гепардам, — стало быть, шакалов там полно. Вероятность найти Брысса весьма уступала вероятности попасться на ужин бурым разбойникам.

Второе: он мог остаться на месте, вблизи источника, и ждать, пока друг найдет его сам. А если не найдет? А вдруг... Мысль о том, что с Брыссом могло что-то случиться, была непереносима, — Басси потряс головой, прогоняя ее.

Третье проистекало из единственной ясной цели, имевшейся у заговорщиков — оба они направлялись в Кошачий город. Потеряв друг друга в пути, они могли достигнуть Котогорья каждый самостоятельно и встретиться там.

Взвесив все, Басси решил объединить второе и третье: подождать на скалах несколько дней (заодно и выполнить обещание, данное Фарни), а затем двинуться в Леополь.

Несколько ободрившись, он занялся охотой. Возле источника водилась уйма непуганых мышей, но Басси был так голоден, что прошло немало времени, прежде чем он насытился.

Запив ужин родниковой водой, кот взглянул на солнце — оно уже изрядно спустилось, — и отправился разыскивать себе убежище для ночлега.

Оставаться у источника было небезопасно — мало ли кто приходит туда ночью на водопой...

Недолго думая, Басси направился навстречу заходящему солнцу, на запад. Деревьев в той стороне росло меньше, и вход в пещеру или грот, если таковые там имелись, можно было увидеть издали.

Убежище сыскалось скоро, и великолепное! В стене, высоко от подножия скал, будто ждала новосела сухая пещерка с песчаным полом. Чрезвычайно довольный открытием, Басси уселся на пороге нового жилища полюбоваться закатом. Рассеянным взглядом скользил он по скалам и камням, кустарникам и деревцам, по степной глади...

Что-то мелькнуло в траве и тут же пропало. По кошачьей привычке выслеживать любое движение, Басси бездумно продолжал смотреть туда.

Высокая трава колыхалась под ветром. Будто волны, гонимые к берегу, упругие стебли сгибались и выпрямлялись, играя под вечерним солнцем оттенками зеленого золота. Но в одном месте, точнее, в одном направлении, ровные плавные перекаты что-то нарушало. Как крокодил, плывущий под водой поперек течения, заставляет быстрый поток споткнуться и, замедлив бег, перевалить через преграду — так в травяной глубине что-то двигалось, мешая степенному степному танцу.

Басси встрепенулся. Нечто двигалось по прямой линии от источника к Красной скале, — точнее, к западной оконечности Красной скалы, и уже миновало около третьей части пути.

Внезапно незнакомец остановился — очевидно, разглядывал возникшее препятствие, — и, решившись, это препятствие перескочил. Над травой взвился и пропал... пушистый черный хвост.

Басси оторопело заморгал глазами. Мысли засуетились в голове, как спугнутые летучие мыши, но наружу вырвалась лишь одна: не может быть! Если это действительно Брысс, то почему он ищет друга не на скалах, а в степи?

И зачем он, вместо того, чтобы спрятаться в убежище, на ночь глядя топает прямо в зубы Шамбо?

Убежденный доводами здравого смысла, Басси успокоился. Мало ли у кого из зверей может быть черный хвост! Пусть себе идет, куда хочет...

Но он все равно не мог оторвать взгляда от ползущей по равнине потайной борозды. Вот на ее пути вынырнул невысокий серый камень, — интересно, обогнет его чернохвостый или...

Чернохвостый и не думал прятаться. Дойдя до камня, он вспрыгнул на него — и превратился в Брысса.

Казалось, у Басси остановилось сердце. Дыхание перехватило, и в глазах помутилось. Невероятное оказалось очевидным.

Ноги опомнились первыми: они сорвали своего хозяина с уступа и понесли его вдогонку за черным видением, которого уже и след простыл — бороздка продолжала чертить прямую линию к Красной скале.

— Брысс! Брыссушка! Брыссенька! — кричал Басси, очертя голову прыгая с камня на камень. — Постой! Подожди! Не бросай меня!

Даже понимая тщетность усилий, — расстояние было слишком велико, — он не прекращал кричать, подбадривая себя. Басси бежал так же отчаянно, как прошлой ночью: но тогда его подстегивал страх, сейчас — манила надежда.

Скатившись со скал на равнину, он врезался в траву и помчался, рассекая носом тугие волны колышущихся стеблей. Бежать было трудно, и Басси перешел на торопливый шаг, что тоже давалось нелегко. Вдобавок к путающейся под ногами траве он еще и ничего не видел, кроме нее же!

Наконец, серый нос уткнулся в серый камень. Поспешно вспрыгнув на преграду, кот огляделся.

Солнце неумолимо садилось: тени удлинились, ветерок посвежел. Скорей, скорей! До Красной скалы надо добраться засветло...

Легко прослеживавшийся сверху, потайной фарватер Брысса отсюда не был виден. Куда ни кинь взгляд — лишь зеленые волны колышутся.

Но Басси не стал раздумывать долго: наметив курс, он бросился в травяную пучину и продолжил плавание.

Бедный кот торопился изо всех сил. Сомнений в том, что Брысс направляется к Красной скале, не было, но что он будет делать дальше? Как найдешь его в темноте, в незнакомом месте, да еще и под носом у Шамбо?

О том, что случится, если не найдешь, следопыт предпочитал не думать.

Так он бежал, как ему казалось, целую вечность. Наконец, на пути попался еще один камень. Осмотревшись с его верхушки, Басси с досадой обнаружил, что изрядно отклонился к западу и теперь должен двигаться прямо на север.

Следующий камень позволил ему увидеть многое. Последние лучи солнца осветили представшую с незнакомого бока Красную скалу, до которой оставалось полчаса ходу.

Басси увидел пещеру. Узкая, длинная продольная щель, окруженная уступами и террасами, горизонтально прорезала стену невысоко от земли. Справа от пещеры, у подножия скалы, зеленели камыши: там жила вода.

Удача улыбнулась нашему герою: он успел увидеть, как Брысс, легкими прыжками поднявшись по уступам ко входу, скрылся в пещере.

Басси подивился легкомыслию друга: заходить в незнакомое, неизвестно кем обитаемое, жилище, как к себе домой! Уж не напекло ли ему голову?

Последний отрезок пути Басси проделал бегом, стремясь захватить остатки рассеянного света, дабы не плутать в темноте.

Достигнув подножья Красной скалы, он поставил лапу на нижний уступ... и похолодел.

Резкий запах незнакомого, — точнее, *незнакомых* котов, — ударил ему в нос. Тут же вспомнилась уверенная, хозяйская поступь Брысса... А Брысса ли?

Над головой Басси раздались кошачьи голоса. Он попятился и взглянул вверх.

В сгущавшихся сумерках над карнизом у входа в пещеру возникли несколько кошачьих физиономий. С добродушным любопытством взирали они на пришельца.

А пришелец смотрел на них с нескрываемым ужасом.

Все как один — коты были чернее черного.

Но Брысса среди них не было.

Глава 5
Приключения Брысса

А Брысс в то время занимался делами чрезвычайной важности. Но — в двух словах обо всем не расскажешь. Чтобы ничего не упустить, давайте вернемся вспять — в предрассветный туман.

Кинувшись назад, на поиски Басси, Брысс ошибся поворотом, и, наверное, не единожды. Когда туман рассеялся, он очутился в укромной лощинке на склоне скал. Это было чудесное место для отдыха, скрытое от ветра, недоступное взглядам с равнины, — и вдобавок с чистым родничком, тонкой струйкой вытекавшим из расселины.

Брысс с жадностью припал к воде. Затем, зная, что голод мешает ясности мышления, поймал и съел несколько мышей.

Ясность мышления вернулась и попросила сна. «Так и быть, — сказал ей Брысс. — Посплю часок. Может, Басси за это время меня сам найдет».

Для отдыха он выбрал широкий, заросший травой и кустами карниз, высоко на скале над источником. Благоразумие, подсказав ему эту мелочь, подвело его в вопросе поважнее: чудные, скрытые от посторонних глаз лощинки редко бывают необитаемыми.

Долго поспать ему не дали. Визгливый гомон наполнил лощинку, изгнав из нее покой. Еще не глядя вниз, Брысс уже знал, что чуть ли не все шакалье племя собралось под его спальней.

Шакалы вздорили между собой. Такова уж их природа, что, нашкодив, они ищут виноватого.

— Кое-кот разгневался!

— Кое-кот нас накажет!

— Кто первый вынюхал котов?

— А кто предложил нарушить границу?

— Можно было просто подождать, пока они вернутся к границе сами!

— Зачем нужно было красться за ними?

— Следы-то, следы остались! И Кое-кот унюхал!

— Ох, как он рычал!

— Ой, что будет-то?

Как всегда в таких случаях, перепалка закончилась вничью. Успокоив нервы криками, стая улеглась спать.

Теперь Брыссу, обнаружившему шакалье логово, нужно было из оного выбраться. Мысль о том, что можно просто переждать день на своем месте, даже не попыталась возникнуть в черной голове.

Потихоньку выглянув из убежища, кот убедился, что шакалы спят. Верные своей дурьей беспечности, даже сейчас, будучи в опасности, они не подумали выставить дозорных.

Брысс начал с того, что обследовал свой спальный карниз: может, с него можно влезть на стену и спуститься на ту сторону Зубоскал, где сейчас Басси? Оглядев отвесный склон, он пришел к выводу, что взлезть наверх нельзя, но сверху на карниз легко можно спрыгнуть, — при необходимости, конечно.

Любопытная, но бесполезная в его положении штука обнаружилась в стене над самым балконом: низкая, глубокая пещерка со множеством трещин и гудящим сквозняком. Посередине зиял глубокий провал — колодец.

Брысс сбросил в него камешек — и вдруг присел от неожиданности. То, что он услыхал, напоминало грохот камнепада.

— Ух ты! — негромко сказал он сам себе. И услышал многократно повторенное «Ух ты!», бумерангом вернувшееся к нему. Никогда не слыхавший эха, кот сначала опешил. Потом продолжил исследования.

Он мяукал, лаял и блеял — все потихоньку, чтобы не взбудоражить шакалов. Сила эха была поистине невероятна! Оно послушно повторяло даже шепот, а шипение превращало в вой урагана.

С огромным сожалением оторвался Брысс от столь приятного и интересного занятия — но если он хотел выбраться из лощины, надо было спешить.

К сожалению, ни одна из трещин в гроте не выводила за пределы лощины. Брысс вернулся на край балкона. Прямо под ним, у самого родника, свернулись калачиками несколько шакалов. О том, чтобы спуститься тихонько, и речи быть не могло. Но долго думать тоже не пришлось: Брысс подобрался и, изо всех сил оттолкнувшись от края карниза, перепрыгнул на невысокий камень посреди русла ручейка.

Всем известно, как мягки кошачьи лапки. Даже спрыгнув с большой высоты, кошка приземляется почти бесшумно.

На это и рассчитывал Брысс. Но — бывают же такие дни, когда все идет шиворот-навыворот! Как оказалось, камни на краю карниза, удерживаемые лишь корнями кустов, только и ждали своего освободителя — и теперь, рушась вниз, радостным грохотом благодарили его!

Завизжали ушибленные шакалы; не понимая ничего, проснулись и повскакивали остальные. Брысс опять оказался в кольце врагов.

Молнией пронеслась в голове спасительная мысль: «Никто не видел, что это я учинил обвал!»

— Кое-кот!!! — заорал он по-собачьи. — В кустах, на карнизе! Сейчас спрыгнет! Спасайтесь!

Паника — страшная стихийная сила. Поднимая панику среди тех, кто спал и не успел проснуться, можно быть заранее уверенным в успехе — важно только ни на секунду не опоздать.

— КОЕ-КО-О-О-ОТ! — взвыла бурая армия и лавиной понеслась к выходу из ущелья. Средь белого, солнечного дня, целая орда не самых маленьких на свете хищников трусливо удирала от вовремя сказанного маленьким хищником слова. Обезумевшие от страха шакалы не заметили, что зачинщик бросился удирать первым, но — поскольку его панике не по пути было с паникой шакальей, постепенно стал отставать и уклоняться в сторону.

Вырвавшись из лощины в степь, стая повернула к западу — подальше от вотчины Кое-кта, и помчалась вдоль скального гребня. А черный Вот-так-кот подался влево, в сторону гепардовых владений.

Последний из удирающих шакалов скользнул взглядом по маленькой фигурке, открыл было рот — но не издал ни звука: боялся отстать от своих.

Усталый победитель высмотрел невдалеке одинокое дерево, ленивой трусцой добежал до него и, взобравшись на толстую ветку, растянулся. Он заслужил отдых.

Самое время было подумать, что же делать дальше.

Зная характер друга, он был уверен, что Басси сидит на северном склоне и ждет, пока Брысс найдет его. Трогаться в путь следовало как можно скорее: во-первых, пока шакалы не очухались от испуга, и во-вторых, чтобы успеть найти Басси до темна. Хотя Брысс и был обязан Шамбо своим спасением уже дважды, он не спешил выразить таинственному Кое-кту благодарность при личной встрече.

Солнце стояло в зените. Было жарко. «Полежу немножко — и пойду», решил Брысс, засыпая.

Но, как вы, наверное, помните, в тот день удача играла с ним в кошки-мышки. Тяжелое испытание подкрадывалось к спящему, дабы проверить не только его храбрость, но и благородство, о котором он отзывался с презрением и обладать которым не стремился.

Пробудившись внезапно, как от толчка, Брысс увидел, что к дереву приближаются два гепарда. Бежали они не рядом, а один вдогонку за другим.

Еще прежде, чем он узнал бегущего впереди, Брысс услышал отчаянный зов преследующего (судя по голосу, это была самка):

— Фарни! Фарни! Остановись! Умоляю тебя! Фарни!

Да, это был Фарни, но не похожий на себя: лицо его искажала гримаса неподдельного страдания. Добежав до дерева, он остановился в тени. Спутница, красивая молодая гепардиха, вскоре присоединилась к нему.

Брысс замер, распластавшись на ветке, и даже дышать перестал. Ветка была недостаточно широка — взглянув вверх, гепарды могли его увидеть. Но, поглощенные своим горем, они не смотрели вокруг.

— Оставь меня, умоляю! — сказал Фарни. В голосе его было столько муки, что у Брысса сжалось сердце. — Оставь меня, Фарника, найди себе другого мужа, хорошего, честного гепарда, а не изменника, с позором изгнанного из племени.

Кот чуть не свалился с ветки. Так вот оно что! То, чего несчастный страшился больше всего на свете, все-таки случилось. По его, Брыссовой вине... Бедный, бедный Фарни! Даже соврать — и то не умеет!

Но, как выяснилось, благородством в племени гепардов страдали не только самцы.

— Забудь об этом! — с жаром воскликнула прелестная Фарника. — Я последую за тобой всюду! Изгнание не страшно для двоих.

— Я не собираюсь жить в изгнании, — с горечью ответил Фарни. — Мне остается лишь умереть с честью, дабы смыть позор со своего имени.

— Значит, мы умрем вместе! — тряхнув головой, сказала Фарника.

Брысс, забыв о конспирации, почесал за ухом. Жены-то, оказывается, тоже бывают разные...

— Я не могу допустить этого! — вскричал гепард. — Подумай: ведь ты лишаешь меня единственной остающейся мне надежды!

— Нет, не единственной! — в голосе Фарники появилась нотка раздражения. — Ты что, забыл устав? Изгнанник имеет право вернуться, совершив подвиг во имя племени!

— Подвиг? Вот я и собираюсь совершить подвиг! Я иду сражаться с шакалами! Скольких смогу, убью...

— Скольких сможем, убьем, ты хотел сказать? Чудесно! Только об этом никто не узнает. Разве что шакалы начнут всюду рассказывать о *своем* подвиге — как они победили двух гепардов. И обнаглеют окончательно. Вот будет подвиг так подвиг во имя племени!

Фарни неожиданно разрыдался.

— Что же мне делать, солнышко мое? Что мне делать? О, проклятые коты! Попадись они только мне в лапы еще раз...

Надо ли говорить, какому испытанию подвергалась кошачья честь? Если бы только Брысс мог придумать хоть какое-нибудь оправдание своему молчанию, он бы это сделал. Но крыть было нечем: трусость — она и есть трусость.

— Я думаю, — услышал он собственный голос, — что один из них уже попался.

Гепарды вскинулись, как ужаленные.

— Ты! — возопил Фарни. — О, мой кошмар средь бела дня! Мало того, что ты лишил меня доброго имени и отправил в изгнание, ты еще и подслушал мой разговор с женой — в минуту отчаяния, когда я предавался постыдной слабости!

— О, шакал средь семейства кошачьих! — зарычала на него Фарника. — Нет у тебя ни чести, ни совести!

— К сожалению, есть, — ответил Брысс, благоразумно оставаясь на ветке. — Вообще-то мне не обязательно было привлекать ваше внимание. Вы ведь меня не видели, не так ли?

Гепарды переглянулись — и не нашлись, что ответить.

— Вы, конечно, можете снять меня с дерева и убить, или отвести к Гарлису, что, в общем, одно и то же. Но все-таки сначала выслушайте.

— Если бы я не послушал твоих речей, я бы сейчас наслаждался отдыхом в кругу друзей, а не думал, куда деваться от позора! — воскликнул Фарни, впрочем, уже немного спокойнее.

— Так и быть! Мы тебя выслушаем, — ответила Фарника, по женской привычке путая «я» и «мы».

— Вам нужен подвиг, чтобы вернуться в свое племя с честью? — начал Брысс. — И мне нужно того же, потому что я терпеть не могу быть не в ладах с собственной совестью. Зачем драться с шакалами? Их слишком много, не перебьете же вы всех до единого? Даже тигр — и тот не стал бы проливать столько крови. Но в одном вы правы: избавить гепардов от мерзкого шакальего соседства — это и есть подвиг, который прославит вас на века! Предлагаю совершить его вместе.

Город Клыков лежал в уютной долине, хитро спрятанной от глаз степных обитателей: долина была огромным оврагом с пологими, усеянными камнями склонами. Вырытые в глинистой почве норы служили обитателям долгие годы. Попадались кое-где в скалах и нелапотворные пещеры, — в них предпочитали селиться собаки. И, наконец, покинутые в незапамятные времена, осевшие в землю добротные человеческие жилища теперь населяли самые крупные волки, правящее сословие Клыкова.

На закате, примерно в то же самое время, когда Басси увидел чей-то хвост в траве, два гепарда и черный кот приблизились к волчьему городу.

Дипломатического этикета ради гепарды несли в зубах тушу убитой антилопы, а кот, шествуя впереди, лицемерно размахивал хвостом — привычка, противная кошкам, но обезоруживающая собак.

Когда же, достигнув городских пределов, кот обратился к сторожевым собакам на их языке...

Весть о прибытии невиданного посольства распространилась по городу во мгновение ока. Почести, оказанные семейству кошачьих их исконными недругами — волками и собаками, были поистине невероятны.

Владыка Клыкова, старый, видавший виды волк по имени Вергер, вышел им навстречу со своей свитой.

Соблюдая обычай, все горожане: малые и большие собаки всяких мастей, лисы, разнообразные волчьи родственники чинно уселись рядами, образовав несколько кругов, один внутри другого, и предоставили Владыке и гостям вести переговоры, сидя посередине. При этом этикет запрещал рядовым гражданам вслушиваться в содержание переговоров — важно было, что они при этом присутствуют.

Оратором был, разумеется, кот, обладавший неслыханной способностью изъясняться на благородном собачьем наречии.

— Необыкновенной важности дела привели нас в пределы вверенных вам земель, — напуская на себя спеси, возгласил Брысс. Он даже подумывал о подвывании, но не знал, как к этому отнесутся собачьи. — Племя, именуемое шакалами, называет себя вашими родичами и подданными. Так ли это?

— Так-то так, — со вздохом молвил Вергер, — хотя должен с прискорбием заметить, что мы не рады такому родству.

— Мы разделяем ваше прискорбие, — бесстрастно подхватил Брысс, — ибо они ничем не напоминают благородного собрания, кое мы имеем честь видеть тут.

— Шакалы позорят честь нашего семейства много веков, — польщенный комплиментом, продолжал волк. — Они не уважают законов нашего города, и даже не хотят делить с нами жилья.

— Нам известно то, о чем вы говорите, — торжественно молвил кот. — Но обстоятельства таковы, что мы уполномочены призвать вас к соблюдению гражданского долга.

Мало кому из Владык понравилось бы подобное заявление. Вергер нахмурился.

— Что вы имеете в виду? Объяснитесь, — довольно резко сказал он.

— Вам известно, что подданные вам шакалы, — осторожно, взвешивая каждое слово, пояснил Брысс, — долгое время докучали гепардам, чьих полномочных представителей вы имеете честь видеть тут, — и он церемонно поклонился Фарни и Фарнике, — и которые, терпя их назойливое общество, ни разу не потревожили вас упреками.

Вергер молча кивнул.

— Тем не менее, — продолжал Брысс, — разнуздавшись до последней степени, в прошедшие сутки вышеупомянутые шакалы осмелились нарушить границу и потревожить покой особы, у которой я состою в поверенных, — особы слишком высокого происхождения, чтобы потерпеть столь вопиющее нарушение своих прав.

— Кажется, я знаю, о ком идет речь, — сказал Вергер задумчиво. — Шакалы называют его несуразным именем...

— Кое-кот, — закончил за него Брысс. — На самом деле имя моего повелителя — Шамбо.

— Кто он? Какого племени? — спросил Владыка.

— Увы! Не в моих полномочиях разглашать то, что мой покровитель держит в тайне, — тут Брысс заговорщически понизил голос и подался вперед. — Могу сказать лишь одно: у него есть основания скрывать свое происхождение и лицо.

— Наш город существует много веков, — задумчиво проговорил Вергер, — и гепарды властвуют в своих землях неведомо сколько. Шамбо появился здесь немногим более десяти лет назад — и, поселившись на Красной скале, объявил себя Владыкой земель, ранее не принадлежавших никому. Вернее, это были ничейные земли, общие охотничьи угодья, — волк помолчал. — Закон о соблюдении границ гласит, что новый хозяин владений обязан оповестить соседей и обсудить взаимные обязательства. Почему твой повелитель не сделал этого за долгие десять лет?

— Он скрывает свое лицо. Поверенного же у него до сих пор не было, — не моргнув глазом, соврал Брысс. — Подданных у него много, но такого, которому можно было бы доверить переговоры... Сами понимаете, иному бы десяти лет на поиски не хватило, но Шамбо повезло — он нашел меня. Я служу у него недавно.

«Настолько недавно, что мой хозяин об этом еще не знает», — весело подумал он.

— Нам нечего делить с твоим Владыкой, — сказал Вергер. — Дичи довольно и к югу, и к западу от Клыкова. Что касается границ — что ж, Шамбо прав: ни он сам, ни его подданные в наши пределы не вторгались никогда, и я считаю своим долгом призвать к порядку подвластное мне племя шакалов. Нынче же я разошлю гонцов, от моего имени повелевающих строптивому народу вернуться в город.

— Да не прозвучит это оскорбительно для монарших ушей, но... вы уверены, что они послушают гонцов?

Вергер медлил с ответом: каково Владыке признать, что подданные его ни в грош не ставят? Но Брысс явил благородный такт, притворившись, что вовсе и не ждал ответа.

— Давайте объединим усилия, — сказал он. — Шакалы заслужили наказания. Нет, никто не станет их убивать и даже лапой не тронет! Но мой повелитель не прочь их напугать — так, чтобы им *захотелось* вернуться домой. А когда они вернутся — будьте с ними не просто строги, а суровы. Запретите им покидать город до особого распоряжения, и выставьте усиленный караул.

— Помилуйте! — от ужаса позабыв о хороших манерах, вскричала жена Вергера, волчица Верра. — Да вы представить себе не можете, что это за ужас — город, наводненный шакалами! Делать они ничего не умеют. Охотиться им лень. Всюду суют свой нос, и даже любопытство у них корыстное: где что украсть!

— Ваши опасения понятны, — сказал Брысс с поклоном, — но я упомянул обязанности только двух ответственных лиц, а есть еще и третье.

— Кто же это? — в один голос вопросили все верховные волки.

— Я, — скромно ответил Брысс. — Я берусь воспитать в этих бродягах желание жить по-собачьи, и я хвостом ручаюсь вам за успех нашей затеи. Мне придется прожить у вас несколько дней, и понадобится ваша поддержка: все в городе, начиная с волков и кончая шакалами, должны знать, что я — полномочный представитель всеживотной организации в поддержку соблюдения границ, временно исполняющий обязанности предводителя, тьфу — начальника... или...

— Заведующего, — подсказала Верра.

— Пусть будет заведующего, — согласился Брысс, — шакалами. Для краткости — Завшакал. Чудно звучит! Как раз то, что им понравится. Так вот, я займусь их перевоспитанием.

По правде говоря, Вергер, которому шакалы надоели до смерти, не особенно желал успеха предприятию, но в глубине честной волчьей души должен был признать, что доля участия Брысса — наиответственнейшая. Поневоле проникшись уважением к маленькому храбрецу, волк пожелал ему удачи.

Переговоры заняли много времени: уже совсем стемнело. Волки предложили гостям ужин и ночлег, но Брысс отказался за всех троих — шакалов следовало привести в город безотлагательно.

Предстояла лихая ночь.

Глава 6
Укрощение шакалов

Все еще не в силах произнести ни слова, Басси медленно поднялся на уступ и вошел в пещеру. В полумраке трудно было оценить ее размеры, да и не на стены смотрел бедняга: всюду, куда бросал он взгляд, лежали, сидели, ходили бесчисленные черные коты и кошки.

Праздное любопытство не мучило Басси: он сразу понял, что обитатели этой пещеры и есть якобы истребляемые за черную масть дети Кошачьего города. В серой голове клином засел другой вопрос: захочет ли Брысс теперь участвовать в перевороте — теперь, когда мстить не за кого?

Появление Басси не осталось без внимания. Коты, пригласившие его войти, миролюбиво улыбались, и гость решил было, что его примут радушно, как родственника.

Но, как выяснилось, одинаковая масть вовсе не предполагает общего мнения.

— Серый! — завизжала какая-то кошка, подскочив к нему. — Что я вам говорякала! Они теперь один за другим сюда потянукаются!

— Угомонилуйся, Муззи, — ответил ей кот, невольно заманивший Басси в их логово. — Ну, проходюкал себе кошак мимо...

— Мимо? МИМО?! — вращая злющими зелеными глазами, прошипел старый облезлый котяра. — Я на травке наверху валякался, греловался, вдруг гляжукаю: тыц-тыц наш Куззи, а за ним по пятам — этот мышак пымс-пымс. От самых Зубоскал выследюкивал!

Сквозь толпу, окружившую пришельца, неспешно прошла красивая и ухоженная, но уже совсем старая кошка. По тому, как ей уступали дорогу, Басси понял, что перед ним — важная персона.

Войдя в круг, кошка села. Тотчас же, как по команде, уселось все черное население пещеры. Басси, помедлив, последовал их примеру.

— Добро пожаловать во Свояси! — сказала кошка.

— Восвояси? — недоуменно спросил гость. — То есть, мне уходить?

— Да нет же! — кошка поморщилась. — Свояси — это наш город. Добро пожаловать во Свояси! Меня зовут Муррайя. Кто ты, незнакомец, и откуда?

— Мое имя Басси, — незнакомец стал лихорадочно соображать, что можно говорить и о чем лучше промолчать. — Я жил у людей за рекой. Так случилось, что мы с другом попали в степь, и заблудились.

Дружный хохот раздался вокруг.

— «Жил! Случилось! Заблудились!» Умора! Ну и речь! Как у Кое-кта!

Муррайя метнула в толпу сердитый взгляд — смех затих.

— С другом? Где же твой друг?

— Не знаю, — печально ответил Басси. — Мы потерялись, убегая от шакалов. Я пришел сюда, потому что обознался и принял вот этого кота за своего друга.

— Ты хочешь сказать... то есть хотелуешь сказакать, что твой друг черный? — воскликнула Муррайя, вскакивая.

Тут же все собрание оказалось на ногах. Испуганный Басси тоже встал.

— И он тоже из-за реки? Жил... живукал у людей?

— Да, и притом дольше, чем я.

— Как он попадукал... попадякал...

— Попадакал, — подсказал кто-то.

Муррайя внезапно вспылила:

— Коверкайте язык сами, как хотите! А меня в мои годы увольте от этого! Тут дела поважнее, чем ваша независимость!

Несколько молодых котов фыркнули и удалились во тьму. Муррайя вновь обратилась к Басси:

— Ты понимаешь, чужеземец, как важно нам знать о каждом из наших со-мастников: ведь все мы родом из Кошачьего города...

— Я знаю, — сказал Басси, — хотя ума не приложу, как вы все выжили и оказались в одном и том же месте.

— О, это долгая история, — ответила Муррайя. — Ты услышишь ее после того, как расскажешь о своем друге.

Они снова сели, и Басси начал рассказ о Брыссе. О себе он рассказывать не стал, сочтя это нескромным — всему свое время. Собрание понемногу расходилось, и вскоре возле собеседников осталось лишь несколько самых любопытных.

Выслушав Басси, старая кошка задумалась.

— Да, конечно, это тот котенок, которого мы оплакивали два лета тому назад, — сказала она наконец. — История его — я имею в виду то, чего он не помнит, — такова. Жестокий обычай изгонять из Кошачьего города черных младенцев существует много веков. Обряд этого злодейства прост: у матери отнимают ребенка, как только он откроет глаза, и один из ягуаров приносит его на жертвенный камень невдалеке от Красной скалы. Затем он произносит страшную ритуальную фразу: «Черный, отправляйся вослед за черным, предавшим нас!» — и, громко зарычав напоследок, уходит, оставляя беззащитного малыша умирать от голода, палящего солнца и холода...

Басси содрогнулся. Неизвестные подробности знакомой истории заставили его переживать ее заново.

— Никто не знает, когда придет ягуар, поэтому на верхушке Красной скалы днем и ночью несут вахту наши дозорные. Они дают знак спасателям, и не позднее чем через полчаса бедняжку уже приносят во Свояси... Так вот, когда два года назад ягуар принес котенка на жертвенный камень, он почему-то не зарычал — очевидно, оттого, что поблизости бродил человек. Наш наблюдатель видел ягуара, но, не дождавшись исполнения ритуала, растерялся и замешкался. Спасателей почему-то не оказалось на месте... В общем, когда мы добрались до камня, котенка там уже не было. Малыш оказался шустрым не по возрасту и отправился искать себе жилище сам.

«Узнаю Брысса!» — подумал Басси.

— Накануне прошел дождь, — продолжала Муррайя, — трава была мокрая, и след затерялся. К тому же, думаю, твой друг все-таки был постарше обычного возраста — такое случается, если кошка прячет черного ребенка до поры до времени... Мы искали его два дня, но так и не нашли. Так, говоришь, у человека ему было хорошо? Какое счастье!

Последние из любопытных отправились спать, а Басси слушал и слушал мудрую кошку. О, как она рассказывала!

Муррайя поведала ему историю своего города. Опуская подробности, история эта такова.

Давным-давно, вскоре после того, как люди покинули Красную скалу, случилось так, что у серой кошки из Леополя родились трое котят, и все — черные. Напрасно несчастная мать рыдала и молила оставить в живых хотя бы одного из детей. Закон беспощаден, и в назначенный день трое ягуаров отнесли малышей на жертвенный камень. И тогда кошка совершила простой и храбрый поступок — она бежала через окно в какой-то пещерке (Басси знал, в какой, но помалкивал), спустилась по скалам в степь, нашла своих детей и поселилась с ними в Красной пещере. Возле теплого источника им не страшна была зима, а мышиное мясо ненамного хуже козлятины. Дети подрастали, а кошка, помимо их воспитания, занималась спасением других черных котят, приносимых на жертвенный камень. Семья быстро увеличивалась, и через год-два у кошки уже появились внуки... Так и возникла колония. Совсем недавно кошки перебрались в западную пещеру, но, как и прежде, на вершине Красной скалы днем и ночью сторожат дозорные, дабы успеть вовремя спасти очередного малыша, пока до него не добрались орел, гиена или еще какой-нибудь хищник.

— Например, Шамбо? — спросил Басси. — Ведь он живет где-то здесь, поблизости?

— О, Шамбо! Забудь о нем. Кошкам он не опасен, — сказала Муррайя.

— Так вот, твой друг был единственным котенком, которого мы потеряли за много лет. И как я рада, что он не погиб! Где же он теперь?

— Хотел бы я сам это знать, — со вздохом ответил Басси. — Могу сказать лишь одно: где бы он ни был, — там сейчас никому не скучно.

Попробуйте-ка соскучиться, если лапы у вас не приспособлены для лазанья по скалам, если скалы эти поросли колючим кустарником, острые и шаткие камни норовят скинуть вас в пропасть, — и вдобавок, все это происходит ночью, при неверном свете луны!

Но Фарни и его жена и не думали жаловаться. Помимо того, что они целиком доверились черному авантюристу, они еще и вошли во вкус приключения сами! Глаза у них горели, ноздри раздувались. То и дело раздавался с трудом сдерживаемый смех.

Взобравшись на Зубоскалы с пологого края, неподалеку от Клыкова, Брысс и гепарды пробирались по самому гребню уже не один час. Предводитель внимательно оглядывал отроги и лощины с южной стороны. Он торопился: надо найти шакалье логово до того, как зайдет луна!

— А вдруг шакалов там не окажется? — спросила Фарника.

— Наверняка не окажется, — ответил Фарни. — Они промышляют с наступлением сумерек и, как правило, отправляются спать ближе к рассвету.

— Ну, так подождем, — сказал Брысс. — Нам не помешает передохнуть часок-другой. Лишь бы им не вздумалось искать другое убежище!

Предположение Фарни оправдалось: лощина была пуста. Перед тем, как скрылась луна, Брысс успел все показать и рассказать гепардам.

— Запомните: самое главное — прыгнуть одновременно, бок-о-бок! И точно по моей команде! Тогда успех обеспечен. Пока что можем отдохнуть, вы — здесь, а я — внизу. На всякий случай: когда придут шакалы — сбросьте камешек, а то я сплю крепко, могу вовремя не проснуться. Ну, я пошел, — сказал он и, тщательно примерившись, спрыгнул на карниз.

Для малорослого кота высота была изрядная, но Брысс хорошо помнил, в каком именно месте трава росла гуще всего, и благополучно приземлился. Гепарды остались на стене и прилегли отдохнуть.

Улегся и Брысс. И мгновенно уснул — сказались многочасовая прогулка и напряжение.

Шакалы вернулись в логово перед самым рассветом. Пришли они тихо, с опаской, осторожно ступая и потихоньку шушукаясь: вчерашнее утро нагнало на них страху.

Бдительная Фарника толкнула в бок спящего мужа и, подцепив лапой камешек, сбросила его на карниз.

Снизу раздался кошачий вопль — камешек, оказавшийся довольно увесистым, тюкнул Брысса по лбу.

Шакалы, оторопев, замерли на месте — пугаться или нет? Кот все-таки не Кое-кот, а визг — не рычание!

Недоумевали они недолго: как следует разозлившись, Брысс обрел необходимое вдохновение.

— Шакалы! — заорал он с подвыванием. — К вам обращается полномочный представитель Кое-кта! Слушайте, что он велел вам передать!

Снизу раздалось хихиканье: верные своей прохиндейской натуре, шакалы во всем и всегда видели подвох.

— Вы прогневили моего повелителя! — продолжал орать Брысс. — Вы испытывали его терпение слишком долго! К тому же гепарды, в чьих владениях вы шныряли много лет, отказались вас защищать!

— Ну-ну, — донеслось из толпы. Но прозвучало оно неуверенно: знали шакалы, кого донимали.

— Мой покровитель в ярости! А гнев его страшен! У-у-у! — все больше входил в раж полномочный представитель. — Кое-кот повелевает вам вернуться в Клыково и не покидать городских пределов до тех пор, пока он вас не простит! Повинуйтесь немедленно, а не то...

Тут Брысс запнулся. Никаких угроз у него заготовлено не было. Но вдохновение — великий помощник!

— А не то! — взвыл он снова. — А не то! О-о-о! А не то!!!

Шакалам стало весело. Лишенные воображения, они не представляли себе, как выглядит Кое-кот, и неопределенная угроза, исходящая от безликого владыки, привела их в беззаботное настроение. Они захихикали и залопотали.

Но великий укротитель это предусмотрел — и приготовил зрителям чудный сюрприз.

— Отвечайте! Повинуетесь ли вы моему Владыке? — вопросил он грозно.

Ответ прозвучал знакомым голосом наглого вожака (который был похрабрей остальных):

— А откуда мы знаем, что ты не самозванец? Помнится, вчера ты драпал от своего Владыки вместе с нами!

Получив столь веский довод, народ совсем развеселился. Обычные шакальи шуточки забулькали внизу.

— Вам нужны доказательства? — торжествующе вопросил кот. Мышеловка открылась.

— Да-а-а! — ответили мыши, то-есть, шакалы, охотно заходя внутрь.

— Ну, так получайте же! — и Брысс, захлопнув дверцу, завопил:

— Кое-кот! Явись! Кое-кот! Шакалы желают видеть тебя!

Сюрприз удался на славу! К тому времени начало светать — ровно настолько, чтобы видны были неопределенные очертания.

Внезапно на стене захрустели ветки кустов, и на карниз обрушился громадный зверь (весом в два гепарда). Удар сотряс скалу, вниз полетели камни.

А следом раздался рык! О, этот рык остался в истории! Такого рыка не слыхал никто и никогда, ни до, ни после той ночи. Наверное, сам Шамбо, услыхав его, поежился бы.

Надо сказать, ни постановщик спектакля, ни исполнители сами не ожидали такого успеха. Лежа в гроте, опустив морды в колодец, добродушные гепарды издавали обычное рычание, которое другие хищники и рычаньем-то не считают, но невероятной силы эхо превращало его в поистине оглушительный рев! А несколько камней, столкнутых в провал, сделали этот рев громоподобным.

И лучше всяких аплодисментов звучал топот ног удирающих в панике шакалов…

Взошедшее солнце застало город Клыков в суете: столпившись на площади, напуганные шакалы понуро слушали гневную речь Вергера, а у сторожевого поста Брысс, только что прибывший верхом на Фарни, поспешно прощался с гепардами.

— Как мне отблагодарить тебя? — воскликнула Фарника. — Ты вернул мне мужа!

— Ты спас мою честь! — торжественно произнес Фарни.

— Которую вчера чуть не погубил! — засмеялся справедливый Брысс. — Не надо меня благодарить. Просто не думайте плохо о братьях ваших меньших.

— О, теперь мы знаем, что коты — самые благородные создания на свете! — воскликнули гепарды. Им хотелось сказать спасителю что-то особенно приятное.

Брысс еле заметно скривился, но тут же улыбнулся и, помахав на прощанье хвостом, направился к городу.

Пора было приступать к обязанностям Завшакала.

Глава 7
Басси в плену

— Вот здесь ты будешь спать, — сказала Муррайя. — Карниз широкий, с сухим песком наверху. От входа недалеко. И соседей всего двое.

— Спасибо, — вежливо ответил Басси. — Только к чему беспокоиться? Я с утра пораньше отправлюсь в путь.

Муррайя помолчала немного, потом произнесла:

— Я думала, ты догадался... Никуда ты не уйдешь. Закон нашего города гласит: пришельцам отсюда дороги нет! И, если ты немного подумаешь, то поймешь — это справедливо. Можем ли мы так рисковать? Что будет, если Владыке станет известно о нашей колонии?

— Помилуйте! — вскричал Басси. — Да как же я теперь найду Брысса?

Повернувшись, чтобы уходить, кошка сказала:

— Придется твоему другу самому найти тебя. Ничего не поделаешь! Да ты не огорчайся — у нас вовсе не так плохо.

«А у огня лучше», — подумал Басси. — «Может, рассказать им о перевороте? Если не будет иного выхода — расскажу».

Выждав часок, узник решил попытаться бежать. Потихоньку, ступая тише себя самого, прокрался он между спящими котами и кошками к выходу из пещеры.

Снаружи ярко светила луна. На фоне залитой серебром степи черные фигурки часовых во входном проеме казались плоскими.

Их было трое, и все имели отличный слух!

— Зло пожаловать отсюда! — негромко, чтобы не будить горожан, сказал старший. — Запомнякай раз и навсегда: от нас не удерюкаешь.

— Серый! Что с него возьмешкнешь? — присоединился второй.

— Мало с нас Кое-кошки, — отозвался третий. — Так еще одного принесукало.

Басси, не отзываясь, тихо пошел назад. Чувства его были смутно встревожены. Кое-кошка? Неужели у Шамбо есть подруга? И почему часовой сказал «еще одного»? Очевидно, речь все-таки идет о серой масти? Но Басси не видел среди своясцев серой кошки.

Окончательно запутавшись в догадках, Басси уснул...

Бывает так, что радость, которой ты ждал долго и напрасно, сама выбирает миг, чтобы появиться с лукавой улыбкой — и притворно удивиться: как, неужели я так уж долго добиралась? Ну, полноте, не обижайтесь — я уже здесь!

...Голос, пробудивший Басси на рассвете, пустил его сердце в бешеный галоп.

— Эй, часовой, позови сюда Муррайю! Есть новости.

Голос исходил снаружи, снизу. «Только бы не сон, только бы не сон», — думал Басси, боясь пошевелиться.

Часовой, пройдя мимо него вглубь пещеры, тут же вернулся, сопровождаемый старой кошкой. Оба вышли на карниз, и снова раздался *этот* голос:

— Шамбо велел передать, что ночью он унюхал чужого. Следы ведут от Зубоскал к вашей пещере.

— Да, у нас появился новенький, — ответила Муррайя, оглянулась и попятилась: настолько неузнаваемым показался ей Басси, двигавшийся к выходу из пещеры.

Бедняга весь дрожал. С трудом ступая негнущимися лапами, он не сводил широко раскрытых глаз с края карниза.

Часовые, спохватившись, подскочили и оттеснили его назад.

И тут Басси очнулся. Голос, наконец прорвавшийся наружу, исходил из самого сердца.

— Мама! Мама!!! — закричал он и разрыдался. — Мама, это я, Басси, не уходи, не уходи!

Мгновение спустя взлетевшая наверх Миура обнимала его, облизывала ему лоб, а он все плакал и плакал.

Окружившие их коты и кошки безмолвствовали.

Наконец, Миура произнесла, обращаясь к Муррайе:

— Это мой сын, мой милый Басси, которого я потеряла в начале осени. Надеюсь, вы отпустите его со мной?

Операция по перевоспитанию шакалов началась с того, что Брысс верхом на дюжем волке объехал пределы

Клыкова и в боковом отроге главного оврага нашел подходящий участок для шакальего поселения. Глядящие друг на друга некрутые склоны ложбины с податливой, но упругой глинистой почвой, с чистым источником и ручейком, протекавшем по дну, были «даже слишком хороши для таких мерзавцев», — по невысказанной мысли кота.

Далее он громким голосом объявил Вергеру, что шакалы просят покормить их в течение двух дней, а на третий начнут зарабатывать себе пропитание сами.

Это несколько ободрило шакалов. Вожак (как выяснилось, его звали Пакль) даже пообещал с милой улыбкой:

— На третий день мы съедим тебя, котик.

Но котик и ухом не повел. Расхаживая по склону, он выделял каждому из шакалов — или каждой семье — свой участок земли. Никто не отказывался: в отличие от «дай», слово «на» это племя понимало прекрасно. Каждый из землевладельцев метил вотчину на обычный лад и — ложился на травку, подставляя бока или пузо солнышку.

Шакалов было много. Закончив раздел земли только к полудню, Брысс взобрался на высокий камень и обратился к обществу (общество живо поддерживало каждую высказанную им мысль):

— А теперь, ребятки, мы будем копать себе норы! (Дружный, продолжительный хохот). Это очень здорово — иметь свой дом! (Хохот с повизгиванием). В нем можно спрятаться от холода и от жары! (Реплики, не подлежащие воспроизведению). Там можно хранить то, что наверху может стырить сосед! (Отдельные смешки, переглядывание). А еще там удобно прятаться от наказания, заслуженного или нет! (Небрежное чесание за ушами). А как приятно там высказать все, что ты думаешь о тех, кого боишься! (Раздумчивое молчание). И наконец, свой дом — это то, что от тебя не убежит.

— Вот ты нам норы и рой, — развязно ответил Пакль, выражая, как ему показалось, общее мнение.

Но он ошибался. Народ раздумывал: переглядывался, покашливал, почесывался. Прошло немного времени — и один из молодых, хромой, худущий заморыш по имени Гукль, сделав вид, что унюхал мышиную норку, несмело поскреб лапой землю.

Тут же к нему направились двое начальников — старый и новый.

— Я т-те покажу! — хрюкнул Пакль.

Брысс бесцеремонно подошел к вожаку и громко сказал:

— Каждый, кто зайдет на чужую территорию без хозяйского дозволения, будет наказан: лишится ужина.

О, это пришлось по вкусу жадным шакальим душам! Оказывается, у них появилась не только собственность, но и право на оную! Лежбище зашевелилось, затявкало и закивало головами. Оскалившись, Пакль трусливо ретировался.

А Брысс подошел к хромому подвижнику и сказал:

— Выражаю тебе свое восхищение, храбрый шакал! Позволь пожелать тебе успеха! Не сомневаюсь, что мощные лапы твои быстро выроют просторную и уютную нору, и лучшие шакалихи будут драться за право стать хозяйкой в твоем доме!

Гукль растерянно похлопал глазами, потоптался на месте — и вдруг, визгнув, набросился на глинистый склон с яростью лисы, упустившей сурка. Стоя рядом, Брысс подбадривал его до тех пор, пока не заметил, что невдалеке двое шакалят занялись ловлей ящерки в траве.

Подскочив к ним, он предложил:

— А ну-ка, малыши, кто быстрей выроет ямку? Можете попросить маму и папу помочь!

Миг — и он уже помогает старой шакалихе скатить вниз по склону камень, дабы не портил вид будущего парадного крыльца.

Еще минута — и соседи громко ссорятся за право получить дельный совет Завшакала — где начинать копать...

Пакль держался дольше всех. Всячески показывая, что презирает отступников, он попеременно то делал вид, что ему мешают спать, то отпускал язвительные шуточки — и впервые в жизни увидел, что остальным до него нет никакого дела. В конце концов, поглядев на Брысса (который только притворялся, что ему и дела нет) он решился и стал рыть землю, сначала нехотя, помня о своем вожачьем достоинстве, потом быстрей — что же он, вожак, слабее подчиненных, что ли? — и уже через минуту лапы его мелькали, точно крылья стрекозы.

Рытвенная лихорадка охватила долину. Нехитрое занятие, не требующее умственных усилий, разогревало мышцы и приносило видимые плоды. Костер азарта пылал вовсю. Немало масла в огонь подливал Брысс, как из-под земли возникавший там и тут. Одних он похваливал, других журил, кое-где давал ценные советы — и наконец, чуть не доконал выдохшихся землекопов, устроив соревнование между левым и правым берегом: он заставил тех, кто уже вырыл нору, помогать отстающим!

Очень глупый вид имели волки, вечером притащившие ужин для новоселов. Выронив из зубов туши антилоп, они надолго застыли с открытыми ртами, отказываясь верить собственным, изрядно выпученным, глазам.

Наконец, шакалий *муравейник* (*не настаиваю, но...*) затих. Поселенцы не только вырыли норы, но и раскидали выкопанную землю вокруг — если бы не засыпанная трава, склоны выглядели бы даже аккуратно.

Пакль навеки потерял лицо — из-за него левобережная бригада потерпела поражение.

Брысс с ног валился от усталости, но хорошее дело требовало достойного завершения. Первый ужин в Шакалове — так окрестили поселок — должен был стать торжественным.

Сначала Завшакал в присутствии верховных гостей произнес речь, восхваляя трудолюбие доблестного шакальего народа. Затем вызвал в круг окосевшего от страха Гукля и провозгласил его героем труда, немедля вручив подвижнику большой кусок отборного мяса и назначив своим заместителем.

Под умиленное урчание родителей шакалята-первокопцы были награждены сахарными косточками и получили звание «юные землеройки».

И, наконец, в круг прокостыляла передовая старушка. О, как завидовали ей все шакалихи в тот день! Великий Брысс, обожаемый вождь, снизошел до того, чтобы церемонно поклониться ей и назвать «матерью шакальего рода»! И, безусловно, вручил ей лучшую долю антилопьего мяса...

Волки подождали, пока Брысс распределит мясо среди остальных и подкрепится сам, а затем предложили ему свое гостеприимство. Но Завшакал отказался — уж очень устал. Спать он улегся на ветке высокого, раскидистого дерева у источника.

По поводу шакальей природы он не обольщался нисколько.

Глава 8
Кое-кот и Шамбо

Добрая Муррайя все-таки не зря предводительствовала колонией. Когда речь заходила о законах, она бывала непреклонна.

Басси должен жить во Своясях, сказала она. Да, мама может его навещать, и он иногда может наведываться к ней в Красную пещеру (выяснилось, что она живет там) — на время, и под ее честное слово.

Миура, подождав, пока ее большой ребенок успокоится, ушла. К вечеру она придет и заберет его ночевать к себе — так они договорились с Муррайей.

Басси лежал на своем карнизе, положив голову на лапки, и тоскливо смотрел на залитую солнцем степь, видневшуюся сквозь входной проем. Встреча с мамой вызвала в его душе смятение. Мысли и чувства перестраивались, — так листья, поднятые порывом ветра, ложатся наземь в совсем ином порядке.

После ухода мамы Басси столкнулся с неприязнью, чтобы не сказать — враждебностью, — обитателей пещеры. Поначалу он не замечал ее, потом стал недоумевать, а через какое-то время внезапно понял, что вызвано это отношением своясцев к Миуре.

Каково ребенку знать, что его маму ненавидят? Особенно если сам он любит ее больше всех на свете...

Болезненное открытие заставило Басси прислушиваться к разговорам вокруг него. Вскоре он с некоторым злорадством понял, что маму не просто ненавидят — ее к тому же боятся.

— Муззи правду говорякала, — поймал он обрывок беседы, — скоро тут серых закишмякает...

— Подождюкайте, она еще нас заставякнет кормить Кое-кта!

— Его все чаще рычукает недовольно, когда мы мимо проходюкаем...

— А уж ее-то как раскомандовало! Кыш да брыш, да вот те шиш!

— Тише, вы! Его-то лежукает, вроде не слушукает, а сам все слышакает, да на ус намотякивает...

Никто не замечал Басси, — хотя иногда он ловил на себе украдкой брошенные злобные взгляды. Никто не вспомнил, что он голоден. Даже старая Муррайя обходила его стороной.

В пещере бурлила жизнь. Коты и кошки уходили на завтрак в степь (судя по запаху, ели они нечто повкуснее мышей) и, возвратившись, умывались и болтали между собой.

Речь их была кошмарна. Они изощрялись в коверкании языка — примерно так же, как обезьяны корчат друг другу рожи, причем делали это намеренно, старательно и с большим увлечением. У них существовало даже своего рода соревнование, и наиболее преуспевшие в огнуснении языка снискали уважение сородичей.

Басси не мог понять, зачем они это делают. Судя по тому, что Муррайя умела говорить грамотно, причина была вовсе не в том, что они оторваны от большого кошачьего общества много веков. А в чем же?

Вопрос этот так занимал Басси, что он первым делом задал его маме, когда она вечером пришла за ним.

Выйдя из пещеры, Миура повела сына в обход Красной скалы. Путь предстоял неблизкий, и у них было время поговорить.

— Ответ прост, — усмехнулась кошка, — они делают это намеренно. Таким образом они пытаются доказать мне свою независимость. Они хотят отличаться от меня как можно больше!

— От тебя? — изумился Басси. — Что же ты им сделала?

— Сейчас расскажу, — сказала Миура, обнюхивая щебень в ложбинке под скалой. — Бьюсь об заклад, что тебя не накормили! Так ведь?

Басси понуро кивнул. Он умирал от голода.

— Вот оно! — и мама вытащила из-под камней припрятанный ею кусок мяса. — Родник вон под тем кустом. Ешь, пей и слушай.

Отвыкший от маминых забот, Басси почувствовал тихое, уютное счастье просто от того, что она рядом. Жадно поедая припас, он старался не упустить ни слова из ее удивительного рассказа.

— О том, что случилось после того, когда мы расстались у реки, я как-нибудь потом расскажу, — сказала Миура, и Басси понял, что пришлось ей тогда очень туго. — Я скиталась и пряталась от погони три дня, а потом подумала, что лучше неведомая опасность в теплой пещере, чем верная гибель в мокрой степи. Ночью я подкралась к Красной пещере, спряталась среди камней у входа и стала наблюдать. Каково же было мое изумление, когда выяснилось, что там обитают кошки! Обрадовавшись, я вошла в пещеру и попросила помощи. Надо отдать им должное: приняли меня радушно. Несколько дней я болела после дождя и холода, а хозяева пещеры кормили меня и грели своими телами. До сих пор они попрекают меня неблагодарностью.

— Я что-то запутался, — перебил ее Басси. — В Красной пещере тоже живут кошки?

— Больше нет. Вся колония, с которой ты уже знаком, переселилась во Свояси после моего прихода... и из-за меня.

— Ах, вот почему они тебя не любят! — догадался Басси. — Им больше нравилась Красная пещера?

— Не совсем так. Западная пещера меньше, и потолки там ниже, чем в Красной, да и сквозняков нет, поэтому зимой там теплее: теплый источник согревает всю скалу. Сотни лет кошки обитали в обеих пещерах, где кому нравилось. И чувствовали себя хозяевами Красной скалы.

— Не понимаю! Ну не отняла же ты у них целую пещеру?

— Отняла, мой мальчик, — горько усмехнулась Миура. — Но не для себя. Я заступилась за слабого.

— И кто же этот слабый? — спросил Басси.

Услыхав ответ, он чуть не подавился.

— Шамбо, — сказала Миура. — Бедный, одинокий, несчастный изгой, не знавший ни жалости, ни доброго слова, пока тут не появилась я.

— Я слышал, как рычит этот бедняжка, — с чувством сказал Басси. — И, должен признаться, жалости к нему не испытал...

— Когда придем, ты познакомишься с ним, и тогда поймешь, о чем я говорю, — Миура помолчала. — Добрейшее существо, которое хочет лишь одного: чтобы его оставили в покое.

— Кто он? Как он выглядит?

— Понимаешь, Шамбо — урод, к тому же подкидыш. Его отец — лев, а мать — тигрица. Он огромен, и выглядит ужасно: полосатый лев без гривы. Бедняга страшно стыдится своей внешности. Он выходит из пещеры только ночью; ночью же и охотится.

— Шакалы говорят, что он страшно злой!

— Еще бы! Я при своем-то росте шакалов растерзать готова за их подлость и ночные вопли. На самом деле Шамбо их не трогает, только пугает, да и не только шакалов. Своим рычанием он охраняет кошачью колонию.

— Но ведь Шамбо здесь живет не так давно! Кто же охранял Свояси до него?

— Видишь ли, человек обитал в Красной пещере так долго, что многие поколения зверей приучились обходить это место стороной. Память работала еще долго после того, как люди покинули пещеру. Ну, а когда шакалы все-таки унюхали кошек — тогда кошки придумали для них легенду про Кое-кота, или Кое-кта, как его зовут шакалы. Мол, в пещере живет покровитель кошек — огромный, страшный и зубастый, и если его разозлить, то... Ну, сам понимаешь.

— Значит, выдуманный Кое-кот на самом деле гораздо старше настоящего Шамбо! И вот почему шакалам известно первое имя и незнакомо — второе.

— Да, хотя, я думаю, сказке этой не особенно верили в округе... Но кошек никто не трогал — ни гепарды, ни волки, ни шакалы. Единственное исключение — гиены, но эта тварь не брезгует ничем и ни с кем не считается. А напугать ее очень трудно. Но, в общем, они редко сюда наведываются... Уже поел? Тогда идем.

Дорогой Миура рассказала сыну историю Шамбо. Вот она:

Однажды холодным зимним утром, точнее — на рассвете, в пещеру в панике примчался дозорный. К скале приближалась тигрица! И в зубах она несла детеныша. Дрожа от страха, кошки попрятались кто куда, но половина из них, взобравшись на уступы, осталась на виду. Впрочем, тигрица так или иначе унюхала бы их. Войдя в пещеру, она положила малыша возле источника, на теплый камень, — и, оглядевшись, сказала:

— Кажется, мне наконец-то повезло! Спускайтесь сюда, кошки, вам нечего опасаться. Мы с вами друг другу пригодимся.

Тигрица была еще совсем молодой, но, судя по повадкам, занимала в Леополе важное положение. Детеныш ее, впрочем, на нее походил мало — с первого взгляда кошкам стало ясно, что это — не тигренок.

В общем, выяснилось, что малыш — незаконнорожденный и такой же изгой, как и обитатели пещеры. Тигрица пояснила, что изменила мужу со львом, но, увидев родившегося ребенка, поняла, что муж уличит ее в измене и убьет малыша. До поры до времени она прятала львенка в темной пещерке, но, когда тот открыл глаза и начал ходить, рисковать больше не могла. Она вспомнила древнее предание о теплой пещере — и принесла сына туда.

«Теперь мы связаны тайнами друг друга, — сказала тигрица кошкам. — Я обещаю, что о вашей колонии никто в городе не узнает, а вы за это выкормите моего ребенка. Боюсь, что я не смогу его даже навещать. Но — кто знает? — может, я когда-нибудь смогу чем-то помочь вам.»

— Значит, Шамбо — родственник Лионелла! — ахнул Басси.

— Да, мой мальчик, — ответила Миура. — Сводный брат. Так вот: кошки кормили его и растили, но никто из них его не любил. Мало того: то ли из чувства мести, то ли просто от черствости душевной — но подкидыша воспитывали как слугу. Малышу постоянно говорили, что он уродлив. Не проходило дня, чтобы Шамбо не попрекнули тем, что его кормят из милости. Ему не позволяли играть с котятами. Жил он в темном углу, где всегда холодно. Львенок, которого мать назвала Шамбо, чуть не забыл свое имя — кошки обращались к нему «ну, ты, урод» или «эй, недотепа»! Наконец, когда бедняга, повзрослев, стал охотиться по ночам — они потребовали, чтобы он кормил все племя... Что и продолжается по сей день.

— То есть каждую ночь Шамбо приносит кошкам свежую дичь? — спросил Басси.

— Да, приносит, и убирает за ними обглоданные кости, относя их в дальний овраг.

— Но ведь он намного сильней их! Зачем ему так унижаться?

— На этот вопрос я тебе не отвечу, — сказала Миура печально. — Но, как только ты узнаешь его, ты все поймешь сам.

Глава 9
Будни Шакалова

Брысс пробудился рано утром от резкого, визгливого тявканья.

— Подъем! Подъем! Хватит спать! На работу пора! Все из нор!

Взглянув вниз, Завшакал протер глаза лапой: знатный землекоп, герой труда, а попросту — драный шакал Гукль приступил к своим новым обязанностям на удивление прытко. Он расхаживал между норами, приосанившись, задрав нос и выпятив нижнюю челюсть вперед, согласно своим представлениям о важности. Зрелище было довольно жалкое.

Но Замзавшакал поторопился. Его сородичи, в полной мере оценив преимущество собственного жилья, не спешили вставать. За ночь трудовой пыл угас, усталость непривычного к работе тела плюс привычная лень располагали к долгому сну. Лишь одна мать рода шакальего, кряхтя и охая, вылезла из норы на призыв, но даже она не смогла изобразить рвения к труду.

Покричав еще немного, Гукль струхнул. Хвост и уши сами собой опустились, голос задрожал. Вякнув что-то невразумительное, он юркнул в свою нору и затих.

А Брысс, по-прежнему лежа на ветке, задумался.

Еще вчера утром его заботило только то, как избавить гепардов от постылого общества шакалов. Но теперь ему внезапно стало стыдно. Ну, разве бедняги виноваты, что родились такими — слабыми, жалкими, ничтожными? Даже их наглость простительна — таким образом они спасаются от собственной трусости. Это племя, как и любое другое, имеет право на счастливую жизнь!

И кому же заниматься ее устройством, как не Завшакалу?

Вдохновленный великой целью, Брысс спустился с дерева и отправился в дальний конец лощины, где накануне видел кучу старых, сухих костей на высоком склоне. По дороге он внимательно осмотрел русло ручейка и остался очень доволен. Достигнув свалки и покопавшись в отвратительном хламе, он выбрал небольшой, прилежно обглоданный и высушенный череп какого-то животного покрупнее кошки, округлый и лишенный острых костяных обломков.

Ноша оказалась коту не под силу. Вытащив череп из кучи костей, он столкнул его вниз по склону, к ручью. Затем, спустившись следом, лапой выкатил трофей на песчаную отмель — так, чтобы его можно было заметить издалека, со склонов Шакалова.

Затем Брысс неспешно отправился назад. Расчет его был верен: солнце поднялось уже высоко, и в норах стало душно. Разморенные, зевающие шакалы выползали наружу — и тут же укладывались на землю у своих нор. Лень обуяла новоселов до такой степени, что ни один из них не поднял лапу, чтобы почесаться. В воздухе висела тишина — разговаривать тоже было лень.

К Завшакалу подковылял Гукль. От утренней бравады не осталось и следа. Опять затравленный и понурый, он глядел на начальника, ожидая распоряжений.

Начальник, снедаемый любовью к шакалам, заговорил с ним ласково, и заместитель приободрился.

— Скажи мне, Гукль, — громко, во всеуслышанье вопросил Брысс. — Кто из вашей стаи быстрее всех бегает?

— Так ведь... признано, что Пакль, стало быть, — залопотал шакал.

— Я не спрашиваю, что признано, — с великодушной ухмылкой сказал кот. — Я спрашиваю, что есть на самом деле.

Гукль мялся. Его нынешнее положение не позволяло ему признаться, что, обретаясь неизменно в хвосте стаи, он никогда не любопытствовал: кто же самый шустрый. Но общество неожиданно проявило интерес к затронутой теме.

— Да чего гадать-то, Хапль скорее всех, — подал голос один из правобережных горожан, кивая на соседа. — Конечно, когда поживиться есть чем...

— Когда поживиться есть чем — все скорехоньки, — завизжала рыжеухая самка с другой стороны, — а вы подите, догоните моего Букля, когда он от гепардов драпает!

— Слабак твой Букль! Вохль быстрей, только ему разогнаться надо! — подхватил кто-то.

— Ой, умора! Вохль! Пузан Вохль! Да он пока брюхо подымет, вся стая уже из глаз скроется!

Брысс слушал с упоением. «Все-таки мои ребятки не безнадежны», — думал он. Как и следовало ожидать, каждый берег хвалил своих представителей.

Дождавшись, пока перепалка достигла точки настоящего кипения, однако прежде, нежели спорщики догадались пустить в ход самый веский аргумент — зубы, Завшакал вмешался:

— Друзья мои, хватит, хватит! Мне всего-то и нужно, чтобы кто-нибудь сбегал за мячиком для игры, — благодушно начал он, забыв, что пользуется человеческтими понятиями. — Что? Что такое мячик? Это такой шарик... Шарик? Как бы объяснить... В общем, это черепушка, вместилище для мозгов! А что такое мозги, вы не спрашиваете? Правильно — это вкусная штука. Так вот, мне нужен мячик, в котором когда-то были мозги. Вон, видите белое пятнышко на дальнем берегу ручья?

Спор сразу утих — бежать было лень. Но наживку стая уже проглотила: дух соревнования витал между ними.

Неожиданно Брысс обратился к посрамленному вождю:

— Пакль! О тебе недаром вспомнили сегодня первым. Я верю, что ты бегаешь быстрее всех! Принеси мне мячик, прошу тебя.

Бедный Пакль! Он разрывался на части. Как хотелось ему ответить дерзостью, облить презрением мерзкого самозванца! И в то же время он уже знал, что с самозванцем лучше не ссориться.

Брысс решил ему помочь: он широко, ослепительно и нагло улыбнулся шакалу. И Пакль сдался. Медленно, не теряя своего достоинства, спустился он со склона и легкой рысцой двинулся вдоль ручья.

И вдруг...

— Я! Я быстрей! Я принесу! — и с противоположного склона сорвался в галоп довольно крупный шакал.

— Стой! Куда? Вот я тебя! — заорал другой и тоже бросился вдогонку.

— Вр-р-р-решь!!! — взревела стая. И лавиной хлынула следом.

На склонах остались лишь стар да млад.

Надо ли говорить, что впереди всех мчался Пакль? Сердце его трепетало от счастья, когда, обогнав сильнейших соперников, он подхватил в зубы череп и, обойдя свору дугой по склону, положил мяч — и впридачу свое сердце — к ногам повелителя.

Повелитель сиял. Последовала речь; Пакль получил звание Мяченосца и обещание лучшего куска мяса на ужин.

— А теперь, — торжественно объявил Брысс, — я покажу вам, как можно убивать время с пользой для здоровья. А ну-ка, явите смекалку! Что можно делать с этим мячом?

— Им можно подавиться, — серьезно ответил Гукль.

— Можно закопать... и откопать, — сказала рыжеухая.

— Я знаю! — возгласил герой дня, Пакль. — Его можно отнимать друг у друга...

— А еще прятать! Прятать в нору!

— Скатывать по склону!

— Подбрасывать и ловить!

— Можно тюкнуть кого-то — черепом по черепу!

Брысс был в восторге: шакалы превзошли выдумкой его самого!

Тут же возникли правила игры, названной «стыробол»: команда одного берега должна выкопать ямку высоко на склоне и положить туда мяч, а затем оборонять склон от противников, лезущих снизу, дабы мячом завладеть. Драка строго воспрещалась: разрешалось лишь толкать и сбивать с ног.

Выбрали команды, устроили игру. Вот где пригодилась шакалья настырность! И нападающие, и защитники сражались, будто за кусок мяса. Сложнее всего оказалось удержать на месте болельщиков — они так и лезли помогать своим. А сколько было визгу! На шум прибежал из Клыкова дежурный волк — и опять ушел с открытой от изумления пастью.

Когда выбившиеся из сил игроки попадали, отдуваясь, на землю, мячом завладели шакалихи. Они придумали по очереди скатывать снаряд с высокого склона, пытаясь попасть в одну из трех выкопанных внизу лунок.

Потом дети с восторгом искали спрятанный в какую-то нору мячик...

Наконец, Завшакал решил, что зарядка удалась на славу и пора браться за работу.

Мяч — новоявленное сокровище стаи — поручили хранить «матери рода». А все трудоспособное племя направилось вслед за вождем вниз по ручью.

Замысел Брысса был грандиозен! Шакалы, как и все собачьи, любят воду. Искупаться в знойный день — этого удовольствия никто из степных жителей позволить себе не мог: помимо реки, кишащей крокодилами, водоемов в округе не было.

В одном месте, недалеко от поселка, берега оврага расходились, образуя посредине круглую площадку, прыжков двенадцать в поперечнике. Ручей огибал ее, прижимаясь к левому склону.

Когда Брысс предложил шакалам вырыть пруд, они с радостью согласились. Предводитель мудро умолчал, что работать придется много дней... Но зачем же смущать народ?

Он начал с того, что строго-настрого запретил копать в русле ручья.

Когда яма будет готова, сказал он, тогда можно будет пустить воду, но не раньше. Далее Завшакал разбил отряд на бригады, ибо, помимо рытья, нужно было избавляться от выкопанной земли: отгребать ее далеко под правый склон.

Шакалы дружно взялись за дело. Глядя на них, Брысс диву давался: почему они его слушаются? Неужели оттого, что он — полномочный представитель Кое-кта? Или потому, что он первый проявил о них какую-то заботу? А может, им все-таки нравится их новая жизнь? Если да, то надолго ли? Не потянет ли исконных бродяг снова на тропу кочевую, разбойную?

Между тем его ребятки уже по собственному почину устроили соревнование среди бригад — и даже справедливо выбрали победителя!

Несмотря на усталость, они шутили и хохотали по дороге домой.

В поселке их уже ждал ужин. Вместе с волками-охотниками навестить сородичей пришел сам Владыка.

Последовала церемония награждения героев спорта и труда. Вергер, милостиво улыбаясь, поздравил отличившихся. Он был приятно изумлен.

После ужина шакалы развалились у своих нор и занялись: кто — отдыхом, кто — болтовней, а кое-кто и благоустройством жилья, а Брысс удалился на совещание с волками.

— Полдела позади, — сказал он. — У моих подопечных появился дом, и им даже понравилось работать. Теперь нужно сделать так, чтобы они могли кормить себя сами.

— Но ведь шакалы — никуда не годные охотники, — озабоченно ответил Вергер. — Они слишком слабы, чтобы долго преследовать дичь, слишком нетерпеливы, чтобы сидеть в засаде, и к тому же не умеют действовать сообща.

— Я знаю, — согласился с ним Брысс. — И вовсе не собираюсь учить их охотиться. Благоденствие шакалов, может, и великая цель, но я еще не готов посвятить ей жизнь. Поэтому прошу вас дать им возможность охотиться вместе с вами.

— О ужас! — вскричал один из охотников. — Да ведь мы такое уже испытали! На охоте эта бестолочь только и делает, что путается под ногами и распугивает дичь!

— Да, потому что вы никогда не пробовали ими распоряжаться с толком и пользой для всех. Отведите им маленькую, но ответственную роль, и дайте понять, что они зарабатывают свою долю — и тогда сами увидите.

— Наш друг прав, — молвил Вергер. — Никто из нас никогда не смотрел на шакалов иначе, как на помеху. Мы можем поручить им спугивать дичь и гнать в нашу сторону.

— Или ходить на разведку, — подхватил охотник.

— Да и тащить туши в город нам бывает тяжеловато, — поддержал его другой.

— Ну, вот видите, вы и сами догадались, — сказал Брысс. — Конечно, и речи нет о том, чтобы шакалы всей стаей таскались за вами. Мы установим очередность — теми же бригадами, как они работают, например. Но повторяю еще раз: главное — шакалы должны знать, что участвуют в охоте и зарабатывают пропитание себе и своей стае. Ну и, конечно, вам нельзя обижать их. Велика или мала добыча — доля должна быть справедливой. Неудача на охоте — значит, придется ловить мышей, но при этом они будут знать, что и вы ничего не получили.

Вергер озадаченно посмотрел на него.

— Если бы я видел тебя впервые, — сказал он, — я бы решил, что ты любишь этот сброд. Хорошо, будь по-твоему. Завтра мы возьмем их на охоту.

Глава 10
Басси и Брысс ищут выхода

Спать на плоских камнях у теплого источника было восхитительно! Басси даже приснилось, что он лежит на коленях у Аюны, и рядом горит огонь. Разнежившись, он перекатился на другой бок — и чуть не полетел в воду.

Вскочив, он огляделся. Брезжил рассвет — на месте входа виднелось серое пятно. Ни Шамбо, ни Миуры в пещере не было. Басси уселся и вернулся мыслями ко вчерашнему вечеру.

Заходя в пещеру, он даже вокруг не оглядывался — все мысли его занимал таинственный хозяин степи.

Мама строго-настрого предупредила сына не говорить громко и вообще вести себя как можно тише.

— Шамбо, — ласково сказала она в темноту, — мы пришли.

Откуда-то из дальнего угла раздались тяжелые, мягкие шаги. Зверь приблизился, но остановился на расстоянии. Басси разглядел лишь очертания и содрогнулся — до такой степени незнакомец напоминал тигра. И как же он был огромен!

— Здравствуй, Басси, — произнес низкий, глубокий, печальный голос. — Я давно знаю первую половину твоей истории. И чрезвычайно тебе обязан. Ведь, если бы ты не вынудил маму покинуть город, у меня никогда не появилось бы такого чудесного друга.

— Добрый вечер, — сказал Басси вполголоса. — А я, в свою очередь, много слышал о вас... много хорошего.

— Муррайя отпустила тебя насовсем? — спросил Шамбо.

— Нет, — ответила за него Миура. — Я же тебе говорила, что не отпустит.

— Ну что ж, — сказал зверь со вздохом, — ее можно понять. Она ведь печется о безопасности своего племени.

— Если бы она действительно пеклась о безопасности племени, — чуть повысив голос, сказала кошка, — она не позволяла бы остальным издеваться над тобой.

— Что ты, Миура! — недоуменно ответил Шамбо. — Никто надо мной не издевался. Бедные кошки живут в постоянном страхе...

— Хорошо, пусть будет так, — сдерживая гнев, сказала Миура, — но, чтобы я, твой чудесный друг, не жила в постоянном страхе, ты можешь потребовать у Муррайи, чтобы она отпустила моего сына?

Шамбо помолчал. Потом медленно сказал:

— Я никогда ничего не прошу и тем более не требую для себя. Ради другого я готов это сделать, если буду знать, что этот некто в опасности. Какая опасность грозит Басси?

— Конечно, никакой, — вздохнула Миура. — Просто мне так хотелось бы, чтобы он жил с нами!

— Басси сам выбрал свою судьбу, — ответил Шамбо. — Он уже не тот несмысленный котенок, что устроил переполох в Кошачьем городе. Он — взрослый кот, и потому несет ответственность за свои поступки.

«Где-то я это уже слышал», — подумал Басси, вспомнив Гарлиса.

— Мне пора на охоту, — сказал тигролев. — Мы еще встретимся, Басси!

Шамбо ушел, а мама с сыном, оставшись вдвоем, проговорили полночи. Басси рассказал ей свою историю, слегка приукрасив ее: по его словам получалось, что он в первую очередь отправился искать маму, а уж потом собирался идти в Кошачий город. О заговоре Басси и вовсе умолчал.

Миура много расспрашивала его о людях. Ее интересовало все — привычки, внешность, устройство жилья.

— Как жаль, что я не могу оставить Шамбо! — сказала она. — Так хотелось бы увидеть все своими глазами.

— А почему ты не можешь оставить его? — недоуменно спросил Басси.

— Потому, мой мальчик, что он без меня пропадет, — ответила мама. — Тот Шамбо, которого я застала здесь в начале зимы, почти совсем не разговаривал. Он молча выслушивал приказания кошек и покорно выполнял их. А те обнаглели до такой степени, что заставляли его рвать траву себе на подстилки. А как он страдал от шума! В пещере всегда стоял гвалт, и бедняга не только подумать — даже поспать после охоты не мог спокойно. С тех пор, как мы живем здесь вдвоем, он упивается тишиной, и она его лечит. Но теперь он нуждается во мне больше, чем когда-либо — иногда ему необходим собеседник.

— Кстати, а как тебе удалось выгнать все племя во Свояси? Насколько я понимаю, задача была не из легких...

— Я обманула их, — сказала Миура. — Собственно, обманула я и Шамбо, тоже, но мне не стыдно, ибо делалось это для его блага. Случилось это так. В племени был старый кот отвратительно злобного нрава. Даже родичи его терпеть не могли, а несчастному Шамбо он и вовсе прохода не давал. Как мог бедолага выносить то, что ему говорилось — для меня загадка. К тому же словами изверг не ограничивался. Он запросто мог подойти к спящему, полоснуть его когтями по носу и убежать, громко хохоча. Несколько раз он, спрыгнув с уступа, ездил на Шамбо верхом. Всего и не упомнишь... Когда однажды вечером я потихоньку спросила льва, почему он это терпит, знаешь, что он мне ответил?

— Догадываюсь, — сказал Басси. — Что этот котяра бедненький?

— Да! Мало того: судьба была к несчастному коту жестока, а на самом деле он добрый и благородный, и сам страдает от того, что творит. Признаюсь, я оторопела — никогда раньше не приходилось мне сталкиваться с подобным великодушием. И я решила бороться за Шамбо: спорила с Муррайей до хрипоты, стыдила всех, кто плохо обращался с ним. Мне даже пришлось дважды подраться с Буззи — так звали старого задиру.

— А как это принимал твой подзащитный?

— С искренним недоумением: кто несчастный? Он несчастный? Да ведь он всем доволен, и зачем же поднимать шум из-за такого ничтожества? Но я не сдавалась, и через несколько дней представился удобный случай восстановить справедливость. Слышал ты о гиенах?

— Да, но никогда не видел ни одной, — ответил Басси.

— Желаю тебе никогда с ними не сталкиваться! — горячо воскликнула Миура. — Ух, и гадкие твари! Сильные, наглые, напористые. Трусливые поодиночке, но охотятся только стаей. Живут они у подножия Котогорья. Сюда иногда хаживают, и без добычи не остаются... Так вот, однажды поздно вечером Шамбо вышел из пещеры, отправляясь на охоту. Тут же за ним следом двинулся Буззи. Я сразу поняла, что негодяю взбрело на ум поиздеваться над своей привычной жертвой, и тоже поспешила выйти. Было очень темно, но я сразу заметила какие-то тени и на всякий случай вспрыгнула на карниз. Справедливость в ту ночь приняла облик ненавистных нам гиен и покарала Буззи. Невдалеке раздался кошачий вопль и следом — громоподобный рык Шамбо, не успевшего еще уйти далеко. Продолжая рычать, мой друг бросился в погоню за гиенами, а я, преодолев дрожь, вернулась в пещеру и объявила всем, что кота убил Шамбо. Конечно, это была клевета! Но я добилась своего: заявив, что в их приемыше наконец проснулся зверь, ибо терпение его лопнуло, я заставила всех уйти в западную пещеру.

— Неужели никто не усомнился? Даже Муррайя?

— Мальчик мой, ты слышал этот рев? Даже мне, его ближайшему другу, бывает не по себе от подобного концерта. Возможно, они и усомнились... потом. Но проверить подозрения не решились. К тому же жаловаться кошкам не на что: Шамбо продолжает их кормить, принося добычу ко входу в пещеру.

— А тебе они не могут простить заступничества?

— Да. Мол, если бы не я, Шамбо не взбунтовался бы. Пусть! Я знаю, что сделала доброе дело...

...Припомнив все мелочи вчерашнего разговора, Басси зевнул и потянулся. Где же все-таки мама?

В отступающей темноте обозначились стены с многочисленными карнизами и уступами, неровный пол, огромные камни тут и там. Пещера не зря называлась Красной — скала внутри имела красноватый оттенок.

Потолок огромным куполом вздымался кверху. Невидимые снизу, там пищали и копошились летучие мыши.

Вытекая из-под дальней стены, теплый ручеек резво бежал через всю пещеру по каменному желобу — и нырял в трещину недалеко от входа.

Потянувшись, Басси вышел наружу.

Занимался погожий день. Серое небо было безоблачно. На востоке сиренью расцветала заря, и лиловые блики скользили по темным травяным волнам, ветром гонимым к скале, как к острову.

Столь торжественно прекрасен был рассвет, что Басси замер от восторга. Затем, желая охватить взглядом как можно больше, он вскочил на один уступ, следом — на другой, все выше и выше...

Внезапно он остановился. Почти на самой верхушке скалы, на широком карнизе, обращенном на восток, виднелись две фигуры.

Миура сидела, охватив лапы хвостом и слегка склонив голову набок. Поза ее выражала спокойствие и задумчивость.

Рядом с ней восседал громадный зверь, желто-серый, с неяркими полосками. На голове и шее у него торчали несуразные пучки волос. Но профиль его гордо поднятой головы был прекрасен! Подавшись вперед, навстречу солнцу, широко раскрыв глаза и раздувая ноздри, он упивался красотой, и лицо его дышало невыразимым счастьем.

Оклик застрял в горле у Басси. Неведомо как, но он понял, что того, что происходит, нарушать нельзя. Потихоньку ступая, он спустился со скалы и вернулся в пещеру.

Впервые в жизни Басси показался себе ничтожным.

За последующие несколько дней ребятки порядком надоели Брыссу.

Он вкушал плоды своих забот. И находил народную любовь излишне навязчивой.

Шакалы толпами таскались за ним, куда бы он ни направлялся. Каждое слово великого вождя подхватывалось и повторялось многократно. Все распоряжения выполнялись не только расторопно, а еще и с глупейшими заискивающими улыбками.

Порой Брысса так и подмывало сказать какую-нибудь несуразицу и посмотреть: раскусят ли? Он не делал этого, потому что знал: не раскусят.

Жизнь в Шакалове вошла в колею. Брыссу становилось скучно.

Каждое утро одна из бригад отправлялась на охоту, а оставшиеся в поселке устраивали игру. Правила «стыробола» усложнились: кто-то приволок точно такой же череп, и теперь играли сразу на двух склонах; каждая команда одновременно и нападала, дабы захватить мяч противника, и защищала свой собственный от нападения.

Шакалихи, получив еще один снаряд, стали бегать с эстафетой, а «юные землеройки» — соревноваться, кто быстрее найдет закопанный в потайном месте «клад».

Занятия спортом шли на пользу тщедушным шакалам. За время Брыссова правления им заметно прибыло выносливости. Рытье водоема продвигалось с невиданной скоростью. Волки, с большой опаской взявшие сородичей на охоту в первый раз, теперь нахвалиться ими не могли.

Но не все было так радужно. Шакалы оставались шакалами.

Бригадиры, избранные всенародно при поддержке вождя, наглели не по дням, а по часам. Гукль, к примеру, стал брать взятки мясом (которое он, будучи не в силах запихать в утробу, раздавал льстецам) — за то, что великому вождю будет сказано доброе слово о взяткодателе.

Кое-кто попытался наушничать. Если бы Брысс не пресек начинание в корне, «стыроболу» пришлось бы поспорить с новым занятием за звание любимого развлечения.

По ночам под деревом, где спал народный любимец, кто-то похаживал. Известно, что лунный свет обладает волшебным свойством: он заставляет тайные помыслы проявиться. А тайные помыслы редко бывают хорошими...

Все чаще Завшакал слышал шепоток у себя за спиной. Впрочем, Брысс с самого начала знал, что шепот рано или поздно возникнет... Такова уж шакалья природа.

И все чаще великий вождь вспоминал, что оказался тут только по настоятельной необходимости, связанной с избавлением его подзащитных гепардов от его же подопечных шакалов, явившейся следствием вынужденного клятвопреступления, совершенного одним из вышеупомянутых гепардов и произошедшего по причине необдуманного поступка вышеупомянутого вождя.

Впрочем, можно сказать и короче: бедный Брысс! Ему так хотелось на волю.

Бедному Басси тоже приходилось несладко.

День-деньской он вынужден был валяться на карнизе во Своясях, выслушивая злое шипенье и ловя косые взгляды. Вечером, когда приходила мама, Муррайя все неохотнее отпускала пленника с нею.

Кончилось тем, что она недовольно сказала Миуре:

— Скажи своему сыну, что завоевать привязанность нашего племени должен он сам. Лежа на боку и дуясь, как последний зазнайка, он уважения не заслужит. Он не разговаривает с нами, а когда обращаются к нему — намеренно говорит на устаревшем наречии.

— Милая Муррайя, — ответила Миура. — не много ли вы требуете от соплеменника, удерживаемого здесь насильно? Ну не хочет он вашего уважения, не нужна ему ваша привязанность! И почему он должен вам в угоду коверкать свою речь? Вы сами беспокоитесь о судьбе его друга, черного кота Брысса. Так отпустите же Басси на поиски!

— Поисками уже занимаются наши следопыты. Они знают окрестности, как свои пять когтей.

— Да, но они не знают Брысса! — в сердцах воскликнул Басси. — Они ищут, где он мог спрятаться от опасности, в то время как единственное, от чего мой друг способен прятаться — это от скуки! И не рассчитывайте, что, если вы его отыщете, он останется жить с вами и будет заниматься только тем, что коверякать — или коверюкать — честные кошачьи слова! Брысс не так устроен. А попробуете заставить — сами же пожалеете.

Какой тут поднялся шум! Долго ждавшие подходящего случая отомстить Миуре за унижение, своясцы решили отыграться на ее сыне.

— Не отпускакать его! — кричали коты. — Его удерет! И приведюкает сюда ягуаров!

— Бейте их обоих! — визжали кошки. — Бейте серых! Они натравлякают на нас Кое-кта! Кое-кот уже позабывакал, кто его вырастюкал. Скоро он отказюкается нас кормякать!

— Ну, вот что, — громко сказала Муррайя, и шум сразу смолк. — Отныне Басси не должен покидать пределов Своясей, пока не станет полноправным членом общества… Ты, Миура, можешь навещать его и оставаться здесь, сколько пожелаешь, но сына с тобой мы больше не отпустим.

— Как раз сегодня Шамбо просил привести Басси, — досадливо сказала Миура. — Он хочет поговорить с моим мальчиком. Что же мне, вести зверя сюда?

— Нет уж, нет уж! — загомонили вокруг. — Его все время рыкствует, как только нас видюкает… Не надо Коекту сюда!

Муррайя поморщилась. Она терпеть не могла идти на уступки, особенно когда дело касалось Миуры. Подспудно старая кошка завидовала той власти, что серая приблуда имела над Шамбо.

— Ладно, так и быть уже, — сказала она наконец. — Сегодня — последний раз. Под честное слово.

Брысс не рассчитывал заполучить столь сильного союзника, как волки. Просто решил, что столь сильный недоброжелатель им вовсе ни к чему. Поэтому он рассказал Вергеру о заговоре сам — в общих чертах, конечно, сгустив краски и присочинив кое-что… Но старому вожаку хватило и намека.

Недоуменно подняв брови, Владыка воскликнул:

— Ты хочешь сказать, что собираешься искоренить в Кошачьем городе тот самый порядок, который установил здесь, у нас?

Брысс поморщился. Ох уж эти Владыки! Вечно все переврут…

— Во-первых, кошки — это не шакалы. Они намного… — тут Брысс поперхнулся, — кхм… благороднее.

— Во всяком случае, некоторые из них, — согласился волк.

— Во-вторых, я не заставляю шакалов делать бессмысленную работу...

— Неужели? А как насчет рытья Великой Шакальей пещеры?

Вопрос Вергера требует пояснения. Накануне этого разговора в яму, призванную стать Великим Шакальим озером, торжественно пустили воду. И сразу же выплыли на поверхность инженерные просчеты великого вождя. Хилый ручеек, лишенный уютного узенького русла, слепым котенком тыкался в кучи разрытой земли и плутал меж камней, ныряя в рытвины и оставляя на их месте грязные лужицы.

Через пару дней Великое Шакалье озеро впору было именовать Малым Шакальим болотом. В закрытой от ветра долине жидкая грязь тут же начала вонять. Опьяненные радостью, окрестные мухи и комары справляли новоселье.

Несмотря на нарочито бодрый вид предводителя, шакалы скисли. Они-то рассчитывали отныне проводить время, плюхаясь в прохладной воде и обсыхая на солнышке...

Брысс твердо знал: недовольства допустить нельзя! Срочно требовалось отвлечь народ от неудачи. И тогда он придумал вырыть Великую Шакалью пещеру. Замысел был несложен: требовалось нечто грандиозное, то, чего хватит на много дней, что-то, не требующее тонких расчетов и застрахованное от неудачи.

Завшакал хватился как раз вовремя — шепот за его спиной начинал перерастать в ропот. Бригадиры, многословно доказывавшие ему свою преданность наедине, за глаза работали подстрекателями.

Участок склона между стыроболдромом и болотом подходил для задуманного как нельзя лучше. Брысс согнал народ на торжественное открытие работ (благоразумно озаботившись пригласить Владыку со свитою) и объявил, что столь дружному и общительному племени, как шакалы, необходима пещера для собраний. В качестве доказательства полезности оного сооружения был приведен рассказ о Нижней пещере в Леополе — однако, без упоминания табели о рангах...

— Строительство пещеры — это не бессмыслица, — продолжая разговор, пояснил Вергеру Брысс. — Поймите: чтобы быть счастливыми, шакалам необходимо чем-нибудь заниматься. Думать они не умеют, а лень и праздность непременно ведут к тому, чем шакалы испокон веков занимались — бродяжничеству и воровству.

— Насколько я понимаю, твоя задача выполнена и ты собираешься переложить дальнейшую ответственность на нас, — спокойно ответил Вергер. — Что ж, это справедливо: договор соблюден. Хорошо, пещера так пещера, но что же дальше?

— О, это несложно! — воскликнул Брысс. — Шакалы обожают состязаться, причем не требуют никакой награды, кроме званий. Лучший, быстрейший, сильнейший... Даже долго думать не надо. А уж соревноваться можно в чем угодно! Например, художественный вой при луне. Чудное занятие! Или строительство башен из сухих костей — чья выше! Благоустройство нор — да любая шакалиха из шкуры вон вылезет, чтобы именоваться самой хозяйственной!

Брысс запнулся, исчерпав фантазию. Вергер задумчиво почесал за ухом, вздохнул и сказал:

— Вот ты провел с шакалами несколько дней — и бежишь от них сломя голову. Я понимаю: тебе есть чем заняться и о чем подумать. Но ведь мы тоже не обязаны посвящать все свое время и силы тому, чтобы шакалам было чем развлечься!

— Это ваша родня, — нравоучительно произнес кот. — Они меньше и глупее вас, и нуждаются в вашем покровительстве.

— Да, совсем как кошки в Леополе, — сказал Вергер. — Много ли благодарности заслужил Владыка от вашей братии?

Брысс не нашелся, что ответить: ведь он уже рассказал волку о заговоре. Крыть было нечем.

— Ладно, чернохвостый, — примирительно сказал Вергер. — В ваши дела мы соваться не собираемся. Нам хватит и своих забот. Иди с миром! Твой собственный Владыка, поди, заждался своего советника. Может, тебе дать провожатого?

— Нет-нет, что вы! — поспешно ответил кот. — Да неужели я не найду дорогу к себе домой? Имея такого покровителя, как Шамбо, можно никого не бояться...

«...Кроме самого покровителя», закончил Брысс про себя.

Глава 11
Встреча

— Мама, я не могу оставаться во Своясях, — сказал Басси по дороге в Красную пещеру. — Мне надо идти в Леополь. Помоги мне убежать!

Миура остановилась, недоуменно оглянулась.

— Ты с ума сошел! — воскликнула она. — Ведь я же дала честное слово!

— Да, знаю, — смиренно ответил сын. — Но послушай... мне нужно тебе кое-что рассказать.

Миура молча согласилась. Подавленная дурным предчувствием, она в этот раз изменила разумной привычке оглядываться вокруг: нет ли где чужих ушей и глаз.

Они уселись на песок в низком гротике, и Басси начал повесть.

Зная проницательный мамин ум, он решил ничего не скрывать от Миуры, но в одном слегка прилгнул: по его словам получалось, что переворот — затея Брысса, только Брысса и ничья более, а он сам — всего лишь помощник и будущий соратник.

— Посуди сама: ведь мой друг никого и ничего не знает в Кошачьем городе! Как же я могу оставить его без помощи сейчас, когда он так на меня рассчитывает!

Басси с содроганием ждал, что скажет мама. Не потому, что не мог убежать без ее помощи. В глубине души Басси вовсе не был уверен в праведности своей затеи, а умнее и справедливее Миуры он в жизни никого не встречал.

Мамины глаза тревожно глядели на него. Но было в ее взгляде и нечто напоминающее уважение. Помолчав, она спросила:

— Почему тебе непременно нужно доказать, что ты сильнее Барра?

Басси открыл рот и захлопал глазами, но почему-то вместо недоумения почувствовал стыд.

— Да, он негодяй, — продолжала Миура, — мне больно в этом признаться, ибо он — мой сын, но тем не менее это так. Но, во-первых, ты ему никогда ничего не докажешь, ибо говорите вы с ним на разных языках. Во-вторых, зачем ваш раздор превращать в побоище между целыми ратями? Вспомни, как однажды ты уже поспорил с Барром, кто из вас храбрее. Что из этого вышло? Ты сам чудом избежал смерти, я оказалась в изгнании, а бедные мои девочки... да я вообще не знаю, где они и что с ними!

— Но, мама, — все еще растерянно сказал Басси, — переворот во имя справедливости принесет пользу всем кошкам! Если бы ты знала, какое это благо — огонь!

— Скажи мне: неужели без огня невозможно жить? Неужели все на свете, кто не греется у костра каждый день, несчастны? Да, это, наверное, приятно — что-то вроде обеда из отборного мяса каждый день, но зачем из-за этого, пусть и действительно ценного, блага разрушать веками установленный порядок?

— Да коли бы этот порядок был хорош! — возмущенно воскликнул Басси. — Ты же нам сама рассказывала, как тяжко живется кошкам!

— Да, рассказывала, — согласилась Миура, — ибо не имела ничего для сравнения. Теперь имею. Нет, я не могу сказать, что мне хочется назад, в сырую пещерку, к мерзкому Каррису под надзор, и я вовсе не скучаю по бессмысленной работе с утра до вечера. Но таких, как я, мало. А для большинства кошек именно такой уклад, как в Леополе, и есть наилучший. Им нужен покровитель: во-первых, потому, что кошки не любят ответственности, во-вторых, чтобы было кого винить в своих невзгодах. О благодарности наш народ не имеет ни малейшего понятия.

— Мама! — воскликнул Басси. — Да как ты можешь так говорить! Если бы я не пекся о благе всех кошек...

— Как по-твоему, — прищурившись, спросила Миура, — хорошо ли сейчас твоим недавним хозяевам, — людям, что живут за рекой?

— Ну... не совсем, — смешался Басси, — наверное, они скучают по питомцам, но ведь мы собираемся вернуться!

— А это вы тоже им сообщили, да? Скажи иначе: об этом вы не подумали. То-есть: мой сын и его друг отправились туда, куда им взбрело в голову отправиться. Вот это и есть то, о чем я говорю: никакой ответственности, никакой благодарности. По той же причине вас не занимает то, что может последовать за переворотом. А последовать может многое, в том числе и такое, о чем вам *не хочется* думать. Ответь мне на простейший вопрос: допустим, коты совершат переворот и получат огонь в свое владение... Кто их тогда будет кормить?

— Ну, это будет решаться после переворота, — неуверенно сказал Басси.

— После переворота будет поздно думать! — с горечью воскликнула Миура. — Кормежка — лишь одна из забот, которые возникнут в случае вашей победы! И ответственность свалится на вас с Брыссом, ибо вы все это затеяли! Глупый мой ребенок, да ты просто не представляешь себе, что такое недовольная толпа!

Вскочив, кошка нервно забегала взад-вперед, бормоча что-то под нос. Потом решительно остановилась.

— Идем, — сказала она. — Расскажем все Шамбо. Он — зверь великого ума. Он нас рассудит.

Но Миура просчиталась: неожиданно для нее Шамбо принял сторону Басси. Не вдаваясь в тонкости, он приветствовал восстановление справедливости.

— Переворот принесет свободу томящимся в рабстве, — сказал он. — Это благородное дело.

— Да вы что, с ума посходили? — горячилась Миура. — Даже если кошки и страдают от тяжелой работы, — зато у них есть теплое жилье (причем живут они все вместе), их кормят и защищают! Что лучшее вы намерены им предложить вместе с избавлением от рабства?

— Свободу выбора! — несколько неуверенно ответил Басси. — Право греться у огня! Чувство кошачьего достоинства! Уважение в обществе...

— Миура, мальчик прав, — мягко, как бы извиняясь, сказал Шамбо. — Уклад жизни в городе может остаться прежним, только главенствовать будут кошки. Достаточно они натерпелись от... — он глубоко вздохнул, — от моих сородичей.

— Превосходно! Неподражаемо! — Миура сорвалась на крик, что было ей совсем не свойственно. — Так и вижу, как тигры и ягуары со всех ног бросаются выполнять кошачьи распоряжения! Да и о какой справедливости идет речь? Если это безумие осуществится — тогда все крупные кошачьи окажутся в рабстве у мелких!

— Но ведь кошек большинство! — воскликнул Басси. — Это справедливо!

— Нет, Миура, — спокойно возразил Шамбо. — Большие будут иметь право покинуть город, если не пожелают работать на мелких. А коли захотят жить в городе — будут кормить кошек. Вот и все.

Басси поглядел на Шамбо с восхищением. Вот где благородство, подумал он! Предать свой род во имя справедливости...

Но Миура не сдавалась.

— О, наивные! О, неразумные! — причитала она, возбужденно отмеривая шаги по пещере, взад-вперед. — А сам переворот! Послушать вас — так его совершить легче, чем мышь поймать! Ну, допустим, львов свергли тигры — заговор удался. Тигры взяли власть. Что дальше? Сражаться с ними?

— Столкнуть тигров и других крупных хищников в борьбе за власть! — бодро заявил Басси. — Действовать хитростью, исподтишка...

Шамбо еле заметно нахмурился.

— В борьбе за власть хитрость и подлость неразличимы! — сверкнув глазами, Миура остановилась. — Взгляни-ка на Шамбо, сынок. Это ему уже не нравится. И правильно! Потому что справедливость, установленная при помощи подлости, будет подлой сама.

— Чтобы добиться справедливости, все средства хороши! Важен итог! — воскликнул Басси. Он страшно боялся лишиться поддержки Шамбо.

— Вот твое первое средство: ты собираешься опозорить меня, — горько продолжала Миура. — Как я могу помочь тебе бежать? Нарушить данное слово! Что может быть ужаснее?

Внезапно от входа в пещеру раздались легкие шаги, и к спорщикам приблизилась Муррайя и с нею — охрана, два больших кота.

— Я освобождаю тебя от данного слова, — сказала она. — Басси прав. Переворот — благородное дело.

— А подслушивать — благородно? — вскричала Миура. — Вы только посмотрите: один лишь замысел вашего «благородного дела» заставляет вас подличать! Что же будет во время переворота?

Черная кошка не ответила серой. Она обратилась к коту:

— Можешь ли ты дать мне слово, что о нашей общине никто не узнает — во всяком случае, до полной и окончательной победы кошек?

— Даю слово, — обрадованно сказал Басси.

— Тогда я отпускаю тебя. И желаю успеха в задуманном. А если потерпите поражение, всегда можешь рассчитывать на прибежище во Своясях, ты и твой друг... конечно, если он еще жив.

Как хотелось Брыссу уйти потихоньку! Но не вышло: всхлипывая и подвывая, все Шакалово двинулось на проводы.

Надо сказать, что покидать Волчью долину Брыссу пришлось вовсе не там же, где он в нее вошел. Овраг тянулся и тянулся, все время расширяясь и кривясь в разные стороны. Город Клыков лежал на изрядном расстоянии от начала ущелья, а подыскивая место для шакальего поселения, Брысс увел подопечных еще ниже по долине, вдоль правого бокового отрога. Теперь, чтобы покинуть волчьи владения, нужно было всего лишь подняться по склону и выйти в степь из оврага.

Час был ранний, едва рассвело. Пограничники — два матерых волка — спросонок всполошилась, решив, что шакалы решили удрать (им по-прежнему запрещалось покидать пределы Волчьей долины).

На краю оврага, на самой границе владений, там, где начиналась высокая трава, торчал большой камень. Взгромоздившись на его верхушку, Брысс произнес прощальную речь, напыщенную и глупую, — из тех, что так нравились его подопечным.

— Вас ждет великое будущее! — быстро исчерпав вдохновение, возгласил он напоследок. — Только не забывайте начинать каждое утро с игры в «стыробол»!

Провожаемый завываниями и стенаниями, Завшакал спрыгнул с камня и направился в степь. Травяные джунгли тут же скрыли его от глаз скорбящего народа.

Стража приказала шакалам возвращаться в поселок. Те повиновались, но понуро и неохотно. Волки обеспокоенно рыскали по краю оврага — а ну, как кто-то удрал? В такой траве не то, что шакала — и леопарда не увидишь...

Основания для беспокойства у них были. Но об этом потом.

Теперь пора узнать, что же собирался делать Брысс.

А Брысс пребывал в полнейшей растерянности. Совесть побуждала его вернуться на Зубоскалы и отыскать если не самого Басси, то хотя бы его следы. Осторожность сговорилась с ленью и шептала на ухо десяток причин, почему возвращаться нельзя, а нужно немедленно двигаться в Кошачий город. Подползал и еще один советчик, но Брысс изо всех сил старался его не слушать и даже не замечать...

Думать, раздвигая носом тугие стебли травы, было очень трудно. К тому же местность по эту сторону оврага представляла собой сплошное белое пятно на мысленной карте нашего путешественника. Кое-что Брысс успел увидеть, произнося речь, но осматриваться долго не позволила важность, и , выйдя в степь, он терпеливо топал куда нос ведет, пока не наткнулся на то, что искал.

Одинокое дерево, попавшееся на пути через полчаса ходу, послужило прекрасным наблюдательным пунктом. Вот что увидел с него кот.

Место, откуда он отправился в путь, располагалось гораздо ближе к Котогорью, чем к Зубоскалам. Правда, Леополь лежал немного дальше к востоку, но идти по камням у подножия кряжа удобнее и безопаснее, чем пробираться в густой траве, где и опасности-то не увидишь, пока она сама тебя не найдет.

Освещенные утренним солнцем скалы выглядели величественно и приветливо. Предрассветный туман, согнанный с места игривым ветерком, вскарабкался по склону и залег на гребне кряжа, подобрав лапы, и теперь хмурился и угрюмо поглядывал вниз, на проснувшуюся степь.

Невдалеке паслись антилопы и зебры, квакали лягушки в заболоченной низинке. Повсюду сновали птицы, — взмывая в небо, чертя круги, кувыркаясь в хрустальном утреннем воздухе и заливаясь счастливыми песнями.

Солнце уже встало, но Брысс его видеть не мог: мешала Красная скала, черной тенью вздымавшаяся посреди степи. До нее можно было дойти за четверть дня — если, конечно, захотеть... И совсем уже далеко на юге виднелись Зубоскалы.

— Э-э! Да ведь до них едва ли за день дойдешь! — шепнула на ухо лень. Брысс сконфуженно потряс головой.

— А вдруг Басси там уже нет? — ласково пропела осторожность. — Ну, кто бы стал ждать так долго!

Брысс растерянно почесал затылок.

— А идти-то придется мимо Шамбова логова, да еще и вдоль Волчьей долины, а ведь ты больше не гость и не посол, — мурлыкнул еще кто-то гнусавым голоском.

Брысс встрепенулся — и ухватил гадкого советчика за хвост.

— Ага! Трусость! Попалась, подлая! — воскликнул он. — Ну, вот тебя мне для решимости и не доставало! Хватит раздумывать! Возвращаюсь — на поиски Басси!

Посрамленная трусость бежала без оглядки, за ней уползли и лень с осторожностью. Радостно вздохнув, Брысс приготовился спрыгнуть с ветки...

И увидал крадущегося в траве шакала.

Немного поодаль — еще одного.

Еще... и еще... вокруг дерева, со всех сторон. И все, как один — в засаде, ползком, опустив морды, как бы стесняясь.

— Эге! — беспечно возгласил Брысс. — Да мои подданные, оказывается, собрались провожать меня до самой Красной пещеры!

Морды тут же вынырнули из травы, но верноподданности в глазах как не бывало. Лишь один Гукль, взирая снизу вверх на недавнего повелителя, по привычке вякнул какую-то здравицу. И осекся.

Наступило молчание.

Брысс уже все понял. Бесполезно было обращаться к шакальему разуму и взывать к тому, чего у негодяев отродясь не водилось — благодарности. Покинув город, из Завшакала он превратился в обыкновенного кота. Теперь его хотели съесть.

Горячая, праведная ярость встала на дыбы в сердце Брысса. А он-то разблагородился до того, что искренне заботился об этом отребье!

— Что, ребятки, проголодались? — возопил он. — Ну, посидите, посидите под деревом. Кто кого пересидит, а?

— А мы будем сидеть по очереди, — глумливо ответил Пакль. — Все равно съедим, Ваше невеличество.

— Как бы не так! Мы во владениях Шамбо, моего повелителя! — воскликнул Брысс, скрывая отчаяние. — Ночью вам непоздоровится!

Шакалы переглянулись. Кое-кто почесал за ухом.

— Вообще-то это ничейные земли, — сказал один из знатных бригадиров. — Здесь скорее встретишь гиен, но Кое-кот по ночам тоже может похаживать, да, может.

Внезапно раздался детский голосок — старший из Юных землероек, из любопытства увязавшийся за взрослыми, протявкал, высунув нос из травы:

— А мы его ща подроем!!!

Издав радостный клич, ребятки принялись за дело. Владыку решили свергнуть — в буквальном смысле.

Брысс обомлел. Надо же — то, чему он сам научил этих лоботрясов, теперь обернулось против него!

Впору было возгордиться: на закате своей карьеры Завшакалу удалось наконец добиться от подопечных сознательности. Не подстегиваемые духом соревнования, шакалы сообща трудились ради общей цели.

О, как споро и слаженно работали мерзкие лапы! Комья земли из-под корней так и летели в стороны. Бедное дерево тряслось, шаталось и уже начало крениться.

Брысс лихорадочно пытался найти выход из страшного положения. Больше всего удручало то, что ему предстояло быть съеденным такими ничтожествами. А он-то боялся Шамбо! Попасть на обед к благородному зверю теперь казалось бедняге чуть ли не заманчивым. Да что там Шамбо — захудалый крокодил, и тот был бы предпочтительнее...

С тоской поглядел Брысс в небо, обвел взглядом степь. Кого позвать на помощь? Птичьего языка он не знал, да и чем помогут птицы? Поднимут его за ушки и хвостик и унесут в безопасное место? Антилопы сами боятся шакалов. Вот разве что... Ура! Придумал! Только бы сработало!

Вспомнив уроки своей любезной подружки Тпруси и как следует набрав в легкие воздуха, Брысс громко заржал по-зебрячьи. Громко — это по кошачьим меркам, на самом деле его призыв был гораздо тише, чем у настоящей зебры. Но чистый утренний воздух далеко разносит даже слабые звуки, и полосатые лошадки его услышали.

Сначала они замерли, прекратив жевать. Стали осматриваться. Недоуменно переглянулись, затем не спеша двинулись в сторону загадочного вопля.

Ах, как медленно! Эдак от вопившего и косточек не останется, пока они дотрюхают... И Брысс заржал снова, жалобно и отчаянно.

Зебры встряхнулись, припустили рысцой.

Все равно не успеют!

Дерево накренилось, цепляясь за родную землю последним корнем.

— Мама-а-а!!! — заверещал Брысс, подражая маленькому зебренку. — Бабушка!!! Тетя!!! На помощь!!! Меня сейчас съедят!!!

Взывая к прекрасной половине стада, кот не прогадал.

Даже десяток львов, выскочивших из засады, не мог бы послужить лучшим ускорителем. Ребенок в опасности! Неважно, чей именно! И зебры помчались галопом.

Увлеченные любимым занятием, шакалы не слышали топота копыт. Вот последний корень подался... натянулся... и лопнул. Дерево дрогнуло, всплеснуло ветвями и повалилось.

В то же мгновение полосатый вихрь разметал знатных землекопов.

Отчаянный шакалий визг слился с оглушительным ржанием спасательного отряда. Зебры в ярости метались туда-сюда, разыскивая детеныша, и, не находя, вымещали злобу на обидчиках, лягая их, кусая и гоня прочь.

Виновник заварухи очухался очень скоро. Падая, дерево накрыло его пышной веткой; под ней он и пересидел первый натиск. Затем, высунув голову из листвы, увидел рядом с собой крупную зебру. Умная лошадка не разделяла общей паники: она стояла и осматривалась. Влажные черные глаза взлянули на Брысса сверху вниз, — и полосатая морда отвернулась.

Случается, что голова занята какими-то мыслями, а тело действует само по себе. Так работает привычка.

Неожиданно для себя самого Брысс взлетел на широкий загривок незнакомой зебры, — точь-в-точь как давеча запрыгивал на спину Тпруси.

Подружка всегда катала его с удовольствием, но незнакомке такая вольность не понравилась. Лошадка взбрыкнула, затем встала на дыбы. Возмущенное ржание огласило воздух.

Но черный кот был великолепным наездником! Искусно удерживая равновесие, он немножко — совсем чуть-чуть — выпустил когти, давая зебре понять: хватит брыкаться, а не то поцарапаю.

Не тут-то было! Уколы когтей привели зебру в ярость. Взбрыкнув еще пару раз, лошадка пустилась в бешеный галоп.

Подпрыгивая на широкой спине в лад неудержимой скачке, Брысс хохотал от удовольствия. Счастливое избавление от гибели было уже забыто: подумаешь, приключение как приключение, ничего особенного...

Тем временем самоходное транспортное средство вознамерилось доставить своего пассажира вовсе не туда, куда он рассчитывал двигаться. Зебра мчалась к солнцу вдоль Котогорья, постепенно забирая влево и приближаясь к скалам.

Поразмыслив, Брысс сказал себе: глупо отказываться от прямой доставки в Леополь. Прости, Басси! Добирайся уж туда своим ходом.

Так получилось, что тем же самым утром, на том же рассвете, в том же направлении, что и черный кот, отправился и кот серый.

Шел Басси довольно понуро — размолвка с мамой тяготила его.

Отчаявшись переубедить сына, Миура взяла с него честное слово, что он не станет втягивать в опасную переделку сестер (зная боязливость Мионы, она имела в виду только Миолу) и не будет открыто враждовать с Барром. Мама есть мама…

Шамбо, изрядно смущенный вчерашними речами Миуры, сказал несколько путаных напутственных слов — и скрылся в пещере.

Миура не сказала ничего, лишь прижалась щекой к серому лбу сына, вздохнула и ушла.

Избрав прямой путь через степь к Кошачьему городу, Басси нырнул в траву и зашагал.

Солнце поднималось все выше, становилось все жарче. Как назло, ни камня, ни деревца по пути не попадалось.

«Так недолго и с пути сбиться», думал путешественник.

И оказался совершенно прав.

Через два-три часа ходьбы он остановился передохнуть. Развалился на земле, запрокинул голову и стал смотреть, как колышущиеся травинки щекочут брюхо плывущему в небе облаку.

Подумал о Брыссе — и уснул.

Это спасло его от неприятности покрупнее, чем плен во Своясях.

Тяжелая, хозяйская поступь крупного зверя, — как выяснилось через минуту, двух зверей, — миновала его на расстоянии жалких двух шагов.

Звери были чем-то заняты и не заметили кота.

Басси, ни жив ни мертв, потихонечку стал отползать в сторону. Бежать не решился: колыхание травы выдало бы его с головой.

Внезапно раздался громовый рык, от которого душа Басси ушла в пятки. Следом два крупнокошачьих голоса произнесли:

— Черный, отправляйся вослед за черным, предавшим нас!

Вон оно что! Рядом жертвенный камень! Оказывается, не видя ничего в траве, Басси уклонился к западу и чуть не попался в лапы ягуарам.

Ягуаров двое — значит, в Кошачьем городе оплакивают двух черных младенцев. Жалобный писк донесся с камня, но палачи и ухом не повели. Они повернули и неспешно пошли назад, беседуя.

Пока звери проходили мимо, Басси услыхал нечто любопытное.

— Ума не приложу, как Лионелл собирается править нами отныне, — сказал один. — Ведь при одном взгляде на него смех разбирает!

— А ты заметил, как он выглядел вчера? — отозвался другой. — Как побитая гиена! И в глаза никому не смотрел...

— Зато Тигруэн-то усы распушил, видел? Ни дать ни взять — Владыка!

— А он во Владыки и метит. Ждет, пока Лионелл отречется....

— Думаешь, отречется?

— Это со львиной-то гордостью? После такого позора ничего ему не остается. Удивляюсь, как он все еще...

Шаги затихли, речь тоже. Басси почесал за ухом и побежал на писк: малышей надо было утешать и охранять, пока не подоспеют спасатели...

А Брысс продолжал свою увеселительную прогулку. Дома, с Тпрусей, подобные скачки ласково именовались «поскакушечки».

Эта лошадка была посердитее, но и повыносливей Тпруси. Брысс и оглянуться не успел, как она промчала большую часть пути до Леополя.

Припав к широкой спине зебры, кот вертел головой вправо-влево, зорко вглядываясь в степь и скалы. Вперед он не смотрел: мешала полосатая голова с кустистой гривой на затылке.

День, начавшийся с приключения, обычно продолжается в том же духе.

Что происходит с наездником, если лошадь внезапно останавливается? Правильно: он вылетает из седла — и продолжает путь по воздуху.

Размечтавшись о скором прибытии в Кошачий город, Брысс сначала не понял, что случилось. Короткий полет, удар, смягченный травой. Кот тут же вскочил — и услышал удаляющийся стук копыт.

И увидел вокруг себя кошмарные пегие морды.

— Здравствуй, завтрак, — вежливо сказала одна из них на ломаном кошачьем.

Гиены, ахнул Брысс. Я пропал.

С жертвенного камня Басси видел, как колыхалась бороздами трава — это приближались спасатели. Когда они почти достигли камня, часовой оставил добровольный пост и поспешил убраться — даже на короткий разговор со своясцами времени тратить было нельзя.

Итак, тигры уже успели совершить переворот. *Свой* переворот. И, судя по подслушанному разговору, совсем недавно.

Скорее в город! Самое время плести интригу...

Шурх-шурх, шелестит трава. Уверенно топают лапы. Прочь, осторожность! Скорость важнее.

Шурх-шурх... Что это? Шурх-шурх слева, шурх-шурх справа... Откуда эхо в степи?

Он остановился — и шуршание остановилось, только чуть-чуть позже...

— Кто здесь? — спросил Басси срывающимся голосом.

Стебли раздвинулись, и с обеих сторон подсунулись пегие морды.

Мама, подумал Басси. Как ты была права...

— Попробуй, тронь его! — ответила другая морда. — Фофурза тебе уши поотгрызает.

— Сказано было: живьем! — присоединилась еще одна. — Пошли. Тащить будем по очереди!

Как давеча Басси в зубах у гепарда, повис несчастный Брысс в вонючих клыках гиены. Но, поскольку гиена меньше гепарда, а наш герой вовсе не отличался худосочностью, первый носильщик выдохся уже через несколько сотен шагов.

Второй был сильнее, но хромал. Бедного кота так раскачивало и било о гиеньи ноги, что он не выдержал и взмолился:

— Я пойду сам! Обещаю: никуда не убегу!

— Я много чего обещаю, каждый день, — гадко усмехнулся первый.

— Ладно, — сказал тот, что командовал парадом. — Фыфр! Держи его за кончик хвоста. Всем стать вокруг! И глядите в оба! Пошли!

Никто не потрудился объяснить Басси, почему его не съели сразу, а куда-то потащили.

Эти гиены были крупными самцами, а Басси за дни пребывания во Своясях изрядно отощал, поэтому его доставили на место назначения без помех.

«Местом назначения» оказался глубокий грот у самого подножия Котогорья. У входа в пещеру чистый родник образовал круглое озерцо, и солнечные лучи, отражаясь от поверхности, проникали под своды и освещали стены и потолок веселыми узорными бликами.

«Надо же, такая красота — и такому отребью досталась», подумал Брысс, входя в пещеру. Но оглядеться он не успел.

Конвой завел Брысса в грот, обогнув озерцо слева.

Следом за ними, обойдя воду справа, туда же вошли другие трое гиен и бросили свою ношу на пол.

Брысс посмотрел направо.

Басси повернул голову влево.

— Баська! Урра!— заорал Брысс.

— Брыссушка! Нашелся! — вскричал Басси.

Друзья хотели броситься друг другу в объятия, но цепкие зубы конвоиров ухватили их за холки и повернули мордами в глубь пещеры.

Там, на плоском камне, лежала старая, облезлая гиена.

Кошачьи крики, очевидно, разбудили ее.

— А-а, — сказала она, приподнимаясь. — Союзнички пожаловали. Ну, ну...

Часть четвертая
ВЕЛИКАЯ МАРТОВСКАЯ

Глава 1
Что происходит в Леополе

День первый.

Гиена широко зевнула, потянулась и соскочила на пол.

— А ну, давайте их сюда, — велела она конвойным.

Басси и Брысса подтащили и бросили перед ней. Гиена пристально оглядела их.

— Ух, и уродцы! — сказала она и осклабилась. — Шакалы куда красивее.

Басси, хоть и с трудом, но понял ее. Гиений язык представлял собой смесь собачьего и кошачьего, исковерканных до предельного неблагозвучия.

Для Брысса языковых сложностей не существовало. Поэтому переговоры взялся вести он.

— Союзники? — осторожно спросил черный уродец. — Вы, кажется, назвали нас союзниками?

— Союзники или дичь — это мы сейчас выясним, — ответила гиена. — Эй, Фафр! Зови сюда носачей.

Когда Брысс увидел явившихся на зов пятерых «носачей», у него отчаянно зачесались когти. Это были шакалы, его недавние подданные, из преданнейших и трудолюбивейших, — впрочем, частенько куда-то исчезавшие из поселка.

Носачи, или попросту шпионы, не обратили никакого внимания на свергнутого вождя. Подвизгивая и виляя хвостами, они принялись подобострастно кланяться верховной гиене. Из их тявкотни выяснилось, что зовут ее Фофурза, и шутки с нею плохи.

— Эти? — спросила носачей предводительница, мотнув головой в сторону пленников.

Шакалы радостно загукали, закивали головами — да так усердно, что уши заполоскались.

— Так. Значит, пока что не дичь, — усмехнулась Фофурза. — Съесть мы вас всегда успеем. Хотите спасти свои драные шкурки? Помогите нам воцариться в Леополе.

Басси нерешительно взглянул на друга: может, не зная гиеньего языка, он чего-то недопонял? Но выпученные глаза и открытый рот Брысса послужили ему лучшим переводом.

Наверное, вид у обоих был потешный — гиены зашлись скрипучим хохотом.

— К-к-к-как? — обретя дар речи, спросили пленники.

— Прям-таки непонятно! — оскаля желтые зубы, хмыкнула Фофурза. — Да любому шакалу известно, что вы ищете союзников для переворота в кошачьем царстве. Гепарды вас за это чуть не убили, волкам затея тоже не понравилась, а Кое-кот из своей норы и носа не кажет, он вам не помощник. Шакалов вы почему-то не спрашивали — а жаль, это лихие ребятки! В общем, полное бессоюзье... А тут мы, очень кстати, — и уговаривать не надо!

— Наш переворот, — встряхнувшись, произнес Брысс, — задумывался в пользу кошек.

— Договоримся! — прозвучало в ответ. — Кошки у нас будут в почете. Работать меньше будут. Особо заслуженные станут надсмотрщиками.

Друзья недоуменно переглянулись.

— Надсмотрщиками? Над кем? — спросил Брысс.

— Над мало-крупными, над кем же еще? — ответила Фофурза. — Кто ж нас кормить будет?

— Но ведь мы... мы собираемся свергнуть всех хищников крупнее кошки!

— Ну и свергайте на здоровье! Но зачем же прогонять? Пусть себе работают. Кто ж от такой рабочей силы избавляется? В хозяйстве пригодятся и рысь, и манул, — и кто там еще?

— Да неужто мало-крупные станут на вас работать?

— Станут! Подчиняются ведь не весу и не росту, а власти. А власть сильна не когтями и не громким рыком, а хитростью и решительностью. И еще, хе-хе, осведомленностью. Да, с крупными сладить непросто. Львов придется прогнать — характер у них гадкий, чужую власть нипочем не признают. Тигры, леопарды, ягуары передерутся и сами уйдут. А остальные, коли захотят остаться — будут на нас работать. И кошкам будут подчиняться, если я прикажу!

— Как же вы этого добьетесь? — вкрадчиво спросил Брысс. Он подозревал, что гиены не умнее шакалов и все их речи — только хвастливая болтовня.

Но Фофурза оказалась вовсе не так проста, как казалось.

— Союзников, — хитро сощурившись, сказала она, — посвящают лишь в то, что выгодно обеим сторонам. Остальное держат в секрете.

— А что выгодно и нам, и вам?

— Не торопись, мышка моя, — взгляд гиены стал кровожадным, — вы еще не согласились нам помогать.

— Согласны! Конечно, будем! — с жаром воскликнули коты. Еще бы! Не становиться же обедом из-за политических разногласий...

— Обманете — съедим. По кусочкам, не торопясь. Спрятаться от нас нельзя. Сейчас увидите сами, — Фофурза вскочила и направилась вглубь пещеры. — Быстро ходить умеете? Тогда за мной! Я вам кое-что покажу.

Коты вынужденно последовали за ней, пытаясь перемолвиться хоть несколькими словами, но тщетно — их сопровождало слишком много ушей.

Каменный пол пещеры полого поднимался и плавно переходил в стены, а стены — в потолок, так что внутренность грота напоминала выкопанную нору.

Сутулясь, прихрамывая, Фофурза неуклюже прыгала с камня на камень, с уступа на уступ, уводя союзников все дальше и глубже в скалы. Грот постепенно перешел в тоннель, затем повернул направо, сузился и повел вверх.

Путь оказался неблизким. Старая гиена посрамила двух молодых котов: Басси и Брысс выдохлись через час-полтора нудного подъема, а предводительница, как ни в чем не бывало, продолжала трусить вперед.

Интересный это был тоннель! Стены его напоминали разрытый муравейник: столько дыр, щелей, ходов и лазов пронизывали камень. Сплошь и рядом в какую-нибудь трещину справа от идущих просачивался дневной свет, а где-то в середине пути тропа вывела к наружному карнизу на склоне кряжа. Залитая солнцем степь открылась перед зрителями, но полюбоваться им не дали, поторопили вперед.

— Вот увидишь: мы идем в Леополь! — сказал Басси шепотом.

— Догадливый, — отозвалась гиена, оглянувшись.

По всей длине пути, на равных промежутках, попадались гиеньи посты. Фофурза снизошла до пояснения:

— Наше логово неблизко, а бывает, нужно что-то срочно передать. Для того и посты — перекличка мигом доносит.

Да, с дисциплиной у них порядок, подумал Брысс. Это не мои ребятки-шакалятки.

Усталые коты уже собирались взмолиться об отдыхе, когда пол в коридоре вдруг выровнялся, а следом повел вниз. Тут же в воздухе появился знакомый нашим друзьям запах, от которого перехватило дыхание: дым горящих дров, огонь! Тут же вспомнился дом в заречье...

Басси сразу понял, что они приближаются к Нижней пещере.

Коридор расширился, уперся в стену — и разветвился. Басси и Брысс ахнули от восторга. Влево и вправо от них тянулась широкая галерея. Она охватывала извне стену тронной пещеры, и сквозь многочисленные щели подсвечивалась мерцающим пламенем костра. По черному потолку галереи красными ящерками метались отсветы. А по самому низу стены огненной змеей тянулась длинная трещина. Будто сама природа позаботилась об удобстве шпионов: ложись себе на брюхо, носом в пролом — и наблюдай в свое удовольствие.

Коты не стали ожидать приглашения и прильнули к проему.

В пляшущем свете костра перед ними предстала овальная Нижняя пещера. Наблюдательный пункт располагался высоко, почти под самым ее потолком, примерно посередине длинной стены. Огонь пылал в каменной чаше справа от зрителей, левый край зала был затемнен. Прямо напротив себя, очень близко, Басси с замиранием сердца увидел скальный мысок, за которым в тени прятался крошечный грот, — начало его приключений.

Внимание Брысса привлекло совсем другое. Точнее, другая.

— Кис-кис, моя Мисмис, — потихоньку пропел он. — Ну, посмотри сюда, детка! Ну, поверни мордочку! Ах, какая очаровашка!

Басси посмотрел туда же и почувствовал укол ревности. Да и было отчего! Из милого, хорошенького котенка Мисмис превратилась в ослепительную красавицу. Правда, сверху видна была только белоснежная пушистая шубка, а восхитительные черты едва угадывались, но это не помешало обоим зрителям признать: перед ними — само совершенство.

Счастливым, однако, совершенство не выглядело. Напротив: поза ее выражала скуку и досаду. Мисмис полулежала у ног Владыки, прислонившись головой к его широкой лапе.

При взгляде на Лионелла друзьям стало не по себе. Даже Басси, затеявшему переворот ради мести Владыке, стало его жаль. Гордость, надменность, величавая осанка — куда все это делось? Понуро опустив голову, сгорбившись, сидел на троне внезапно постаревший, затравленный зверь.

Когда Басси впервые попал в Нижнюю пещеру, там царило почтительное спокойствие — придворные держались у стен и разговаривали вполголоса. Что за гвалт стоял там теперь! Пестря полосками и пятнами на спинах, великокошачье общество расхаживало и теснилось, где кому хотелось. Звери понаглее даже взлезли на полукруглые террасы вокруг костра и, жмурясь от удовольствия, сидели там рядом со львицами и львятами, а те, хоть и огрызались, поделать ничего не могли.

Владыка утратил власть.

В толпе придворных расхаживал огромный тигр — истинное олицетворение важности: гордо воздетая голова, снисходительная улыбка, неспешная поступь. По тому, как расступались перед ним другие, как заискивающе склонялись в поклонах, можно было понять, кто в Леополе метит на место Владыки.

— Львиная песенка спета, — сказала Фофурза, просовывая морду между кошачьими головами. — Еще денек-другой — и он уйдет из города, а с ним и его семейство.

— Как это произошло? Я имею в виду тигриный заговор, — спросил Басси.

— Тигруэн — зверь замечательной подлючности! — ответила гиена с уважением. — Он обратил свой недостаток в преимущество. У тигров очень слабый нюх, львы же чувствуют запахи, как кошки. Обновлять царскую постель всегда дозволялось только тиграм — видите ли, высокая честь! Ну, вот они и устроили постель с сюрпризом. Якобы по чистой случайности попалась бешеная травка...

Видели бы вы, что вытворял Владыка, как только улегся на нее! Урчал, выкатывался, слюну пускал... Потом вскочил — и вокруг зала вприпрыжку, и ну мурлыкать! Лионна сразу сообразила, что к чему, кинулась разбрасывать постель лапами — и через минуту сама вытворяла такое же, а следом и весь львиный сброд...

— Неужели придворные не поняли, в чем дело? — недоуменно спросил Брысс.

— То ли поняли, то ли нет, а хохотали все, как шакалы. Правда, потом кое-кого из зрителей тоже к этой травке потянуло, так тигры быстренько ее лапами в огонь подгребли — и важно эдак, строго приказали всем разойтись. Львы еще долго в себя приходили, а очухались, в глаза даже друг другу не глядят — вот дурачье-то! А теперь... ну-ка, что это наш тигруля затевает?

Внизу, в пещере, что-то происходило. Тигруэн развязной походкой приблизился к Лионеллу и, стоя у подножия возвышения, заговорил с ним. Владыка обреченно покачал головой.

Главный советник оглянулся, нагло ухмыльнулся: мол, знай наших — и во мгновение ока вспрыгнул на трон, рядом со львом.

Все ахнули: это была неслыханная дерзость. Гомон сразу же прекратился. Лионелл сверкнул глазами, приподнялся и глухо зарычал. Мисмис у его ног вскинулась и попятилась, прижав ушки и выгнув спину и хвост дугой.

Настал решающий миг. Два зверя впились глазами друг в друга.

Дерзкий, торжествующий взгляд самозванца намертво сцепился с усталым, униженным, утратившим былое величие взглядом Владыки, рожденного, чтобы повелевать. Даже остатков попранного достоинства хватило, чтобы лев выглядел царственно, как прежде...

Но у подлости, как известно, свои ухватки. Внезапно наклонившись вперед, Тигруэн быстро и тихо что-то произнес — и Владыка сник, опустил глаза, потом голову — и следом опустился на скалу сам. Теперь он лежал у ног победителя, как Мисмис обычно лежала у его ног.

Негодяй торжествовал. Стоя над Владыкой, он обратился к собранию:

— Любезное зверье! — голос его звучал уверенно, раскатисто и чуть насмешливо. — Пользуясь тем, что Владыке... кхм... нездоровится, я обращаюсь к вам от его имени.

Надо сказать, что любезное зверье целиком и полностью поддерживало самозванца. Ни одного сочувственного взгляда, ни единого доброго слова не досталось поверженному Владыке. А ведь еще два дня назад все общество пресмыкалось перед ним...

— Настало время, — продолжал свою речь Тигруэн, — привести в порядок некоторые дела, по той или иной причине (тут наглец ухмыльнулся, коротко взглянув на Лионелла) пребывавшие доселе в небрежении.

Собрание, развеселившееся от исхода поединка, радостно загомонило. А тигр беспечно продолжал:

— Первое: отныне каждый — слышите, каждый! — член собрания имеет право громогласно высказать все, что пожелает! Нужно лишь спросить позволения у меня, как у главного советника...

Столь откровенный цинизм вызвал новую волну восторга.

— Ума не приложу, чему они радуются? — недоумевал Басси. — Вместо одного тирана ими будет править другой, гораздо худший!

— Радуются они унижению того, перед кем унижались сами, — ответил Брысс. — И удовольствие это столь велико, что вытесняет мысли о будущем.

А Тигруэн продолжал громогласничать:

— Мы с Владыкой посоветовались, — и он метнул предупредительный взгляд в сторону Лионелла, — и решили: отныне всякий, кто хочет сообщить что-то важное ради сохранения мира и спокойствия в городе, может это сделать — и получить награду, согласно важности сообщения! Обращаться, разумеется, следует ко мне...

Громкое мурлыканье и смех доносились до ушей наблюдателей.

— И, наконец, — выдержав многозначительную паузу, объявил Тигруэн, — могу сообщить вам, что я сумел убедить Владыку увеличить мясное довольствие для членов высшего общества!

Ликование достигло предела. Придворные прыгали, хохотали, таскали друг друга за хвосты. С изумлением и горечью смотрел на них низложенный Владыка.

— Завтра на рассвете, — перекрывая шум, возгласил Главный советник, — я отправлюсь в Рогвиль и потребую, чтобы мяса нам присылали вдвое больше!

— Рогвиль? Что это? Где? — с трудом перекрикивая восторженный визг, спросил Басси Фофурзу.

— Эх вы, заговорщики! — хмыкнула гиена. — Как можно приступать к перевороту, ничего не зная о противнике? Кто, по-вашему, кормит весь Леополь?

Коты переглянулись.

— Ну... гепарды доставляют дань Владыке, — ответил Брысс. — И еще, наверное, кто-то из крупных охотится...

— Как же! Зачем им охотиться, коли Владыка — не Лионелл, а его далекий предок, — обложил данью город, в котором живут только травоядные, рогатые и потому съедобные животные! Конечно, баран или бык — это не антилопа, но тоже вполне пригоден в пищу, и тем вкуснее, что за ним не надо бегать. Рогвиль лежит в верховьях ущелья по ту сторону Котогорья.

— Как же так? Получается, рогатые добровольно идут на заклание?

— Нет, конечно! Но в Рогвиле испокон веков правит династия очень хитрых козлов. Давным-давно они придумали, как сделать, чтобы и кошки были сыты, и никаких возмущений в городе не было.

— Кажется, я знаю, — сказал Брысс. — За малейшую провинность любого рогатого объявляют преступником...

— ... и высылают из города, — подхватила гиена. — Для преступников якобы существует поселок Зарожье, и дорога к нему ведет через ущелье, что соединяет Рогвиль с Кошачьим городом.

— А там их караулят тигры! — понимающе закончил Басси. — Однажды я видел эту долину и тигров в ней, давно... когда еще жил ждесь.

— Знаем мы твою историю, — хмыкнула Фофурза. — Помним твой подвиг. А мамаша у тебя лихая! Храбрая, как гиена. Сигануть на голову Владыке...

— Вы что же, обо всех все знаете? — недоверчиво спросил Басси.

— Ага, — гордо сказала гиена. — И не только в Леополе. У нас носачи повсюду. Пользуйтесь, пока мы — союзники.

Но Брысс еще не все выяснил о Рогвиле.

— Не понимаю! Здесь что-то не так, — сказал он. — Почему осужденные покорно идут, куда им прикажут? Неужели в ущелье отвесные стены, и нельзя ни взобраться наверх, ни свернуть в сторону? Или их ведет конвой?

— А-а! На все своя хитрость! — ответила гиена. — От конвоя можно удрать, во всяком случае, хочется это сделать. А это стадо топает добровольно и с бодрым блеяньем, ибо их ведет самый мудрый и уважаемый козел в городе, по имени Бодуэн. Ему подчиняются охотнее, чем рогатому Владыке, Блейлю. Таким образом, каждый вечер этот хитрец приводит покорное, доверчивое стадо осужденных прямо в зубы тиграм. Его самого тигры не трогают: помимо доставки мяса, у козла есть и еще одна обязанность — переговоры. Он обучен кошачьему языку.

— О-о! — только и сказал Басси. Его всегда впечатляла ученость.

— И что, действительно хорошее произношение? — ревниво спросил Брысс.

Тут к Фофурзе подбежал маленький тщедушный гиененок и что-то затявкал ей на ухо, а коты вновь заглянули в Нижнюю пещеру.

Но там ничего интересного уже не было: оживление улеглось с уходом Тигруэна. Поэтому оба друга уставились на главную достопримечательность пещеры, белоснежную красавицу Мисмис.

Фофурза бесцеремонно прервала это приятное занятие.

— В общем, так, — властно сказала она. — Сейчас и в наших, и в ваших интересах — выдворить из города львов и тигров. Делить власть будем потом. Можете действовать по своему соображению, мне все равно доложат. Мы будем следовать своему плану, вам его знать не обязательно. Если нужен совет или сведения — приходите сюда, часовые меня известят. Но может случиться, что мне самой понадобитесь вы. Тогда я пришлю за вами моего Фуфрика, — он везде пролезет, а глаз и нюх у него такой, что только держись! Весь в маму...

Фофурза ласково ткнулась носом в шею детеныша — и тут же отскочила, взвизгнув: отпрыск тяпнул ее за ухо. Затем, даже не взглянув на котов, он повернулся и развязной походкой удалился.

— Воспитанный! — восхищенно протянула мамаша. — Сама грубость.

Глава 2
Незнакомка

Прежде чем уйти, Фофурза приказала часовым накормить гостей. Им тут же принесли кусок изрядно завонявшегося мяса и показали, в каком гроте найти воду.

Преодолевая отвращение, Басси и Брысс съели мясо — не ссориться же с едва приобретенными союзниками! Тем более что сами гиены считали угощение отменным...

Затем, утолив жажду и усевшись в уголке, коты вкратце рассказали друг другу о своих приключениях.

Пока Брысс говорил, Басси боролся с искушением утаить от него существование колонии черных кошек. «Я же дал слово Муррайе, что о них *никто* не узнает, — лицемерно убеждал он себя. — А вдруг Брысс не захочет теперь мстить львам? Вдруг сгоряча побежит во Свояси и оставит меня одного? Поди ему докажи, что переворот совершается и для блага черных!»

В конце концов он убедил себя, что нужно просто повременить с признанием. Тем более, что стоило ему упомянуть имя Шамбо — и друг уже ни о чем больше слышать не хотел. Басси даже устал отвечать на его вопросы.

— Вот бы с кем подружиться! — мечтательно сказал Брысс, выслушав все. — Да и с мамой твоей я бы познакомиться хотел. Вот покончим с переворотом — и отправимся в Красную пещеру в гости.

«Вот тогда и скажу, — решил Басси. — Будет ему сюрприз!».

И друзья стали думать, что же делать дальше.

Прежде всего, конечно, надо было найти дорогу из гиеньих владений в Котокомбы. Часовые помочь им не смогли.

— Фуфр-то, конечно, все окрест знает, — сказали они. — Только Фуфра найти тяжелее, чем выход!

Недолго думая, коты принялись за поиски сами.

Галерея полого поднималась к югу и спускалась к северу, в сторону горной страны. Рассудив, что вниз идти легче, чем вверх, друзья направились на север.

Как чудесно было вновь шагать вместе! Привычный к лабиринтам, Басси чувствовал себя хозяином, принимающим гостя. А гость не скупился на вопросы и похвалы.

Весело болтая, они прошли до конца галереи и очутились в большой низкой пещере. Света от костра здесь уже не было видно, зато откуда-то сверху сквозь щель в потолке пробивался приветливый солнечный лучик. Множество отверстий в стенах пещеры манили исследователей.

— Начнем справа, с самого краю, — сказал Басси. — Тут ближе к Нижней пещере.

Первое ответвление привело их в тупик, второе — к колодцу неведомой глубины. Коты почли за благо не рисковать и вниз не сунулись: выбор ходов был велик.

Обследовав еще два коридора и начав уставать, друзья решили разделиться.

— Все равно мы возвращаемся сюда же, — заметил Басси. — Так почему бы не сберечь усилия? Кто придет первым — подождет другого.

Немного подумав, он отправился в галерею, откуда тянуло сквозняком. Брысс выбрал ход, привлекший его неприятным запахом.

Свежий воздух в коридоре никогда не обманывает: ход выводил наружу. Миновав несколько поворотов и невысоких завалов, Басси с замиранием сердца вышел на небольшую площадку на северном склоне Котогорья.

Карниз располагался гораздо ниже балкона, что Басси обнаружил осенью. Ведущее к Рогвилю ущелье начиналось прямо под ним, и просматривалось на добрый час ходьбы к верховью. Речка, едва заметная осенью, сейчас, в начале весны, весело шумела мутно-пенными водами, перепрыгивая через валуны. Басси проследил ее течение взглядом и с удивлением обнаружил, что поток исчезает в узкой расселине у подножия скал. «Эге! — сказал он сам себе. — Да ведь это наша старая знакомая из подземелья! Здравствуй, Кошкин хвост!»

Солнце уже начало клониться к западу, и янтарные предзакатные лучи добавляли прелести и без того прекрасным скалам, деревьям и снежным вершинам над ними. Басси захотелось тут же показать все это другу.

Он уже повернулся, чтобы бежать назад и привести Брысса, но тут его внимание привлекло какое-то движение внизу.

Сначала Басси даже не понял, что же именно уловил он краем глаза. Тишина, безветрие, кругом никого... Но любопытство заставило его замереть и пристально всмотреться в камни на дне ущелья.

То, что увидел Басси, поставило его в тупик.

Леопарды — такие же жители Леополя, как и прочие крупно-кошачьи, и имеют право гулять, где им хочется. Но *те* два леопарда, в долине, вели себя крайне подозрительно. Они тайком пробирались между камнями — крались, распластавшись и двигаясь так медленно, будто скрадывали чуткую птицу.

Путь их лежал от скал Леополя по левому берегу речки, в сторону Рогвиля. Наблюдая за ними, Басси понял, почему звери крались не по тропе, а вдоль скал: там было, где спрятаться между камней.

«На закате козел Бодуэн приводит стадо, — подумал он. — Но охота в ведении тигров, что же нужно в ущелье леопардам? И от кого, интересно, они таятся?»

Пока он размышлял, леопарды достигли места, где скальная стена ущелья распадалась на террасы, поросшие невысоким лесом. Пятнистыми змейками скользнув вверх по склону, лазутчики скрылись в кустах.

Озадаченный, Басси пошел назад. «Наверное, Брысс уже заждался, — думал он. — Вон сколько я пропадал!»

Он ошибался. Брысса в пещере еще не было.

Коридор, куда направился Брысс, оказался именно тем, что друзья искали: он выводил к Нижней пещере.

Неподалеку от входа, в боковом гроте, обнаружилась куча обглоданных костей. Для привыкшего к свежему воздуху кота запах плесени, смешанный с гнилостными испарениями, показался нестерпимым.

Брезгливо морщась и отфыркиваясь, Брысс поспешил миновать вонючую свалку, прошел еще немного — и уперся носом в развилку. Два коридора, одинаковой ширины и высоты, вели: левый — вверх, правый — вниз.

Поразмыслив, Брысс избрал нижний, ибо тот находился ближе к пещере.

Там его ждал сюрприз: запахло кошками. Точнее, одной кошкой, прошедшей тем же путем совсем недавно.

Надо ли говорить, как заинтересовался наш герой! Глаза его загорелись, усы встопорщились. Крадучись, ступая совершенно бесшумно, Брысс двинулся вперед.

Поворот следовал за поворотом. Встретились еще две развилки, но теперь уж выбор был прост — по нюху, вслед за незнакомкой.

Вдруг из-за следующего поворота забрезжил отсвет костра, и раздались тихие голоса. Брысс осторожно выглянул.

Небольшой пролом в стене светился багровым пятном в темноте. Два черных силуэта выделялись на его фоне: две головы — маленькая и большая.

Маленькая головка с острыми ушками принадлежала кошке, а большая — сплюснутая, с покатым лбом и округлыми ушами, — по-видимому, леопарду.

Кошка находилась по эту сторону пролома, леопард (как выяснилось через минуту, леопардиха) — в пещере.

Говорили они так тихо, что Брыссу пришлось подползти поближе, чтобы слышать все. При этом он прикрыл лапой морду, зная, что из пещеры можно заметить отблеск света в его глазах.

— Ах, какая досада, что я не успела предупредить! — сказала кошка. Голосок был молодой и очень приятный. — Но ведь мы только что узнали об этом сами...

— Ничего страшного, — отозвалась леопардиха. — Леурт всегда осторожен, а Леарт — трусоват. Если караульные их заметят до убийства — они оба прикинутся гуляющими, и только! Тогда план придется выполнить завтра.

— А если караульные заметят их после убийства? — испуганно спросила маленькая заговорщица.

— Не бойся, леопарды умеют постоять за себя! — ответила большая. — В крайнем случае спрячутся где-нибудь в горах, на время... до нашей победы.

— Лишь бы план удался! — воскликнула кошка. — Тогда тиграм нипочем не удастся сохранить власть.

— Ну что ж, поскольку мальчики уже отправились, нам остается только ждать, дорогуша, — покровительственно сказала леопардиха. — Ты придешь позже?

— Нет смысла рисковать: я и так услышу новости, — ответила кошка и еще что-то добавила, но Брысс вслушиваться не стал: пора было удирать.

Поначалу потихоньку, затем — бегом, он, однако, не стал убегать далеко. Достигнув ближайшей развилки, кот затаился в боковом проходе и стал ждать.

Легкие, как капли дождика, шаги раздались снаружи: заговорщица возвращалась. Брысс бы их и не услышал, если бы кошка не бормотала себе чего-то под нос.

Вдруг шаги и бормотанье смолкли — как раз у входа в Брыссово убежище. Шумно втянув воздух носом, кошка фыркнула. Наступила краткая тишина, и следом — торопливый топот, уже без утайки. Преступница пустилась наутек.

Прятки кончились. Начались догонялки.

И не таков был Брысс, чтобы не принять участия в предложенной игре!

В два прыжка он достиг коридора и ринулся вслед беглянке. Один поворот, другой... Вот и свет опять откуда-то пробивается. Здесь где-то должна быть еще одна развилка...

Внезапно Брысс понял, что не слышит больше звука шагов. Он остановился, прислушиваясь...

И убедился, что не все кошки трусливы.

Заговорщица, караулившая у второй развилки, обрушилась на спину преследователю с высокого карниза, подмяв его ударом под себя, и вцепилась зубами в холку.

— Пусти! — заорал Брысс. — Шерсть повыдерешь! Как же я свататься буду, плешивый!

— Гррррр, — ответила разбойница, вгрызаясь еще пуще.

Раздосадованный Брысс напряг мышцы — и перекатился на спину. Но не тут-то было! Эта кошка не зря водилась с леопардами. Отпустив на мгновение вражескую холку, она изловчилась — и вцепилась ему в глотку, прямо под подбородком!

— Мммм, — только и мог сказать несчастный. Он даже извиваться перестал — больно было. Шутки кончились.

И вдруг кошка сама отпустила его. Отпустила — и отступила, недоуменно хлопая глазами.

— Ой, черный! — протянула она. — Вроде бы кот... А чего ж ты черный-то?

— Да уж повезло мне, что черный, — пробурчал Брысс, потирая шею лапой. — А не то бы ты из меня уже дух выгрызла! Нахваталась у леопардов...

— Нет, не верю, — тряхнув головой, сказала кошка. — Тебя не бывает! Я хотела сказать, таких, как ты.

— Ну и не верь, — огрызнулся Брысс. — Убеждать не стану. И вообще, мне пора идти.

— Как это — идти? — опять взъерошилась разбойница. — Пойдешь, если я тебя отпущу. Я тебя поймала! Ведь ты подслушивал, да?

Брысс помедлил с ответом, разглядывая победительницу.

И, надо сказать честно, особого отвращения к ней не испытал.

Ибо кошечка была очаровательна. Серая, умеренно пушистая шерстка, аккуратные черные полоски, розовый носик. Огромные зеленые глаза и длинные, прихотливо изогнутые усики.

Глаза смотрели на него сердито, но в глубине их таился знакомый Брыссу огонек — любопытство.

— Конечно, подслушивал, — дерзко ответил кот. — Ну, и что ты теперь со мной сделаешь? Хочешь еще подраться? Давай! Но врасплох ты меня больше не застанешь.

— Зачем драться снова? Я ведь тебя уже победила, и ты — мой пленник. Скажи, что нечестно!

— Честно-то честно, да мне надо идти, — сказал Брысс. — В плен я сдаваться не намерен.

— Нельзя нарушать слово! — вскричала киска. — Ведь ты просил пощады! Ты кричал «Ммммммм»! Так или не так?

— Так, — вздохнул Брысс, — но что поделаешь? Меня ждут!

Внезапно победительница применила возмутительный прием: она разревелась.

— Все вы, коты, таки-и-ие, — хлюпала она носом. — Для вас слово — пустой звук...

Отступник растерялся. Ему, конечно, приходилось видеть женские слезы, но только у людей. Хозяин воспринимал их философски: такова уж женская натура! — и спокойно ждал, пока минует буря.

Ждать Брысс не мог. А просто повернуться и уйти не позволяла совесть. Что бы придумать? Ага!

— Послушай, — сказал он, — давай сыграем в догадки! Кто проиграет — пойдет с победителем.

Слезы мгновенно высохли.

— Годится! — воскликнула кошка. — Ты начинай! Только чур — друг о друге, а не о погоде на завтра.

— Первая: тебе еще нет и года отроду.

— Верно. А ты попал сюда из гиеньего лабиринта!

— Правильно! Ты состоишь в заговоре против тигров.

— Ты не догадался, а подслушал это!

— Хорошо: ты ненавидишь тигров.

— Ах, какая тонкая догадка! Ладно. А ты не привык никому подчиняться.

— Верно, — Брысс лихорадочно соображал, что бы еще сказать. — А! Ты очень хорошенькая.

— Это не догадка, а наблюдение! — лицемерно возмутилась киска.

— Ладно! Была не была! Леопарды замышляют убить Тигруэна.

— А вот и неправильно! Даже двум леопардам с тигром не сладить! Они хотят убить Бо... ой!

— Бодуэна, — закончил за нее Брысс. — Умный ход! Молодцы.

Зеленые глазки округлились от ужаса.

— Что я наделала! Выдала тайну, — воскликнула бандитка. — Это ты меня спровоцировал! Но, так или иначе, ты проиграл и должен идти со мной.

— Согласен, — сказал Брысс весело. — Но сначала мне нужно предупредить друга, что ждет меня наверху.

— Без обмана? Честно?

— Да, — сказал Брысс. — Теперь я пойду с тобой добровольно. Я хочу встретиться с тем, кто придумал такую хитрость.

— Хорошо. Но только предупреждать друга пойдем вместе. Терпеть не могу ждать!

Басси уже собирался идти на поиски Брысса, когда услышал голоса. Он кинулся навстречу... и остолбенел.

Брысс вышел из коридора, яростно споря с сопровождавшей его красивой серой кошечкой.

— Нет, ты только представь себе, — обратился он к Басси, — эта дура считает, что Лионелл — великий мудрец!

— А этот болван, — подхватила его спутница, — полагает, что кошки умнее львов! Что за... ой, — внезапно она запнулась, — кто это? Ты не...? Нет, не может быть...

Тут Басси обрел дар речи.

— Миола! — завопил он изо всех сил. — Сестренка!

— Бассенька! Бассик! Живой! — вскричала киска и кинулась к нему в объятия. — Я знала, я так и знала, что ты спасся! Вернулся! Как же ты вырос!

— Ты тоже! А какая красавица! — в восторге мурлыкал братец.

Внезапно Миола отпрянула.

— Бассенька, а... а мама? — дрогнувшим голосом спросила она.

— Жива, здорова! — воскликнул кот. — Осталась в Красной пещере. Все расскажу, дай только в себя придти. Что Миона?

— Она у тети Миррены, в безопасности. Как же я рада тебя видеть!

Миола снова смеялась и облизывала ему нос. Пришедший в себя Брысс снисходительно улыбался.

Глава 3
Логово Барра

Некоторое время спустя все трое сидели на карнизе над ущельем и наблюдали, как тигры отправляются на охоту.

Сумерки быстро сгущались. Последние солнечные лучи еще цеплялись за Кошачьи уши, но чтобы разглядеть что-нибудь внизу, в долине, приходилось напрягать глаза.

Тигров было четверо, и предводительствовал ими Тигруэн. Они шли, не скрываясь, болтая и хохоча. Поднявшийся свежий ветерок не позволял наблюдателям слышать их разговор.

Навстречу охотникам из-за камней вышли две рыси, что-то сказали им и вернулись на свой пост.

— Это караульные, — пояснила Миола. — Тигруэн распорядился совсем недавно, чтобы в ущелье были выставлены посты. Он опасается подвоха.

— И надо сказать, небезосновательно! — рассмеялся Брысс. — Но, будем надеяться, леопарды караульных обошли.

Поймав недоуменный взгляд Басси, Миола пояснила:

— Сегодня ночью, после того, как Бодуэн приведет стадо на заклание, леопарды подкараулят его и убьют.

— А завтра на рассвете Тигруэн отправится в Рогвиль с требованием увеличить поголовье осужденных, — добавил Брысс. — Но, во-первых, он не сумеет объясниться без переводчика, во-вторых, даже если бы и сумел, стадо все равно приводить некому. Тигриной власти придет конец.

— Что за глупая затея! — возмутился Басси. — Не понимаю, отчего вы в таком восторге от этого. Город останется без еды! Это слишком рано. От тигров надо избавляться после того, как уйдут львы!

— Что? — вскинулась Миола. — Вы хотите прогнать львов? Да кто же, кроме них, способен править в городе?

— Может, ты забыла, отчего я с тобой полгода не виделся? И отчего мама вынуждена была бежать? — задетый за живое, спросил Басси. — Спроси-ка Брысса, отчего в Леополе нет черных кошек...

Миола вскочила. Глаза ее метали молнии.

— Ах, оказывается, Лионелл виноват в том, что два кошачьих болвана взялись выяснять, кто из них глупее? Даже горные козлы — и те разумнее себя ведут, когда сталкиваются на тропе!

— Тебе очень нравится работать в Верхней пещере, да? — не сдавался Басси.

— А я там и не работаю! И ты, если бы остался тут, не работал бы! Цена свободы мала — приходится ловить мышей вместо заработанной баранины и жить в сыром лабиринте, а не в уютной пещерке... Не уводи в сторону! Кто, по-твоему, будет править, если львы уйдут?

— Я хотел рассказать тебе все по порядку, — досадливо ответил Басси. — Ну, отчего ты такая вспыльчивая?

— Оттого, что слышу кругом одни глупости! — бушевала Миола. — Все звери, как сговорились, примеряют власть на себя! И у всех на уме одно и то же — валяться у огня и принимать поклоны...

— Помилуй, — вмешался Брысс, — да ведь ты сама в сговоре с леопардами!

— Да! И не только с ними! — монархистка обрушилась теперь на него. — Да я с кем угодно в заговор войду, лишь бы сохранить львиную власть!

— Понятно, — Брысс повернулся к Басси. — Переубедить невозможно. Истребить — тоже, по причине родственной привязанности. Попробуешь запугать — пожалеешь. Остается изолировать.

— Кого изолировать? Меня изолировать? — взвизгнула Миола.

— Не выйдет, — хмуро ответил родственник. — Уж я-то знаю!

— Ладно. Пусть переворотничает по-своему! — махнул лапой Брысс. — Доносить на нас она не станет. А союзников в поддержку Лионелла все равно не найдет. Что-о? Опять слезы? Только не это!

Миола опять рыдала — на этот раз от жалости.

— Бессердечные! — причитала она, всхлипывая. — Да вы что, не понимаете, что оставаться на троне для Лионелла сейчас намного горше, чем уйти? Он просто понимает, что тут начнется, если он уйдет!

— Да, и поэтому мудро и дальновидно дрыхнет у костра день и ночь! — воскликнул Басси. — Много ли проку от его присутствия?

— Много! — от ярости Миола даже успокоилась и стала говорить внятно. — Владыка непременно *должен быть*. Подданные должны знать, что он есть. Как существуют день и ночь. Как ветер и солнце. Как... да что с вами говорить?

— Не надо с нами говорить! Не надо! — взмолился Брысс. — Басси! Помнишь обезьян? У меня от их воплей голова не болела, а сейчас болит! Заметь: там была целая стая...

Басси почувствовал укол совести. Рассказав сестренке о своих приключениях, он сам еще не успел спросить ее ни о чем. Экая досада! Поди-ка, продолжи беседу теперь!

— Послушай, Миола, — примирительно сказал он. — Уже совсем стемнело, да и устали мы сегодня. Давай отложим разговоры до утра. Тебе есть, где нас приютить?

— Да, — ответила сестра, все еще сердито. — В Котокомбах. Невдалеке от реки есть лаз, которого мы с тобой не разведали. Лаз ведет в низкую галерею, и в ней уйма маленьких пещерок. Сыро, но не холодно. Вот там мы и живем!

— Мы? — заинтересовался брат. — Кто — мы?

— Мы — это Барр и его команда. И я с ними, — сказала кошка.

Басси почувствовал, что шерсть у него на загривке становится дыбом.

Миола поняла, что происходит с братом.

— Когда вы с мамой бежали, Каррис велел рысям поймать меня, — с горькой улыбкой сказала она. — Барр предложил мне убежище. Ну, посуди сам: что же мне еще оставалось? Одному в лабиринте жить нельзя — одича-

259

ешь. Я и согласилась... Да ты не беспокойся! Меня никто из них не обижает.

— Такую обидишь! — буркнул сзади Брысс.

Сначала Басси не хотел идти к Барру в логово, но Миола его уговорила.

— Подумай сам, — сказала она, — во-первых, все они — наши соратники и работают на переворот. Во-вторых, они считают Котокомбы своей вотчиной. Когда-то ты уже поспорил с братом из-за этого; хочешь опять? А если вы придете к ним как союзники, никаких ссор не будет. Ну и, наконец, вдруг я не вернусь, меня пойдут искать. Найдут — и меня, и вас. Опять же, станут разбираться... Зачем такие сложности?

Путь из гиеньего лабиринта в старый, родной оказался непростым. Приходилось карабкаться по стенам, пролезать в узенькие щели, а кое-где и ползти по мокрым камням.

— По-моему, здесь за целую жизнь всех ходов не разведаешь, — сказал Басси. — И как ты умудряешься не заблудиться?

— А что же мне еще было делать полгода? — ответила Миола. — Не сидеть же на одном месте! Вот я и занималась исследованиями...

— Постой! — вдруг спохватился Брысс. — А как попасть в тот лабиринт, что под Нижней пещерой, знаешь?

— Знаю. Но лучше туда не соваться: там всегда бродят рыси. Коридоры там самые просторные, и свет в щели пробивается. А в одном из залов мало-крупные устраивают свои собрания.

— Но ты там бывала, да? — настырничал Брысс. — Значит, пройти можно?

Миола остановилась, посмотрела на него с любопытством.

— Зачем тебе туда? — спросила она. — Неужели и ты полезешь в Нижнюю пещеру?

— У меня там дела, — хитро ответил Брысс. — Проводишь завтра?

Еще несколько переходов — и друзья вслед за провожатой нырнули в какую-то дыру под ногами. Спрыгнув с довольно большой высоты, Басси сразу же узнал главный коридор Котокомб.

— Подумать только! — воскликнул он. — Сколько раз мы с тобой, сестренка, видели эту дыру в потолке! И добраться до нее просто — вон по тем уступам, вижу отсюда, — а ведь не приходило в голову, что это тоже лаз!

— Это еще что! — подхватила Миола, хитро улыбаясь. — Совсем недавно я обнаружила ход — нипочем не догадаетесь, куда!

— В тигриный тайник? — предположил Басси.

— В Нижнюю пещеру, прямо к трону? — с надеждой спросил Брысс.

— Нет, не угадаете, — ответила киска. — Потому что никто из нас даже не подозревал, что такое место существует...

— Ну скажи! Что это? — в один голос взвыли коты.

— Как-нибудь потом, — сказала Миола. — Сейчас я на вас сердита — из-за Лионелла. Идемте!

Как ни хотелось друзьям узнать секрет, а пришлось смириться: уговорить эту кошку было непросто.

Теперь дорогу мог показывать Басси. Он шел и вертел головой во все стороны, узнавая каждый уголок, каждую трещинку в стене.

Брысс тоже мог похвастать осведомленностью. Картине, нарисованной в его уме рассказом Басси, недоставало лишь мелких подробностей.

Часовой узнал Миолу, но, как она ни просила, отказался пропустить котов. Брысс взялся объяснить ему, что им непременно нужно войти...

На крики несчастного стража примчалась дюжина котов, и среди них — Барр. Басси с некоторым злорадством отметил, что брат уступает ему ростом и далеко не так красив.

— Ба! Басси! — как прежде, издевательским тоном протянул хозяин. — А что ж не через Главные ворота? Там тебе обрадовались бы больше...

Все же, как ни старался Барр облить брата презрением, у него не получалось. К показной язвительности примешивалось та доля уважения, на какую был способен бандит. То, что брат не струсил тогда, в Нижней пещере, и спустя полгода вернулся в Леополь, несмотря на опасность, не поддавалось превратному толкованию. К тому же его друг, черный кот, выглядел уж очень воинственно.

Басси ответить не успел: Миола открыла рот и сразу навела порядок.

— Любезные мои братцы! — сказала она торжественно. — Надеюсь, вам не надо напоминать, что из вашей ссоры тогда, в начале дождей, ничего хорошего не вышло? Ну, не любите вы друг друга, но зачем же враждовать? Теперь у вас есть общая цель — переворот. Можно ведь работать вместе! Если не хотите дружить — почему нельзя просто ладить?

Барр почесал в затылке и угрюмо промолчал. Басси сделал вид, что согласен с сестрой. Брысс широко зевнул.

Спустя какое-то время усталые коты улеглись на подстилку из сухой травы в уютном гротике.

— Какой у меня сегодня счастливый день! — Басси блаженно вздохнул. — Подумать только: я нашел тебя и Миолу! Правда, в довесок получил Барра...

Брысс не ответил: он крепко спал. Ему снилась белоснежная киска на ковре у очага — в доме за рекой...

День второй.

Утро началось на удивление мирно.

Дождавшись, пока Миола отлучится по своим делам, Барр пришел к друзьям совещаться. По своему обыкновению пряча глаза (привычка, всегда раздражавшая Басси), он спросил:

— Ну, и чем же вы собираетесь вредить нашим противникам?

— Пока что у нас нет определенного плана: ведь мы только-только попали в город, — осторожно ответил Басси. — Надо сначала осмотреться.

— Хорошо. Осматривайтесь, — натянуто-миролюбиво сказал атаман. — Только не слушайте Миолу: она почему-то жалеет львов. А я бы их на клочки разорвал, будь я покрупнее!

— Львов нам не жаль, — сказал Брысс. — Да и других крупных тоже. Их надо прогнать! Мы хотим, чтобы власть в Леополе принадлежала кошкам.

— Власть? Кошкам? — Барр, забывшись, взглянул брату в глаза. — Если в городе останутся одни кошки, зачем же тогда власть? Над кем?

Брысс оторопел. Но за него ответил Басси:

— Да нет же, это просто слова! Дело не во власти, а в огне! То есть, мы будем сражаться за то, чтобы кошки могли греться у костра, и никто их не прогонял бы. А вы? Чего добиваетесь вы?

— А нам и без огня хорошо! Мы просто мстим крупным за то, что нам покоя не дают. Надоело ходить, принюхиваясь и оглядываясь. Чем меньше их останется здесь — тем лучше. Вот и пакостим, чем можем.

— Убийство Бодуэна — ваша затея? — спросил Брысс.

— Моя, — самодовольно усмехнулся Барр. — Теперь тигры попляшут! Передерутся. Кое-кого из подчиненных сожрут...

— Рано это было делать, рано! — не выдержал Басси. — Посрамление тигров вернет утраченное уважение львам.

— А львы-то чем придворных кормить будут? — усмехнулся разбойник. — Своей данью поделятся, что ли? Так не хватит же!

— Он прав, — сказал Брысс другу. — Голод ускорит всеобщий раздор.

— Ладно, — чуть ли не дружелюбно сказал Барр. — Живите тут и ходите, где хотите. Только чур — держите нос востро! Шпионы всюду шныряют. Не приведите их сюда.

Глава 4
Опасная прогулка

Миола очень неохотно согласилась вести друзей в рысий лабиринт.

— Ох, не нравится мне эта затея! — все время повторяла она. — Ну ладно, поймают меня — полбеды: преступления я не совершила, гнев Карриса, надеюсь, уже поутих, и вполне возможно, что меня отпустят. А если попадетесь вы? Государственный преступник и незаконно выживший изгой! Вот будет радости! Все тут же позабудут о перевороте.

— Не беспокойся, мы не попадемся, — отвечал ей Басси, размышляя, намного ли Брысс красивее его.

Дорога в заповедный лабиринт была не только трудна, но и опасна. Выбравшись на поверхность, на залитые солнцем скалы, лазутчики пробирались по узенькой тропинке над пропастью, пока не достигли низкого грота, из которого вытекала вода.

Ручей был мелким и спокойным, и бешеный водопад ему устраивать не хотелось — он лениво сползал по склону, волоча за собой маслянистый серый шлейф, похожий на след улитки.

Миола осторожно ступила в воду, сделала несколько шагов, затем легко вскочила на выступающий из воды ка-

мень и оттуда перепрыгнула на другой берег. Вдоль та-
мошней стены тянулся невысокий карниз.

Коты последовали за ней и выбрались вполне благополучно, если не считать того, что Басси оступился и плюхнулся в воду.

Трудности на этом не кончились. Двигаясь вдоль ручья, отряд вышел к земляной осыпи, по которой надо
было взлезть наверх, к отверстию, черневшему в стене.

Даже Миоле, бывавшей здесь раньше, не удалось взобраться сразу. Усердно работая лапками, она быстро уста-
ла и запыхалась, но все-таки оказалась наверху первой.
Брысс, сорвавшись раз-другой, выбрался довольно скоро за ней.

Но бедному Басси пришлось несладко. Стоило ему пре-
одолеть самый крутой участок — и на пологом подъеме,
у самого края осыпи, силы ему изменяли. Скатившись
вниз несколько раз, он в отчаянии воскликнул:

— Идите без меня! Я, может, оттого и падаю, что тороплюсь, не хочу вас задерживать. Буду ждать вас здесь.

Брысс с Миолой переглянулись и сразу поняли друг друга. Ловко тормозя передними лапами, они съехали вниз.

— Давай-ка попробуем вместе, — сказали оба сразу.

Басси не стал возражать — ему очень хотелось увидеть Мисмис.

На этот раз Миола карабкалась перед ним, а Брысс —
следом. Как только миновали крутой подъем, Басси по-
качнулся и непременно скатился бы назад, но Миола, опе-
редившая его на несколько шагов, внезапно закричала:

— Ай! Падаю! Сползаю! Помогите!

Совершенно неосознанно Басси рванулся вперед, и тут
Брысс, тоже торопясь на подмогу, подпихнул его сзади...

Только оказавшись наверху, Басси понял, что все это
были уловки хитрых друзей. Он открыл рот, чтобы поблагодарить их — но не успел.

Миола и Брысс внезапно замолчали, как-то по-особенному внимательно посмотрели на него — и вдруг, будто сговорившись, стали хохотать. Они смеялись, как безумные, не в силах остановиться, порой замирая в изнеможении, чтобы глотнуть воздуха, — но, стоило им только взглянуть на Басси снова — и смех опять заставлял их корчиться, икать и проливать слезы.

В конце концов виновнику веселья стало очень обидно. Не понимая, в чем дело, но чувствуя себя униженным, Басси воскликнул:

— Вы меня вытащили только для того, чтобы потешаться? Можно было бы не трудиться!

— Да не обижайся же, глупый! — с трудом переводя дух, ответила Миола. — Видел бы ты себя сейчас!

И она захохотала снова, но уже вполсилы.

— Да, Миола, надо сказать, я сейчас похож на твоего брата гораздо больше, чем Барр, — отдуваясь, произнес Брысс. — Во всяком случае, цветом. Басси, помнишь нашего ежика из Зверюшни? Вываляй его в грязи — и получишь представление о том, как ты сейчас выглядишь.

Басси посмотрел на свою грудь, лапы и хвост — и ахнул. Мокрая шерсть с налипшей землей, взбитая многократными перекатываниями, торчала острыми пучками по всему его телу. Комья грязи оттягивали уши, усы обвисли прутьями. Хвост походил на суковатую палку.

«Хорош! В таком виде только ворон пугать, а не красавиц навещать!» — с тоской подумал Басси.

— Ладно, не унывай! — сказала Миола. — Там, впереди, есть ручеек. Хиленький, правда, но морду вымыть можно. Идем!

Теперь они двигались по прямому, широкому коридору. Басси вспомнил — это был тот самый ход, в который они с мамой, убегая от преследователей, сунулись в первую очередь. Обследование осыпи требовало времени, поэтому они поспешили на поиски другого выхода... И правильно сделали, ибо на скалах их поймали бы очень быстро.

В просторной галерее гулял ветер, завывая и глуша звук шагов. Коты чувствовали себя неуютно: ни трещин, ни ответвлений, куда можно было бы юркнуть во избежание опасности, по пути не попадалось.

Крадучись приблизились они к высокой пещере, где Мисмис запутывала следы в тот страшный день, и осторожно выглянули.

Яркий луч пробивался сквозь щель в потолке — и рассеивал в воздухе веселую солнечную пыльцу. Из дальнего конца пещеры доносились оживленные голоса.

— Не повезло тебе, братец, — тихо сказала Миола. — Ручеек как раз в той стороне и протекает. Оставаться тебе немытым. Ну, я вам дорогу показала. Мы в рысьем лабиринте. Что дальше?

— Дальше мы с Басси пойдем сами, а ты подождешь тут, в безопасности, — сказал Брысс и подмигнул другу.

Миола перехватила хитрый взгляд — и тут же вспылила.

— Ах, так? — возмутилась она. — Значит, я вас привела сюда, — между прочим, с немалым риском для жизни, — а в планы свои вы меня посвящать не собираетесь? Ну и топайте себе! Только ждать вас я не собираюсь. У меня тоже дела найдутся.

Бессовестные коты не стали уговаривать ее остаться. Мало того: они обрадовались. Свидание с Мисмис занимало все их мысли, а от Миолы, того и гляди, неприятностей не оберешься.

Выждав, пока смутьянка, фыркнув, не скрылась в обратном направлении, коты потихоньку двинулись вдоль стены.

Ход, ведущий в обиталище Владыки, располагался на противоположной стороне, но идти прямо через пещеру друзья не решились: поди знай, как далеко видят обладатели громких голосов?

Двинувшись вдоль стены, перебегая от одного коридора к другому, прислушиваясь и принюхиваясь, они наконец достигли заветного хода.

Басси опасался, что камень, которым рыси завалили дыру, и поныне там, но тот оказался сдвинутым. Скорее всего, Мисмис какой-то хитростью заставила его убрать: ведь прогулки в лабиринте были ее единственным развлечением.

Паутина узких ходов непременно сбила бы их с пути, если бы они не наткнулись на свежий след Мисмис. У Басси гулко забилось сердце.

Приближение Нижней пещеры заявило о себе громким гулом: будто рой рассерженных пчел поджидал незваных гостей. И, перекрывая этот гул, раздавался чей-то громоподобный рев.

Еще прежде, чем друзья достигли отверстия и выглянули, они узнали голос Тигруэна. Главный советник неистовствовал. Такого страшного рыка коты не слышали даже у Шамбо.

— В городе заговор! — срывающимся от ярости голосом орал тигр. — Не просто заговор — саботаж! Сегодня на рассвете отряд, отправившийся на переговоры к козлам, вынужден был повернуть назад, ибо обнаружил следы неслыханного преступления! От великого Бодуэна остались только рога, копыта и обглоданная шкура! Я спрашиваю почтенное общество: кто посмел поднять лапу на великого козла — ученого, говорившего по-кошачьи? Размеры этой потери трудно себе представить! Мерзавец, задумавший эту подлость, хотел нанести удар вашим благодетелям, тиграм. На самом деле он наказал всех обитателей города, и себя самого в том числе! Отныне всем придворным придется ловить мышей, ибо мяса больше не будет!

Из укрытия, откуда наблюдали коты, Тигруэна не было видно — очевидно, он, как и вчера, взгромоздился на трон рядом с Владыкой. Внимающее ему общество выглядело отнюдь не испуганно, а недовольно и, как показалось наблюдателям, немного злорадно. Звери, нервно дергая хвостами, переговаривались между собой, не заботясь понижать голос.

— В Леополе объявляется чрезвычайное положение! — буйствовал благодетель. — Единственный оставшийся доступным источник пропитания — это дань, приносимая гепардами Владыке и его семье. Надеюсь, Владыка не откажется поделиться антилопьим мясом с голодными детьми?

Поднялся шум; каждый из родителей доказывал, что его ребенок — самый голодный. Лионелл что-то ответил, но так тихо, что друзья не услышали.

— Ягуары и барсы отправятся на охоту в горы, — приказал Тигруэн. — Леопарды — в степь. Только чур! — добычу приносить в город! За незаконным поеданием дичи последует жестокое наказание!

— А кто будет делить добычу? — осмелился спросить кто-то из придворных.

— Безусловно, я, как зверь безупречной репутации и кристальной честности, — скромно ответил тигр. — Возражения есть?

Возражений благоразумно не оказалось.

— Если кто-нибудь имеет подозрения по поводу личности убийцы — или убийц, — внезапно медовым голосом пропел Тигруэн, — то, сообщив об этом мне, он получит награду гораздо большую, чем может себе представить. Ибо это неслыханное преступление! Да где же мы найдем другого такого козла?

Погомонив еще немного, собрание разошлось. Звери разбились на группы и принялись что-то обсуждать вполголоса.

Друзья стали думать, как им приманить Мисмис. О том, чтобы открыто звать ее, не могло быть и речи. Нужно было как-то привлечь внимание красотки.

Коты попробовали царапать камень — получилось очень тихо. Во всяком случае, услышать этот звук из пещеры можно было бы только в полной тишине.

— Слушай, а ты по-мышиному пищать умеешь? — спросил Басси.

— Языку меня никто не учил, — хмыкнув, ответил Брысс. — Добровольцев не нашлось. Но манок изобразить сумею.

Никогда под сводами пещеры, полной крупных хищников, не выводила серенаду столь голосистая мышь. Хорошо, что последние новости занимали зверей больше, чем окружающие звуки. Иначе блюстители порядка быстро смекнули бы, что мышь эта несколько крупновата.

Старался Брысс не зря. Внезапно что-то заслонило просвет, и перед восхищенными котами предстала белоснежная владычица их грез.

— Ай! Разбойники! — вскрикнула она, увидев две черные фигуры, и приготовилась удирать.

Но не так-то просто было опередить Брысса! Загородив проход, он изобразил самую нежную улыбку и промурлыкал:

— Несравненная Мисмис! Не пугайся. Слух о твоей красоте разнесся так далеко, что я, чужеземец, пересек бурную реку, полную крокодилов, и степь, кишащую жестокими хищниками, лишь для того, чтобы взглянуть на тебя!

Розовый носик пренебрежительно сморщился.

— Вижу, что чужеземец! — фыркнув, сказала Мисмис. — Порядочные коты черными не бывают. А это еще что за пугало?

— Это мой друг, — покровительственно ответил Брысс. — Враги разыскивают его. Пришлось прибегнуть к маскировке...

— Я — Басси, — откашлявшись, смущенно произнесло пугало. — Хотя, наверное, меня трудно узнать.

— Басси? — синие глазки округлились от удивления. — Тот самый? Я рада, что ты не погиб. Но зачем ты вернулся? Ведь это опасно.

«Чтобы увидеть тебя», хотел ответить Басси, но не мог — из-за Брысса.

— Я вернулся, чтобы отомстить Лионеллу, — сказал он.

Лед растаял. Улыбка расцвела на очаровательной мордочке.

— Отомстить Лионеллу? Превосходно. Терпеть не могу старого зануду!

— Но, насколько мне известно, этот зануда обожает тебя, — чуть недоуменно вставил Брысс.

— Ну и что? — Мисмис слегка пожала плечами. — Меня все обожают. Так и мне всех любить, что ли?

Друзья откровенно робели в ее присутствии. Столь восхитительному существу невозможно было перечить или отказывать в чем-то. Она родилась, чтобы повелевать.

— Идемте, — решительно сказала киска. — Стоя в узком проходе, о важных вещах говорить нельзя.

Она протиснулась в узкую щель в стене прохода. Друзья последовали за ней и вскоре оказались в уютной маленькой пещерке. Сквозь отверстие в потолке пробивался красный отсвет костра.

Все уселись, и Мисмис потребовала, чтобы Басси рассказал ей о перевороте. Оказавшись не у дел, Брысс целиком погрузился в созерцание своего божества. Божество не возражало: оно привыкло к восхищению окружающих.

— Как интересно! — дослушав рассказ, сказала Мисмис. — Значит, Леополь станет Котополем? И править в нем действительно будут кошки?

— Конечно, — вдохновленный ее вниманием, ответил Басси. — Правда, мы еще не решили, оставим ли мы кого-нибудь из мелкокрупных...

— Не надо нам мелкокрупных! — решительно заявила кошка. — Они противные! Особенно рыси — всюду суют нос!

— Это у них работа такая, — подал глас справедливости Брысс. — Должен же кто-то следить за порядком!

Розовый носик сморщился. Синие глазки недовольно взглянули на него. Брысс опомнился: что он наделал! Посмел возразить Совершенству!

— То-есть, я хотел сказать, — поспешно сказал он, — что они, может быть, не так уж и виноваты...

Мисмис фыркнула. Окончательно смешавшись, бедняга замолчал. Кошка наказала его равнодушным взглядом и опять оборотилась к Басси.

— А кто будет Владыкой? — спросила она.

— Владыки у нас не будет, — не очень уверенно ответил тот. — Мы все будем равны, и никто не будет подчиняться никому.

На белой мордочке отразилось недоумение.

— Как это — все равны? А кто же будет поддерживать огонь?

— Мы все, по очереди... Ну, кроме тебя, конечно.

— Кто будет приносить мне мясо?

— Твой супруг. Тот, кого ты выберешь, — с замиранием сердца ответил Басси.

— О, это надо постараться заслужить! — красотка снисходительно засмеялась и взглянула сначала на Брысса, потом на Басси, давая понять: «Я вас обоих вижу насквозь». — Так и быть, вершите свой переворот. Интересно, что у вас получится. Вы будете навещать меня?

— Конечно! Непременно! — ответили коты с жаром.

Мисмис рассталась с ними вполне благосклонно.

— Уф! Как я устал, — произнес Брысс, когда друзья пустились в обратный путь. — Ох и трудно, оказывается, следить за тем, что говоришь!

— Привыкай, — коротко ответил Басси. Он был изрядно смущен тем, что Белоснежка оказывала ему больше внимания, чем Брыссу. И это несмотря на совершенно недостойный ее взгляда вид!

Но Брысс ничуть не сомневался в своей неотразимости и не собирался ревновать прелестницу к другу. Возбужденно болтая, коты обсуждали свою встречу с Мисмис — и сами не заметили, как достигли большой пещеры.

Всем известно, что успех кружит голову. И осторожность вылетает из нее, словно пчела из тронутого ветром цветка.

— Никого не видно, — сказал Басси.

— И не слышно, — добавил Брысс.

— Идем прямо через пещеру! — решили оба.

Конечно, они знали, что этого делать нельзя! В освещенной пещере, на светло-сером каменном полу спрятаться было негде.

Поэтому рыси, внезапно появившиеся в дальнем конце зала, сразу же заметили нарушителей.

— Бежим! Вперед! — вскричали коты и кинулись наутек.

— Стой! Назад! — возопили стражи порядка и бросились в погоню.

«А я еще защищал их! Рискуя навлечь на себя гнев Мисмис! Работа такая, как же! Гонять ни в чем не повинных котов... Какая низость!» — думал Брысс, оглядываясь на бегу.

Как на крыльях, друзья влетели в галерею и помчались к осыпи.

— Что... делать... будем... спрятаться... негде? — выпаливая по одному слову на выдохе, спросил Басси.

— Драться, — донесся короткий ответ.

Погоня чуть-чуть отстала — очевидно, прежде чем свернуть в коридор, преследователи дождались подкрепления. Но, стоило котам достичь осыпи и остановиться, тяжело дыша, как они услыхали приближающийся топот — точнее, хруст гальки под бегущими ногами. Они быстро огляделись в поисках укрытия.

И тут...

— Так я и знала! Погоня? Какие же вы болваны! — раздался сердитый голос, и с карниза к ним спрыгнула Миола.

— Рыси? Видели вас, или идут по следу? — прислушавшись, быстро спросила она. Получив ответ, задумалась на один миг, потом скомандовала:

— Брысс! Видишь вот ту маленькую площадку, наверху? Мигом туда! Сиди там и хнычь пожалобнее: мол, боюсь спускаться. Басси останется со мной внизу. Узнать его нельзя, запах тоже другой... Попробуем обмануть погоню. Только бы не старый Линкстон! Его не проведешь.

Брысс открыл было рот, но Миола ожгла его таким взглядом, что рот закрылся, не издав ни звука, а лапы сами собой вознесли хозяина на крохотный уступ высоко над осыпью.

И тут Миола принялась лупить Басси, громко браня его последними словами. Брысс отметил про себя, что по части ругани она, пожалуй, посрамила бы любого шакала — сказывалась Баррова выучка.

Топот приблизился, и на площадку выскочили четыре рыси.

Миола бросила на них тревожный взгляд — и возликовала в душе: все четверо были чуть постарше их самих. И она начала игру.

— Звери добрые! — как ни в чем не бывало, обратилась она к полицейским. — Полюбуйтесь на этих прохвостов! Удрали с работы, отправились шляться по скалам! Месяц назад Каррис их уже без обеда оставлял. А теперь снова!

— Гражданка, — с трудом вставил слово старший из рысей (он изрядно запыхался), — объясните яснее. Вы знаете нарушителей?

— Это мой брат, а вон тот... — мой жених, — сказала Миола. — Зовут их Банш и Бафр, а я — Миэла, дочь Миррулы из Верхней пещеры. Они...

— Они не могут быть жителями Леополя, — сурово сказал старший. — Они черные. В городе котов такой масти нет.

— Черные? Вот умора! Посмотрите-ка на них повнимательнее! Они не черные, они чумазые! Смотреть противно! Это ж надо! Знали бы вы нашу маму, добродетельную, опрятную кошку...

Басси, подыгрывая сестре, почесал задней лапой ухо. Комья грязи полетели в полицейских.

— Черные они, как же! — усердствовала Миола. — Хотела бы я посмотреть на черного кота — в жизни не видала!

Страж порядка попался настырный. Он подошел к Басси и принюхался. Затем лизнул его в лоб, один раз и другой. Проступила серая шерстка с полосками. Нарушитель обиженно зашипел.

— А тот, второй? — спросил рысь, отплевываясь. — Что-то он на грязного не похож. Эй, гражданин! Извольте спуститься вниз.

— Н-н-н-н-н-н-не могу, — клацая зубами, ответил Брысс. — В-в-в-в-вы меня р-р-р-р-разорвете... и с-с-с-с-с-съедите...

Рысь поморщился и хотел что-то сказать, но Миола его опередила:

— И поделом тебе! Таких, как ты, выучить ничему невозможно. Очень даже справедливо. Правильно я говорю? — обратилась она к начальнику.

— Гражданка Миэла, — начиная сердиться, сказал тот, — извольте помолчать, когда я разговариваю не с вами. Гражданин! Я приказываю: немедленно спуститесь вниз!

Тут Брысс вспомнил, как однажды он нашкодил в кладовке и попался. Прятаться было некуда, и он взобрался на потолочную балку, а взбешенная Эна, потрясая веником, пыталась его оттуда согнать. Положение было сходным, значит, и приемы могут быть одинаковы.

Он подобрался, поднял шерсть на спине, прижал уши и дико завыл.

Ему вторило эхо, получилось очень красиво, в два голоса. У рысей округлились глаза, а Миола, вздохнув, сказала:

— Ну, все! Припадок. Это надолго. Во всяком случае, до вечера. Вот с таким болваном я связалась, горемычная!

Брысс прибавил усердия — получилось громче и жалостней.

Один из полицейских не выдержал, спросил старшего:

— А может, ну их? Кошки! Звери маленькие — какой от них вред?

Старший строго посмотрел на него.

— Линкстон говорит, что страшнее кошки зверя нет... И еще он говорит, что наше общество погубят именно кошки. Гражданин... как его? — спросил он Миолу.

— Б...Бангр, — выпалила она, пожурив себя за беспечность: выдумываешь имена — так запоминай их!

— Постой-постой, — вмешался третий страж, — я точно помню: одно имечко было с шипеньем, другое — с фырканьем. А тут — с рычаньем!

— Все так и было, — сердито ответила Миола, — просто тогда я шипела и фыркала от раздражения, а сейчас я его сама разорвать готова, вот оттого и рычу!

Брысс старался вовсю. Он выводил такие рулады, что Басси диву давался: и как это все мелкокрупные еще не сбежались на место завывания?

Бедные рыси слегка очумели. Они попытались влезть за нарушителем по скале, но уступы были слишком малы. Один из полицейских упал и больно ушибся.

— Да вы попусту не беспокойтесь, — заботливо сказала Миола, вылизывая уши Басси. — Еще часок-другой — и он угомонится. Тогда и спустится. Уж мне ли не знать!

Наконец, рыси не выдержали. Старший из них, посмотрев на солиста, потряс головой и обратился к Басси и Миоле:

— Хорошо. Я вас отпускаю — на сей раз. Но имейте в виду: сунетесь сюда еще — мало не покажется!

Провожаемые напутственным воем, стражи удалились.

Глава 5
Басси становится вождем

Неподалеку от входа в Котокомбы, в неглубокой ложбинке, застоялась на удивление прозрачная вода из чахлого источника. За день солнце нагрело ее, и роскошная ванна только и ждала, пока в ней искупается грязный, усталый, натерпевшийся страху кот.

После купания за него принялись друзья. Миола — справа, а Брысс — слева, — вылизывали его шерстку так тщательно, что разъелозили ее на манер травы, прибитой дождем. Зато Басси наконец стал похож на себя и повеселел.

— Да, Миолушка, должен сказать, что, если бы не ты, пришлось бы нам туго, — признался он, когда они улеглись на солнышке отдыхать. — Редко когда мы так пугались!

— Это кто же «мы»? — пренебрежительно фыркнул Брысс. — Что до меня, я бы выпутался и сам.

Миола оставила колкость без внимания — ее занимало другое.

— Надеюсь, вы больше не пойдете в рысий лабиринт? — озабоченно спросила она. — Уж больно не понравилась мне ваша прогулка.

Друзья переглянулись и промолчали: каждый предоставлял другому право соврать первым.

— Так, — снова начала сердиться Миола, — значит, пойдете, причем без меня. Только имейте в виду: рыси шутить не любят. Если что пообещали — сделают. К тому же теперь им знаком ваш запах. Ну что, что вам там нужно?

Мысли ее всецело были заняты переворотом; поэтому столь ничтожный повод, как любовь, даже не попытался проникнуть в умную серую головку. Решив, что коты готовят какую-то пакость Лионеллу, и зная, что с ней они делиться умыслом не собираются, Миола вздохнула и не стала больше приставать с расспросами.

Отдохнув, компания подкрепилась мышатиной и вернулась в Котокомбы. Теперь их путь лежал наверх, к заветному окошку в Верхнюю пещеру.

Брыссу очень понравился вид сверху, особенно Каррисова макушка, соблазнительно торчавшая прямо под окном. Вертя головой во все стороны, он засыпал друзей вопросами. Правда, отвечала ему одна Миола. Что касается Басси, то он пристально вглядывался в кошачий круговорот внизу.

— Не нравится мне их настроение, — сказал он наконец. — Здесь пахнет бунтом. Рано, рано!

Тут уже Брысс и Миола пригляделись внимательнее — и поняли, что Басси прав.

Коты и кошки в пещере работали, как всегда, однако недовольство ощутимо висело в воздухе, точно утренний туман над рекой. Перешептывание, косые взгляды, угрюмо сдвинутые брови, а главное — нарочито медленные движения говорили о том, что назревает что-то серьезное.

— Миола, а кто живет сейчас в нашей пещерке? — спросил Басси, оторвавшись от созерцания.

— Никто не живет, — ответила сестренка. — После вашего с мамой бегства все кошачье население города потихоньку договорилось, что наше окошко будет служить выходом на случай какой-нибудь беды. Крупные, конечно, догадываются о его существовании, но пока еще не обнаружили.

— Идем, — решительно сказал Басси. — Дело к вечеру, сейчас кончится рабочий день. Мне надо повидаться с Мионой и еще кое с кем.

Брыссу затея не понравилась — приключениями тут не пахло. Тогда Миола пообещала ему следом показать дорогу в тигриный тайник, и он согласился их сопровождать.

Оказавшись в родной пещерке, Басси чуть не прослезился. Он обошел все углы, напился из родника, обтер боками все стены... И вдруг заметил, что Брысс с Миолой напряженно вслушиваются во что-то, лежа у выхода и высунув носы наружу.

Он присоединился к ним — и увидел, что все городские коты и кошки, кто стоя, кто сидя, оборотясь в их сторону (тут Басси вспомнил, что карниз надсмотрщика находится прямо над их головами), слушали Карриса. В их глазах читалось возмущение.

— Повторяю: мяса не будет только сегодня! — раздался знакомый до мурашек голос. — Завтра вы получите двойную порцию!

— Почему не будет мяса? — гудела толпа.

— Происки врагов! — уверенно соврал наглец. — Наш город с его хорошо устроенным обществом давно хотят погубить завистники! Многократно пытались они совершить какую-либо диверсию, чтобы подорвать устои...

Его слова потонули в гуле негодования.

— Почему не сказали раньше? — кричали коты и кошки. — За что мы работали сегодня? Чем мы накормим детей?

— Постыдитесь! — воззвал Каррис несколько дрогнувшим голосом. — Где ваша сознательность? Враги нанесли удар могуществу Леополя, а вы, вместо того, чтобы явить сплоченность и готовность дать отпор гнусным проискам, сами наносите удар — изнутри общества!

— Мы не будем работать без мяса! — орало общество. — Или отпустите нас добывать пропитание на скалах!

— А вот этого и добиваются наши враги! — раздался еще более уверенный и наглый голос, и перед собранием предстал верховный надсмотрщик, Леурт. — Посеять крамольные мысли в головах законопослушных граждан — их коварная цель! Вполне безобидным с первого взгляда предлогом — добыть пропитание детям — могут воспользоваться некоторые несознательные коты и кошки! Что будет, если из лучшего на свете города с таким мудрым укладом жизни кто-то убежит? Да худшего позора представить невозможно! Какое пятно на белоснежной шкуре нашего общества!

Внезапно Басси увидел, что Брысс открывает рот и набирает побольше воздуха, явно собираясь что-то громко сказать. В мгновение ока он подскочил и впился зубами в черный хвост.

Вопль ярости слился с другими криками снаружи — и остался незамеченным врагами.

— Ты что? Спятил? — отскочив внутрь пещерки, обрушился Брысс на обидчика. — Ну у вас и семейка — что сестричка, что братик! Все норовят что-нибудь оттяпать...

— Еще раз откроешь рот — оттяпаю что-нибудь на самом деле, — сердито ответил Басси. — Молчи! И не мешай слушать!

Собрание уже перебушевало. Угрюмо слушали законопослушные граждане упреки в несознательности. Напоследок Леурт поклялся собственным хвостом, что, поголодав сегодня, завтра общество будет вознаграждено за терпение вдвойне.

— У леопардов, наверное, хвосты отрастают, как у ящериц, — сказал Брысс. — Это ж надо — так вдохновенно врать!

— Можно подумать, это не он собственнозубно загрыз Бодуэна! — прибавила Миола. — На что они рассчитывают, давая обещания? Ведь это глупо! Они же знают, что завтра ничего не изменится!

— Негодяи и не рассчитывают ни на что! — задумчиво сказал Басси. — Завтра они просто сюда не явятся, предоставив кому-нибудь другому давать новые обещания...

Рабочий народ тем временем расходился по домам. Леурт с Каррисом шептались о чем-то с очень озабоченным видом.

— Миола, — решительно сказал Басси. — Сейчас надсмотрщикам не до бдительности. Можешь ты потихоньку привести сюда Миону и Миррену?

Брыссу было скучно. Он бесцельно послонялся по пещерке, попрактиковался в прыжках на окно и обратно, побродил по скалам, поймал и съел жирную мышь. Потом вернулся.

Он немного оживился, когда вместе с невзрачного вида пожилой кошкой в пещерку явилась молоденькая красавица, очень похожая на Миолу, но более упитанная и ухоженная.

Басси представил Брысса обеим кошкам. Затем отозвал Миррену и повел с ней тихий разговор, а другу предоставил развлекать девиц.

Миона бесстрастно оглядела черную шкурку Брысса, открыла рот, но тут же закрыла его. В радужно-изумрудных глазках не отразилось ровным счетом ничего.

— Весело у вас тут было! Мы все слышали, — не зная, с чего начать, сказал кавалер.

— Да, весело... — обиженно надув губки, ответила киска. — Работали, работали... А кушать хочется, знаете, как?

— Нет беды исправимее! — засмеялся Брысс. — Один прыжок — и мы на скалах! Там столько мышей и птиц, что сами в рот лезут!

Зеленые глазки на аккуратной мордочке испуганно захлопали.

— Как — наверх? Туда же нельзя! — быстро оглянувшись, свистящим шепотом сказала Миона. — Знаете, что будет, если Каррис узнает? Ой, страшно сказать...

— Да, просто ужас что будет, — вмешалась Миола. — Поэтому посиди-ка здесь, сестрица, а мы тебе принесем поесть.

Одним прыжком она взлетела наверх и заявила последовавшему за ней Брыссу:

— Только попробуй сказать гадость про мою сестру! Ухо разорву!

Брысс уже все понял, но ему захотелось подразнить Миолу.

— Что ты! Как я могу говорить гадости о такой красотке? — сдерживая смех, ответил он.

— Лицемер! А голос-то какой брехливый! — опять вспылила кошка. — Ты ничего не понимаешь! Она милая, добрая и очень любит нас с Баськой! Да, можно сказать, она немного не отличается смелостью и... и умом, ну и что?

— Ладно, ладно, я не спорю, — миролюбиво сказал Брысс. — Давай охотиться.

Тем временем маленькая пещерка стала наполняться котами и кошками. По поручению Басси Миррена разослала гонцов за наиболее уважаемыми представителями кошачьего племени, и те явились на сходку.

Басси выглядел очень важно. Полгода — малый срок, и все в городе помнили его, Миуру и их историю. Безусловно, что бы ни говорил Каррис, никто не считал Басси преступником. Мало того: безрассудная дерзость сделала его героем в глазах соплеменников. Поэтому даже старые коты и кошки здоровались с ним почтительно, а молодые и вовсе робели.

Брысс и Миола вернулись в пещерку, притащив голубя и большую мышь. Миона примостилась обедать возле родничка, а охотники присоединились к собравшимся.

— Братья и сестры! — напыжившись, вещал новоявленный вождь. — Вижу, что я явился вовремя! Мало того, что вам сегодня отказались платить за работу — вас еще и подло обманули! Ибо так называемые происки врагов — всего лишь дележ власти между крупными кошачьими!

Братья и сестры заурчали, закивали головами. В полутемной пещерке посверкивали глаза, топорщились усы. Хвосты согласно подергивались.

— Настало время, — продолжал Басси, — восстановить справедливость, попранную властью крупнокошачьих много лет назад! Ибо кошки жили в Нижней пещере задолго до того, как там появились наглые захватчики...

— Ой, — потихоньку сказал Брысс Миоле. — Что-то меня от собраний мутит. Пойду прогуляюсь.

— Я с тобой! — прошептала кошка. — Только скажу Мионе, что мы уходим.

Наверху сиял чудесный закат. Высоко в небе перистые облака переливались текучими оттенками перламутра, от серо-зеленого на востоке до желто-кораллового на западе. Степь, лес, река пестрели цветами немыслимой красоты. К вечеру ветер стих, и наступила тишина, полная величественного умиротворения.

Миола и Брысс замерли, затаив дыхание. Казалось, стоит им заговорить — и вся эта красота исчезнет, улетит, как прекрасная бабочка, спугнутая тяжелыми шагами.

Так они сидели, пока солнце, скользнув за скалы, не потянуло за собой шлейф — сотканную из лучей паутину, — и цвета не стали блекнуть, как звезды поутру.

— Я иногда удивляюсь, — очнувшись, сказала Миола, — зачем в жизни столько суеты? Неужели нельзя жить, просто глядя на красоту и радуясь ей?

— Как сказать, — приходя в себя, ответил Брысс. — Мне бы этого было мало. Думаю, тебе тоже. Только глядеть, и все? Скучно.

Они помолчали еще. Затем Миола спросила:

— А где твой дом — ну, тот, человеческий, в котором ты вырос?

Польщенный ее интересом, Брысс с удовольствием стал объяснять:

— Вон там, на излучине реки, на той стороне, мысок с высоким деревом — видишь? От него идти в глубь леса, сначала влево, в обход зарослей кустарника, а потом вправо, по тропе...

Внезапно он замер, споткнувшись на полуслове. Ибо там, куда он и Миола пристально глядели, в темной, уже совсем непроглядной густоте листвы, зажегся и замигал крохотный огонек. Был он не ярче светлячка в ветвях большого дерева, но излучал такое пронзительное тепло, что Брыссу внезапно стало жарко. Сердце отчаянно заныло.

Миола вздохнула и сказала:

— Как там, наверное, хорошо! Никаких шпионов, никаких переворотов. Все друг друга любят. Наверное, можно спокойно спать и не подскакивать от малейшего шороха... Так ведь?

Брысс криво улыбнулся и кивнул. На душе у него скребли ему подобные.

Миола хотела еще что-то сказать, но ей помешали.

Как лавина камней в спокойную заводь, врезался в ночную тишину гомон десятков котов и кошек, один за другим выбиравшихся из окошка. Толпа быстро расходилась по сторонам, а на их место прибывали новые.

— Вот вы где! — раздался возглас, и Басси подошел к сестре и другу. — А почему вы не остались послушать меня? Какое было собрание! Даже сомневающиеся примкнули...

— Ты что, решил устроить массовый побег из города? — бесцеремонно прервав его, спросил Брысс.

— Да нет же! — ответил вождь. — Они пошли охотиться.

— Хороши охотники, нечего сказать! — воскликнула Миола. — Эдакий шум даже в степи услыхать можно! Дичь распугают, а стражу привлекут...

— Но ведь им надо кормить детей! — напыщенно сказал Басси. — Если власти города вероломно оставляют своих граждан...

— Очнись! — перебил его Брысс. — Примкнувшие разошлись, а ты все свои речи произносишь.

— Надо кормить детей? Мыши водятся и в Верхней пещере! — наседала Миола. — Правда, их там меньше и они осторожнее, но все же поймать можно!

— Завтра тут будет Линкстон со своими сыщиками, — пророчески изрек Брысс.

— Ну, ладно, ладно, убедили! — понемногу остужая пыл, ответил Басси. — Я распоряжусь, чтобы впредь на скалы ходили по очереди и не шумели. Что касается завтра... — тут он посмотрел на Брысса, прищурившись, — что ты скажешь об опасном приключении?

Брысс навострил уши. Миола нахмурилась.

— Восстание затевать рано, — сказал Басси. — Надо подготовить почву. Пока что голод нам некстати. Так вот, я подумал, что... у нас есть возможность прекратить голод и одновременно заручиться поддержкой сильного союзника, больше нас заинтересованного в перевороте!

— Кого? — в один голос спросили завороженные слушатели.

— Козлов! — выпалил Басси торжествующе. — То-есть, всех рогатых, жителей Рогвиля. Что, если предложить Тигруэну нового переводчика вместо съеденного Бодуэна?

— Ты с ума сошел! — вскричала Миола. — Брысс, не смей соглашаться! Это не опасность — это самоубийство! Да будь ты даже не черной масти...

— А я тебе ручаюсь, что Тигруэн ему колыбельную мурлыкать будет и мышей для него ловить, а про черную масть и не заикнется, — весело сказал Басси. — Спорим?

— Как ты можешь подвергать лучшего друга такой опасности? — продолжала возмущаться Миола. — Неужели все перевороты на свете стоят жизни одного из тех, кого ты любишь?

— Угомонись, Миола, — отозвался Брысс. — Знаешь, Пуссик, а ты делаешь успехи. Кто бы мог подумать! Я и забыл, что говорю по-козлиному.

Глава 6
Трудности перевода

День третий.

Утро в горах начинается не с востока, как на равнине, а сверху, с покрытых снегом вершин. Стоит встающему солнцу коснуться белого купола лучом — и вздымается фонтан света, и рассыпаются сияющие брызги вокруг, по всем уголкам ущелий и пропастей. Шипя и огрызаясь от досады, уползает в пещеры туман, а на его место выпархивает ветерок. Вечный непоседа, он поеживается от сырости, спешит согреться — и для того разгоняется, кувыркаясь, ероша кусты и катаясь на ветках деревьев.

Нигде и никогда на свете не найти такого глубокого синего неба, как в горах утром. Нигде и никогда не бывает так безмятежно на душе. И так хочется забыть обо всяком зле...

Но попробуй-ка забыть о зле, когда оно окружает тебя тесным кольцом! Топает вокруг тяжелыми широкими лапами, и золотой утренний свет скользит по рыжим в черную полоску спинам. Да еще если ты сидишь на шее у самого злющего изо всей злобной когорты.

Впрочем, Брысс не трусил и не собирался поддаваться унынию. Изо всех опасных приключений, выпавших на его долю, это было самым многообещающим.

Ибо он понятия не имел, что станет делать. «Посмотришь по обстановке», — сказал свое напутственное слово вождь. — «Мне нужно только одно: прекратить голод в городе. А уж как ты этого добьешься — дело твое».

Басси оказался прав: накануне вечером Тигруэн так обрадовался возможности объясниться с рогатыми, что и ухом не повел, увидав черную шкурку Брысса.

На переговоры с главным советником ходили целой гурьбой: Барр с двумя соратниками, Миола, сам Брысс и даже Басси — державшийся, впрочем, в тени. Логово Тигруэна было хорошо знакомо нашим героям — с подслушивания его разговоров и начались все приключения. Очень кстати там можно было разговаривать через щель в стене, не заходя в гости к тиграм — поди угадай, что взбредет в полосатую голову под горячую лапу!

Ущелье тянулось на добрый час тигриной ходьбы, слегка изгибаясь в сторону Кошачьих ушей. Почти отвесные стены то сходились так, что вдоль реки оставалась лишь узенькая тропка, то расступались. Кое-где склоны были покаты, так что взобраться на них не представляло никакого труда даже для животного, с горами не знакомого.

Всю дорогу Брысс отчаянно боролся с искушением тяпнуть Его Сиятельство за ухо. Лишь сознание того, что в случае удачи на переговорах он напакостит тиграм гораздо больше, удерживало его лапу.

— Слышь, ты, переводчик! — рыкнул внезапно Тигруан, младший брат Тигруэна. — Смотри, не вздумай разговаривать с козлами вежливо, а то все испортишь!

— Почему? — простодушно осведомился Брысс.

— Потому, что рогатые должны знать, кто их хозяин. Бодуэн им что-то ласково блеял — хитростью брал. Но козел козлу — брат, хоть и на заклание ведет. Мы же им чужие, и тут надо построже!

— Ну, рычать я не умею, — усмехаясь про себя, ответил Брысс. — Но важности напустить постараюсь.

— Переводить будешь точь-в-точь, как я говорю, — покосившись через плечо, грозно произнес Тигруэн, — и не смей изображать удивление! С рогатыми приходится иногда... дипломатничать.

— Да мне вообще все равно, что вы собираетесь вр... говорить! — невинным тоном ответил кот. «Чуть не сказал «врать», — подумал он, — надо быть поосторожней».

Процессия не миновала еще последнего поворота перед Рогвилем, когда в воздухе раздалось оглушительное блеяние. Козел-часовой заметил тигров и поднял тревогу. Ему вторили десятки голосов, тонких и низких, от нежного «Ме-е-е» до грубого «Му-у-у».

Под эту музыку делегация вошла в город.

Брысс ахнул от восхищения. Город Рогвиль располагался в прекраснейшей горной долине, будто созданной для счастливой жизни травоядных.

Обширная круглая поляна, поросшая изумрудной травой, со всех сторон окаймлялась отвесными скалами. Превосходно защищенная от ветра, долина предоставляла своим обитателям еще и роскошное жилище: широкий карниз тянулся вдоль трех стен, обступивших поляну, козырьком нависая над землей — так низко, что, имея длинные ноги, на него можно было вспрыгнуть, и в то же время достаточно высоко, чтобы служить входом в сухой, довольно глубокий грот. Кое-где разросшиеся кустарники добавляли уюта, заслоняя жилище от ветра.

Кошкин хвост брал свой исток на этой поляне. Несколько родников образовали озеро, откуда и вытекала веселая речка.

Вход в долину представлял собой узкую щель в отвесной скальной стене. Справа от входа к стене примыкало озеро, а слева неприступная круча тянулась до поворота, где начинался карниз.

Появление тигриной делегации застало рогвильцев за завтраком — и теперь, очевидно, по требованию этикета, все копытное общество дружно удирало по домам, ныряя в грот где придется.

Минуту спустя на поляне остались только четверо. Ступая важно и неспешно, непрерывно двигая челюстями, верховное общество приблизилось к парламентерам.

О, это была достойная компания! Возглавлял ее старый, седой козел с хитрющей физиономией. Прищуренные глазки шныряли вокруг, ни на миг не останавливаясь — даже когда старец слушал кого-то или отвечал, он все равно вращал глазами, как охотник — пращой. Нижняя челюсть у него тоже все время двигалась, пережевывая жвачку. Жиденькая бороденка моталась из стороны в сторону.

Всем известно, что суетливые движения действуют на кошек гипнотически. Брысс с трудом заставил себя оторвать взгляд от пляшущей морды.

Рядом с козлом возвышалась фигура, способная глядеть на тигра свысока. Гора мышц, увенчанная роскошными рогами вразлет, повидимому, не отличалась особым умом и в состав правительства входила лишь в силу весовой категории. Представительности великану хватало.

Кудлатая овца с оттопыренной от важности губой смотрела на тигров с презрением: еще бы — из-под буйволова брюха! Маленькие глазки пристально оглядели всех — и баранесса со скучающим видом отвернулась.

Взлянув на последнего, кот поежился. Сутулый лохматый бык не уступал буйволу ростом, к тому же явно превосходил умом, да и злобностью тоже. Налитые кровью глазки пронзали ненавистью всех и вся, что попадало в поле зрения (не исключая и сородичей). Торчащие вперед короткие рога, казалось, дрожали от нетерпения кого-нибудь боднуть.

«Ох, и рожи! — подумалось Брыссу. — Пройдоха, дурак, ханжа и чудовище! К кому же обращаться? Где ж союзники-то?»

Хитромудрый Блейль ждал. Тот, кто начинает переговоры, невольно оказывается в невыгодном положении. Убив Бодуэна, кошачье племя провинилось. Договор оказался нарушенным, и рогатые вправе были ждать изменения оного в свою пользу.

В другое время Тигруэн нипочем бы не позволил подобного унижения собственной персоны. Но сейчас на карте оказалась не только сытая, беззаботная жизнь, но и престол, который — в этом негодяй ничуть не сомневался — уже принадлежал ему. Поэтому он приосанился и изрек:

— Приветствую Верховный совет Рогвиля! Блейль, Бузлан, Беелинда, Бизуброн, да будут крепки ваши лбы! Да будет всегда сочной трава на вашем пастбище!

Брысс не заставил себя долго ждать с переводом. О, как великолепно прозвучало приветствие на козлином наречии! Как округлились четыре пары глаз, как застыли вечно жующие челюсти, как широко открылись привычно сжатые рты! Пошарив глазами, рогатые заметили наконец маленькую черную фигурку на загривке у громадного тигра — и воззрились на кота, тщетно пытаясь не выглядеть слишком глупо.

— Обстоятельства таковы, — продолжал Тигруэн, скрывая торжествующую усмешку, — что мы вынуждены обращаться к вам через нового переводчика, который, однако, не уступает в своем умении дезертировавшему Бодуэну.

Слова «дезертировавший» в козлином языке Брысс не знал. Впрочем, он был уверен, что слушавшие его не знали тоже. Поэтому он, не моргнув глазом, изобрел новое слово, ладно звучавшее по-козлиному — и оказался на высоте: не вдаваясь в лингвистические тонкости, Верховный совет все понял.

Торопясь использовать преимущество, подаренное ему Брыссом, Тигруэн продолжал:

— Мы пребываем в полнейшем неведении касаемо того, почему Бодуэн отказался служить посредником между нашими народами.

Опять незадача! «Посредников» в Брыссовых разговорах с баранами не встречалось. Чуть споткнувшись, кот перевел это слово как «международник». Рогатые и это поняли.

Старый козел наконец очнулся.

— Вы хотите сказать, — взблеял он, вращая глазами, — что не вы сами убили и съели Бодуэна?

Если бы в зверином царстве имелось понятие о театре, Тигруэн по праву занял бы место великого актера. Изумление, отчаяние, невыразимая скорбь срочно отразились на его наглой полосатой морде. Отступив на шаг и запрокинув голову — так, что чуть не сбросил драгоценного переводчика, — лицедей возгласил:

— Убили?! Съели?! Вы хотите сказать, что великий Бодуэн умер? Клянусь нашей дружбой, в Леополе об этом никто не знал! Кто же осмелился поднять лапу на достойнейшего козла — труженика, ученого, переводчика, вожатого?

Брысс перевел все слово в слово, правда, не столь артистично.

Услыхав бессовестную ложь, Блейль окончательно пришел в себя: почувствовал родную стихию.

— Немалоуважаемый Тигруэн! Рога и копыта, найденные неподалеку от хорошо известного вам места, были опознаны и оплаканы нами еще вчера. Кто, кроме крупных кошачьих, способен съесть большого козла, не оставив даже шкуры?

Глаза Тигруэна зажглись, голос задрожал от негодования:

— Даже последнему драному козлу известно, что кошачьи не едят шкур!!! Ах, вы не нашли шкуры? Еще бы: все рога и копыта одинаковы, а шкура — это улика!

Понятно, подумал Брысс, переводя обвинительную речь. Шкура уплыла по реке — стараниями тигров, конечно.

— Безусловно, улика! — в свою очередь взорвался Блейль. — Наличие шкуры могло бы изобличить убийц! Вот почему она исчезла!

— А отсутствие шкуры наталкивает на мысли о подлом заговоре, имеющем целью уничтожить мир и согласие между нашими народами!

Переводя, Брысс постепенно начал сокращать реплики: все равно спорщики друг друга не слушали. В перепалке главное — участие.

Овца Беелинда хмыкнула и опередила верховного козла ответом:

— Да ведь нам этот договор тоже выгоден! С его помощью мы держим весь город в повиновении! Зачем же нам его уничтожать? Что-то тут не так!

— Как же, стали бы мы отказываться от возможности так легко избавляться от вольнодумцев и своих недругов! — раздувая ноздри, прохрипел Бизуброн.

Бузлан подвигал бровями и что-то невнятно промычал.

— Вот мои советники и объяснили вам все, что я собирался сказать, — возгласил Блейль, — любой заговор составляется для того, чтобы добиться чего-то получше. А нас устраивает все, как есть... Устраивало, я хотел сказать, пока был жив Бодуэн.

Ни один из рогатых и не подумал остановиться и дать Брыссу возможность перевести свою речь. Поэтому, когда они наконец замолчали, кот ограничился одной фразой:

— Никакого заговора нет.

— Что, и все? — подозрительно покосился на толмача Тигруэн. — Вон они сколько шамкали, а ты переводишь три слова!

— Я не виноват, что они столько раз повторяют одно и то же! И вообще — козлиный язык намного менее выразителен, чем кошачий — стало быть, слов они произносят больше.

— Ладно. Переводи: я возьму на себя смелость утверждать, что Бодуэн вовсе не погиб. Он наверняка скрывается здесь, в этом гроте! Это — часть вашего подлого замысла! Вы рассчитывали, что, лишившись переводчика, мы оставим Рогвиль в покое? А вину за якобы совершенное убийство можно свалить на нас и потому расторгнуть договор? Не выйдет! Я вас вижу насквозь! Вам давно уже хотелось уклониться от исполнения союзнического долга!

Пока он говорил, Брысс следил взглядом за порхавшей вокруг птичкой и думал, что неплохо было бы закусить. Наступившая пауза заставила его очнуться.

— Заговор есть! — перевел он бесстрастно.

Тут уж на него ополчились с обеих сторон.

— Как насчет выразительности? — взревел Тигруэн. — Где же лишние слова при переводе на козлячий?

— Толмача на рога! — заверещала овца.

— Саботажник! — поддал жару бизон.

— Можно, я откушу ему хвост? — спросил у брата Тигруан.

— Тихо, вы! — раздался сиятельный рык. — Слушай, мелочь черношкурая: или ты переводишь, как следует, или мы тебя съедим. Что скажешь?

— А я и перевожу, как следует, хоть вы мне и не верите, — ответил Брысс тиграм. — Рогатые слушать не умеют. Им нужно говорить кратко и веско. Многословность — признак слабости.

Тигруэн оторопел. Повернув шею и скосив глаза назад, он посмотрел на кота с интересом. Впрочем, характер не позволял ему признать чью-либо правоту, кроме собственной.

— Твое дело — переводить, как есть! И никаких вольностей! Скажи этим ходячим окорокам, что мы собираемся произвести обыск в жилом гроте. Мы будем искать прячущегося там Бодуэна!

«Ах, вот почему они притащились сюда такой огромной компанией — тут, почитай, почти все взрослые тигры Леополя! Проголодались, стало быть», — подумал Брысс и перевел речь дословно.

Удар был рассчитан верно. Блейль тут же понял, что так называемый «обыск» превратится на самом деле в охоту — под предлогом сопротивления властям...

— Не надо обыска, — проблеял он понуро. — Оставим вопрос о том, кто убил Бодуэна. Договор останется в силе.

— Но условия ужесточатся — для вас, конечно! — Тигруэн торжествовал. — Отныне вы будете приводить вдвое больше осужденных.

Услыхав перевод, козел испугался. Быстро оглянувшись через плечо — не слушает ли кто из жителей города, — он вполголоса заговорил:

— Помилуйте! Где же я возьму столько поводов для высылки? Мне и так уже приходилось обвинять подданных в том, что съели мой любимый цветок, или в том, что недостаточно низко поклонились!

Брысс не успел перевести сказанного, как раздался смех. Смеялись в два голоса: овца и бизон, первая — ехидными визгливыми трелями, второй — басом, грубо и развязно.

— Пусть это вас не заботит, Владыка Блейль! — просмеявшись, сказал Бизуброн. — Поводы найдутся. Мы с подругой Беелиндой этим займемся, — и он ухмыльнулся столь гадко, что всех, даже тигров, слегка передернуло.

— Хорошо, будь по-вашему, — ответил рогатый Владыка. — Вдвое больше.

Брысс, не задумываясь, перевел ответ. Казалось, переговоры окончены. Но, как это обычно бывает в жизни, вмешалось великое «И вдруг...»

«И вдруг» предстало в образе крохотного белоснежного козленка, внезапно выбежавшего из-под ближайшего карниза на поляну. Игриво взбрыкнув длинными ножками, он наклонил круглую головку, увенчанную парой смешных рожек, задорно посмотрел на Брысса и тоненько заблеял.

Следом за ним выскочила мама. Молоденькая козочка, сама еще почти дитя, не помня себя от страха, выбежала из-под навеса и, подталкивая свое чадо носом, заставила его вернуться домой.

Всего несколько секунд заняла эта сцена. Но Брысс успел заметить все: полный ужаса взгляд мамы, кровожадную ухмылку на отвратительной роже бизона, многозначительный кивок, которым обменялись они с баранессой.

Неотвратимая правда встала перед нашем героем стеной. «Сегодня вечером их сожрут», — произнес чей-то голос. Брыссу был знаком этот голос: говорила его совесть.

— Вам самим предстоит решить, кто отныне будет приводить стадо, — не обратив внимания на козленка, продолжал Тигруэн.

— Впрочем, мы готовы пойти на уступки и предоставить вам один день отсрочки, — услышал Брысс свой голос, говорящий по-козлиному.

— Вот как? Вы очень добры, — ответил удивленный Блейль.

— Рогатые нижайше просят отсрочки на один день, — переврал Брысс, и голос его предательски дрогнул. — Козел говорит, что за неполный день им стадо не собрать.

Тигруэн нахмурился. День его торжества опять отодвигался. Но, по счастью, он умел ждать, когда требовалось.

— Ладно. Завтра на закате, в условленном месте! — отчеканил он, развернулся и направился к выходу из ущелья.

Кошачье сердце разрывалось на части. Если бы не этот козленок...

Да, Брысс обещал Басси восстановить прерванный договор. Но теперь он решил, что сделает все, дабы этот договор уничтожить вовсе.

И дело было не только в жалости. Брысс внезапно понял, что большую часть покорно ведомого на заклание стада составляли наилучшие из племени рогатых. Неугодные правительству... А судей он видал.

Так уж был устроен Брысс, что долго думать он не мог. Жажда деятельности обуревала его. Благо, повод сыскался сам собой.

Тигруэн во главе полосатого отряда вышел из ущелья и повернул налево, по течению реки. Тут им предстояло пройти мимо сторожевой скалы. На рассвете там стоял ничем не примечательный козел, но теперь...

Изумительной красоты олень горделиво взирал на делегацию сверху. Царской короной возвышались на его голове рога. Взгляд был полон сурового достоинства — и в то же время лишен враждебности. Брыссу вспомнились гепарды.

«Опять благородство, — подумал он обреченно. — Так оно за мной и гоняется!».

Делегация злобно облизывалась, подходя к сторожевой скале. А Брысс изо всех сил пытался измыслить предлог, чтобы заговорить с часовым.

Ибо почувсвовал в нем родную душу. И понял, что он и есть тот самый союзник, которого они с Брыссом так долго и тщетно искали.

Вот Тигруэн приблизился к камню... Поравнялся с ним... Сейчас минует... И тогда все пропало!

В отчаянии черный кот поднял голову и впился взглядом в глаза оленя. И тот понял! Властным окриком он заставил когорту остановиться.

Ничего особенного он не сказал. Собственно, не сказал, а спросил:

— Кажется, вам что-то нужно от меня?

Для Брысса настала пора явить истинные чудеса перевода.

— Часовой просит позволения сообщить вам что-то важное, — как можно беспечнее сказал он.

— Вот как? Хорошо, спроси его, что? — досадуя на заминку, ответил Тигруэн.

— Да, нужно, но только не тиграм, а патриотам, задумавшим переворот в Кошачьем городе, — сказал Брысс часовому.

Олень был умен. Он сразу понял, как рискует переводчик.

— Скажи тигру что-нибудь про Бодуэна, — быстро промолвил рогатый страж. — А сам продолжай, я слушаю.

Вот он, козырь! Наклонившись к уху своего полосатого скакуна, кот тихо мурлыкнул:

— Он говорит, что знает, кто убил Бодуэна.

Глаза Тигруэна загорелись. Договор восстановлен — теперь можно не притворяться, что не веришь в убийство козла.

— Иди, расспроси его, а мне сообщишь потихоньку, — сказал он почти ласково.

Брысса уговаривать не пришлось. В одно мгновение он перепрыгнул с тигриного загривка на скалу и по уступам взобрался на самый верх.

Олень наклонил к нему царственную голову и произнес:

— Кто же эти патриоты? И что за переворот?

— Патриоты — это мы, кошки. Мы хотим свергнуть власть крупных и прогнать их из города! И хотим заручиться вашей поддержкой!

— Но почему ты обращаешься ко мне? Ведь ты только что говорил с правителями!

— Именно потому, что видел и слыхал ваше правительство, я и обращаюсь к тебе! Ваше правительство ничем не лучше нашего! Лгуны и предатели! Знаете ли вы, что Зарожье — это всего лишь выдумка? Его не существует.

— Я об этом догадывался, — задумчиво сказал олень. — Что же тогда происходит...

— ...с осужденными? Их убивают тигры, и утаскивают в Леополь. Ваши правители в сговоре с крупнокошачьими много веков. Вот и подумайте, стоит ли им подчиняться?

— Эй, толмач! — раздался снизу окрик Тигруэна. — Неужели так долго произносится нужное мне имя?

— Все не так просто! — поспешно ответил Брысс. — Имя неизвестно. Есть приметы, описание. Такие подробности! Каждая мелочь имеет значение!

Тигр важно покивал головой: мол, не торопись, выспроси все как следует.

— Какой же помощи ждете вы от нас? — спросил олень.

— Помогите сначала сами себе! Свергните вашего Владыку и его советников! Откажитесь кормить крупнокошачьих! А потом поможете нам справиться с нашими кровопийцами. Как — еще не знаю, мы попозже с тобой свяжемся. Теперь о главном. Завтра на закате новая партия осужденных — вдвое большая, чем обычно! — отправится в Зарожье. Вы должны помешать этому!

— Соратников у меня найдется немного, — вздохнув, сказал олень. — Бизуброн постарался сократить их число. Но честные звери все еще есть в любой семье. Спасибо тебе, друг! Как твое имя?

— Брысс, — ответил кот и оглянулся на Тигруэна. Тот нервничал, от нетерпения дергал хвостом и морщил нос. — Нашего вождя зовут Басси.

— Я — Диаранг, — сказал олень. — мое жилище справа от входа в долину, за прудом, подле единственного дерева во всем Рогвиле. Запомнил?

— Да, — торопливо ответил Брысс. — До встречи, Диаранг!

Глава 7
Басси входит во вкус

Когда делегация вернулась в Леополь, Тигруэн удалился обдумывать план мести леопардам (ибо Брысс сообщил ему приметы Леурта, якобы описанного ему Диарангом), а переводчик поспешил на поиски друзей.

Басси и Миола ждали его в условленном месте — у окошка в Верхнюю пещеру.

Брат и сестра страшно обрадовались Брыссу: оба опасались за его жизнь. Однако, стоило им услышать рассказ о переговорах, Басси ужасно рассердился.

— Ты провалил задание! — закричал он. — Теперь весь переворот пойдет кувырком — из-за того, что тебе стало жаль какого-то козленка! Да ты же сам их столько раз уписывал, и не терзался угрызениями совести!

Почесав за ухом, Брысс спокойно ответил:

— Поедать *что-то* или *кого-то* — совершенно разные вещи. Нельзя съесть того, кто тебе весело улыбался! Знаешь, этот переворот как-то странно действует на твою совесть, а не на мою. Случись подобное еще совсем недавно, ты бы меня понял. А сейчас ты только и думаешь, что выгодно для восстания, а что — нет.

— Ну, так вовсе прекрати есть мясо! Переходи на травку — глядишь, и рожки вырастут... — раздраженно ответил вождь.

— Дурацкая шутка! — взвилась Миола. — Брысс, ты прав! Я тебя понимаю. Одно дело — охота, там все честно: кто быстрей и проворней, тот и победил. А тут — подлость, и если ты хочешь ее поддерживать, так ты сам не лучше Блейля и его советничков!

Басси немного смутился.

— Ладно, ладно, не наседайте, — миролюбиво сказал он. — И сам понимаю. Просто уж очень обидно: теперь придется торопиться, а это значит — все планы насмарку.

— Совсем не насмарку! — сказал Брысс. — Ты ведь не дослушал. В твоем задании было противоречие: и прекратить голод, и найти союзников. Нельзя же поделить весь Рогвиль на союзников и мясо! Тут уж или одно, или другое. Первое мне не удалось, зато второе...

— Ты нашел союзников? — в один голос воскликнули брат и сестра.

— Представьте себе, да! — ответил Брысс. — Я бы уже все вам рассказал, кабы дурень Баська кричать не начал.

Но, стоило ему рассказать про оленя, кричать принялась Миола:

— Как ты посмел выдать леопардов?! Да ведь теперь они будут считать предательницей меня! Никто в городе больше не знал об этом!

— Помилуй! — возмутился Брысс. — Насколько я помню, ты не испытываешь искренней любви к леопардам?

— Нет, конечно! Они такие же подлые, как и тигры! Но... но... но игра должна быть честной!

— А заговор против Бодуэна был честным? — ехидно спросил Басси.

— Бодуэн заслужил свою участь! Хотя, конечно... Ах, не трогайте меня! Как все это гадко! — и Миола, внезапно разрыдавшись, умчалась вниз по коридору.

— Ну вот, и пойми ее: то заговоры, то слезы, — досадливо молвил Басси. — Ума не приложу, что с ней делать?

— Не трогать, — резюмировал Брысс. — Пойдем навестим Мисмис.

На сей раз друзья соблюдали осторожность и добрались до цели без происшествий. Они немного понаблюдали за обстановкой в собрании.

Высшее общество угрюмо слонялось по пещере. Время от времени звери останавливались поговорить, искоса поглядывая на Лионелла. Владыка безмолвствовал.

Тигруэна нигде не было видно, да и других полосатых тоже.

Брысс набрал побольше воздуха и издал душераздирающий писк. Условный клич подействовал — через мгновение Мисмис появилась перед поклонниками.

И — сразу же ошеломила их известием:

— Я ухожу с вами! Не желаю больше сидеть здесь, в этом унынии! Будем вершить переворот вместе!

У котов округлились глаза и широко открылись рты. Красотка нахмурилась: она рассчитывала на бурю восторга.

— Я думала, вы обрадуетесь! — грозно сказала она.

Первым опомнился Брысс.

— Да нет, мы, конечно, очень рады... — запинаясь, произнес он, — вот только страшно... Переворот — штука опасная.

— О, пустяки! — снисходительно засмеялась киска. — Я не из пугливых!

— Погоди, — подал голос Басси, — нам ведь тебя и забрать-то некуда! Мы живем в сыром, грязном лабиринте. И питаемся мышами.

— То мясо, которое подают Владыке уже второй день, наверное, хуже мышей! Тигруэн делает это нарочно, а старый дурак молчит, будто не его унижают! Дает мне выгрызть самое вкусное — хотя и выбирать-то не из чего, — а остальное отдает львятам.

— А сам-то он что ест? — из любопытства спросил Брысс.

— Не знаю! Надоел он мне со своим благородством! Видеть его не могу! Если вы меня не заберете с собой, я убегу в горы!

— Что ты, что ты! — засуетились коты. — Конечно, заберем! Только… может, тебе лучше отсидеться у мамы? Мы тебя потихоньку проводим, ночью, никто не увидит.

— Вот еще! — фыркнула Мисмис. — Я хочу участвовать в перевороте.

Благополучно выбравшись на скалы, друзья устроили привал у входа в Котокомбы и с умилением следили за Мисмис, впервые попавшей на волю.

Бедная затворница чуть не окосела от счастья. Она так озиралась вокруг, что оступилась и покатилась бы вниз, если бы не бдительные кавалеры. Пытаясь надышаться свежим воздухом, она то и дело открывала рот — и, захлебнувшись ветром, начинала смеяться.

— Какое счастье! — пропела она, немного успокоившись и садясь на траву. — Я, конечно, знала, что в лабиринте есть ход наружу, но никогда не отваживалась его искать.

— И правильно делала! — воскликнул Басси. — Тебя бы очень быстро нашли — по следам.

— А теперь? — вдруг встрепенулся Брысс. — Тебя будут искать?

— Не знаю, — фыркнула Мисмис, — может, будут, а может, и нет. В общем Линкстоны еще подчиняются моему зануде, но выполнять поручения не торопятся.

— А почему ты сказала «еще»? — спросил Басси.

— А потому, что другие его скоро вообще замечать перестанут! Даже львицы — и те на него поглядывают с презрением. Городом правит Тигруэн. Не надо об этом! Дайте мне порадоваться!

И красотка опять принялась разглядывать великолепную картину, открывавшуюся со скал. Брысс взялся давать ей ответы на неизбежные вопросы.

Подавив в себе муки ревности, Басси решил наведаться в Верхнюю пещеру.

После собрания накануне вечером коты договорились, что в Миуриной пещерке всегда будет кто-то дежурить: один из стариков, или котенок-подросток посмышленее.

На это и рассчитывал Басси. Но на самом деле застал в пещерке небольшой совет из котов и кошек, а среди них Миррену и своих сестер.

Как выяснилось вскоре, собрала их Миола.

— Бассик! Как кстати! — воскликнула она обрадованно. — А я уж и не знала, где тебя искать.

— Мы одержали первую победу! — сказал один из старших котов, здоровяк по имени Бакур.

— Каррис удрал! Мы спросили его, будет ли сегодня еда. Он поджал свой куцый хвост и сказал, что пойдет спросить Леурта. Это было рано утром — а сейчас дело к вечеру, и его нет до сих пор! — пояснила Миррена.

У Басси гулко забилось сердце. Он не рассчитывал на столь быстрый успех. А в том, что это была победа, сомневаться не приходилось: власти признали свою слабость.

— Вот видите, что значит сплоченная борьба! — возгласил он. — Если бы вы покорно смолчали вчера — сегодня вас заставили бы работать, даже ничего не обещая! Я горжусь вами, дорогие мои соратники!

— Урррра! — в восторге заорали соратники.

— А что же все-таки нам делать? — растерянно спросила Миона, когда шум смолк.

— А вот за тем я и пришел, чтобы рассказать вам, что делать. Слушайте! Первое: вы будете ходить на скалы и охотиться по очереди, соблюдая при том всяческую осторожность. Крупные не должны знать, что у нас есть источник пропитания! Второе: завтра утром нужно послать делегацию к Лионеллу.

— Да ведь нас не станут слушать! — послышалось несколько голосов.

— Это раньше не стали бы! А сейчас положение таково, что станут. Обратиться следует к ягуарам — тем, что сторожат вход в пещеру, — и потребовать разрешения встретиться с Владыкой или его представителем. Запомните, непременно нужно сказать «или его представителем» — это на случай, если Тигруэн не захочет отдать Лионеллу хоть кусочек власти.

— А вдруг разрешат? — спросил кто-то из котов.

— Тогда идти на переговоры! И ничего не бояться: наказывать вас не за что. Все законно. Как вы понимаете, я там появляться не могу, а жаль! Нужно выбрать хорошего оратора — Бакур, по-моему, подойдет...

— Верно, верно! Бакур самый лучший! — раздались голоса.

— Но остальным вовсе не запрещено говорить, если есть что добавить.

— А говорить-то о чем? — вопросили сразу несколько соратников.

— Напомнить Владыке о своих правах! Сказать, что вы всегда честно и верно работали на крупнокошачьих и не требовали себе большего, чем кусок мяса. Напомнить, что вы заперты в пещере и не имеете возможности прокормить себя сами. И поставить вопрос ребром: или власти вас кормят, или отпускают на волю.

Басси остановился, чтобы перевести дух. Общество помолчало, переваривая сказанное.

— Ну, а если нам откажут в переговорах? — спросил Бакур.

— Все равно это принесет пользу! — воскликнул Брысс. — По крайней мере, крупнокошачьи будут знать, что с вами нужно считаться! Не время отсиживаться по пещеркам! Надо действовать! Идите и подготовьтесь к завтрашним переговорам основательно.

Собрание теперь сомкнулось вокруг Бакура, и началось обсуждение подробностей. Басси это уже не касалось, и он подошел к Миоле.

— У меня к тебе просьба, сестренка. Можешь ли ты уговорить Барра приютить еще одну кошку?

— Идем наверх, там и поговорим, — не задумываясь над его словами, ответила Миола. — Я тороплюсь к леопардам за новостями.

Они выпрыгнули в окошко и пошли ко входу в Котокомбы.

Басси снова завел речь о Мисмис.

— Понимаешь, нам нужно спрятать от погони одну бедную киску... Это наша соратница, из повстанцев.

Миола рассеянно кивнула, думая о своем:

— Да-да, конечно, я постараюсь помочь. Хотя с Барром очень трудно договориться — все зависит от его настроения.

Басси хотел добавить еще несколько трогательных подробностей, но не успел: обогнув камень, брат и сестра сразу же увидели две фигуры — черную и белую — чуть повыше себя, на склоне.

Мисмис возлежала на плоском камне, жмурясь от солнца и игриво помахивая хвостом. В нескольких шагах от нее Брысс ощипывал только что пойманную птицу.

Надо сказать, что кошки никогда так не делают: они выедают мясо, как устрицу из ракушки, и все. Но как же поднести неразделанную дичь столь важной персоне? И бедняга старался изо всех сил, пыхтя и отплевываясь от налипающих на морду перьев.

Замерев на месте, Миола присела и прижала ушки. Усики ее встопорщились, глаза зажглись.

— Что здесь делает Мисмис? Ах, это она и есть наша бедная соратница, из повстанцев? — сдерживая ярость, спросила она брата.

— Да, — кротко ответил Басси. — Бедняжка убежала от самого Лионелла!

— Что ты говоришь! Ее держали взаперти, не кормили, заставляли работать день и ночь... Кошмарная участь!

— А что, скажешь, хорошо быть живой игрушкой Владыки? — задетый за живое, Басси начинал злиться. — Ты бы захотела быть на ее месте?

— Нет! Но я бы убежала раньше! — воскликнула Миола так громко, что наверху ее услышали.

И она пошла вперед, продолжая говорить — медленно, чеканя каждое слово, и не сводя глаз с красавицы:

— Я бы никогда не согласилась быть на ее месте! Но я бы убежала оттого, что мне не нравится быть игрушкой, а не потому, что у моего хозяина отняли власть и привилегии.

Мисмис сначала опешила, даже приподнялась на ложе. Но тут же, окинув взглядом дерзкую замухрышку, откинулась назад и снисходительно усмехнулась:

— Как жаль, что тебе не пришлось проявить своей доблести! Почему-то выбрали не тебя, а меня...

Не обращая внимания на старый, как мир, истинно женский прием, Миола горько воскликнула:

— Как ты могла оставить Владыку сейчас?! Сейчас, когда от него отвернулись все, кто еще недавно клялся в верности? Когда ему нужна поддержка, как никогда?

— Басси, — нарочито спокойно обратилась к поклоннику Мисмис, — кто эта сумасбродка?

— Моя сестра, Миола, — холодея от ужаса, ответил кот. А он-то рассчитывал, что девочки подружатся!

— Не думала, что меня так встретят твои родственники, — продолжала киска, — помнится, твоя мама благодарила меня за услугу. Кстати, где она?

Басси не успел ответить на вопрос: Миола внезапно обратила свой гнев на него и на Брысса.

— Так это к ней вы бегали в Нижнюю пещеру? Значит, вот почему вы оба притащились в город! Переворот во имя справедливости, как же! Вот ваша цель, сияет, как солнце — и смотрит на вас, как на слуг! А вы и рады... Только учтите: вам ее все равно не поделить. Она вас сделает врагами! Разбирайтесь с Барром сами. Я в убежище больше не приду!

И, прежде чем слушатели опомнились, смутьянка скрылась в Котокомбах.

— Не позволяйте ей уйти! — вскричала Мисмис. — Она донесет на меня! Сейчас же здесь будут Линкстоны!

— Не донесет, — буркнул Брысс. У него отчего-то испортилось настроение.

— Нет, донесет! — наседала Мисмис. — Ты не знаешь кошек!

— Мне не нужно знать *кошек*, — сказал Брысс. — я знаю *эту кошку*.

— Ну, так беги за ней! — взвилась красотка. — Проси прощения! Утешай!

— Не побегу, — со вздохом сказал Брысс. — Но порочить ее тоже не позволю. Может, хватит ссориться? Вот твой обед, Мисмис. Поешь, и пойдем.

— Я сыта вашим гостеприимством! Можешь съесть эту вонючую птицу сам! Идем, Басси! Показывай дорогу!

Басси виновато взглянул на друга — и понуро, как побитая собака, пошел вперед.

Брысс немного подумал, почесал за ухом. И — тронулся вслед за ними.

Глава 8
Не так страшен лев

Путь к жилищу леопардов занимал много времени. Пока Миола добиралась туда, спустился вечер.

Она остановилась на минутку у развилки — там, где, опережая нападение Брысса, прыгнула на него сама. Злые слезы брызнули из ее глаз. Топнув лапкой, она фыркнула и продолжала путь.

Вот и поворот к пещере... Но почему так тихо? В вечерние часы леопардихи с детьми, вернувшись с прогулки по скалам, собирались вместе и болтали, а отцы семейств выходили в собрание к Лионеллу.

Пролом в стене, как всегда, был подсвечен дальним костром. Миола потихоньку приблизилась и заглянула в жилую пещерку.

Там никого не было.

Теряясь в догадках, кошка посидела немного на месте. Потом, поддавшись неукротимому любопытству, осторожно ступила лапкой на уступ по ту сторону окошка... прислушалась... сделала еще два шага... и очутилась в жилище леопардов.

И тут страх оставил ее. Она поняла, что леопардов здесь нет по какой-то важной причине, которую непременно нужно выяснить.

Крадучись, Миола приблизилась к выходу из грота и выглянула в Нижнюю пещеру.

Подобно Басси за полгода до того, она замерла, увидев костер. Но, в отличие от брата, терять голову не стала. Усилием воли кошка заставила себя отвести взгляд от пляшущего огня и внимательно оглядела огромный зал.

Леопарды жили в дальнем, противоположном от трона Владыки конце пещеры, и стены вокруг их жилища тонули в полумраке, но все же можно было различить многочисленные темные пятна — входы в другие жилища крупнокошачьих — по всей окружности большой пещеры.

«Слева от меня тигриные гроты, — вспомнила Миола, — а справа живут мелкокрупные, по словам Леурсии... Куда же направиться?»

У трона Лионелла толпилось собрание, но вовсе не столь многочисленное, как прежде. Сколько ни напрягала глаза Миола, она не заметила там ни леопардов, ни полосатых узурпаторов.

«Может быть, тигры у себя в жилище? Если так, то там сейчас — военный совет», — подумала она и содрогнулась от непреодолимого желания разведать все тотчас же.

Она знала, насколько это опасно. Но — такова уж женская натура! — в минуты, когда более привлекательная и успешная соперница берет верх в делах любовных, у отвергнутой особы подспудно появляется жажда доказать, что пренебрегли ею очень напрасно. Благодаря этому чувству история знает много женских подвигов...

Конечно, можно было вернуться в родные Котокомбы и пробраться к слуховому окошку в стене Тигруэнова грота, но, во-первых, это заняло бы много времени, а во-вторых, не таков был Тигруэн, чтобы забыть об этом окошке.

Выскользнув из леопардова грота, чуть дыша и ступая тише мыши, Миола двинулась вдоль левой стены.

Вот еще одно логово леопардов... и там тоже пусто. Еще одно... и еще, еще... Но где же обитатели?

Пещерок было так много, что Миола начала терять счет, а заодно и осторожность: к каждому новому гроту она подходила все смелее и смелее.

Внезапно резкий тигриный запах ударил ей в ноздри, и сразу же она услышала приглушенные голоса.

Говорил Тигруэн — его голос Миола узнала сразу. Но слов различить не удавалось, поэтому она поползла вперед.

У стены перед входом в тигровое логово лежала большая ступенчатая глыба. Обходить ее показалось кошке опасным — из темноты кошачий силуэт на фоне костра заметили бы сразу же. Поэтому она, присев и прижимаясь боком к стене, стала взбираться на вершину камня.

Голоса послышались ближе. На сей раз Миоле удалось различить фразу:

— Нет, ягуаров и пум трогать не надо ни в коем случае! Они нам еще пригодятся.

Гомон, поднявшийся после этих слов, позволял определить, что в гроте заговорничали все или почти все взрослые тигры и тигрицы.

Миола внезапно испугалась, подумав, что тайная сходка должна была выставить дозорного. Но, быстро оглядевшись, она убедилась, что тигриная спесь простиралась до беспечности. Собрания никто не охранял.

Поднявшись еще немного, киска вдруг обнаружила подарок для лазутчика: глубокую продольную щель в стене. Скользнув внутрь, она оказалась в низенькой галерее, располагавшейся прямо над пещерой с тиграми. Пол галереи, он же потолок пещеры, изобиловал трещинами и отверстиями.

Миола перевела дух: здесь ее заметить будет невозможно. Выбрав местечко поудобнее, возле пролома в полу, она улеглась и стала наблюдать. Оттуда было не только слышно, но и видно все, что происходило в пещере.

Как и следовало ожидать, собрание заседало не в логове Тигруэна. Пещера, видимо, принадлежала его матери, Тигриссе — судя по тому, что та возлежала на самом высоком и почетном месте.

Один из заговорщиков, перекрывая шум, громко возразил:

— Ягуары — наши соперники! Они преданы Лионеллу! Хотя подчиняться не любят никому. Их даже в собрании редко увидишь. И живут они на отшибе, возле входа в Верхнюю!

— Да, это опасные союзники, — подхватил другой тигр, — того и гляди в загривок вцепятся!

— Но ведь их меньше, чем нас, — сказал Тигруэн. — Нам понадобятся представители для междупородного соглашения! Что ж, одних мелко-крупных оставить? Станут говорить, что их большинство...

— Да не нужны нам никакие соглашения и договоры! Гнать взашей всех соперников! И ягуаров, и пум!

— Пум? — вопросил председатель. — Вы собираетесь прогнать пум? А кто же будет поддерживать огонь?

— Мелко-крупных обучим! Вон, сервалы от лени маются, камышовые бездельничают, оцелоты, кто там еще? Манулы так ожирели, что скоро вообще ходить не смогут!

— Верно! Это только считается, что они у нас в услужении! Изо всех этих бездельников трудится один Каррис!

— Ну, что ж, я об этом подумаю, — миролюбиво ответил Тигруэн. — Теперь, когда мы так легко избавились от леопардов и пантер, настал черед нашего дорогого Владыки!

От предвкушения легкой победы общество замурлыкало. Кое-кто даже засмеялся.

— Думаю, что этого и обсуждать не нужно: завтра вечером, когда мы притащим в город столько мяса, все жители просто потребуют отставки Лионелла! — хохотнул Тигруэн. — А не догадаются — подскажем.

— А если он по-прежнему будет делать вид, что ничего не произошло?

— Тогда мы не будем кормить его семейство! А этого он не допустит, вы же знаете, — резюмировал председатель. — Завтра на промысел отправятся все, кто ходил со мной на переговоры! Чур, не охотиться с утра! Вы мне нужны злыми и голодными.

Собрание еще пошумело и начало расходиться. Миола не боялась, что ее следы обнаружат — у тигров слабый нюх. Она лежала в убежище, дожидаясь возможности вернуться тем же путем, и досадовала, что опоздала услышать самое интересное.

Все, что ей удалось выяснить, было: от леопардов *избавились* тигры. *Легко* избавились, сказал Тигруэн. Вместе с пантерами леопардов было больше, чем тигров — не могли же их всех поубивать? Значит, изгнали? Но как? Пятнистый народ трусливым не назовешь...

Задумавшись, Миола не подумала проверить, все ли тигры покинули пещеру. Когда стало тихо, она пошевелилась и вздохнула.

И тут из пещеры снизу раздался голос:

— Кошка, подслушивавшая нашу беседу! Теперь ты можешь спуститься, тебе ничто не грозит.

От неожиданности Миола чуть не спустилась камнем вниз, но вовремя удержалась и срывающимся голосом ответила:

— У нас говорят: скорее поверь гиене, чем тигру! Ой, простите, я не хотела обидеть...

— Что ж, — донеслось снизу, — в общем, правильно говорят. Хотя и тигры бывают разные.

Миола наконец отважилась выглянуть и в полутьме разглядела старую Тигриссу, возлежавшую на том же месте, что и во время совещания.

Подняв голову и глядя кошке прямо в глаза, тигрица произнесла:

— Впрочем, можешь не спускаться — эта галерея выведет тебя в лабиринт более безопасным путем, чем через логово леопардов. Но сначала дай мне сказать тебе пару слов.

— Вы... с самого начала знали, что я подслушиваю? — смущенно спросила Миола.

— Тебе стыдно? Оставь, — усмехнулась Тигрисса, — нынче все шпионят, время такое. Да, я заметила тебя, как только ты забралась ко мне на чердак.

— А почему же...

— Почему не подняла тревогу? Да потому, что пользы от твоей осведомленности может быть больше, чем вреда. Слушай: в городе появился черный кот. Знаешь ли ты его?

— Да, — с замиранием сердца сказала Миола.

— Знаешь ли ты, откуда он пришел?

— Знаю. Он жил за рекой, у людей.

Тигрисса помолчала, опустив голову. Потом вздохнула и сказала:

— Впрочем, неважно, откуда он... можешь ли ты передать ему предостережение?

— Что? Ему грозит опасность? — вскричала Миола.

Тигрисса внимательно посмотрела на нее и произнесла:

— Насколько могу судить, ты не дашь его в обиду. Это хорошо. Да, ему поклялись отомстить леопарды, которых он выдал. А леопарды шутить не любят.

— Как... откуда..? — чуть не плача, спросила Миола.

— Я расскажу тебе то, чего ты не успела услышать. Тигруэн ходил на переговоры в Рогвиль, и кто-то из копытных сказал ему, что Бодуэна убили леопарды.

«Да, я знаю», — чуть не сказала Миола, но вовремя прикусила язык.

— Переводчиком ему служил черный кот. Так вот, когда Тигруэн вернулся, он пришел ко мне. Метался по пещере, выл от злости. Кричал: «Пятнистые мерзавцы! Поубиваю всех!» А я ему: «Зачем убивать? Не веришь им больше — прогони». Тогда мой сын собрал всех леопардов и говорит: «Что бы вы сделали, если бы я выдал вам предателей, по чьей вине мы голодаем?» Они ну кричать: «Убили бы, на части разорвали бы, съели бы!» А Тигруэн им: «А если не станете убивать, сделаете, что я прикажу?» Ну, они с ходу согласились...

— И он приказал им уйти из города? — догадалась Миола.

— Конечно! Бодуэна убили глава племени Леурт и его брат Леарт. Не расправляться же леопардам со своими вожаками! Пришлось им уйти.

— Но при чем тут Брысс? — в отчаянии воскликнула кошка.

— Так зовут черного кота? Буду знать. А вот при чем. В перепалке Тигруэн забыл сказать леопардам, что кот всего лишь переводил речи рогатых, ну и... получилось, будто Брысс рассказал то, что видел сам.

— Но ведь это же... подлость! — забыв об осторожности, вскричала Миола.

— Ты забываешься, кошка! — надменно произнесла тигрица. — Вполне хватит и того, что я предостерегаю тебя. Мой сын хочет править городом. Не всегда он добивается цели честными путями. Но он будет хорошим правителем.

— Да? А править он будет так же честно и справедливо?

Тигрисса помолчала, потом тихо произнесла:

— Справедливо править нельзя. Всегда кому-то будет хорошо, а кому-то плохо. Иди и передай мои слова своему другу. И вот еще что... скажи ему: пускай сыщет способ со мной увидеться.

— Как, вы еще не все сказали? — удивилась Миола.

— Нет. Мне нужно поговорить с ним. Кое-чего я доверить тебе не могу... Это чужая тайна.

Мисмис дулась недолго: лабиринт так заинтересовал ее, что она забыла о ссоре.

Догадливые кавалеры сначала повели ее на высокий карниз на кряже, откуда открывался вид на Кошачьи уши и Рогвильское ущелье. Наслушавшись восторженных ахов, уставши отвечать на вопросы, они вернулись в Котокомбы и подкрепились мышами.

Мисмис благосклонно приняла и съела двух мышей, почти не морщась, — к несказанному умилению своих ухажеров.

Затем они решили, что пора подумать о ночлеге, и с некоторой опаской отправились к Барру в логово.

Часовой, увидев чужую кошку, хотел было преградить им путь. Но Мисмис применила безотказный прием: она лучезарно улыбнулась — и препятствие исчезло.

Барр принял их сдержанно и на улыбку не ответил. Взгляд, который он бросил на красотку, Брыссу очень не понравился, но ссориться было нельзя. Притворный мир воцарился в пещерке.

— А где Миола? — спросил кошачий атаман. — Мне сказали, она меня днем искала...

— Кажется, пошла к леопардам, — ответил Басси, пряча глаза. — Наверное, придет попозже.

— Хороши друзья! — усмехнулся Барр. — Где развлекаться — там вместе, а где опасно — там пропустим даму вперед?

— Ах, ничего с ней не случится! — нетерпеливо сказала Мисмис. — Пожалуйста, покажите мне мою пещерку! Мне пора отдохнуть!

— Отдельной пещерки для белых у нас нет, — хмыкнул хозяин логова, — придется черным и серым потесниться.

Отправились обследовать пещерку. Мисмис обошла жилище кругом и улеглась на лежанку Миолы.

— Здесь суше всего, к тому же сухая трава постелена, — заявила она, — я буду спать тут.

— Это постель Миолы, — сказал Брысс сдержанно. — Мы сейчас натаскаем такой же травы и устроим тебе местечко в другом углу.

— А мне нравится здесь! — капризно сказала киска. — Вы же слышали, как ваша мегера сказала, что сюда больше не придет — так отчего же мне не занять ее постель?

— Мы не знаем, придет или нет, — извиняющимся тоном сказал Басси, — у Миолы семь пятниц на неделе…

— И она — не мегера, — добавил Брысс сурово.

— Ну, вот придет, тогда и разберемся, кому где спать, — как ни в чем не бывало ответила Мисмис. — Дайте отдохнуть! Я не привыкла столько ходить.

Стараясь ступать как можно тише, лазутчица пробиралась по чердачной галерее. Выход сыскался быстро. Выводил он в один из знакомых коридоров между гиеньим лабиринтом и Котокомбами.

«Брысс сейчас спит, — подумалось Миоле. — Подождет он до утра с предостережением!»

И, вместо того чтобы отправиться в убежище, киска продолжила путь по галерее.

Помимо любопытства, ее подталкивало еще какое-то неосознанное чувство: она будто вспоминала, что собиралась сделать и забыла.

Галерея, постепенно расширяясь и поднимаясь вверх, вела вдоль стены в направлении костра. И повсюду в полу встречались трещины и дыры — на радость шпионам.

Миола прошла над жилищами тигров, затем миновала необитаемый грот, откуда начинался путь в хранилище… Дошла до других пещерок — и по запаху поняла, что там обитают рыси.

Утроив осторожность, она медленно кралась вперед, пока не уперлась носом в стенку. Дальше пути не было. Однако именно здесь Миола нашла то, что искала: большое окно внутрь Нижней пещеры.

Яркими сполохами рвался в отверстие свет костра.

Миола медленно приблизилась к окну и выглянула.

У нее перехватило дыхание. Лучшего наблюдательного пункта представить себе было невозможно.

Слева от нее пылал костер, вокруг него на террасах сидели львицы и играли львята, а прямо перед нею, в шести-семи прыжках от стены, на каменном троне возлежал сам Владыка.

Кошки в Леополе никогда не видели львов. Каждая и каждый из них воображали себе царя зверей по-своему, основываясь на рассказах тех, кто, в свою очередь, никогда не видел, но где-то что-то слышал...

Разглядывая Владыку теперь, Миола решила, что Лионелл даже красивее, чем она его себе представляла.

Но вид его был жалок.

Прекрасный зверь с благородными чертами выглядел изнуренным — болезнью или голодом, — и казался совсем старым. Голова его покоилась на вытянутых лапах, ввалившиеся глаза смотрели в одну точку.

Никого рядом с ним не было. Никто к нему не обращался, никто не подходил и — никто вообще не замечал повелителя. Придворные громко болтали у самого трона, повернувшись к Владыке кто — боком, кто — хвостом, и не думали оглянуться или понизить голос.

Двое львят, гоняясь друг за другом, налетели на отца, как на стенку, оттолкнулись — и поскакали дальше. Лионелл даже не посмотрел в их сторону.

«Да как же он может позволять с собой так обращаться! — возмутилась в душе Миола. — Что ж ему, настолько все равно, что происходит в его городе? Неужели я ошиблась в нем?»

Кошка сердилась и досадовала, но вместе с тем сердце ее сжималось от жалости при взгляде на Владыку. Она сидела и смотрела на него, и чем дольше смотрела, тем больнее ей становилось.

Вскоре настала ночь. Разошлись по логовам придворные, улеглись спать львицы с детьми. На минуту показавшись в окошке над костром, две пумы сбросили в огонь ворох сухих веток — и спрятались.

В пещере наступила тишина.

А Владыка по-прежнему не спал. Ни разу не пошевельнувшись, не поменяв позы, лежал он, уставясь в одну точку перед собой.

Сидя в своем окошке, лазутчица переводила взгляд со льва — на огонь, и обратно. Пляшущие языки пламени завораживали ее и нагоняли сон... Внезапно Миола покачнулась и чуть не сорвалась вниз.

Мгновенно очнувшись, она взглянула на Лионелла — не заметил ли? Нет, даже не пошевелился... И все же что-то изменилось.

Внезапно Миола поняла, что: Владыка смотрел прямо ей в глаза.

Первым побуждением было — вскочить и убежать. В галерее она могла чувствовать себя в безопасности, тем более что оттуда имелся выход в Котокомбы.

Но Миола помедлила несколько секунд... и осталась на месте.

Львиный взгляд заворожил ее. Усталость, отчаяние, бесконечное одиночество читались в нем — и вместе с тем никакой жалобы, никакой мольбы о сострадании. Вот что такое — достоинство, подумала лазутчица.

Но, как бы ни был Лионелл погружен в свои мысли, появление дерзкой серой кошки все же удивило его. Видя, что незваная гостья не убегает, лев поднял голову и посмотрел на нее пристальнее, давая понять, что ждет объяснений.

Как во сне, не чувствуя ни страха, ни робости, Миола спустилась по уступам в пещеру и подошла к Владыке.

— Тебя прислала Мисмис? — спросил Лионелл тихо. Доброе сердце иногда заставляет солгать.

— Да, — недрогнувшим голосом ответила кошка. — Она просит ее простить.

— Простить? За что? — промолвил Владыка. — Мисмис сделала то, чего хотела. Со мною ей было плохо... Мне не за что ее осуждать.

— Но ведь вы так любили Мисмис! — негодующе воскликнула Миола.

Лев внимательно поглядел на нее и сказал:

— Если бы не любил, то давно приказал бы завалить камнями ее потайной ход: ведь я о нем знал всегда. И сейчас пытался бы найти и вернуть беглянку. Но... не делаю этого, потому что без меня ей будет лучше.

Миола замолчала, потрясенная словами Владыки. Выросши среди кошек, она никогда не сталкивалась с подобным великодушием.

— Вижу: ты солгала из жалости ко мне, — мягко сказал Лионелл. — Неважно. Как твое имя?

— Миола.

— Скажи, Миола, что привело тебя сюда?

И тут наконец кошка поняла, что именно это и хотела сделать давным-давно: поговорить с Владыкой. И Миола храбро спросила льва:

— Простите, пожалуйста, если вопрос невежлив... Почему вы не уходите из города, если уже не правите?

— Боюсь, ответ не понравится тебе, — просто и грустно сказал Лионелл. — Во всяком случае, он тебя разочарует. Я не ухожу из-за огня.

— Как? — вскричала Миола. — Всего лишь? Из-за удовольствия греться у костра?

— Задала вопрос — имей терпение выслушать ответ.

— Простите меня! Только не прогоняйте! — взмолилась Миола. — Я больше не буду перебивать...

Глава 9
Пробуждение Владыки

Брысс спал беспокойно: его мучили кошмары.

Во сне он гнался за крупной мышью, удиравшей вдоль реки в Рогвильском ущелье. Наяву ему всегда удавалось скогтить добычу за считанные секунды, но приснившаяся мышь была проворнее ловца. На бегу серая зверушка оглядывалась и смеялась над Брыссом, а тот злился — и бежал все быстрее. И вдруг заметил: мышь меняется на глазах: растет, толстеет, хвост у нее укорачивается, шерсть начинает лохматиться. Брысс, опешив, остановился, — и тут мышь повернулась мордой к преследователю — и оказалась вовсе не мышью, а Бизуброном, почему-то полосатым, как тигр, и с оленьими рогами.

Налитые кровью глазки полыхали лютой злобой. Зверь ударил копытом оземь, наклонил голову — и ринулся на бедного кота.

Даже во сне Брысс не стремился пасть смертью храбрых. Он повернулся и кинулся наутек. Быстрей, быстрей! Все ближе топают копыта, все страшней кровожадное сопение...

И тут, откуда ни возьмись, перед ним появился белый козленок. Взбрыкнул ножками, весело заблеял и побежал впереди. Брысс, не раздумывая, последовал за ним.

Прочь от реки, вверх по склону, к корявому раскидистому дереву... Одним прыжком козленок взлетел на ветку, обернулся и издевательски рассмеялся. Брысс застыл в изумлении: и как он мог принять Мисмис за козленка!

Услыхав сопение за спиной, над самым ухом, он подобрался для прыжка... и увидел вместо своих лап маленькие точеные копытца.

Это потрясло нашего героя больше, нежели рога Бизуброна. Вскрикнув от ужаса, он проснулся.

Мисмис больше не сидела на дереве. Она стояла над ним и сердито сопела.

— В жизни не подозревала, что кота разбудить труднее, чем льва! — сказала она сварливо. — Пробовала толкать, тормошить, шипеть в ухо — ничего не выходит! Это ж надо, так дрыхнуть! Заговорщики, называется! А если враг подберется?

— На это есть часовой, — сонно отозвался Басси. — Что случилось? Еще ведь не утро?

— Откуда мне знать? Я в жизни утра не видала, — капризно сказала Мисмис. — Мне не спится! Тут холодно и жестко.

— Понятно, — сказал Брысс. — Пристрастие к жаркому огню и к мягким львиным лапам. И то, и другое вредно для здоровья. Придется отвыкать.

— Ах, отвыкать! — синие глазки сверкнули в темноте. — Вы что, меня похитили, чтобы издеваться?

Брысс только рот открыл от неожиданности. Но Басси выручил его:

— Ладно, ладно. Не сердись! Сейчас же пойдем и натаскаем тебе травы.

— Не хочу спать на траве! Она колючая.

— Хорошо, — терпеливо ответил Басси. — Что ты предлагаешь?

— Порядочные коты уже бы додумались! — сморщила носик Мисмис. — Я буду спать на вас.

— На нас? — ошеломленно спросил Басси. — Это как же?

— Очень просто! Если вы ляжете на бок, спина к спине, то получится как раз удобная кровать для меня, — бодро пояснила красотка. — С подогревом!

Брысс вдруг расхохотался. Мисмис нахмурилась.

— Ну, если вы считаете, что я этого недостойна...

— Да нет же! — просмеявшись, сказал кот. — Просто я вспомнил свои былые привычки — в доме за рекой. Очень похоже получается.

— Ну, значит, поделом тебе! — злорадно ответила Мисмис.

Возле входа в пещерку раздались тихие шаги, и к ним заглянул Барр.

— Слышу, вы не спите, — сказал он угрюмо. — Может, вспомните точнее, куда пошла Миола? Мы обшарили весь лабиринт. Ее нигде нет.

— Огонь, — сказал Владыка, — это сердце города. Пока жив огонь, жив и город. Пумы охраняют и кормят костер. Кошки под надзором каракалов собирают ветки для костра. Но этого мало. Огонь должен кто-то *хранить*.

— То-есть, следить за ним постоянно? — спросила Миола и тут же вспомнила, что обещала не перебивать.

— Следить тоже, но не это главное, — подыскивая слова, ответил Лионелл. — Главное — не удивляйся, пожалуйста, — это его любить. И чтобы все, кто хранителю подчиняются, знали, что для него огонь — сокровище, и потому исполняли свои обязанности честно — кто за совесть, а кто и за страх. Для всех моих придворных костер — всего лишь яркое тепло. Никто из них не знает, что огонь — священный талисман жизни.

— Мы это знаем! Мы, кошки! — горячо воскликнула Миола.

— Нет! — Владыка сурово посмотрел на нее. — Вы, кошки, любите огонь, но никогда не станете служить ему. Вы любите только получать... так уж вы устроены.

Миола уже собиралась обидеться, но подумала минутку — и признала, что Лионелл прав.

— Вот потому я и не ухожу... Хотя мне очень тяжело оставаться. Все вокруг ждут-не-дождутся моего отречения.

— Нет! — воскликнула Миола горячо. — Я не хочу этого! Прошу вас: не уходите! Кто, кроме вас, способен править городом?

— Никто, — просто сказал Владыка, — хотя желающих хватает. Но ни один из них не знает, как это тяжело.

— Скажите, — Миола быстро огляделась и понизила голос до шепота, — а если бы тигры ушли из города, как леопарды вчера — тогда ваша власть восстановилась бы?

Лионелл внимательно посмотрел на удивительную кошку.

— Вот уж не думал, — сказал он, — что найду поддержку среди тех, кто меня в жизни не видел!

— Честно говоря, не знаю, поддерживают ли вас другие кошки, — ответила Миола и опустила глаза. — Но вы не ответили на вопрос.

— Трудно сказать, — печально произнес лев. — На какое-то время, наверное, восстановилась бы. Только ненадолго. Видишь ли, если в городе начинается смута... это как глубоко проникшая заноза. Сначала болит, потом как будто проходит, может показаться, что ты уже здоров — но она все равно в тебе, и все равно отравит тебя, рано или поздно. Мне тяжело это говорить, но... Леополь обречен.

Миола вскочила. Глаза ее загорелись:

— Владыка! Опомнитесь! Мне, слабой кошке — и то стыдно было бы сдаться без борьбы!

Лионелл нахмурился. Потом выпрямился и сел, горделиво подняв голову.

— Ты упрекаешь меня в трусости? — надменно спросил он.

— Да, упрекаю! — замирая от страха, ответила Миола. — Не в трусости! В безволии! Все равно это непростительно для Владыки!

— За дерзость подданных карают, — грозно сказал Лионелл и негромко зарычал.

Бедная Миола боролась с желанием убежать. Львиные клыки были ужасны! Но гордость не позволяла ей отступить.

— Если вы убьете меня сейчас, то это не будет наказанием, потому что я умру счастливой! — задыхаясь, выкрикнула она. — Ибо тогда вы будете похожи на Владыку гораздо больше, чем в последние несколько дней.

Внезапно возле трона появились трое Линкстонов: громкий разговор привлек их. Старший из них, потрясенный прежним, уже забытым видом Лионелла, обратился к нему с почтением:

— Владыка! Прикажете схватить нарушительницу покоя?

Лионелл ответил не сразу. Он медлил, не отрывая сверкающего гневом взора от нарушительницы, а та бесстрашно смотрела ему в глаза.

Так они стояли несколько минут. Наконец, Владыка пошевелился и, повернув голову к рысям, властно приказал:

— Нет. Не трогайте ее. Пусть уходит сама.

День четвертый.

Утро началось с жалоб.

— Никогда не думала, что лежать спокойно так уж трудно! — возмущалась Мисмис. — Только уснешь — вдруг кто-то под тобой начинает чесаться, или ерзать, а то и в сторону уползать! У меня все бока болят!

— Как я тебя понимаю! — отозвался Брысс. — Мои тоже болят...

— Почему ты все время меня передразниваешь? — не на шутку рассердилась прелестница. — Басси гораздо воспитаннее!

— Так я же не спорю, — миролюбиво ответил Брысс. — Но ты не обольщайся: Басси вовсе не так хорош. Знала бы ты, что он сейчас думает!

— Что? — всполошился Басси. — И ничего я вовсе не думаю...

— Ну, и повезло мне с кавалерами! — надула губки Мисмис. — Поспать не дали, и на завтрак, скорее всего, приволокут вонючую мышь...

— Зачем же мышь? Можно поймать вонючую птичку, — поддразнил Брысс.

— Хватит! Издевайтесь над своей серой дурочкой, а меня оставьте в покое! — и красавица отчаянно разрыдалась.

Коты растерялись. Против женских слез оружия они не знали. Оставалось признать поражение.

— Ну, ну, не надо плакать, — забормотал Басси. — Сейчас что-нибудь придумаем...

— «Придумаем!» — всхлипывала Мисмис. — Раньше надо было думать! Зачем вы меня уговаривали уйти вместе? Лионелл с меня пылинки сдувал...

Брысс почесал за ухом и впервые подумал, что жить вообще без жены не так уж и плохо. Но до решений было еще далеко.

— Ладно, — сказал он. — Ждите меня у входа в Котокомбы. Я знаю, где сыскать мяса.

Воспользовавшись защитой Лионелла, Миола взобралась назад на окошко над рысьим логовом, но не ушла из галереи, а выбрала уютный уголок и улеглась спать. Она изнемогала от усталости.

Разбудили ее громкие голоса в пещере.

Из осторожности кошка не стала высовываться в окно, а нашла узенькую щель, откуда тоже можно было вести наблюдение, хоть и не с таким удобством.

При первом же взгляде в пещеру Миола тихо ахнула.

Владыка сидел лицом к собранию, гордо подняв царственную голову. С нескрываемым изумлением взирали на него придворные.

Возле трона стоял Тигруэн. Нелепая смесь ярости и недоумения отражалась на его полосатой морде.

Заглядевшись на Лионелла, Миола не сразу поняла, кто и что говорит.

Говорил стоявший перед Владыкой ягуар:

— Да, кошки, Владыка! Они уже три дня не получают мяса, а это — нарушение Закона.

— Чего же требуют кошки? — спросил лев.

— Чтобы Владыка или его представитель принял и выслушал их делегацию.

— Какая наглость! — по привычке последних дней рыкнул Тигруэн. — Скажи им...

— Скажи, что я их выслушаю, — спокойно, не обращая внимания на тигра, ответил Лионелл. — Здесь, в Нижней пещере. Сейчас. Пускай приходят.

Ягуар удалился, а Владыка обратился к ошарашенному советнику:

— Тигруэн, насколько я помню, в городе имеется запас мяса, хранящийся в холодной сухой пещере?

— Да, Владыка, — еле выдавил из себя Тигруэн.

— И этот запас постоянно обновляется, то-есть, залежавшиеся туши выносят на съедение кошкам, а свежие складывают на их место?

— Верно, Владыка, хотя в последнее время запасы весьма уменьшились.

— Почему? — спросил Лионелл и посмотрел Тигруэну в глаза. — Ты хочешь сказать, что кормил горожан мясом из запасника?

— Да, — ответил Тигруэн, — обстоятельства вынуждали...

Владыка отвернулся от него и обвел взглядом собрание.

— Кто из присутствующих в последние дни ел мясо из запасов? — спросил он строго. — Надеюсь, вы в состоянии отличить свежее мясо от лежалого?

Собрание безмолствовало. Конечно, кое-кто получал подачки из запасника, но признать это означало сознаться, что он — шпион Тигруэна.

— Я не стану проводить дознания, — продолжил Лионелл. — А ты сейчас же возьмешь с собой еще двух тигров и принесешь сюда три бараньих туши для кошек. К тому времени, как вы вернетесь, я уже приму делегацию, и каракалы отнесут мясо в Верхнюю пещеру. Вы же отправитесь в запасники снова — и принесете еще три туши, одну — для моего семейства и две — для придворных.

— Владыка! — возопил Тигруэн. — Но ведь сегодня вечером...

— Вот сегодня вечером и восполнишь запасы, — сказал Владыка, повернулся и посмотрел негодяю прямо в глаза.

И Тигруэн дрогнул. Как большинство узурпаторов, он был храбрым лишь тогда, когда не встречал отпора.

Воровато оглянувшись, он втянул голову в плечи и удалился.

А Миола на своем посту торжествовала.

«Молодчина Лионелл! Теперь я за него спокойна! — подумала она. — Самое время заняться Брыссом.»

Глава 10
«Сплоченная борьба»

Брысс хорошо помнил дорогу в хранилище — Миола водила его туда на второй день пребывания в Леополе.

Он торопился — слезы Мисмис разжалобили поклонника настолько, что ему искренне хотелось угодить красавице. К тому же в нижнем лабиринте гулял студеный ветер, а Брысс терпеть не мог холода.

До родника он добежал, не таясь. Потом пошел быстро, но насторожив уши. И только перед самым входом в хранилище начал красться.

Сначала ему показалось, что тайник никто не охраняет: так тихо было в коридоре. Потом Брысс подумал, что проверять догадку опытным путем значило оставить Мисмис без завтрака, — и повернул в узкий боковой проход, где Басси и Миола однажды попали в беду из-за кошачьей травы.

Ядовитый запах был Брыссу нипочем. Поэтому лазутчик смело начал поиски достаточно широкого отверстия, чтобы проникнуть в хранилище.

Щель, которую когда-то отыскали в стене маленькие брат и сестра, годилась только для разведки нюхом. Потянув ноздрями воздух, кот убедился, что внутри тайника есть чем поживиться.

Торопливый осмотр стены понизу ничего не дал. Брысс отправился шарить по карнизам. Сорвавшись с уступа раз-другой и изрядно разозлившись, он наконец нашел под самым потолком коридора поперечную щель и, не задумываясь, как будет возвращаться, нырнул туда.

Потайная пещера тонула во мраке — и была очень велика, поэтому Брысс ничего не увидел. Он спрыгнул вниз наобум — и упал на ворох кошачьей травы.

Пыль поднялась вокруг него густыми облаками. Не удержавшись, кот несколько раз подряд чихнул. И замер, прислушиваясь.

Прошло несколько напряженных минут... Но ни звука не доносилось из темноты — лишь посвистывал ветер. Брысс осторожно сполз на каменный пол и пошел куда глаза глядели. Точнее, куда вел нос.

Бараньи и козьи туши лежали повсюду на холодном полу, не соприкасаясь. Их было очень много — хотя наверняка Брысс сказать не мог.

Он пристроился возле бараньей ноги и хорошенько закусил. Потом отгрыз кусочек мяса поаппетитней, взял в зубы и отправился искать выход.

В пещере гулял ветер, и Брысс пошел навстречу порывам. О том, что топает прямо в зубы охраннику, он забыл.

Ему повезло: часовой спал. Услыхав громовый храп прямо перед своим носом, Брысс шарахнулся в сторону и, ступая тише мыши, обошел стража кругом.

В коридоре было посветлее: кот сразу увидал, куда идти. Облегченно вздохнув, он представил себе благодарную улыбку на чудной белоснежной мордочке — и бодро припустил в обратный путь.

Точнее, бодро сделал несколько шагов...

...И услышал тяжелую поступь одного... нет, двух... о, ужас! Трех тигров! Шаги быстро приближались к пещере.

В отчаянии Брысс заметался, ища какого-нибудь убежища. Тщетно! Ни единой трещинки, щелочки, углубления в стенах. А до бокового прохода еще далеко. Что делать?

Выбора не было. Брысс помчался назад в хранилище. Кусок мяса мотался в зубах и мешал бежать, но бросить его — значило навлечь погоню.

Великолепным прыжком перемахнул кот через голову спящего — и в тот же миг часовой проснулся. Может, он даже успел заметить мелькнувшую над головой черную тень, но задуматься ему не дали.

— Опять спишь! — услышал Брысс голос Тигруэна. — В другое время получил бы у меня, да сейчас не до того.

— А что случилось? — подавляя зевок, спросил страж (Брысс узнал в нем Тигруана).

— Да здравствует Владыка! Умирающий ожил! Ума не приложу, что с ним случилось. Делегацию кошек согласился принять — мне назло, ручаюсь. Сидит на троне и знай себе порыкивает... Будто подменили его.

— Ну, сегодня вечером ему так или иначе несдобровать, — беззаботно хохотнул часовой. — Все крупные уже на нашей стороне.

— Все крупные всегда на стороне победителя! — дальновидно заметил Тигруэн. — В общем, так. Сейчас мы по львиному велению кормим малый и большой народ из наших запасов. А вечером... Вечером я не намерен рисковать. Мне очень не понравилась шельмовская рожа козла. Вполне вероятно, что он готовит какую-то пакость.

— Какую, например? — спросили тигры почти в один голос.

— Например, прислать нам пару жестких престарелых козлов под предлогом, что больше в его городе преступников не водится.

— Но ведь бизон и баранесса обещали набрать стадо осужденных!

— Не знаю, может, и наберут. Но повторяю: рисковать нельзя. Поэтому мы пойдем туда большим отрядом — и в случае подвоха совершим налет на их становище. Задерем втрое больше, чем обещали! Чтобы впредь неповадно было...

Тиграм идея понравилась: они громко заурчали от предвкушения.

— Отправимся раньше, чем обычно! И подберемся ближе к Рогвилю, чем всегда — чтобы до темноты успеть с расправой, если потребуется.

— А я что же, останусь тут? — обиженно спросил Тигруан. — Такая забава намечается — и без меня!

— Нет, без такого бойца мы не обойдемся! — добродушно ответил Тигруэн. — Поставим жен караулить хранилище. Справятся. Надеюсь, никто не устроит налета на тайник в наше отсутствие. Ладно, хватит болтать. Берите каждый по туше — и наверх! Братец, ты тоже. Только отнесешь свою ношу не в общую пещеру, а ко мне в логово — да потихоньку, чтобы никто не видел! Мы попозже соберемся там и легонько перекусим. А сам вернешься на пост — до вечера.

Вдруг один из младших тигров обнюхал пол и спросил:

— Как будто мясом пахнет? Ты что, уже позавтракал на посту?

— Не успел еще, — ответил Тигруан. — А мясом здесь всегда пахнет.

— Э-э, нет! — настаивал соратник. — Пахнет *разделанным* мясом. Обыскать бы хранилище!

У Брысса застучали зубы — и не только от холода.

— Оставь! — сказал Тигруэн. — Может, крысы поживились. Времени нет — я не хочу давать Лионеллу повод отчитывать меня в собрании, как нашалившего тигренка. Идем!

Бедный вор, закоченевший в своем потайном углу, даже не стал дожидаться, чтобы шаги и голоса затихли — и отправился буквально по пятам продовольственного отряда.

Через несколько минут он верноподданно положил кусок мяса перед розовым носиком.

— Фу, — сморщился носик, — да оно же несвежее!

— Ну, так отдай эту гадость Басси, — ответил Брысс и понял, что на самом деле другого и не ожидал. — Он не откажется.

— Ладно уж! Все равно ничего лучшего не предложите, — снизошла Мисмис и принялась есть.

А Брысс вкратце рассказал другу о тигрином разговоре. Басси возликовал:

— Значит, делегация добилась, чтобы ее принял сам Лионелл? Вот что значит сплоченная...

— Еще вчера на вашу сплоченность Лионеллу было наплевать, — оборвал его Брысс. — Я же тебе передал слова Тигруэна: Владыка внезапно воспрял! Он будто проснулся после долгого сна — и проснулся злым и голодным.

— Ну, надо же! — Мисмис оторвалась от своего завтрака и подняла голову. — Кажется, кто-то на этом самом месте вчера говорил, что мой побег убьет Владыку?

— А мне кажется, кто-то говорил, что будет помогать нам вершить переворот, — довольно невежливо отозвался

Брысс. — Если повстанцы будут тратить столько времени на то, что добыть тебе мяса, заговор заглохнет сам собой.

Розовый носик угрожающе сморщился. Брысс поспешил загладить вину и миролюбиво проворковал:

— Впрочем, сегодня это пришлось очень кстати: я принес ценные сведения. Ешь поскорее, и пойдем в Верхнюю пещеру за новостями.

Красотка фыркнула и продолжила трапезу.

— Значит, вот что мы имеем, — подытожил Басси. — Лионелл воспрял — значит, уходить не собирается. Ничего страшного, со временем мы его выгоним. Далее: кошкам обещано пропитание, причем, я думаю, под тигриную ответственность. Очень важная победа! Кроме того, весьма кстати Тигруэну пришла в голову мысль о набеге на Рогвиль — как я и говорил, голод сейчас некстати.

— Ты забываешь, — встревоженно сказал Брысс, — что в Рогвиле у нас теперь есть союзники.

— Во-первых, не союзники, а пока что один союзник, — ответил Басси. — Во-вторых, даже если бы мы хотели помешать тиграм, — как это сделать? Да и вообще нам стало известно об этом случайно...

— Да, но рогатых можно было бы предупредить, — неуверенно сказал Брысс.

— Прекрати говорить глупости! — воскликнул вождь. — Туда бежать чуть ли не полдня, к тому же, в ущелье бродят рыси — а может, и леопарды. Ты сам рассказывал, что возле тропы и деревьев-то нет, спрятаться негде.

— Ладно, согласен, — нехотя ответил Брысс, хотя на душе у него было муторно.

Мисмис уже поела и умыла сытую мордочку.

— Если дело за мной, то я готова, — мурлыкнула она. — Просто не терпится заняться переворотом!

Миоле очень не хотелось возвращаться в компанию Басси и Брысса, пока третьей там была Мисмис. Но что поделаешь! Дочь Миуры всегда содержала свою совесть в чистоте.

Первым делом она направилась в убежище. Ее встретил Барр.

— Где ты была? Мы искали тебя повсюду, — сказал он сварливо.

Миола внезапно почувствовала благодарность к брату — он единственный еще заботился о ней.

— Я какое-то время поживу у Миррены, — не желая обсуждать друзей, сказала она. — Это вполне безопасно: в пещере не осталось надсмотрщиков.

— Зато остались доносчики! — раздраженно бросил Барр.

— Не сердись, я буду осторожна, — ответила Миола. — Ты не знаешь, где сейчас Басси и Брысс?

— Не знаю и знать не хочу. Выгуливают где-то свою хозяйку, наверное. По-моему, переворот их уже не интересует, — сказал Барр, не подозревая, что делает сестре больно.

— Тогда еще вопрос: когда вы меня искали, не попадались ли вам где-нибудь в лабиринтах свежие следы леопардов?

— Леопардов? Нет, — подумав, ответил Барр. — А в чем дело?

— Тигруэн заставил их уйти из города, — сказала Миола. — и теперь они ищут Брысса, чтобы убить.

— А ты ищешь их, чтобы помешать этому, — усмехнулся братец. — Ну, отчего ты настолько глупа? Не стоит Брысс твоей заботы.

— Может, и не стоит, — вздохнула Миола. — Но поверь мне: я точно так же спасала бы каждого!

— Ладно, твое дело, — ответил Барр. — Я, во всяком случае, оплакивать чернохвоста не стану.

Выбравшись из убежища, Миола вышла в главную галерею Котокомб. Где же они могут быть? Она попыталась представить, куда бы пошла на их месте. Ну конечно, в Верхнюю пещеру или тигриный грот!

Поскольку до тигриного грота было ближе, она и свернула в ту сторону.

Миола не знала, что за несколько минут до нее, по тому же самому коридору, но в противоположном направлении, прошел Брысс — таща в зубах кусок мяса для ее соперницы. Вынюхивать следы она не любила.

Почти бегом спустившись по крутой лестнице из уступов, кошка попала в широкий грот, освещенный отблесками костра.

Друзей там не было. «Ладно, никуда они не денутся!» — подумала Миола и решила на всякий случай послушать, о чем говорят тигры.

Но — надо отдать должное Тигруэну: дисциплину в своем клане он держал образцово. Ни один из тигров, чьи разговоры подслушивала кошка, и словом не обмолвился о предстоящем набеге.

Напрасно потеряв время, Миола уже собралась уходить — и тут вспомнила о гиенах. «Вот кто все знает! — подумала она. — Фофурза обещала Басси помощь. Надо спросить у нее, где леопарды. Я не верю, что они ушли насовсем. Но сначала предупрежу Брысса».

Миола направилась в Верхнюю пещеру. Поднявшись по крутым уступам, она вышла в главную галерею — и ей показалось, что она слышит слева чьи-то шаги, удаляющиеся в сторону горного ущелья. Но, погруженная в свои мысли, она повернула направо и продолжила путь.

Если бы Миола была осторожнее и предусмотрительнее, она бы понюхала следы — и со всех ног бросилась догонять Брысса, который по своему собственному неразумию отправлялся в опасное путешествие.

Хотя бы нескольких неприятностей из того, что последовало, можно было бы избежать. Но — увы! — в жизни так часто приходится произносить эту фразу...

Верхняя пещера гудела, как пчелиный улей.

Появление Басси и Брысса с Мисмис добавило оживления. Народ посознательнее кинулся к Басси — обсудить переговоры, а полегкомысленней — к Мисмис, полюбоваться на нее и посплетничать.

Кто-то побежал и привел маму, сестер и братьев красотки. Радостный визг, подхваченный многими голосами, заставил Брысса отойти подальше.

Впервые попав в большую Верхнюю пещеру, он немного походил туда-сюда, ловя на себе любопытные взгляды.

— Вот гляжу на тебя и думаю: чей же ты сынок? — прошамкала старая, облезлая кошка, ковылявшая мимо. — Почитай, у каждой второй из нас черных детей отнимали. Пойду-ка я скажу товаркам, чтоб пришли на тебя посмотреть. Может, какая и признает сыночка. То-то радости будет!

«Бежать. Немедля! Хватит с меня Липучки!» — решил Брысс и, криво улыбнувшись старушке, опрометью кинулся к выходу.

По пути он подумал, что все-таки надо сообщить друзьям, куда он уходит.

Басси по-прежнему был окружен соратниками. Они шумно спорили, какие стоит выдвигать требования — увеличение довольствия или укорочение рабочего дня, или и то, и другое.

С трудом протиснувшись в круг, Брысс тронул вождя лапой. Басси недовольно оглянулся.

— Знаешь, я, пожалуй, пойду, — сказал Брысс.

— Куда? — спросил вождь, не глядя на него. — Необходимо дать крупным понять, что мы — сила, с которой надо считаться!

— В Рогвиль, предупредить Диаранга, — ответил Брысс.

— Да-да, — рассеянно кивнул Басси, — Сегодня сам Владыка признал за нами право голоса! Но останавливаться на достигнутом нельзя...

Выбравшись из одной толпы, Брысс полез в другую — окружавшую Мисмис.

— А вот и один из героев-повстанцев! — радостно сообщила прелестница слушателям. — И, между прочим, мой поклонник!

Радостный гул приветствовал героя-повстанца. Но ему это почему-то не понравилось.

— Можно тебя на минутку? — спросил он Мисмис.

— Ах, зачем? Здесь так хорошо! — улыбнулась киска в ответ.

Синие глазки лучились от удовольствия. Брысс ни разу не видел ее такой счастливой.

— Мне нужно тебе кое-что сообщить, — многозначительно сказал кот.

— Что за секреты? Говори при всех! Здесь все — мои друзья. Мне нечего скрывать от друзей!

— Хорошо, — сквозь зубы произнес Брысс. — Я ухожу в Рогвиль. Мне нужно предупредить Диаранга!

Его слова потонули в восторженном верещании — сквозь толпу, раздраженно мяукая, пробивалась бабушка знаменитой красотки. Мисмис ахнула и рванулась ей навстречу...

Выбравшись через окошко на скалы, Брысс несколько минут дышал полной грудью, пытаясь успокоиться.

Потом радостно вздохнул: сомнения позади! Совесть, добившись своего, перестала драть его душу когтями и довольно замурлыкала.

Он повернулся и скрылся в Котокомбах.

Войдя в Верхнюю пещеру, Миола оторопела.

Возбуждение, царившее там, было неописуемым. Коты и кошки будто помешались от радости, что никто не запрещает им громко разговаривать — причем на рабочем месте, средь бела дня!

Увидев сестру, к ней подбежала Миона:

— Ой, сестренка! Где ты была? У нас тут такое делается, такое делается!

— Что же тут делается? — спросила Миола.

— Мы победили! — вне себя от восторга, воскликнула кошка. — Нас будут кормить, а работать никто из нас больше не будет!

— Это кто же такое сказал?

— Сам Владыка! Он так испугался нашей сплоченной борьбы, что заставил тигров кормить нас *в первую очередь*, раньше придворных!

— Значит, переворот отменяется? — усмехнувшись, спросила Миола.

— Ничего подобного! Теперь мы будем требовать себе гораздо большего! — с праведным блеском в глазах ответила Миона.

— Смотрите, как бы не лишиться того, что уже имеете, — со вздохом сказала Миола. Спорить с сестрой ей не хотелось. — Ты не знаешь, где Брысс?

— Не знаю и знать не хочу! — надула губки кошка. — Он грубиян! Прошел мимо меня и даже не поздоровался!

— А, так он все-таки здесь?

— Во всяком случае еще недавно был здесь, — фыркнула Миона. — Ищи его, если хочешь. Басси вон там, в самой большой группе...

Миола терпеть не могла проталкиваться сквозь толпу. Она побродила вокруг, поспрашивала знакомых кошек и котов, потом взобралась на карниз, с которого давеча надзирал за работой Каррис — и внимательно оглядела пещеру.

Брысса нигде не было.

Охваченная смутной тревогой, Миола поборола в себе отвращение и полезла в толпу, проталкиваясь к Басси.

— Нельзя отступать ни на шаг! — вещал вождь. — Если сейчас мы дадим правителям понять, что всем довольны — на нас будут снова смотреть, как на рабов!

Миола наконец подобралась к брату достаточно близко, чтобы тихонько спросить:

— Бассенька, где Брысс?

Басси увидел ее. Но, вместо того чтобы ответить на вопрос, он продолжал разглагольствовать, пристально глядя на сестру шальными глазами:

— Требовать все большего и большего, не пресмыкаться и не благодарить — вот единственный путь к победе! А если правители...

— Скажи мне: где Брысс? — повысила голос Миола.

— А если правители не согласятся удовлетворить наши требования — тогда мы их свергнем!

— Урра! Свергнем! — заорали вокруг. — Так их! Урррра!

Миола разозлилась. Хорошенько набрав в легкие воздуха, она завопила, перекрикивая толпу:

— Басси! Где Брысс?

Вождь повел отуманенным взором вокруг и спросил:
— Какой Брысс?

Миола поняла, что теряет время. А тревога все росла.

Выбравшись из одной толпы, она скрепя сердце начала проталкиваться в другую, откуда слышался заливистый смех Мисмис.

В отличие от Басси, красотка узнала ее сразу.

— Ба! Да ведь это сестра нашего героя! Правда, она почему-то злится на меня за то, что это не ее выбрал Лионелл в любимицы...— насмешливо сказала она.

Толпа кругом загоготала — не потому, что было смешно, а чтобы угодить владычице сердец.

— Но я ее готова простить — ради Басси, моего самого преданного поклонника, — продолжала Мисмис.

Миола героическими усилиями сдерживала ярость — хорошо помнила, зачем пришла сюда.

— Я ищу Брысса. Можешь ли сказать, где он? — спросила кошка ровным голосом.

Красавица откинула голову назад и расхохоталась:

— Не трудись! Брыссу нет дела до тебя! Все его мысли заняты мною!

— Скажи мне, где он! Прошу тебя! Брыссу грозит опасность! — в отчаянии воскликнула Миола.

— Да уж, верю! — глумливо покивала головой Мисмис. — Пока за ним таскается влюбленная дурочка, Брысс в опасности!

Убегая из пещеры, бедная киска слышала позади визгливый хохот одурманенной толпы...

Наверху, на скалах, Миола заставила себя успокоиться. Отойдя подальше от входа, она спряталась за большим камнем, села мордочкой к обрыву и стала смотреть на степь, лес и реку, гоня мысли прочь.

Через какое-то время она почувствовала, что уже способна думать спокойно. Глупо принимать решения, продиктованные обидой и злостью.

Так, сказала она: рассчитывать надо только не себя. Брысса в пещере нет. Он был здесь, но ушел. Если бы ему стало скучно, он бы околачивался поблизости или просто валялся на солнышке. Уйти куда-то подальше Брысс мог только по делу.

Какое дело могло его увести? Тут сколько ни думай, ответа не получишь. Конечно, можно было бы остаться на месте и подождать — а вдруг он вернется? Но что-то подсказывало кошке: ждать не стоит.

Что еще? Идти его искать? Подумав, Миола отбросила мысль о бесцельных поисках — лабиринты тянулись во все стороны и были необъятны.

«Ну, что ж, остается только одно, — решила она. — Если я выясню, где сейчас леопарды, то смогу хотя бы знать, откуда Брыссу грозит опасность. Может, они на самом деле ушли? Все-таки придется обратиться к гиенам. Ну, прогонят — так прогонят. Хуже, чем Басси и его подружка, даже гиены меня не примут.»

Приняв решение, отважная кошка отправилась в гиений лабиринт. Но сначала поймала и съела большую птицу — силы надо было беречь.

Глава 11
Брысс — предводитель рогатых

Всем известно, что идти — не ехать.

Брысс даже не представлял себе, какой длины на самом деле Рогвильское ущелье. Верховая прогулка ранним утром располагает к созерцанию, а не к наблюдению, к тому же катание на тигре — редкое удовольствие, а удовольствие всегда скоротечно! Вот коту и показалось накануне, что расстояние невелико, а тропа — ровна и хорошо утоптана.

В действительности дорога оказалась длинной и тяжелой. Брыссу пришлось перепрыгивать с камня на камень, переходить вброд мелкие ручейки, кое-где обходить заводи по крутому склону, покрытому осыпающимися камешками. Тропы на самом деле не было — оставалось просто трюхать вверх по ущелью.

Встретить рысей он не опасался — Миола сказала ему, что дозоры выставляются к вечеру, перед тем, как тиграм приходит пора идти за добычей.

Солнце нещадно палило черную спину. Приходилось делать привалы и отлеживаться в тени. Где-то в середине пути кот остановился перекусить мышатиной и немного поспать.

Брыссу показалось, что он только сомкнул глаза на минутку — и сразу же проснулся. Но, приглядевшись к удлинившимся теням и заметив положение солнца на небе, понял, что проспал изрядное время.

Надо было спешить. Брысс припустил трусцой.

На его счастье, последнюю часть дороги перед Рогвилем можно было даже назвать сносной. Довольно быстро кот дошел до любопытнейшего места. Скалы там сходились так близко, что между ревущей в теснине рекой и стеной могли пройти рядом лишь трое-четверо крупных животных.

«Будто создано для обороны», — отметил про себя Брысс.

За тесниной дорога расширялась — и приглашала побегать и поскакать всласть, без препятствий: настолько ровной и чистой она была.

Зато далее, перед самым Рогвилем, лежала крайне неподходящая для сражения долина: широкая, усеянная острыми обломками скал. Огромные камни, препятствующие обзору, громоздились тут и там.

Впрочем, определение «неподходящая для сражения» относилось только к копытным. Тиграм, подумал Брысс, каменные россыпи под лапами не страшны. А прыгнуть на торчащую из земли скалу и обрушиться на жертву сверху — просто детская забава.

Оглядевшись как следует, кот взглянул вперед, на сторожевую скалу. Охранял город в тот день кряжистый винторогий козел.

Напрасно Брысс сочинял правдоподобный повод для входа в город: часовой равнодушно взглянул на него и отвернулся — очевидно, счел черную зверушку существом недостаточно крупным, а оттого безопасным.

Остаток пути Брысс преодолел бегом. Небольшой подъем по хорошо утоптанной тропе, узкий коридор — и перед ним открылась Рогвильская долина. Сейчас, в предзакатных лучах, она казалась еще прекраснее.

На равнине что-то происходило.

В центре луга сбилось большое стадо копытных разных пород. Вокруг них, наклонив головы и выставив рога вперед, стояли бизоны и буйволы. С первого взгляда стало ясно, что это — стража, оцепившая осужденных.

Чуть поодаль расхаживали Блейль с Бизуброном. Козел что-то говорил: бороденка плясала и голова кивала. Лохматый почтительно слушал.

Часто бывает так: взглянув на картину мельком, не сразу понимаешь, что именно тебя поразило в ней. Отведя взгляд, начинаешь смотреть на что-то другое, а тревожное чувство неразрешенной загадки растет, и ты силишься понять, что же не дает тебе покоя...

Так случилось и с Брыссом: бросив взгляд направо, туда, где за широким прудом высилось единственное на всю долину дерево, он стал мысленно прикидывать расстояние... и вдруг понял, что туда ему идти не придется.

Ибо в стаде осужденных виднелись роскошные оленьи рога — и не одна пара, а сразу три. В том, что два ветвистых рога из шести принадлежат Диарангу, он не сомневался.

Брысс стал лихорадочно соображать, что же делать — и вдруг ноги сами собой понесли его туда, где разгуливал Блейль.

Первым заметил его Бизуброн.

— Владыка! Смотри! — хохотнул он. — Полномочный представитель пожаловал!

Блейль повернул голову и почему-то испугался, стал шарить взглядом по лугу и по скалам.

— Толмач? Один? А где твои хозяева? — заблеял он.

— Мои хозяева ждут в условленном месте, — важно ответил Брысс. — А меня послали привести стадо.

Бизуброн и Владыка зашлись от хохота. Глядя на них, захохотали и охранники.

Брысс спокойно ждал. Теперь он знал, что говорить и что делать.

Наконец, рогатые успокоились.

— Стадо поведет конвой, — сказал Блейль. — Сегодняшнее стадо необычное. Это — мятежники, и отправляются они не в Зарожье. Они осуждены на смерть.

— Прекрасно! — как ни в чем не бывало ответил Брысс. — Конвой тоже вполне съедобен. А мои хозяева изрядно проголодались.

— Нет, так не пойдет! — встревожился козел. — Стадо, по счету, ровно вдвое больше, чем мы посылали раньше.

— Никто там разбираться не станет, — заверил его Брысс. — Половина Леополя пришла в ущелье пообедать. Потому меня и послали вперед — предупредить: кто рассчитывает остаться в живых, сидите в Рогвиле!

Владыка и советник переглянулись: звучало правдоподобно.

— Тогда и тебя съесть могут! — съязвил кто-то из стражи.

— Меня не съедят, — уверенно сказал Брысс. — Я им нужен.

— А откуда ты знаешь, что стадо не разбежится еще до условленного места? — сдавая позиции, спросил Бизуброн.

— Все предусмотрено, — ответил Брысс. — Все возможные пути побега отрезаны.

Блейль подумал, пожевал, подергал бородой — и согласился.

— До выхода еще есть время, — сказал он, взглянув на солнце, — а ты мне за это время можешь преподать урок кошачьего. Мне что-то захотелось выучиться вашему языку.

Брысс ужаснулся, представив себе мурлыкающего или орущего по-мартовски козла. Нет уж, подумал он, увольте меня от такой чести.

— Времени как раз и нет, — сказал он твердо. — Тигры уже в ущелье — ждут, щелкая зубами от голода.

«Что весьма вероятно и на самом деле», — пронеслось в черной голове.

— Ладно, мелочь безрогая, — снисходительно изрек Владыка. — Выбирай себе скакуна. Еще посмотрим, не сбросит ли он тебя.

Брысс решительно направился к стаду, походил туда-сюда, делая вид, что выбирает, и остановился возле Диаранга.

— Вот этот подойдет, — сказал он Блейлю.

— Почему именно он? — по привычке подозрительно спросил козел.

— А у него рога самые большие, — веско пояснил кот. Диаранг не стал ждать приказаний, опустил голову к земле — и полномочный представитель воссел ему на шею.

— Вперед! — победоносно возгласил Брысс.

Стадо рвануло с места галопом.

Недоуменно-растерянными взглядами проводили его правители Рогвиля и конвой.

Миола хорошо помнила дорогу в гиений лабиринт.

Правда, бывала она там лишь однажды, с Басси и Брыссом.

Миновав развилку у поворота к леопардовым гротам, она осторожно двинулась по коридору к большому залу, освещенному солнцем через пролом в потолке.

Но дойти туда ей не дали. Примерно на середине пути стояли часовые — две дюжие гиены, и с ними маленький верткий подросток.

— Куда-а-а?! — взвыли все сразу. — Поворачивай! Это наш лабиринт!

Миола робко, но настойчиво приблизилась и попросила:

— Пожалуйста, позовите Фофурзу! Я — сестра Басси. Он прислал меня с поручением.

Часовые переглянулись. Одна из гиен спросила младшего:

— Фуфр! Как по-твоему?

— Что сестра — не врет. А насчет поручения — не знаю, — лениво отозвался отрок. — Бежать неохота. Хочешь — беги сама.

— Фуфрик, что скажет мама? Она велела тебе самому ее звать, если что нужно будет! — умоляющим тоном загнусила гиена. — Ну, хочешь, косточку дам?

— Подавись ею сама, — зевнув, ответил гиененок. — Я спать хочу!

— Фуфр! — подал голос второй, крупный самец. — Тебе что говорят! Знаешь же, что положение особое! Мы уйти не можем — нужен *укрепленный* пост. А ты еще не дорос до укрепленного!

— Иди ты в грот, — лениво ругнулся малец.

— Фуфр! — заверещала гиена-тетя. — А ну, быстро пошел за матерью, вонючка шелудивая!

— Ну, так бы сразу и сказала, — ответил подросток и нехотя затрусил вверх по коридору.

Миола села у стены и стала ждать.

Гиены выбрали для своего укрепленного поста место сообразно своим вкусам — рядом со зловонной свалкой костей. И сейчас, стоя на посту, они упивались гнусными ароматами, поводя носами и шумно втягивая воздух.

А бедная кошка содрогалась от омерзения.

Ждать пришлось долго: то ли Фуфр заснул где-то по дороге, то ли мамаши не оказалось поблизости и он отправился ее искать. Любая другая кошка уже давно ушла бы, но Миола со своим некошачьим терпением сидела и ждала появления верховной гиены.

Фофурза все-таки пришла. Села напротив кошки, огляделала ее.

— Что за поручение? — без церемоний спросила она.

— Басси просил меня узнать, — сказала Миола, — то-есть, он просил спросить вас, не знаете ли вы, куда ушли леопарды и пантеры?

— Зачем ему это? — нахмурясь, спросила гиена и бросила быстрый взгляд на часовых. Те переглянулись, но промолчали.

Миола помедлила. Посвящать гиен в свои планы ей не хотелось.

— Я вообще-то и сама не знаю, — соврала она. — Басси попросил меня сбегать к вам и спросить.

— Вот как? — хмыкнула Фофурза. — Ну, и я вообще-то не знаю, почему должна с тобой секретами делиться. Спроси кого-нибудь другого.

Миола прикусила губу. Эта гиена была поумнее многих кошачьих.

— Хорошо, — наконец промолвила кошка, — если расскажу, зачем мне нужно это знать, вы укажете, где искать леопардов?

— Посмотрим, — ответила Фофурза. Глаза ее странно блеснули.

— Там вышло недоразумение, — подбирая слова, сказала Миола. — Леопарды решили, что выдал их Брысс... а он на самом деле всего лишь переводил, что говорили другие!

— Ну и что?

— Леопарды поклялись ему отомстить. А месть у всех крупных кошачьих одна: убить и съесть!

— Подумаешь! — недоуменно сказала гиена. — Ну, съедят... Тебе-то что?

— Так ведь он не виноват! — возопила Миола.

— Мало ли кто не виноват! Пусть не лезет не в свое дело, — ответила Фофурза.

— Так ведь уже влез! Помочь хотел! — с отчаянием сказала кошка. — Ну не хочу я, чтоб его съели!

— А! Это *ты* не хочешь, чтобы его съели? Тогда понятно, — гиена подумала минутку, потом сказала: — Ладно. Слушай: леопарды ушли в дальний лабиринт, что по ту сторону Леополя, за подземной рекой.

— А где вход в тот лабиринт? — затаив дыхание, спросила Миола.

— Входов несколько, — ответила Фофурза, — хотя каким пользуются пятнистые, я не знаю. Из Котокомб они ушли, перейдя через подземную реку вброд.

— Да, но я-то вброд не перейду! Укажите мне хоть один из нескольких входов!

— Ладно, — сказала гиена. — Если выйти из Котокомб через ваш обычный лаз, на степной стороне, надо подняться под самый гребень и топать на восток до того места, где река поворачивает к скалам.

У Миолы округлились глаза.

— Но ведь туда и за день не дойдешь! — ужаснулась она. — А нет ли другого, поближе?

— Поближе? Как же, есть, — усмехнулась Фофурза. — Только не полезешь ты туда. Вход этот над пропастью, на горном склоне, недалеко от верхнего балкона. Даже не знаю, как тебе объяснить, где именно...

— А вы мне его покажите! — встрепенулась Миола. — Тут же, рядом, из вашей пещеры ведет коридор к карнизу над ущельем! Это не много времени займет!

— Ишь какая! — неожиданно рассердилась гиена. — Нельзя туда! Да и не виден этот вход с карниза... Вообще мне пора идти. Я и так уже много сказала.

Гиена повернулась и скрылась в коридоре, а озадаченная Миола пошла назад, в Котокомбы.

Скакать или рысить по долине, усыпанной острыми камнями, было невозможно. Стадо перешло на шаг. Сидя на спине оленя, Брысс отдавал распоряжения.

Отряд во главе с полномочным представителем остановился, выйдя на ровную дорогу перед тесниной.

Чтобы видеть всех и не обращаться к затылку Диаранга, Брысс перескочил на высокую — вровень с шеей оленя — скалу.

С того места, где они стояли, просматривалось почти все ущелье до Котогорья — правда, теснина несколько суживала вид. Так или иначе, подумал Брысс, тигры не появятся неожиданно.

Затем он оглядел свою кавалерию и остался доволен. Как выяснилось, восстание в Рогвиле поднимали только крупные рогатые: олени, горные бараны, винторогие козлы. В числе прочих Брысс с удивлением заметил нескольких буйволов и двух бизонов.

Отряд выглядел внушительно. Оставалась сущая мелочь: вдохновить его на бой с ничуть не меньшей ватагой тигров.

— Друзья! — голос Брысса дрожал от волнения. — Как вы уже поняли, я не собираюсь вести вас на съедение.

— Мы это поняли, как только ты сегодня появился в Рогвиле, — ответил Диаранг. — Ты, может быть, недоумеваешь: почему мы подчинились конвою, уступающему нам численностью?

— Ничуть! — хмыкнул Брысс. — Я видал ваших милых правителей — и не сомневаюсь, что кудлатая Беелинда с как-там-его-буйволом держат где-то в заложниках ваших жен и детей!

— Ты прав, — ответил один из буйволов. — Но, поверь нам, Бузлан — единственный негодяй в нашем племени!

— А вот среди наших многие служат Блейлю, — отозвался огромный бизон, — но мы с братом гордимся, что последовали за Диарангом!

— Друзья мои, я сам горжусь знакомством с вами! — воскликнул Брысс. — Готовы ли вы дать отпор тиграм, которые с минуты на минуту появятся в ущелье?

— Готовы! — в один голос ответил отряд.

— Тогда слушайте, — возгласил полководец. — Мы должны занять теснину и поднять врага на рога! Может, и не поднять, — ибо каждый тигр весьма тяжел, — но не дать ему пройти! Помогите мне решить, кто из вас будет стоять в первой шеренге!

— Диаранг! Бузиль! Бирузон! Балеран! — раздались голоса. Перед лицом опасности суд был справедлив: выбирали не только сильнейших, но и отважнейших.

Оглядев и одобрив избранных, Брысс поднял еще один важный вопрос.

— Друзья, не заподозрите меня в трусости, — с некоторым смущением сказал он, — но в самом сражении я участвовать не смогу: боюсь быть вам обузой. Согласны ли вы выбрать вожаком Диаранга?

— Да мы его уже давно выбрали, — раздался одобрительный гул. — Кто нас вел на восстание?

Диаранг повернулся к отряду:

— Запомните: теснина не только узка — она еще и коротка. Тиграм это известно. Они постараются оттеснить нас назад — а мы должны стоять насмерть! Если кто-то из передних будет убит, стоящие сзади должны столкнуть его в реку и занять его место!

Распоряжения были отданы как нельзя вовремя: из-за дальнего поворота в ущелье показалась ярко-рыжая полоса.

— На исходный рубеж! — раздался голос Диаранга, и отряд рванулся к теснине.

Что касается Брысса, он полез повыше на скалу: ему хотелось найти место, откуда можно все видеть. Перебираясь с уступа на уступ, неожиданно для себя кот оказался на верхушке скалы прямо над тесниной.

«Надо же! — восхитился он. — Будто опять игру в стыробол судить собираюсь! Только, боюсь, нынешняя игра будет поопаснее...»

Сначала Миола поднялась на высокий карниз, который Басси нашел в день открытия Котокомб.

Оттуда она попыталась отыскать вход в заречный лабиринт. Тщетно! Балкон нависал над пропастью, никаких тропинок, пусть самых опасных, вокруг него не было.

Пытаясь собраться с мыслями, Миола посидела на карнизе несколько минут. Потом вздохнула, поднялась...

И уловила краем глаза легкое движение у входа на балкон — как будто кто-то осторожно выглянул и тут же спрятался.

Ничуть не испугавшись, кошка кинулась в коридор, пробежала до развилки. Остановилась, прислушалась.

Ни звука, ни шороха. Только ветер гудит.

«Почудилось, — решила Миола. — Ну, что ж, придется идти по степной стороне кряжа — но как же это далеко!»

Она направилась к выходу из Котокомб. В одном из переходов с потолка навстречу ей сорвалась летучая мышь. Проводив летунью взглядом, кошка оглянулась — и заметила метнувшуюся в боковой проход тень кого-то маленького, четвероногого.

«Следят! Но кто? — с недоумением подумала она. — Надо проверить».

Пройдя еще немного, она повернула в очень хитрую галерею, где они с Басси любили когда-то играть в прятки. Хитрость заключалась в том, что вдоль всего коридора в стене тянулся желоб. Его стенки были дырявыми, точно гнилое дерево.

Воспользовавшись тем, что преследователь отстал, Миола добежала до известного ей лаза и юркнула в желоб. Затем — крадучись поползла по желобу в обратном направлении, к центральной галерее.

Найдя удобную для наблюдения щель, откуда ей был виден каждый, входящий в коридор, кошка замерла.

Как раз вовремя! Она увидела, как, припадая к земле, изо всех сил стараясь ступать бесшумно, за нею вслед крался Фуфр, маленький ленивый гиененок.

Миола опешила. Она ожидала увидеть рысь или кого-то еще из мало-крупных, но гиену? Открытие поразило ее. Происходило что-то непонятное. Как всегда в подобных случаях, ей очень захотелось уединиться и подумать.

Кошка подождала несколько минут, дала Фуфру время пройти вглубь галереи, проползла чуть дальше — и выскользнула из желоба через другую дыру.

Несколько торопливых шагов — и она уже удирает по главной галерее в сторону входа.

О сыскных способностях Фуфра знали все в городе. Поэтому торжествовать Миола не торопилась. Выбравшись на родной склон, она нашла местечко на скалах, откуда могла видеть каждого выходящего или заходящего в Котокомбы, а ее можно было заметить, лишь внимательно присмотревшись.

Над Котогорьем сияло солнце. Вокруг щебетали птицы, гудели пчелы. Ветерок весело играл цветами. Беззаботно журчал ручеек. Жизнь щедро улыбалась тем, кто ее любил.

Досадуя на шпионскую судьбу, Миола вздохнула и погрузилась в свои мысли.

Она любила ясность во всем. Поэтому, когда не могла в чем-то разобраться, терпеливо сидела и ждала, пока загадка решится сама собой, — ждала, будто караулила мышь у норки.

Первое, подумала она: что-то странное есть в том, что леопарды решили поселиться в горном лабиринте. Чем же им питаться там, мышами? Каждый день спускаться в степь на охоту и тащить добычу для семьи вверх по склону? Это явно не в характере пятнистого племени. Вывод: они просто затаились.

Второе: если они затаились, то это может быть ради мести — или ради наживы. Месть Брыссу? Но даже учитывая предполагаемую тяжесть его преступления, держать большое племя в боевой готовности столь мелкая цель не могла бы. Нажива? Но леопарды прогневили тигров, без пяти минут правителей Леополя. Чем же возможно поживиться отныне? Разве что, подумала Миола, они задумывают собственный переворот... Но ведь у леопардов недостаточно сил для переворота!

Стоп! Миола встрепенулась — и в тот же миг увидела Фуфра, выглянувшего из Котокомб. Маленький негодяй осмотрелся, принюхался, потом осторожно вышел и двинулся по следу (предвидя подобное, кошка прошлась по мелкому ручью, чтобы скрыть запах). Было в его повадках что-то необычное, что-то ему не свойственное. Понаблюдав за гиененком, Миола внезапно поняла: Фуфр очень старался! Обычно лениво-неповоротливый, неторопливый в движениях, сейчас он из кожи лез, чтобы выполнить свою задачу. Почему?

Догадка, мелькнувшая до появления шпиона, вернулась с подкреплением. Вспомнился недавний поход в гиений лабиринт: «укрепленный пост» на месте, которое испокон веков не охранялось — и дежурный посыльный при нем, «особое положение», проскользнувшее в разговоре, отказ Фофурзы пропустить кошку на балкон.

Внезапно Миола поняла, какой хитростью было послать ее искать вход в незнакомый лабиринт к дальней излучине реки — на это понадобился бы не один день: ведь, скорее всего, никакого входа там нет. А про запас подлая гиена подбросила кошке мысль поискать и другой вход над обрывом — авось, дурочка полезет туда и разобьется...

И тут, как мышка из норки, выглянула и зашевелила усиками догадка: ни в какие заречные дали леопарды не ушли. *Они прячутся в гиеньем лабиринте.* Зачем? Ответ мог быть только один: потому что они вошли в сговор с гиенами.

И мстить они собираются тиграм, в особенности Тигруэну, который их выгнал из города.

Ну что ж, облегченно вздохнула Миола. Теперь надо найти Брысса — и не подпускать его к гиеньему лабиринту.

Глава 12
Битва в ущелье

Диаранг оказался прирожденным полководцем.

Во мгновение ока он построил отряд в теснине. Себе олень выбрал самое опасное место — на краю обрыва в реку. Рядом с ним стоял винторогий козел, дюжий боец, хоть и невеликий ростом; а ближе к скалам — буйвол и могучий бизон.

Тигры быстро приближались. Где-то на середине пути они вдруг остановились — увидали свое мясное довольствие за частоколом рогов. С первого взгляда стало ясно, что их поджидали не покорные рабы, а грозные воины.

Упругим, быстрым шагом полосатая гвардия приблизилась к передовой. Брысс на своем наблюдательном пункте поежился: тигры превосходили повстанцев не только вооружением, но и численностью.

Забыв, что переводить его речи некому, Тигруэн громко возгласил:

— Что, рогатенькие? Решили, будто можете дать нам отпор? Ну, ну, попробуйте! Так даже веселее! Сыграем в кошки-козлики? Ату их, братва!

И, прежде чем ринуться в бой, тигры применили психическую атаку: оглушительный рык сотряс стены в ущелье. Брысс чуть не свалился со скалы от испуга: настолько страшен был этот клич.

Но защитники теснины не дрогнули. Никто не отступил ни на шаг, ни у кого не задрожали колени. Грозно сверкая глазами, подавшись вперед, отряд застыл в угрожающем ожидании...

Уверенные, что повергли врага в смятение, тигры бросились в атаку.

Гулкий удар пронесся над рекой — и следом раздался душераздирающий, злобный вой. Рога на отважной и умелой голове — страшное оружие! Троим из четверых тигров пришлось отступать и зализывать раны, а своего противника Диаранг умудрился столкнуть в реку с обрыва.

Первое нападение было отбито. Враг рассвирепел — и ринулся в бой снова. Теперь на каждого из защитников приходилось по полтора нападающих — в полосатой шеренге уместилось шестеро.

Пока четверо тигров, нападая, пытались избежать рогов, двое прорвали фронт — и очутились в тылу передовой. Одного из них сразу же поддели на рога и сбросили в реку бойцы второй шеренги, но другому — это был Тигруэн — удалось наделать беды: он прыгнул сзади на спину буйволу и, прежде чем рогатые пришли на помощь, успел сильно ранить его.

В воздухе запахло кровью. Тигруэн, видя, что в одиночку не устоит, спешно отступил через передовую.

— Бузиль! Назад! — раздался голос Диаранга. — Бафлон! Смени его!

Но раненому отступить не дали: не опасаясь рогов, на него кинулись сразу несколько тигров — и, схватив несчастного за ноги, уволокли на свои позиции.

Во время боя погибших товарищей не оплакивают — за них мстят.

Разъяренный обладатель острых рогов немногим уступает тигру. Сплоченные ряды защитников теснины не дрогнули. Мало того — они сами стали наступать на противников. Стоило полосатым приблизиться — и навстречу устремлялись прямые и кривые, ветвистые и винтообразные копья рогов. Все чаще раздавались вопли, полные ярости и боли, все больше тигров отступали в тыл своего войска.

Но оборонявшиеся тоже несли потери. Брат предводителя Тигруан, воспользовавшись неповоротливостью винторогого козла, с разбегу нырнул под него, поднял на спину и быстро попятился назад. Мгновение — и бедного Балерана разорвали на куски.

Другой тигр ухитрился вспрыгнуть на спину буйволу, перемахнув через его наклоненную для удара голову. Подоспевшие соратники отбили товарища живым, хоть и израненным — а враг полетел в реку.

Многие из рогатых получили царапины и укусы, один из баранов сорвался в поток и погиб — овцы не умеют плавать.

Вскоре напор несколько ослаб. Сказался недостаток дисциплины: некоторые из тигров решили подкрепиться — и у всех на виду принялись закусывать поверженными врагами.

Это взбеленило Тигруэна. Оставив на время передовую, он налетел на мародеров и начал раздавать затрещины, оскалив зубы и страшно рыча. Мародеры не остались в долгу — авторитеты отступают перед аппетитом. В стане врагов возникла потасовка.

Рогатый отряд поспешил воспользоваться преимуществом — еще двое из самых напористых тигров отправились в плавание. Оба попались на одну и ту же уловку: Диаранг и стоявший бок-о-бок с ним лось на секунду отступали друг от друга подальше — и тигр без оглядки кидался в промежуток между неприятелями! Мгновение спустя он оказывался прижатым к обрыву несколькими парами рогов — и, зная по опыту, каковы они на ощупь, неосмотрительный противник сам бросался в воду.

Тем временем Тигруэн закончил воспитательную работу и вернулся в строй. Ущелье огласилось яростным воем: полосатая армия возобновила сражение.

Ослепленный злобой, Тигруэн ломился напролом — и сам угодил в ту же ловушку, только не у края обрыва, откуда можно было спастись вплавь, а в гораздо худшем месте. Он оказался прижатым к скале — двойным полукольцом отборнейших рогов.

Это решило исход битвы. Вырваться из окружения тигр не мог, сдаваться — не хотел. Как безумный, кидался Тигруэн в разные стороны — и всюду натыкался на острые рога.

Видя своего полководца в плену, тигры остановились в смятении.

Победители тоже медлили. Возникла заминка. И вдруг...

— Рогатые предлагают вам мировую! — возвестил кошачий голос сверху, со скалы над головой Тигруэна.

Тигр глянул вверх и от изумления пришел в себя.

— Кот? Толмач? — воскликнул он. — Ты откуда взялся?

— Да так... проходил мимо, — ответил Брысс. — Дай, думаю, посплю в тишине — а тут на тебе, драка, шум... Проснулся, гляжу — наших бьют! Да еще кто — рогатые! Совсем озверели!

— Скажи козлам, чтобы отпустили меня! — угрюмо ответил Тигруэн. — Будет им мировая.

Брысс передал его слова Диарангу.

— Переведи мой ответ, — промолвил олень. — Скажи так: отныне каждый хищник, посмевший требовать дани с Рогвиля, или просто охотиться в пределах этого ущелья, будет встречен так же, как сегодня! Подлый обман, на котором держался сговор с правителями города, раскрыт, Блейль свергнут...

— Так ведь еще не свергнут! — подал глас справедливости Брысс.

— Хвостатым об этом знать не нужно. Говори: свергнут. Отныне жители Леополя будут охотиться в степи! Тигруэн должен сам поклясться честью и заставить подчиненных сделать то же — или мы сейчас поднимем его на рога!

Переводя эту речь, Брысс изо всех сил старался скрыть торжество.

— Ладно, пусть подавятся своей победой! Скажи им, что мы клянемся, — прищурив глаза, сказал Тигруэн и чуть заметно хмыкнул.

— Вожак говорит, что клянется, но вы только посмотрите на его морду! — весьма вольно перевел кот. — Неужто поверите?

— Выхода нет, — ответил Диаранг. — Убьем вожака — развяжем зубы остальным. А мои бойцы устали. В общем, сделаем вид, что поверили.

— Ну! Почему меня не отпускают? — нетерпеливо спросил Тигруэн.

— Сначала пусть твои подчиненные бросят в реку останки наших товарищей, — сурово приказал Диаранг. — Пусть это будет вам уроком: отныне охотиться на нас вы не будете!

Глухо рыча, кидая на рогатых ненавидящие взгляды, тигры подчинились. Белопенная вода горной реки сомкнулась над павшими воинами и схоронила их.

Кольцо острых рогов распалось, и Тигруэн вернулся к своему войску.

— Помни: ты поклялся честью! — сурово сказал ему вслед Диаранг.

Усталый, израненный, покрытый пылью и кровью отряд победителей молча смотрел, как уходят их извечные враги. И, только когда оранжево-черная рать исчезла за поворотом ущелья, Диаранг обратился к бойцам:

— Надеюсь, вы понимаете, что борьба для нас только начинается... Теперь нужно подумать, как свергнуть власть Блейля.

Солнце клонилось к горизонту. Жара спадала. Миола отчаянно боролась со сном, но своего поста не покидала: ей нужно было знать, что Фуфр вернулся в Котокомбы и за нею больше не следят.

Прошло немало времени с тех пор, как он двинулся по предполагаемому следу. Должно быть, ему действительно очень хотелось выполнить поручение — иначе он вообще не потрудился бы выйти из Котокомб.

Но вот из-за освещенного золотым вечерним солнцем камня вынырнули гиеньи уши. Фуфр возвращался, понурившись — и даже не смотрел по сторонам.

Миола собиралась затаиться и пропустить его с миром. Но вышло по-иному.

Увидев Фуфра, она отпрянула и прижалась к стене — и тут же кубарем покатилась вниз вместе с плоским осколком скалы, чудом удерживавшимся на карнизе до тех пор.

Гиененку не повезло: его придавило сразу и камнем, и кошкой. Он заверещал и задергался, силясь высвободиться.

Но Миола быстро смекнула, что оплошность обернулась удачей — и, припомнив недавнюю охоту на Брысса, отпускать его не торопилась. Тем более что Фуфр был покрупнее ее самой — без хитрости не сладить.

Усевшись шпиону на спину (камень лежал на его задних лапах и хвосте), она грозно вопросила:

— А ну, признавайся: зачем ты за мной следил?

— Пусти! — заныл Фуфр. — Пусти, вонючка! Я маме скажу!

Его слова подали Миоле хорошую мысль.

— Нет, детка! — сказала она и ехидно засмеялась. — Это *я скажу* твоей маме, что ты провалил ее задание!

Фуфр отчаянно заерзал, запыхтел — и вдруг разревелся. Миола сначала не поверила своим ушам — настолько не вязались слезы с обычным гиеньим поведением.

— Не надо! — всхлипывал бедняжка. — Не надо, не говори, а не то она меня завтра дома оставит и на охоту не возьмет.

— Подумаешь! — недоуменно сказала Миола. — Ты что, на охоте никогда не был?

— На такой не был! — Фуфр аж завыл от досады. — На козлов в горах я никогда не охотился. Мне обещали белого козленка!

Спокойствие, подумала Миола. Главное — не выказывать излишнего интереса: тогда негодяй сам все выложит.

— Фу, козлятина! — наигранно сказала она. — Антилопа вкусней.

— Дура! — взвыл Фуфр. — Мне мяса не нужно — хочу на войну!

— Это с кем же у нас война? — спросила Миола вкрадчиво.

— Не твое дело! — опомнился шпион.

— Ну и не говори, я и сама все знаю!

— Ни хвоста ты не знаешь!

— Леопарды и гиены собираются напасть на Рогвиль завтра утром. Так?

Фуфр искоса взглянул на свою наездницу — и спросил с уважением:

— Неужто сама разнюхала?

— А то как же! — не без гордости ответила Миола. — Как только заметила, что ты за мной следишь — сразу все поняла. Вот только в толк не возьму: зачем?

— Как есть дура! — хмыкнул Фуфр. — А тиграм насолить? Нарушение договора — соглашению конец!

«Ему так или иначе конец», — хотела сказать Миола, но прикусила язык. Вслух же она сказала:

— Ладно, мне до этого нет дела. Хотите нападать — нападайте. Все равно у вас ничего не получится: часовой увидит и поднимет тревогу!

— Фигушки! Мы подкрадемся на рассвете, да не по дороге, а по руслу реки у него за спиной, а леопарды и вовсе по горам — и прямо на карниз над ихними гротами!

— Ладно, — вздохнула Миола и отпустила шпиона. — Не скажу матери. Можешь врать ей, что выследил меня.

Фуфр с проклятиями выкарабкался из-под камня.

— Да, соврешь тут... — жалобно проныл он. — Мать велела кончик твоего хвоста принести. Иначе не поверит, что выследил.

— Что-о? — ужаснулась Миола. — Да ты что, убить меня собирался?

— А то как же? На уловку не клюнула — значит, каюк тебе! Справедливо? — дружелюбно хмыкнул негодник. — Слушай, отдай мне кусочек хвоста! Я небольно откушу!

А тебе за это любую тайну выдам — хоть свою, хоть чужую!

Миола задохнулась от негодования.

— Ах ты, подлая душа! — вскричала она. — А ну, пошел отсюда! А то я сейчас...

Она не договорила — воспрянувший гиененок бросился на нее, щелкая зубами. Но эту кошку трудно было застать врасплох — сказывалась долгая подпольная выучка.

Мгновение — и она уже на верхушке высокого камня.

— Что, съел? — беззлобно засмеялась она. — Иди, уговаривай маменьку взять тебя с собой!

Фуфр открыл было рот, чтобы ответить, но внезапно снизу раздались громкие голоса кошек, вышедших из Верхней пещеры на охоту. Он подумал, почесал за ухом — и скрылся в Котокомбах.

А Миола спустилась вниз и направилась туда, откуда вышли охотники — в пещеру. От сердца у нее отлегло — она убедилась, что леопардам было чем заняться помимо мести ее ненаглядному Брыссу.

Но, стоило ей войти в пещеру, как ее радость упорхнула, что птичка из когтей замечтавшейся кошки.

Брысса в пещере не было. Никто не знал, где он. Никто не видел его с самого утра.

Басси, несколько более вменяемый, чем во время собрания, и Мисмис, объевшаяся комплиментами до тошноты, сидели рядом в окружении соратников, но уже не заговорничали. Сонное умиротворение царило в пещере.

Поспрашивав встречных котов и кошек, Миола встревожилась настолько, что двинулась прямиком к брату — и громко спросила:

— Надеюсь, теперь ты скажешь мне, куда девался Брысс?

Мисмис изобразила слащавую улыбку и собралась сказать какую-то гадость, но поперхнулась — внезапно увидела, что Миола действительно сходит с ума от беспокойства. Ей даже стало немножко стыдно.

Басси недоуменно огляделся.

— Брысс? В самом деле, где Брысс? Я думал, он где-то здесь.

— Он был здесь, возле меня... — как бы оправдываясь, сказала Мисмис. — Но потом куда-то ушел... не сказал, куда.

Воцарилось молчание.

— Да нет же! — вдруг произнес один из котов. — Он сказал, куда. Только его никто не слушал.

— Он сказал, что идет кого-то предупредить, — добавила пестрая кошечка. — И куда, тоже сказал. Но я не запомнила...

— Да он просто так, для отвода глаз, сочинял! — хихикнул белоухий старикашка. — Чтоб не трогали! А сам спит где-нибудь...

— Вспомнил! — вскричал первый из доброхотов. — Он пошел в какой-то Рангидинг, предупредить Вилерога!

Миола почувствовала, как шерсть у нее на загривке становится дыбом.

— В Рогвиль? — дрожащим голосом спросила она. — К Диарангу?

Несколько голов оживленно закивали, несколько голосов заурчали — загадка разрешилась быстро и просто.

— Как вы... неужели вы... зачем вы его отпустили? — внезапно закричала Миола. — Ночью в Рогвиль придут леопарды! Они поклялись его убить — и непременно сделают это! Конечно, если его еще не съели тигры!

— Между прочим, он никого не спрашивал, — обиженно произнес Басси. — Пока мы занимались вопросами государственной важности...

— Да ничего с ним не случится! — бодро сказала Мисмис. — Он и не из таких переделок выпутывался...

— Ну, если вы сможете уснуть сегодня — тогда спокойной ночи! — горько сказала Миола. — Я не знаю, что делать. Я знаю только, что нужно что-то делать! Я не хочу, чтобы Брысса убили!

— Успокойся, Миола, — раздраженно ответил вождь. — Брысс — не маленький котенок и способен постоять за себя. Может, он сейчас вернется.

— Не вернется! — снова сорвалась на крик кошка. — Во-первых, потому что ему там не скучно. А во-вторых, потому что помочь рогвильцам свергнуть действительно страшный строй — благородное дело. Это не ваши «сплоченные требования» к Владыке, о котором любой другой город и мечтать не может!

Какой тут поднялся шум! Как дружно принялись коты и кошки обличать Миолу! Тем дружнее, что каждый чувствовал ее правоту...

Они шумели еще долго после того, как смутьянка скрылась из глаз.

Надвигалась ночь. Теплый свет заскользил вверх по склонам, торопясь покинуть место недавней битвы. Скорбные сумерки скрыли следы крови в теснине.

Отряд не стал возвращаться в Рогвиль в темноте. Диаранг повел усталых бойцов выше по ущелью, мимо поворота в Рогвильскую долину. Впрочем, ушли они совсем недалеко — очень кстати попался пологий травянистый склон.

— Отдыхайте, — сказал он. — Набирайтесь сил. На рассвете мы войдем в Рогвиль — и будем биться с отрядом Блейля. Думаю, среди горожан найдутся смельчаки, что поддержат нас!

Когда стадо разбрелось, Брысс потихоньку спросил оленя:

— А заложники? Ты думаешь, эти мерзавцы освободили их?

— Не знаю, — тревожно ответил Диаранг. — Боюсь, что нет. Блейль наверняка собирается послать их завтра на заклание.

— Надо бы разведать, — задумчиво сказал кот.

— Но не можем же мы пробраться в город незаметно! — воскликнул олень.

— Смотря кто, — хмыкнул кот. — Ты забываешь, что в твоем отряде есть один безрогий, с мягкими лапками... цвета ночи. К тому же, пока вы бились, он отдыхал. Почему бы ему не размяться?

Глотая слезы, Миола мчалась по главной галерее Котокомб.

«Не успеть! — думала она. — Уже темнеет, дороги в Рогвиль я не знаю. Мне нужна помощь! Помощь кого-то из крупных. Кого?»

Внезапно она вспомнила, что Тигрисса по какой-то причине благоволит к Брыссу. «Была не была! Попробую!» — решила она.

Воспользовавшись найденным накануне лазом, она проникла в галерею над Нижней пещерой и прислушалась. Тигриные жилища были пусты. Немудрено — ведь в такое время тигры ходят забирать дань.

Скорее к Тигриссе! Старики и дети на охоту не ходят — она должна быть в своей пещерке.

Увы! Старая тигрица была не одна: с нею вместе коротали время до прихода родителей полосатые дети. Не зная, что делать дальше, Миола понаблюдала за их игрой.

«Совсем как котята! — подумала она. — И злобы никакой. Откуда же она берется, когда они подрастают? Впрочем, тигры тоже бывают разные — вон Тигрисса, например, совсем на других не похожа...»

Внезапно раздался страшный шум: рычание, громкие свирепые голоса, завывание. В пещерку ворвались несколько тигров.

— Мать! — заорал Тигруэн. — Мы попали в засаду! Рогатые не пропустили нас к городу!

Миола тихо ахнула: «Ай да Брысс! Успел-таки!»

— Помолчи минутку! Дай детям уйти, — строго произнесла Тигрисса, и, подождав, пока мамы уведут своих чад, спросила: — Чьих это лап дело?

— Кабы я знал! — взвыл ее сын. — Скорее всего, не лап, а копыт — старого Блейля! А может, тут еще кто-то замешан! Так или иначе, козлы потребовали от нас честного слова...

— А как вы с ними объяснялись? — встрепенулась Тигрисса.

— Там случайно оказался кот-толмач — очень кстати...

— Случайно? — спросила тигрица и засмеялась.

— Прямо-таки драный кошак тебе заговорщиком кажется! — вспылил Тигруэн. — Умом не вышел!

— Да я же не спорю, — сказала Тигрисса, все еще смеясь. — Случайно так случайно.

Тигр в ярости метался от стены к стене.

— Ну, я их! Ну, попляшут они у меня! Завтра же на рассвете...

Миола похолодела.

— Постой, — внезапно сурово сказала Тигрисса. — Ты дал рогатым честное слово?

— Меня вынудили! Это не считается!

— Вынудили — обманом?

— Нет, не обманом — но какая разница? Тигриное слово — козлам?!!! Много чести! Подавятся!

— Тогда ты опозоришь весь полосатый род, — сказала старая тигрица. — Слово есть слово, кому бы ты его ни дал — хоть кошке или мыши.

— Плевать мне на слово! — истерически заорал Тигруэн. — Я им покажу, как меня — меня, Тигруэна! — рогами колоть! Всех порву! На рассвете в Рогвиле никого не останется!

Внезапно у входа в пещерку появился дежурный Линкстон.

— Владыка требует Тигруэна к себе с отчетом, — бесстрастно сказал он и торопливо исчез.

— Слыхала? — ядовито проговорил вероломный сын. — Владыка требует! Но уж ему про честное слово я не скажу — хватит с меня твоего выговора!

Яростно размахивая хвостом, Тигруэн удалился. Следом за ним, угрюмо насупившись, ушли его товарищи.

Оставшись одна, Тигрисса помолчала минутку. Потом тихо, но четко произнесла:

— Кошка! Ты здесь? Все слышала?

— Да, — ответила кошка и бесстрашно спрыгнула на пол перед огромной тигрицей. — Меня зовут Миолой.

— Сдается мне, Миола, надо выручать твоего приятеля, — сказала тигрица. — И моего сына заодно. Подождем, пока все уснут... и пойдем с тобой в Рогвиль.

Часть пятая
СТРАШНЕЕ КОШКИ...

Глава 1
Разведка

День пятый.

Брысс ненавидел мокрую траву.

Путь к жилищу Диаранга вел в обход родникового пруда. Как назло, пруд имел настолько пологие берега, что, по сути дела, был окружен мелким болотом.

Хлюпая по воде и ругаясь себе под нос, Брысс потихоньку все-таки продвигался вперед. Один раз он чуть не выдал себя: наступив в темноте на лягушку, кот едва успел закусить губу, чтобы не заорать дурным голосом.

Предусмотрительный Диаранг велел ему дождаться захода луны, прежде чем отправляться в путь. Пока луна странствовала по небу, кот немного поспал. С одной стороны, это подкрепило его силы, с другой — времени до рассвета оставалось не так много, и сейчас он торопился.

Следуя наставлениям Диаранга, Брысс держал путь по краю пруда к дереву, у которого обитали олени. Там можно было рассчитывать на радушный прием — если еще остался в живых кто-то из оленьего клана.

К тому же, по стволу дерева можно было взлезть на карниз и продолжить разведку поверху, прислушиваясь к звукам и разговорам из-под навеса.

После трех ночей, проведенных в подземелье, Брысс нарадоваться не мог свежему ветру и звездам над головой. Что касается опасности — то без нее нашему герою ничто не казалось увлекательным.

Выйдя наконец на сухую землю, лазутчик отряхнул лапки и решил, что жизнь прекрасна. Но как же отыскать дерево в такой темноте?

Небо, забрызганное звездами, все-таки чуть светлее земли и всего, что лежит и растет на ней — можно сказать, оно светло-черное. Темно-черной зубчатой стеной долину окружали скалы. Брысс двинулся дальше по берегу озера и шел, пока стена не приблизилась настолько, что можно было различить край карниза.

Теперь он знал, что делать. Черный нос повернулся влево и повел хозяина вдоль стены, а зеленые глаза зорко вглядывались в очертания теней.

Есть! Похожее на львиную голову с гривой, выделялось на фоне неба высокое дерево.

Утроив бдительность, Брысс подкрался к стволу. Под каменным навесом кто-то шевелился, глухо постукивали копыта.

Он принюхался — скорее по привычке, чем с какой-то целью: все копытные для кошек пахнут одинаково. Сел, почесал за ухом.

Окликнуть обитателей грота? А вдруг там кто-то из свиты Блейля?

Подождать? Но не сидеть же под деревом до утра...

Ага, хорошая мысль! Брысс влез по стволу и мягко спрыгнул на карниз. Затем нащупал лапой камешек и осторожно спихнул его вниз — безотказный способ привлечь чье-либо внимание, не вызывая подозрений.

Мгла качнулась, задрожала — и из-под козырька, будто коряга из темного омута, всплыли роскошные оленьи рога. Следом за рогами показалась голова старого оленя.

Карниз в том месте был невысок. Брысс свесил голову с крыши, а олень поднял морду — и они стали разговаривать, едва не соприкасаясь носами.

— Вы — Диор, отец Диаранга? — спросил кот.

— Да. И я знаю, кто ты. Здравствуй, Брысс, — еле слышно сказал хозяин грота. — Что за вести ты принес? Жив ли мой сын?

— Жив! Атака тигров отбита, — не без гордости прошептал Брысс. — На рассвете Диаранг и остальные придут сражаться с отрядом Блейля. Поддержат ли их жители города?

— Трудно сказать. Многие сожалеют, что не поддержали их вчера, во время восстания, — сказал олень задумчиво. — Но, с другой стороны, привычка беспрекословно подчиняться правителям очень сильна.

— Известно ли что-нибудь о заложниках?

— Да. Их охраняет почти вся гвардия Бизуброна. Диара, жена Диаранга, с дочерью там же. Мерзавка Беелинда придумала очередную подлость: она держит детей отдельно от матерей! Бедные крошки...

— Знаете ли вы, где их стерегут? — спросил Брысс.

— Да, только что толку? Все равно их не спасти, — голос старика дрогнул. — Как только Диаранг войдет в город, бизоны убьют всех заложников.

— Постараюсь что-нибудь придумать, — сказал Брысс. — Где это место?

— На той стороне, слева от входа в Рогвиль, там, где у карниза заросли кустов. Это — жилище Блейля, и охраны там всегда полно. Будь осторожен: они все время начеку! Слух у Бизуброна такой, что муравья — и того в траве услышит!

— Я тоже кое-чем похвастать могу, — самодовольно ответил Брысс. — Есть ли стража по эту сторону долины?

— Да, есть, но сколько и где именно — сказать трудно, — ответил олень. — Незадолго до твоего появления здесь прошел бизон: сначала ко входу, потом — в обратную сторону.

— Это все, что меня интересовало. До встречи, Диор! А теперь иди, мне нужно подумать, — сказал Брысс, и олень послушно спрятался под навес.

Долго думать коту не пришлось: выбор был невелик.

Обходить большую долину по карнизу? В темноте, без спасительных деревьев по пути? Брысс отбросил эту мысль — и правильно сделал! Иначе он доставил бы много удовольствия леопардам...

Итак, тихонько спустившись по стволу дерева на землю, наш герой отправился к противоположному концу долины кратчайшим путем. Правда, все, что он мог видеть в темноте, была темная гряда скал под усыпанным звездами небом, но сбиться с пути он не боялся: как ни пересекай круг, все равно где-то достигнешь края.

Обогнуть заболоченный луг, не замочив лап, Брыссу не удалось. Изо всех сил стараясь не шлепать лапами, кот поспешил миновать низину — и вымок еще хуже: тяжелая поступь приближавшегося часового заставила его припасть к земле (точнее, к воде).

Миновав лазутчика всего в нескольких шагах, караульный удалился. Брысс полежал еще немного, прислушиваясь к сонному мычанию и блеянию из-под навеса. Потом встал и, прежде чем идти дальше, по-собачьи отряхнулся, прогоняя злость. Впрочем, ночной ветерок и сухая трава под ногами вскоре успокоили его и привели в боевое настроение.

Через какое-то время Брысс остановился передохнуть. Оглядевшись, он решил, что достиг середины луга — скалы впереди и позади него теперь были одинаковой высоты.

«Надо торопиться, — решил кот, — небо уже начинает светлеть».

Он поднял лапу, чтобы продолжать путь... и похолодел.

Осторожную, но тяжелую поступь крупного хищника он научился различать совсем недавно. Кто это? Тигры? Решили расквитаться с рогатыми за поражение в теснине? Застать город врасплох, ночью?

Нет! Это один зверь, к тому же немолодой. Идет крадучись, что-то вынюхивая и высматривая...

Снова припав к земле, заинтригованный Брысс пропустил незнакомца мимо и тихонько двинулся за ним — на безопасном расстоянии, однако.

Через несколько минут зверь остановился, будто в нерешительности. Брысс рискнул подобраться поближе — и разглядел полоски на длинном хвосте.

Тигр, причем один — значит, разведчик. Вот уж будет некстати, если полосатые вмешаются в рогвильский переворот!

Ладно, решил Брысс, помешать этому я не могу. Пусть себе разведывает, что нужно ему, а я пойду по своим делам — уже рассвет вот-вот займется.

Но уйти он не успел. Внезапно раздался тихий кошачий голосок, полный отчаяния:

— Ой, как же мы найдем здесь Брысса?

Тот, кого хотели найти, от неожиданности сел и открыл рот. Он отказался верить собственным ушам. Здесь, вдали от Леополя, в чужом городе, населенном рогатыми, темной ночью — крадущийся непонятно куда тигр разговаривает голосом Миолы! Что за притча?

Но тут раздался другой голос — тоже тихий, и несомненно принадлежавший тигрице:

— Я думаю, дорогуша, что тебе следует пробраться в темноте к дереву и отыскать жилище оленей. Будем надеяться, что Диаранг вернулся и сейчас у себя дома. Если ты найдешь его — то найдешь и Брысса. Хотя как же ты с оленем будешь объясняться?

— Что же делать? — воскликнула Миола. — До рассвета совсем близко! Вот-вот явятся леопарды!

Брысс уже опомнился. Он не любил мучаться догадками, когда можно было просто спросить и получить ответ. Миола сидит на спине у тигрицы и обе почему-то ищут его — это интересно!

— Меня легче сыскать, чем Диаранга, — подойдя к ним сбоку, сказал он вполголоса. — А зачем я вам?

— Ой! Брыссик! — воскликнула Миола и соскочила на землю. — Какое счастье! Тебе грозит опасность! Бежим скорее! Тигрисса нас обоих вывезет отсюда...

— Опасность? — Брысс громко фыркнул. — Когда это я бегал от опасности?

— Глупый! — вскричала Миола. — Сейчас в город придут леопарды, гиены и тигры вдобавок! И у всех на уме месть — друг другу, рогатым, и тебе заодно!

К ее негодованию, Брысс пришел в совершенный восторг.

— Миола! Тигрисса! Какие же вы умницы! — воскликнул он. — Да я и мечтать не мог о таком подарке! Ура! Теперь победа будет наша!

— Можно узнать поточнее, чья это — ваша? — поинтересовалась тигрица.

— Наша с Диарангом, — несколько осторожнее сказал Брысс. — Видите ли...

— Можешь не пояснять, — ответила Тигрисса. — Я на вашей стороне.

— Неблагодарный! Значит, ты не собираешься уходить? — в отчаянии воскликнула Миола. — Ну, так я и знала!

— Тихо! Не мешай соображать, — оборвал ее кот и уселся, прикрыв искрившиеся азартом глаза.

Обе дамы благоразумно замолчали. Рассвет неумолимо близился. Через минуту-другую Брысс вскочил и захохотал. Затем подошел к самой морде Тигриссы.

— Не знаю, чем заслужил поддержку столь влиятельной особы, — сказал он вежливо, — но... могу я попросить вас помочь мне еще в одном деле?

— Да, если ты, в свою очередь, поможешь моему сыну избежать позора, — ответила тигрица. — Дело в том, что он дал слово...

— Знаю! Кто, по-вашему, это слово переводил? Хотя боюсь, ваш сын навряд ли меня послушает... Но все равно постараюсь.

— Прекрасно! Значит, действуем сообща и выручаем друг друга, — ответила Тигрисса.

— И я! Я тоже буду помогать! — вскричала Миола.

— А в этом никто и не сомневался, — хмыкнул неблагодарный кот. — От тебя так легко не отделаешься...

Только успел старый олень задремать после ухода тайного гостя — как услыхал, что с карниза опять сбросили камешек. Один, тут же — второй, а следом — целый град.

Старик сначала опешил, потом все-таки решил осторожно выглянуть. И в предрассветных сумерках увидел сразу двух заговорщиков — вместе с черным котом пришла серая кошечка.

Брысс торопливо заговорил (впопыхах забыв о вежливости):

— Слушай, Диор. Нельзя терять ни минуты. Скоро рассвет. Можешь ли ты сейчас, как только я уйду, пустить по цепочке — от соседей к соседям — предостережение для всех честных жителей Рогвиля?

— Да, конечно! Мы так передаем новости друг другу. Конечно, среди соседей попадаются и доносчики, но мы научились их обходить.

— Тогда вот оно, предостережение: самкам с детьми сидеть дома! Ни в коем случае не выходить из-под карниза! Лучше остаться без завтрака, чем самому достаться кому-либо на завтрак! И будьте начеку! Всем рогвильцам придется защищаться — но под навесом защищаться легче: ждать нападения можно только с одной стороны.

— Защищаться? От кого? — спросил испуганный Диор.

— От тигров. Или от леопардов, или даже гиен, — весело сказал Брысс. — А может, и ото всех сразу. Впрочем, может статься, им будет не до вас... Запомнил? Выполняй поручение. Скажи: Диаранг с отрядом придет сражаться тоже — сначала с хищниками, а потом с шайкой Блейля. Кто захочет поддержать его — пусть присоединяется!

Кот говорил так быстро и с таким напором, что у бедного старика перехватило дух. Видя его замешательство, Брысс бодро возгласил:

— Не унывай, Диор! Уж мы покажем этим козлам! Кхм...И котам тоже! Да, вот еще что: эта киска — моя соратница. К сожалению, она не говорит на вашем языке. Она останется на карнизе по моему поручению. Так вот, может случиться так, что ей нужно будет спрятаться — тогда не откажи ей в гостеприимстве, хорошо? И защити ее, если понадобится... очень прошу тебя.

С трудом пришедший в чувство Диор отправился выполнять поручение, Миола осталась на карнизе (впрочем, подумав минутку, она решила взлезть на дерево повыше), а Брысс бегом бросился к ожидавшей его неподалеку Тигриссе и с разбегу вскочил ей на спину.

— Послушай, Брысс, — сказала тигрица, — мне нужно тебе кое-что сказать.

— Только не сейчас! — воскликнул кот. — Нельзя терять ни секунды! После поговорим! Вперед!

Тигрица помчалась к противоположному краю долины — у Брысса только ветер в ушах засвистел.

Искать Блейля не пришлось — заслышав топот ног тяжелого зверя, он сам выскочил из-под навеса, а следом за ним — Бизуброн и еще кто-то из охраны.

Брысс понимал, что им нельзя дать опомниться — и закричал еще издали:

— Собирайте бойцов! На город идут леопарды, пантеры и гиены! Их очень много, и они уже на скалах над Рогвилем!

Затем, подъехав к Блейлю на Тигриссе, он с ходу заявил:

— Тигры взялись вас защищать! Они идут сражаться с леопардами, но их вдвое меньше, чем врагов. Немедленно собирайте отряд!

Блейль испуганно огляделся, но в предрассветных сумерках ничего на скалах не увидел. По привычке скорчив презрительную гримасу, он открыл было рот, чтобы обвинить кота во лжи, но не успел: вдруг раздался трубный клич часового, сигнал тревоги.

И тут же, будто по команде, с окрестных скал стаей сорвались птицы. Громко крича, они закружились над долиной.

— Тревога! — взревел Бизуброн. — Гвардия, ко мне!

И он помчался вдоль карниза, выкрикивая распоряжения.

Владыка даже не пытался изобразить отвагу. Тряхнув бороденкой, он проворно юркнул под крышу и собирался там затаиться, да не тут-то было: черный кот верхом на тигрице последовал за ним.

Въехав под карниз, Брысс увидел заложников. Они стояли и лежали вдоль стены, а чуть поодаль, в глубокой нише, сбились в кучку напуганные малыши. Охраняли заложников дюжие зубры и кряжистые быки.

— Владыка! — возмущенно возопил Брысс. — Почему твои бойцы не слушаются приказов?

— Это не бойцы, — дрожащим голосом ответил Блейль. — Это охрана.

— Зачем охрана в гроте? — притворно изумился кот. — Охранять тебя надо снаружи!

— Не только меня! — раздражение на минутку отвлекло козла от страха за свою драгоценную шкуру. — Они охраняют заложников.

— *Чьих* заложников?!! — заорал Брысс что было сил. — Вы что, леопардов собираетесь заложниками пугать?

Откуда ни возьмись, среди стражников возникла кудлатая Беелинда и проблеяла:

— Между прочим, это стадо отправляется сегодня в Зарожье! Как же их не охранять? И потом — мы не уверены, что все повстанцы вчера погибли. Из ущелья слышались такие крики, будто там шло сражение...

— Скоро послышатся худшие крики! — войдя в роль, в ярости завопил Брысс. — Если не будете обороняться — кричать придется вам самим, причем в последний раз!

У старого козла тряслась челюсть и подгибались ноги. Он кидался в разные стороны, пытаясь найти укромный уголок, и в конце концов забился в какую-то щель за спинами заложниц.

Но верховная овца неожиданно явила храбрость. Презрительно проводив глазами Блейля, она приказала охране:

— Все наружу! Бизуброна не догонять, защищать наше убежище! Барус за главного! В гроте останутся трое — достаточно охранять детей, а мамаши и сами не разбегутся.

Брысс скрипнул зубами от досады. Вот мерзавка! Ну, погоди у меня...

— Нет уж, пусть выходят все! — тоном, не допускающим возражений, скомандовал он. — Охранять детей будет Тигрисса.

Все замерли. Беелинда выпучила глаза и попыталась что-то сказать, но Брысс ее опередил:

— Это стадо — тигриное довольствие, вы же сами сказали! Так кому же его стеречь, как не хозяевам! А охрана пусть идет сражаться! Сейчас каждый боец на счету!

Овца не нашлась, что ответить. Зубры безропотно покинули грот. Перейдя на кошачий язык, Брысс вкратце изложил Тигриссе суть дела, прибавив от себя:

— Прошу вас, защитите козлят! Как только Диаранг с отрядом появится в долине, про заложников могут вспомнить...

— Я сделаю, что могу, — сказала тигрица, направляясь к малышам, — а ты не забудь о своем обещании. Хотя... вряд ли моего сына теперь остановишь — уж мне ли не знать.

Не мешкая ни секунды, Брысс спешился и кинулся разыскивать жену Диаранга. Долго это не заняло: Диара уже спешила ему навстречу.

Взлетев ей на спину, Брысс вполголоса сообщил ей и сгрудившимся вокруг заложницам:

— Ваши мужья живы, хоть и не все! Тигров вчера славно проучили. Сейчас Диаранг приведет отряд и вступит в бой! Леопарды действительно наступают, вдобавок с ними еще и гиены — это все правда, а вот тигры никого защищать не собираются, напротив — идут мстить.

Козы и оленухи тихо ахнули, оглянувшись на тигрицу.

— Да нет же! — досадливо махнул лапой Брысс. — Тигрисса на нашей стороне — всецело. Обороняйтесь вместе с нею, сообща, если понадобится! Я попробую столкнуть леопардов с тиграми, чтобы им не до вас было. Диара, ты готова помочь мне?

— Сделаю все, что угодно! — решительно сказала оленуха.

— Тогда вперед! Вези меня к выходу из долины! Надо успеть предупредить Диаранга.

Ни секунды не колеблясь, Диара вынырнула из-под карниза — и тут же попятилась, поскольку один из охранников двинулся на нее с рогами наперевес.

— Приказ Владыки! — поспешно возопил Брысс, зная, что разбираться никто не станет: — Связной с донесением для союзников!

Рога озадаченно отступили в сторону — и грациозная оленуха стрелой умчалась в рассветные сумерки.

Глава 2
Рогвильское сражение

Леопарды спускались по скалам с южной стороны Рогвиля — там, где росло дерево. Двигались они очень тихо. Но, когда сорвавшийся вниз камешек всполошил и поднял целые тучи птиц, пятнистое войско разом перестало таиться и заторопилось вниз.

Однако, достигнув карниза, звери не спешили покидать его — очевидно, ждали приказа. Нервно дергая хвостами и негромко переговариваясь, они прохаживались по балконам. С каждой минутой становилось светлее.

Сначала Миола оробела — с чего же начать? Не произносить же речь, обращаясь к народу, как Басси!

И вдруг кошка вскрикнула от радости: прямо под деревом, где она затаилась, остановилась Леурсия — ее бывшая соратница по заговору.

Не теряя ни секунды, Миола свесилась с ветки и позвала леопардиху по имени. Взглянув вверх, Леурсия удивленно воскликнула:

— Миола, ты? Что ты тут делаешь?

Надо сказать, что ответ на этот вопрос наша киска пыталась придумать все время, пока сидела на дереве, но ничего путного в голову не лезло. Поэтому сейчас она сказала первое, что пришло на ум:

— Прячусь! Уж не знаю, куда мне забежать — все меня хотят убить! — и она всхлипнула для достоверности.

— Вот как? — удивилась Леурсия. — А за что?

— Лионелл и тигры — за то, что я помогала вам! Гиены — за то, что я подслушала их тайну... Кстати, она касается и вас.

Леопардиха, подпрыгнув, оказалась на ветке рядом с кошкой. Глаза ее горели в сумерках.

— Что за тайна? — шепотом спросила она.

— Фофурза вас предала! Она хочет купить себе расположение Тигруэна и поэтому выдала вас тиграм. Они сейчас будут здесь — хотят поймать вас с поличным.

— Не может быть! — Леурсия свирепо взглянула на кошку. — Не верю, ибо гиены...

— Ваши союзники, — ответила за нее Миола. — Именно на это она и рассчитывала — на то, что вы не станете ждать худого от союзников .

— Все равно не верю! Гиены ничего не делают без выгоды. Что им делить с Тигруэном?

Миола сделала круглые глаза и, подавшись вперед, отчаянным шепотом сообщила:

— Власть! Тигруэн хочет, как только станет Владыкой, прогнать рысей — не доверяет им. А гиены метят на их место! Командовать в городе лапы чешутся...

Леурсия задумалась: сказанное звучало правдоподобно. Подобные мысли наведывались и к ней в голову.

— Ладно, посмотрим, — наконец сказала она. — Проверить легко. Если тигры действительно появятся... Ну, пегие уродцы, вы у нас попляшете! И полосатые красавчики — тоже! Это вам не Леополь с его законами — тут кто врасплох захватил, тот и победил!

И леопардиха кинулась разыскивать Леурта.

— Скорей, скорей! — кричал Брысс, сидя на спине Диары. — Надо проскочить вход в Рогвиль до появления тигров!

Оленуха неслась, как ветер. Уже совсем рассвело, стали видны скалы и горные вершины за ними. Слева от расщелины, куда они направлялись, серым глянцем отливало озеро.

Оглянувшись, Брысс различил на скалах за прудом гибкие пестрые и черные фигурки, спускавшиеся в долину. Ему вдруг стало очень страшно за Миолу — а ну, как леопарды ей не поверят?

Вот и расщелина... Ура! Путь свободен! Стрелой промчалась Диара по узкому проходу и выскочила в ущелье.

На сторожевой скале горделиво возвышался винторогий козел. Поравнявшись с подножием скалы, Брысс вполголоса сказал оленухе:

— Я останусь здесь и буду ждать тигров, а ты поспеши к Диарангу — вон за тем утесом, вправо по тропе вверх —

да ты его встретишь по пути, я уверен. Во что бы то ни стало задержи отряд до того, как тигры войдут в город! Надо дать полосатым время сцепиться с леопардами. Подождите за поворотом, пока не начнется битва — и галопом ко мне! Что делать дальше — посмотрим. Все, беги!

Умница Диара умела действовать, не задавая лишних вопросов. В считанные секунды топот ее копыт затих вдали.

Брысс взобрался на скалу и обратился к часовому:

— Владыка прислал тебе похвалу за бдительность! Что за тревога?

Козел, — очевидно, добросовестный вояка, — взволнованно проблеял:

— В ущелье птицы кричат — идет кто-то. И по мелководью за сторожевой скалой кто-то крадется — лапы шлепают.

— Молодец! Все верно: идут тигры, шлепают гиены, а по скалам лезут леопарды. Дуй в город! Приказ Владыки! Я останусь за тебя, — сказал Брысс и, видя нерешительность рогатого, добавил: — Ты что, не слышишь, что в городе начинается? Сейчас будет сражение!

А в городе стоял гвалт — к птичьим крикам присоединились громкие распоряжения Бизуброна и других рогатых начальников: рогатые отряды спешно строились.

В этот миг из-за поворота показались тигры — и стражника точно ветром сдуло. А Брысс начал очередную игру.

Поднявшись на задние лапы, он стал отчаянно махать передними, при этом издавая истошные вопли.

— Измена! Измена! Вы идете прямо в засаду! Остановитесь!

Зная, что теперь уж тигры мимо не пройдут, он спустился со скалы и уселся на выступ чуть повыше полосатых голов. Десятки немигающих глаз были нацелены на него, настороженные уши ловили каждое слово. Впрочем, сейчас кот не рисковал — Тигруэн всегда поощрял доносчиков.

— Вас предали леопарды! — трагически возгласил Брысс. — Они решили сквитаться с вами за изгнание из Леополя! Изменники предупредили козлов о вашем нашествии! Слышите шум? Это рогатое войско готовится дать вам отпор. Мало того! Леопарды собираются напасть на вас сами! Сидят в засаде — на круговом карнизе, и выжидают удобного момента. С ними в город притащились гиены…

— А этим вонючкам-то чего надо? Мы с ними не ссорились, — нахмурившись, сказал Тигруэн.

— Они вошли в сговор с леопардами! Леурт задумал сохранить договор с Рогвилем, но только в пользу своего и гиеньего племени. А Блейль с радостью соглашается, ибо так ему платить гораздо меньше дани, чем по вашим… то-есть нашим, новым требованиям.

— Ах, он соглашается! — взревел Тигруэн. — С радостью, говоришь? Ну, увидите, что я сделаю с ним — не просто с радостью, а с восторгом! С упоением!!!

— Эй, эй! — всполошился Брысс, вспомнив о своем обещании Тигриссе. — Если вы займетесь рогатыми — дадите преимущество леопардам! А их гораздо больше, чем вас!

— Не бойся, чернохвостый! Разберемся со всеми! Сиди здесь, не суйся в пекло! Понадобится переводчик — я за тобой пришлю. После сочтемся, без награды не останешься.

И рыже-черная лавина хлынула в расщелину.

Что началось на равнине с появлением тигров, Брысс не видел. Впоследствии Миола рассказала ему подробности, не утаив и того, какого страху натерпелась: при всей ее отваге зрелище оказалось чересчур жестоким для молоденькой кошки.

Три армии с ходу сшиблись друг с другом. Замысел Брысса удался — никто из бойцов не имел точного понятия, кого же, собственно, следует бить, и потому дрался с любым, кто нападал на него. Различие между союзниками и врагами отступило, даже не успев толком оформиться.

Леопарды оказались в наивыгоднейшем положении — и пользовались им вовсю: стоило кому-то из рогатых или тигров приблизиться к карнизу на расстояние прыжка — и сверху на него обрушивался враг, норовя вцепиться в загривок. Тигры нещадно драли всех не-полосатых, попадавших в поле зрения. Травоядные в основном оборонялись, но не упускали случая поднять кого-то из кошачьих на рога. Скалы сотрясались от воя, рева, рычания и мычания.

В разгар боя Миола вдруг услышала из грота под деревом громкое блеяние и воинственное тявканье. Не рискнув спрыгнуть вниз, она спустилась по стволу ровно настолько, чтобы заглянуть под карниз — и пришла в неописуемый ужас: гиены, благоразумно воздержавшиеся от открытого боя, напали на обитателей грота со стороны русла реки!

Помимо старика Диора, с пегой ордой сражались несколько коз и неповоротливый буйвол. Положение было отчаянным.

Миола забыла об опасности. Взлетев по дереву на карниз, она кинулась к леопардам и что было сил закричала:

— Гиены злодействуют в гроте! Вместо того, чтобы помогать вам, как союзникам...

Ей повезло, что поблизости оказался сам Леурт — иначе ее никто не послушал бы. Предупрежденный Леурсией, предводитель распорядился очень быстро: с карниза каскадом посыпались пятнистые бойцы — и победный гиений вой сменился жалобным визгом.

Гиен в два счета обратили в бегство и погнали вспять по реке. Взобравшись повыше на дерево, Миола видела, как Фофурза, оглянувшись на бегу, пыталась что-то сказать, но увесистая лапа Леарта опрокинула ее в воду — и буйная, хоть и мелкая в верховье речка поволокла старую мерзавку по течению. Никто из пегих соратников не поспешил ей на помощь — войско удирало во все лопатки. Лишь на самом повороте реки Фофурза выбралась из стремнины, оглянулась и показала клыки. Миолу передернуло: гиенья злоба уступает тигриной в силе, но превосходит в подлости. Кошачьим этот оскал не сулил ничего хорошего.

Тем временем битва в долине продолжалась. Рога, хвосты, копыта и когтистые лапы мелькали в воздухе. Вопли ярости смешивались с криками боли. Убитые оставались там, где их сразили, раненые пытались отползти в сторону.

Порой казалось, что одна из трех армий вот-вот заставит две другие бежать сломя голову — но каждый раз что-то перевешивало, и схватка продолжалась.

Каждая из сторон в чем-то уступала другим. Леопарды вскоре лишились позиционного преимущества — сражение переместилось к центру долины. Выяснилось, что тигры начисто не умели действовать сообща — каждый сражался в одиночку и ни разу даже не подумал о том, чтобы защитить соратника или объединить с ним усилия.

Но, конечно, хуже всех приходилось копытным: они явно уступали противникам ловкостью и сноровкой, а недостаток пространства в ближнем бою стеснял их главное оружие, рога. Армия держалась лишь благодаря своей многочисленности.

Отряд повстанцев появился в самый разгар битвы. Окинув взглядом поле брани, Диаранг тут же выстроил своих бойцов шеренгой — и напал на тигров с тыла.

Многоголосый вопль ярости взметнулся над долиной: тигры узнали вчерашнего врага. Словно обезумев, они кинулись прямо на частокол рогов — и были отброшены. Тут же на хищников напали те, кто теперь оказался у них за спиной. Тигры заметались во все стороны, огрызаясь и щелкая зубами.

Диаранг тем временем возвысил голос и громко протрубил:

— Рогвильцы! В шеренгу! Сомкнутым строем, в полукруг! Тесните полосатых к пруду!

Дорого бы дал Тигруэн в ту минуту, чтобы рядом оказался переводчик — ибо смысл приказа остался для него тайным.

Рогатые не заставили себя долго ждать. Пробиваясь из гущи сражения к Диарангу, они примыкали к его бойцам, выстраиваясь плотной цепью и охватывая врага полукольцом. Внутриплеменные счеты были забыты — повстанцы теперь бились бок-о-бок со стражей и гвардией Бизуброна.

Дисциплина спасала в бою не одну армию. Теснимые грозной шеренгой, крупнокошачьи стали отступать. Тут бы им объединиться и пойти на врага вместе — но нет! Ни Тигруэн, ни Леурт полководческим талантом не обладали, а к тому же, их войска, отступая от общего противника, попутно дрались между собой.

Первыми дрогнули леопарды. Как только их лапы зашлепали по воде, они повернули вспять и бежали — кто вплавь, кто по мелководью. Покинули Рогвиль они тем же путем, что и гиены — по руслу реки. Впрочем, ушли не все: Леурсия с несколькими пантерами взобрались на карниз и стали ждать конца сражения — чтобы позаботиться о раненых соплеменниках.

Надо сказать, что ни леопарды, ни тигры не боятся воды и прекрасно плавают — но пруд сыграл свою роль.

Сражаться в воде было невозможно, а на другом берегу громоздились скалы.

Но тигриную ярость не остудила и вода. Подымая фонтаны брызг, они продолжали лезть на рожон. И только тогда, когда армия Диаранга загнала их в воду по горло, полосатые признали поражение.

Уйти, как леопардам, им не дали. Растянув шеренгу по всей окружности пруда, Диаранг заставил тигров выйти из воды и снова сомкнул цепь, охватив противника кольцом рогов.

Оставалось лишь найти переводчика для переговоров.

Как вы, наверное, догадались, переводчика на сторожевой скале давно уже не было — и след простыл. Не таков был Брысс, чтобы оставаться в стороне от опасных событий. Но — обо всем по порядку.

Когда тигры ворвались в Рогвиль и рев сражения огласил окрестности, отряд Диаранга подскакал к сторожевой скале. Брысс вкратце доложил обстановку и добавил:

— Сами понимаете, переворот пока откладывается. Нужно сначала отразить врага. Просто ужас, сколько живоглотов понаелзло!

— Ты прав, — ответил Диаранг, — безусловно, мы пойдем защищать город, а с Владыкой посчитаемся потом. Кто охраняет заложников?

— Наша добрая союзница Тигрисса — причем охраняет на самом деле от нападения, а не для того, чтобы не разбежались. Где-то рядом с ними прячутся старая карга Беелинда и чуть живой от страха Владыка. Они своих охранников не отпустили в бой — заставили торчать возле карниза. Туда вам лучше не соваться — прежде чем вы достигнете грота, охранники увидят вас и убьют кого-то из заложников. И Тигрисса не поможет — ей одной против целого отряда не устоять.

— Что же делать? — в отчаянии воскликнул олень. — Не можем же мы оставить их без помощи!

— Без помощи они не останутся, — ответил Брысс. — Мы с Диарой вернемся туда и что-нибудь придумаем. Идите и сражайтесь спокойно: пока враг не будет разбит, заложников не тронут — зачем? Тигры и леопарды страшнее вас. А вот после битвы... Боюсь, нам с Тигриссой придется попыхтеть.

— Тогда вот еще что, — сказал Диаранг. — Вы с Диарой скачите вперед, прямо сейчас, а мы — немного погодя. Иначе охрана Владыки заподозрит, что вы с нами заодно.

Так они и сделали. Брысс верхом на оленухе въехал в долину первым. Диара на минуту замерла, пораженная страшным зрелищем, но тут же опомнилась — и опрометью устремилась к жилищу Блейля.

На сей раз она скакала не прямиком, а забирая влево, вдоль скал — подальше от сражения. Брысс бросил взгляд на охрану — и шерсть у него на загривке встала дыбом: еще перед рассветом, когда они с Диарой покидали грот, отряд был велик, — а уж теперь-то! Очевидно, по требованию трусливого Владыки стражу удвоили. Целое стадо сильных, свежих воинов топталось на месте и созерцало сражение. Кое-кто из них бегал взад-вперед от возбуждения, каждый второй рыл копытом землю. И все же они оставались на месте, готовые защищать своего драгоценного Владыку.

«С эдакой ордой Тигриссе не справиться, — подумал Брысс. — Нужно срочно избавиться от лишних!»

Он опять предоставил действовать своему языку — и опять не прогадал. Подождав, пока охрана заметит приближающуюся Диару и все глаза будут обращены к ней и ее всаднику, он изо всех кошачьих сил заорал:

— Чего вы ждете? Смотрите: ваши сдают! Скорее на помощь!

— Где же обещанные союзники? — спросил старый бык по имени Барус — тот, кого Беелинда назначила старшим. — Тигры бьют наших, так же как и леопарды!

— Здесь подлая провокация! Леопарды столкнули союзников друг с другом! Предвидеть этого не мог никто! Но теперь Бизуброну без вашей подмоги не справиться и вовсе!

Стадо замерло на месте, устремив глаза на поле боя. Ноги у них дрожали от нетерпения, ноздри трепетали. Бойцы ждали приказа.

— Сейчас, — не без досады сказал Барус, — пойду спрошу Владыку.

Сдержанный стон пронесся по рядам: каждому было заранее ясно, что скажет Владыка.

Все решали считанные мгновения.

И Брысс пошел ва-банк.

— За мной!!! — заорал он шальным голосом и впился когтями в спину Диары. — Бей кошачьих!!!

Храбрая оленуха, не медля ни секунды, рванулась вперед — прямо к передовой. А за нею ринулась вся королевская рать! Барус, с радостью уступивший ответственность самозванцу, последовал за ними.

Лишь трое самых робких и ленивых остались, переминаясь с ноги на ногу, охранять Владыку и стеречь заложников.

Воинственно блея и мыча на ходу, отряд мчался к сражающимся. Вот только предводитель начал потихоньку отставать, пропуская самых рьяных бойцов вперед.

Как вы понимаете, самоубийство в расчеты предводителя не входило. Да и хрупкую молодую оленуху подвергать опасности ему не хотелось. Поэтому, как только Брысс увидел, что отряд уже не повернет назад, он негромко крикнул:

— Не торопись, Диара! Отставай и сворачивай влево!

Рогатые рвались в бой, уже не обращая внимания на них. До передовой оставалось несколько прыжков. Пора было удирать.

Пропустив вперед весь отряд, Диара проскакала немного вдоль левого фланга, затем повернула назад к гроту.

— Постой-ка, — придержал ее Брысс. — Дай оглядеться.

Как заправский полководец, восседая на боевом коне, следил он за ходом боя. Рогатые, получив подкрепление, воспряли, но силы все еще были неравны. В эту минуту из расщелины у входа в долину появился Диаранг со своими воинами, и Брысс решил, что можно удалиться.

Поворачивая и пуская вскачь Диару, кот краем глаза заметил несколько пятнистых фигур, отделившихся от войска, и рассеянно подумал: наверное, дезертиры.

Хорошо, что он оглянулся еще раз! Ибо дезертиры на поверку оказались летучим отрядом, покинувшим сражение со вполне определенной целью. Цель эта явствовала из криков, витавших в воздухе:

— Держи предателя! Стой, доносчик! Стой! Вонючка черношкурая!

— Диара! Спасай! — завопил Брысс. — Это по мою голову! Лети к гроту, стрелой!

Оленуха взяла с места в карьер и сразу опередила преследователей, но ненадолго: она бежала по дуге, и двое леопардов бросились ей наперерез. Рванувшись вперед изо всех сил, Диара обошла и этих тоже, но теперь они не отставали ни на шаг.

«Дурацкие охранники! — в отчаянии думал Брысс. — Надо же им было всем удрать! Рога чешутся, подраться невтерпеж, видите ли! Никакой дисциплины! Хорошо, хоть трое остались — может, и справятся... »

Но в тот же миг надежды его развеялись: оставшаяся у грота охрана, увидев приближающихся леопардов, повела себя бесславно (впрочем, вполне предсказуемо): все трое повернулись и дали деру.

Брысс получил то, чего с таким упорством добивался: ни возле карниза, ни под ним не осталось ни одного воина. Правда, теперь это нашего героя не устраивало…

Оставались считанные секунды — нужно было принимать решение. Как всегда, оно возникло неожиданно.

— В грот! К Тигриссе! — закричал кот.

Диара, скакавшая вдоль карниза, резко повернула и нырнула в грот. Леопарды с разгону промчались мимо, но через полминуты опомнились и последовали за ней…

За полминуты Брысс успел сделать многое.

Летучий отряд натолкнулся на частокол рогов — правда, не столь внушительных, как у самцов, но все же вполне пригодных для обороны, особенно если учесть, что обладательницы оных защищали своих детей.

Ну, а презренный доносчик, из-за которого отряд мстителей покинул сражение, восседал на спине у огромной тигрицы.

— Что вы тут ищете? — спросила Тигрисса весьма надменно.

Старший из леопардов оскалил клыки и сказал:

— Вот этот чернохвостый — наша добыча!

— Этот чернохвостый, — ответила тигрица, — только что сдался мне в плен. Он под моей защитой.

— Мы гнались за ним от самой передовой! — возмутился леопард, не скрывая досады: все было честно, придраться не к чему.

Злобно оглядев тигрицу и рогатых амазонок, леопарды поняли, что надо уходить. Но тут неожиданно заговорил сам чернохвостый:

— Вот уж далась вам моя черная шкурка! Четверть вашего войска одета в такие же. И доносил на вас вовсе не я, а рогатые! Но, так или иначе, не нравлюсь я вам — я готов свою шкурку выкупить. Меня вовсе не прельщает ходить, все время озираясь и прислушиваясь — не крадется ли кто сзади.

Пятнистые недоуменно переглянулись и навострили уши.

— В обмен на собственную безопасность я предлагаю вам главный козырь в любой битве: вы можете взять в заложники самого Владыку с его советницей!

Леопарды слушали недоверчиво, подозревая подвох. Хотя кто его знает, на чьей он стороне, этот кот!

— Ну что, согласны? — весело спросил Брысс. — Да, я и сам думаю, что моя жизнь стоит дороже двух старых облезлых шкур, набитых жесткими костями, но учитывая положение...

— Согласны! — сказал наконец старший из леопардов. — Тебя никто из наших больше не тронет. Где Блейль?

Брысс повернулся к заложницам и, перейдя на их язык, пояснил все. Какое тут поднялось ликование! Громко хохоча и приплясывая от радости, рогатые мамаши вытолкали вопящего от страха Владыку и трясущуюся Беелинду прямо в лапы леопардам.

Как только пятнистые, волоча царственных пленников, покинули грот, Брысс торопливо обратился к бывшим заложницам:

— Скорее, милые дамы! Хватайте своих малышей — и бегом по домам! Охрана может вернуться. Надо, чтобы они вас тут не застали! Только не вздумайте выходить из-под карниза — бегите под крышей!

Милых дам долго уговаривать не пришлось. Через минуту возле Тигриссы с Брыссом осталась одна Диара. Свою дочь она препоручила подруге.

Все трое вышли из грота — и увидели, как отряд Диаранга окружает мокрых, понурых тигров. Битва закончилась.

Пятнистый летучий отряд со своей добычей торопливо пробирался к выходу из долины, держась поближе к скалам — очевидно, леопарды опасались, что Владыку отобьют верноподданные. Старались они напрасно: никто и не глянул в их сторону.

Глава 3
Переговоры

— Брысс, — горько усмехнувшись, спросила Тигрисса, — скажи мне: ты пытался остановить моего сына?

— Да, — честно ответил кот, — но он и слушать меня не стал.

— Верю, — вздохнула тигрица. — Ну, что ж, по делам и награда. Идем!

Шеренга рогатых почтительно расступилась и пропустила переводчика верхом на Тигриссе в центр круга. Диара подошла к мужу и стала рядом с ним.

— Тигруэн, — строго сказала старая тигрица, — и вы, мои вероломные соплеменники! Вы получили по заслугам. До сего дня никто в нашем племени не опускался до того, чтобы нарушить данное слово. Лишь гиены и шакалы способны на подобное.

Тигры стояли, понурившись, и почтительно слушали. Даже предводитель — и тот присмирел. Смотрел он исподлобья, и во взгляде его Брысс не без удивления прочел стыд.

— Поэтому, — продолжала Тигрисса, — мы все понесем суровое наказание, и будет оно вполне заслуженным. Сейчас мы должны выслушать победителей — Брысс, к кому мне обращаться?

Прежде чем начать переговоры, переводчик оглядел ряды рогатых и увидел, что борьба еще не закончена.

— Граждане Рогвиля! — торжественно провозгласил он. — Неужели вы и теперь потерпите власть хитрого и трусливого Блейля? Неужели не видите, кто в вашем городе способен стать настоящим предводителем — мудрым и справедливым? Благодаря кому вы одержали победу — и не одну, а две, ибо вчерашний бой был не менее яростным? Кто дал вам возможность освободиться от многовекового ига и жить счастливо?

— Диаранг! — раздались несколько голосов, и тотчас же их клич подхватили другие. Все громче и громче звучало имя благородного оленя, все больше соплеменников приветствовали нового вождя.

Впрочем, были и такие, что выжидали. Гвардия Владыки явно пребывала в замешательстве. Понимая, что им не поздоровится за прежние грехи, и опасаясь возможного возвращения Блейля, они безмолвствовали.

Брысс быстро смекнул, в чем тут дело.

— Все сражавшиеся сегодня вместе с Диарангом — герои! — торопливо заверил он. — Теперь их никто не попрекнет тем, что они в прошлом исполняли приказы правителей!

Вздох облегчения вырвался из груди каждого из гвардейцев, и они с радостью присоединили голоса к большинству.

Лишь один Бизуброн оставался при своем мнении. Налитые кровью глаза его пылали ненавистью, морду перекосило злобой. Он пытался что-то приказывать, кидался в разные стороны, но тщетно — его никто не слушал.

Диаранг не стал изображать снисходительности. Выйдя в круг, он просто и сердечно поблагодарил соплеменников за доверие. Затем обратился к Тигриссе. На сей раз Брысс переводил старательно, каждое слово.

— Старейшая, мудрейшая и справедливейшая из тигриного рода! — начал Диаранг. — Вчера в ущелье мы одержали победу над отрядом отборных бойцов вашего племени. Взяв в плен предводителя, вашего сына, мы потребовали, чтобы тигры отныне никогда не нападали на Рогвильцев. Тигруэн поручился честью!

Тигрисса согласно кивнула.

— Однако сегодня честное слово оказалось нарушенным. Вы сами знаете, что это — самое тяжкое преступление в зверином мире. Ибо только соблюдение этого закона и составляет разницу между зверями благородными и низменными.

— Безусловно, — с достоинством молвила Тигрисса, — вы вправе наказать нас, как считаете нужным.

— По закону, — сурово сказал Диаранг, — предводитель племени, нарушивший слово, должен быть убит. Но я возьму на себя смелость просить свой народ о снисхождении к нему — ради той помощи, которую оказала нам его благородная мать.

Тут Брысс позволил себе небольшое отступление от темы, посвятив общество в подробности спасения заложников — и рогатые единодушно согласились с Диарангом.

— Наказание ваше, тем не менее, будет суровым, — сказал вождь и помолчал немного. — Слушайте: вы должны покинуть не только наше ущелье, но и Леополь! Вы уйдете на север, за горы — в лесные края, и поселитесь там навсегда.

Тигры обомлели. Ни один из них не издал и звука, но ужас исказил полосатые морды.

— Сейчас весна, — продолжал Диаранг, — и вам не грозит замерзнуть в горах. В лесах довольно разной дичи, в предгорьях есть пещеры. Единственное, без чего вам придется обойтись — это без власти над другими зверь-

393

ми, но и к этому можно привыкнуть. Изгнание распространяется на весь ваш род, за исключением Тигриссы — она вольна остаться.

— Благодарю вас, — ответила тигрица. — Я воспользуюсь вашим позволением.

— Только не это! — вскричал Тигруэн. — Мама, ты не покинешь нас в трудную минуту!

— Еще как покину, — сказала Тигрисса строго, будто отчитывая нашалившего малыша, — вы уже давно моих советов не слушаете. А помимо того — пора мне наконец вспомнить еще кое-какие обязанности. Много лет я ждала этого дня. Так что обходитесь уж своим умом — надеюсь, сегодня вам его прибыло.

Внезапно трое леопардов, приблизившихся со стороны входа в долину, вошли в круг. Держались они смело и надменно. Старший из них обвел глазами ряды победителей и вызывающе произнес:

— Сражение еще не закончено! Мы пришли потребовать выкуп за вашего Владыку и его советницу. Если вы желаете удостовериться, что столь важные заложники находятся в нашей власти, мы готовы представить доказательства.

— Отчего же, — спокойно сказал Диаранг, — мы вам верим. Какой же выкуп вы хотите потребовать?

— Сохранения прежнего договора! Только вместо тигров распоряжаться будем мы, — бодро возгласил парламентер. Он не сомневался в успехе.

Вместо ответа Диаранг повернулся и обвел взглядом шеренгу своих бойцов, предоставляя им право голоса.

Бедные леопарды! Их надежды были сокрушены, растоптаны самым безжалостным образом.

Не веря своим ушам, внимали они поднимающейся и нарастающей волне звуков, которые ожидали услышать менее всего — учитывая время и место происходящего.

Рогатое войско смеялось. Не просто смеялось — хохотало! Начавшись с усмешек и переглядываний, веселье поднималось и ширилось, давая выход пережитому напряжению. Стоявшие рядом воины опирались друг на друга, чтобы не упасть в изнеможении — и хохотали без умолку.

Наконец, Диаранг перевел дух и сказал ошарашенным леопардам:

— Можете передать Владыке и Беелинде наш ответ — тот, что вы сейчас слышали! Расскажите им, как подданные их любят и ценят. Это достойная награда за все зло, что они причинили! Делайте с ними, что хотите. Хотя, я думаю, они и в пищу-то уже не годятся — столько в них яду и желчи... Идите! Отныне вашему племени вход в Рогвиль заказан.

Тщетно пытаясь сохранять достоинство, леопарды молча направились к расщелине. Посторонившись, Диаранг провожал их взглядом. Все смотрели туда же, как внезапно...

Внезапно Брысс почувствовал, что взлетает в воздух. Благополучно приземлившись возле чьих-то копыт, он вскочил, огляделся — и обомлел.

Старые звери, уступая молодым в скорости и силе, превосходят их в осмотрительности. Если бы Тигрисса не была начеку, в тот же день рогвильцам пришлось бы избирать нового предводителя.

Взбешенный торжеством заклятого врага, не желая покориться ему, Бизуброн решил дорого продать свою жизнь. Но мысль о честном поединке не пришла в пылавшую ненавистью башку. Дождавшись, пока Диаранг повернется к нему боком, косматый негодяй внезапно ринулся на него, нагнув голову со страшными, острыми, разящими наповал рогами.

Расстояние было невелико: разбег длился всего несколько мгновений. Тигрисса не сумела напасть на зубра так, как это обычно делают тигры: вспрыгнуть на спину и вцепиться зубами в загривок. Она успела лишь взвиться в воздух и изо всех сил ударить Бизуброна в бок.

Но и этого оказалось довольно. Отброшенный в сторону тигров, Бизуброн тут же получил по заслугам: полосатые, осознав, что никто их за это не осудит, поспешили выместить злобу на бывшем главнокомандующем — и разорвали его в клочки...

...Когда Диаранг наконец навел порядок и страсти улеглись, Тигрисса посадила чернохвостого героя на спину и неторопливо отправилась к дереву, где их ожидала Миола.

В долине кипела скорбная суета. Радость победы уступила место горьким заботам: как победители, так и побежденные хоронили погибших соратников и пытались помочь раненым. Никто больше не враждовал и даже не ссорился — напротив, бывшие враги помогали друг другу.

Достигнув дерева, Тигрисса улеглась у его корней и сказала Брыссу:

— Не знаю, как ты, мой маленький друг, а я умираю от усталости. Думаю, что тебе и нашей милой киске тоже надо отдохнуть. Кто проснется раньше, разбудит других.

Она вытянула усталые лапы и блаженно закрыла глаза.

Брысс взобрался на карниз и огляделся. Миолы нигде не было видно. Он прошелся взад-вперед, взобрался на один скальный уступ, второй — повыше... и там никого.

И тут кота охватил страх. Нет, не тот низменный страх за свою жизнь, что ведом каждому, а совершенно незнакомый ему дотоле страх за другое существо, отчего-то незаменимо дорогое...

Поддавшись панике, Брысс кинулся вниз, в жилище Диора. Старый олень и рад был бы ему помочь, да не мог — никто в гроте не видел Миолу после нападения гиен.

В отчаянии Брысс решил взлезть на дерево повыше и оттуда как следует оглядеться. Карабкаясь по стволу, он вдруг замер, не веря своим глазам: из развилки ветвей у него над головой свисал кончик пушистого серого хвостика.

«Ах, вот ты где, негодная!» — возмутился Брысс. Взобравшись на сук, он смотрел на свернувшуюся клубочком, мирно спящую серую кошечку и тщетно пытался рассердиться — но вместо того чувствовал отвратительную, липучую нежность.

Облегченно вздохнув, он растянулся на соседней ветке и уснул.

Глава 4
Измена

Насыщенное событиями время тянется долго. Подумать только: мы расстались с Басси лишь накануне вечером! Тогда он пребывал в наилучшем расположении духа и был полон надежд...

Но, проснувшись нынче утром, Басси почувствовал, что не все идет так, как хотелось бы.

Во-первых, ему отчаянно недоставало Брысса. Друг был нужен Басси, как нужна мама уже подросшему котенку — просто чтобы знать, что есть кому пожаловаться и спросить совета. К тому же, друг всегда вселял в него храбрость и уверенность — то самое, чего молодому вождю зачастую недоставало.

Во-вторых, Басси начала мучить совесть. Брысс, а следом за ним Миола отправились туда, где опасности кишели, как пчелы на медоносных цветах, — а он, лучший друг и любящий брат, спокойно отправился спать, даже не задумавшись, что они могли попасть в беду!

Когда из темноты сознания стало выползать уродливое, отвратительное «в-третьих», Басси в ужасе попытался отпихнуть его — но только лишь яснее разглядел этот кошмар: упоение властью и повиновением толпы миновало, и наш герой чувствовал себя опустошенным. С ужасом вспоминал он восторженные взгляды, обращенные к нему, приветственные клики... Внезапно Басси понял, что не сможет больше произносить напыщенные речи и выслушивать здравицы.

Вчерашний триумфатор, всенародно признанный вождь, провозвестник новой жизни сидел, уныло опустив голову, и с тоской вспоминал, как они с Брыссом валялись у огня в теплом доме... А в голове филином ухала мысль: «Ну, зачем ты затеял этот переворот? Чего тебе не хватало?»

От невеселых мыслей его отвлекла Мисмис, внезапно впорхнувшая в пещерку. Накануне вечером они не пошли к Барру, а решили остаться в Верхней. Мисмис отправилась ночевать к маме, а Басси — в свою родную пещерку с окном. Неосознанно он ждал, что друг вот-вот вернется...

— Я хочу есть! — бодро заявила киска. — А где Брысс?

— Хотел бы я сам это знать, — буркнул Басси, не глядя на нее. — Пойду, принесу тебе чего-нибудь на завтрак.

На скалах ему стало немного легче — сказалась живительная ласка солнечных лучей. Но подспудная тревога то и дело подкатывала, как тошнота.

Мисмис выскочила из окна следом за ним и стала умываться, греясь на солнышке. Время от времени она поднимала восхитительную мордочку и жмурилась от счастья.

С охотой у Басси не клеилось. Упустив птицу в очередной раз, он взглянул на Мисмис — и волна раздражения захлестнула его.

— А ты не желаешь поохотиться сама? — сварливо произнес кавалер. — Не умеешь — учись. Может, пригодится на будущее…

Красотка вскинулась, будто ужаленная. Синие глаза полыхнули гневом.

— Охотиться? Мне? Мне?!! Ах ты… ты… серость!!! — яростно прошипела она. — Прочь от меня! Прощения просить не приходи! Даже на брюхе приползешь — не прощу!

Белоснежный хвост мелькнул в воздухе и нырнул в окно. Басси остался один. Ссора с Мисмис странным образом успокоила его, дав выход раздражению. Теперь он без труда поймал птицу — и съел ее сам.

Затем уселся в тени, чтобы подумать.

Тут-то и настигло его бремя славы. Один, затем другой, за ними — еще несколько пламенных борцов за правое дело выбрались на скалы и радостно приветствовали вождя.

— Мы чуть с ног не сбились, разыскивая тебя, — сказал кузен Басси, рыжий котяра с глуповатой мордой.

— Уже почти полдень! Договаривались же с утра делегацию к Лионеллу отправить! — на разные голоса заговорили соратники.

Басси почувствовал стыд и сделал отчаянное усилие поддержать разговор.

— Но ведь мы не решили, чего будем требовать, — неуверенно сказал он.

— Как! Ты сам вчера говорил, что Лионелл выполнит все, чего ни потребуем! — воскликнул кто-то.

— Долой скромность! Хотим участия в управлении городом!

— Права входить в Нижнюю пещеру!

— Права греться у огня!

Слушая их, Басси сокрушенно качал головой.

— Не так быстро, друзья мои! — чувствуя, что приходит в себя, ответил он. — Не станет Лионелл выполнять сразу все требования. Надо подумать, что нам сейчас нужнее всего.

Поднялся шум: каждый высказывал свое мнение. Басси слушал их почти равнодушно.

Внезапно сверху покатились мелкие камешки, зашуршали шаги — и к компании приблизился Фуфр. Его знаменитая походка была чуть менее развязной и чуть более осторожной, чем обычно.

— Мать велела тебе придти, — с наглой ухмылкой обратился он к Басси, — говорит, дело есть.

— Какие дела могут быть у гиен к кошкам? — возмутился старший из котов, верзила с порванным ухом.

— Так ведь союзники-то! — осклабился Фуфр. — А что, вожак вам не доложил?

Повстанцы безмолвствовали, глядя на Басси. А тот только теперь с ужасом понял, какую совершил ошибку.

Увы, подавляющее большинство его соплеменников отличалось простодушием, граничившим с глупостью. Тонкости интриг, от которых зависел успех переворота, им понять было трудно. Вчера он упустил возможность пояснить им вынужденное союзничество с гиенами легко и беспечно — распаленные успехом переговоров, соратники поверили бы чему угодно! Даже заяви он, что Каррис — их лучший друг, никто бы не усомнился.

Сейчас во взглядах, направленных на него, Басси читал не только недоумение, а и неприкрытое подозрение.

Этого он допустить не мог.

— Скажи Фофурзе, что я не приду, — торжественно произнес вождь. — Мы больше не союзники!

— Придешь, — презрительно бросил Фуфр и повернулся, уходя, — а не то как бы с сеструлькой твоей чего не случилось.

Страх цепкой лапой схватил Басси за горло.

— Постой! — еле выдавил он из себя, догоняя гиененка. — Постой! Я иду с тобой.

— Вот так-то, — гадко ухмыльнулся Фуфр.

Провожаемые растерянными кошачьими взглядами, союзники поднялись по склону и скрылись в Котокомбах.

«Какие, однако, острые когти у Блейля», думал Брысс, поднимаясь все выше и выше на дерево. А старый козел догонял его, ухмыляясь, и все норовил зацепить по хвосту или за лапу, причем каждый раз, как Брыссу удавалось выиграть расстояние, лапы Владыки с кривыми желтыми когтями становились все длиннее — и доставали бедного кота и в новом убежище. В конце концов козел загнал Брысса на самую верхушку — дальше взлезать было некуда. И тут он потянулся к нему не лапами, а мерзкой бородатой мордой! Все ближе подтягивался этот кошмар, все явственнее становились гнусные черты, как вдруг — о ужас! — Владыка нежно поцеловал его…

Захлебнувшись криком ужаса, Брысс проснулся.

Над ним склонилась вовсе не омерзительная козлиная рожа, а прелестная мордочка Миолы. Она хитро улыбалась.

Брысс порывисто привстал, чтобы оглядеться — и чуть не свалился с ветки.

— А где Блейль? — с содроганием вопросил он.

— Надеюсь, уже нигде, — с не-женской злорадностью ответила киска. — Как подумаю об этих бедняжках, козочках и оленухах, и их детях — так сама его разорвать готова.

— Нет, я просто… просто проснулся оттого, что меня кто-то поцеловал, — подозревая сладкую истину, сказал Брысс.

— И ты подумал, что это Блейль! — Миола так и покатилась со смеху.

— Мы не видим снов по заказу, — обиженно ответил Брысс. — И все-таки? Целовал меня кто-то или нет?

Миолина мордочка сложилась в презабавнейшую гримасу — одновременно кокетливую, загадочную и насмешливую, — а губы собирались произнести что-то очень-очень важное...

Но тут раздался голос Тигриссы:

— Эй, кошачья команда! Хватит спать. Домой пора!

Волшебство рассеялось. Миола спрыгнула с ветки.

При всем уважении к старушке-тигрице Брысс затаил обиду на нее.

Теперь, в предзакатные часы, долина выглядела совсем иначе. Трава была истоптана, земля взрыхлена — и в самом центре луга вырос огромный покатый курган. «Братская могила», поняли без объяснений наши герои.

Благородство Диаранга простиралось до границ невероятного. Раненым леопардам и тиграм предоставили место в жилище бывшего Владыки и разрешили родичам ухаживать за ними — с условием, что дичь для их пропитания будет добываться за пределами Рогвиля.

Все население города мирно паслось на поляне. Рогатые малыши играли в чехарду и в «бодалки» — а мамы впервые в жизни не одергивали их, испуганно озираясь.

Наблюдая эту картину, Миола прослезилась, а Брысс радостно улыбнулся.

Тигрисса усадила обоих к себе на спину и подошла к Диарангу с Диарой. Тотчас же их окружили другие рогвильцы.

— Мы уходим, — просто сказал Брысс. — Скажите нам что-нибудь на прощание!

Сделавшись Владыкой, Диаранг вовсе не возгордился. Он по-прежнему держался просто и приветливо, что ничуть не унижало его поистине царственного достоинства.

— Друзья мои! — воскликнул новый Владыка. — Я горд и счастлив оттого, что судьба подарила мне встречу с вами, вашу помощь и дружбу! Но сердце мое обливается кровью оттого, что нам нужно расстаться так скоро. Может, вы останетесь с нами хоть ненадолго?

— Нет, — серьезно ответил Брысс. — если в Рогвиле теперь все в порядке, в Леополе до порядка еще далеко. Боюсь, без нашей помощи и там не обойдутся!

Рогатое общество с почетом проводило героев до самой расщелины. Распрощавшись наконец с Диарангом и получив уверения в том, что отныне они — самые желанные гости в Рогвиле, кошачья компания вышла в ущелье и направилась в Леополь.

По пути в гиений лабиринт Басси наконец пришел в себя. Буря негодования поднялась в его сердце — негодования по отношению к себе самому. Никогда в жизни ему не было так горько и стыдно.

Бедная Миола! Выросшая в одиночестве, без друзей, без ласки, дождалась-таки встречи с любимым братом — а он ее тут же предал, унизил, оставил без помощи… Даже презренный Барр оказался лучше него!

Только бы с сестренкой ничего не случилось, твердил он про себя. Только бы он мог своим появлением выручить ее — а уж там все будет иначе! Миола никогда больше не останется одна, повторял Басси снова и снова.

А Брысс? При мысли о том, что лучший друг все еще не знает о том, что черные братья и сестры живут себе припеваючи на Красной скале, Басси прошибло холодным потом. Уж Брысс на его месте не стал бы прикидываться, будто ничего не знает…

Фуфр, оглядываясь на ходу, как-то особенно злорадно поглядывал на союзника — будто предвкушал редкое удовольствие.

Дорога в гиений лабиринт, сама по себе длинная, казалась Басси втрое длиннее из-за переживаний. Но вот наконец остались позади узкие переходы и коридоры.

Вот и зал, подсвеченный солнцем через дырку в потолке. Здесь Басси всего пять дней назад встретился с Миолой... Теперь ему казалось, что миновал по меньшей мере год.

Пещера была полна гиен. Фофурза восседала посередине, на плоском камне, и скалила зубы в ухмылке. Она казалась довольной.

Басси быстро огляделся.

— Где моя сестра? — тревожно спросил он.

— А причем тут твоя сестра? — хмыкнула гиена.

Фуфр так и покатился от хохота.

— Это я ему про сестру-то ввернул, чтоб поторопился! — еле вымолвил он сквозь смех. — Вот уж не думал, что клюнет!

Басси скрипнул зубами от злости, но на сердце у него полегчало — появилась надежда, что Миола в безопасности.

— Зачем я вам понадобился? — спросил он хмуро.

— Через минуту узнаешь, — сказала Фофурза. — Сегодня ты исполнишь свой союзнический долг и войдешь в историю!

Вся гиенья шайка дружно заржала. Вообще в пещере царило особое, праздничное веселье.

Басси недолго недоумевал по этому поводу. Со стороны широкого коридора раздались шаги, и в зал вошли несколько рысей. Старый Линкстон возглавлял делегацию.

Увидев их, Басси сначала обмер, потом неосознанно шарахнулся в сторону — но его тут же схватили и швырнули на пол у ног Фофурзы.

— Приветствую стражей порядка! — подобострастно, хоть и насмешливо, произнесла гиена. — Узнаете ли вы этого кота?

Старый сыщик приблизился, пристально оглядел и обнюхал Басси.

— Да, — коротко ответил он. — Это государственный преступник, по имени Басси.

— Помните ли вы, что за его поимку была обещана награда? Надеюсь, за полгода ничего не изменилось?

Линкстон важно кивнул. Впрочем, в глазах его промелькнула тревога.

— А помните ли, какая именно награда была обещана выдавшему преступника?

Тревога во взгляде Линкстона выросла до размеров испуга. Голос его дрогнул:

— Если мне не изменяет память, награду должен выбрать Владыка.

Фофурза вскочила, как змея в броске. Глаза ее пожирали противника.

— Не обольщайтесь, любезный, память вам изменяет! Награду должен выбирать *сам* выдавший преступника! Мне очень жаль, но, кажется, знаменитому Линкстону пора в отставку.

Гиены захохотали снова. Рыси с трудом сдерживались, но положение обязывало: они представляли закон.

— Хорошо. Чего вы хотите? — произнес старший заветную фразу.

— А вот это, — упиваясь собственным ядом, прошипела Фофурза, — я скажу самому Владыке! Теперь вы обязаны отвести меня к нему.

Пройдя половину пути, тигрица и ее спутники остановились перекусить и отдохнуть.

Брысс и Миола наловили мышей, а Тигрисса скогтила большую птицу, плескавшуюся на мелководье.

— Интересно, — сказала Миола, как только они улеглись в тени, — куда направились леопарды? С гиенами они теперь враги. Неужели у них хватит наглости вернуться в Леополь?

— Даже если хватит — Владыка этого не допустит, — ответила Тигрисса. — Он поддержал Тигруэна, когда тот изгонял леопардов за предательство.

Брысс искоса взглянул на старую тигрицу.

— Мне очень жаль, что вам придется расстаться с детьми и внуками, — сокрушенно сказал он. — Я чувствую себя немного виноватым — ведь я хорошо постарался, чтобы этого добиться.

Тигрица искренне улыбнулась и сказала:

— Твои чувства делают тебе честь, малыш. Но подумай немного — разве я настолько стара и немощна, что не могу последовать за своими детьми в лесные края? Ты же слышал мой ответ Тигруэну — я сказала, что *не хочу* уходить с ними.

— Но жить одной в городе с чужими племенами? — воскликнула Миола с состраданием.

— А вот об этом я и собиралась поговорить с тобой, Брысс, — ответила Тигрисса. — Но Миола уже настолько близка нам обоим, что не буду таиться от нее, — она помолчала, собираясь с мыслями. — В Леополе я жить не собираюсь. Помните, я сказала, что меня ждут другие обязанности? Так вот, у меня есть еще один сын, которого я не видала десять лет, с тех пор, как он был маленьким... Его зовут Шамбо.

Гром, грянувший с ясного неба, не произвел бы такого впечатления на слушателей. И Брысс, и Миола застыли, открыв рты и выпучив глаза.

Тигрисса невесело усмехнулась и продолжала:

— История эта проста и печальна. Лиорен, отец Лионелла, был самым лучшим из зверей, кого я встречала в жизни. Я любила его, и он любил меня. Но Владыкам, как известно, слабости не прощаются. У меня был муж, у Лиорена — прайд, несколько жен. Когда родился

Шамбо, стало ясно, что внешность детеныша выдаст нас с Лиореном. Я рисковала только своей жизнью — мой муж убил бы меня, если б узнал. Но Владыка рисковать не мог! Выше всего Лиорен всегда ставил долг перед обществом, которым правил. И поэтому однажды ночью он помог мне с малышом бежать. Отвлек внимание стражи, а я выскользнула через служебный ход и направилась в Красную пещеру, где было тепло от горячего источника.

— А как же ваш муж? Неужели он не заметил, на кого похож Шамбо, когда тот родился? — спросила Миола.

— Судите о моем муже по его сыновьям: Тигруэн — его копия. Власть, власть, только власть — а семья его интересовала очень мало. На Шамбо он даже не взглянул, да и исчезновения его почти не заметил… В общем, я бежала с ребенком и возвращаться не собиралась. Но судьба распорядилась иначе: Красная пещера оказалась занята.

Брысс и Миола слушали, боясь пошевелиться. Солнце начинало клониться к закату.

— А теперь, мой друг, приготовься выслушать нечто для тебя неожиданное и радостное, — сказала Тигрисса и улыбнулась. — В Красной пещере давным-давно обитает племя черных кошек. Там живут дети Леополя, изгоняемые за черную масть. Конечно, в городе об этом никто не знает! Это — страшная тайна, которую я поклялась хранить. Так вот… когда я встретилась с обитателями пещеры, у меня не осталось иного выхода, как вернуться в город, к мужу. Я оставила Шамбо с кошками, и те пообещали о нем заботиться. Порой до меня доходят слухи: я знаю, что мой сын жив, здоров и поныне живет там. Но как же мне хочется его увидеть!

— А почему вы не остались с ним? — чуть дыша, спросила Миола.

— Посуди сама: потерпели бы кошки мое присутствие? Выгонять их я не хотела, а другого жилья найти не удалось бы — тогда стояла зима... Брысс! — внезапно воскликнула Тигрисса. — Что с тобой? Ты не рад? Я думала, ты от счастья плясать будешь!

Но Брысс будто окаменел. Остановившимся взглядом смотрел он куда-то вдаль. В глазах его застыло страдание.

Тигрисса и Миола обеспокоенно переглянулись.

— Брыссик! — осторожно подходя к нему, позвала киска. — Что случилось?

И вдруг она поняла! Охнув, Миола в отчаянии воскликнула:

— Прости его, умоляю! Прости его! Ты же не знаешь, почему он не сказал тебе ничего! Может, он забыл... — и она разрыдалась.

Брысс глубоко вздохнул, поднял голову и посмотрел на Тигриссу.

— Не пугайтесь, со мной все в порядке... Просто я думал, что у меня есть друг.

Глава 5
Приговор

Никогда еще за всю историю Кошачьего города существо столь низкое, как гиена, не оскверняло своим присутствием монаршего взора.

Да еще где — в Нижней пещере, что, по сути, была тронным залом!

Линкстон и рад был бы измыслить предлог, чтобы не допустить пегую делегацию к Владыке, да не мог — тогда, осенью, всему городу было объявлено: любой, кто выдаст преступников, получит все, чего ни пожелает. Лионелл сам загнал себя в ловушку.

Столь примечательное событие собрало всех обитателей Нижней пещеры, кроме тигров и леопардов, перед костром. Все знали: от гиен ничего хорошего не жди.

Собрание безмолвствовало, пока Линкстон докладывал суть дела.

Басси стоял, изо всех сил стараясь сохранять достоинство, там, где его поставили конвоиры — перед троном Лионелла. Прямо за ним стояла Фофурза, рядом с ней — Фуфр. Их окружала охрана предводительницы.

Владыка посмотрел на Басси, затем перевел взгляд на гиену.

— Чего вы просите? — спросил он спокойно.

При всей своей наглой самоуверенности Фофурза немного робела перед огромным, царственно благородным зверем. Но отступать она не собиралась — уж больно лакомый кусок задумала урвать.

— Мы не просим, — сказала она вкрадчиво, — мы требуем! Ведь право на нашей стороне. Верно?

— Да, — ответил Владыка твердо. Он уже знал, что услышит нечто ужасное, но слово есть слово!

— И вы выполните то, чего мы потребуем, чем бы это ни было? — гадко хмыкнула гиена.

— Да, — чуть дрогнувшим голосом сказал Лионелл.

— Тогда, любезный Владыка, убирайтесь из города со всем своим семейством — а я буду править вместо вас!

Последовала короткая пауза — каждый пытался поверить своим ушам. Внезапно взрыв негодования сотряс стены пещеры. Даже те, кто недолюбливал Владыку и подлизывался к Тигруэну — и те возмутились неслыханной дерзостью требования.

— Долой гиен! — раздавались крики. — Срок давности обещания истек! Слово давалось только кошачьим! Владыка, не соглашайтесь! Прогоните ее! Это Кошачий город, как могут тут править гиены?

Страшная борьба в душе Лионелла отразилась в его глазах, но внешне он остался спокоен.

— Я дал слово, — произнес он ровным голосом. — Я уйду.

Тут заговорил Линкстон. Все, что мог придумать многомудрый хранитель спокойствия в городе — это выгадать хоть немного времени.

— Владыка, — сказал он, — закон гласит, что решения, касающиеся изменений высшего порядка, принимаются в присутствии старейшин и с их одобрения. Ведь именно старейшины — хранители закона. Но сейчас их здесь нет, как нет и ваших советников Тигруэна, Леурта и Ягуайра.

— Не хитри! — взвизгнула Фофурза. — Старым хрычам ни до чего нет дела — был бы кусок мяса! Леурта не дождетесь — мы знаем, что леопарды изгнаны из Леополя! Что касается Тигруэна, то еще неизвестно, вернется ли он из Рогвиля — рогатые вовсе не так безобидны, как кажется.

— И все же мы подождем! К тому же, даже если Владыка согласен принять ваши условия, он не может уйти сегодня: нам предстоит судить и наказать важного преступника.

В зале раздался ехидный смех Фуфра:

— Судить! Вот умора! Тяп по черепу — и вся недолга!

— В Леополе есть закон! — подал голос Лионелл. — Имейте в виду: я подчиняюсь не вам, а своему честному слову, но если вы собираетесь занять мое место, вам придется считаться с законом.

— О, конечно! — глумливо пропела Фофурза. — Можете быть спокойны!

— Тогда отложим этот разговор на сутки, — сказал Линкстон. — Завтра после полудня вы можете придти сюда.

— Прекрасно! Мы придем — я и все мое племя. Придем и останемся, — мило улыбнулась гиена.

— А когда вы будете казнить серого? — осведомился Фуфр. — И как? Посмотреть охота...

Линкстон еле сдержался, чтобы не дать поганцу затрещину.

Гиены удалились. В пещере воцарилось молчание. Лионелл смотрел прямо перед собой и думал.

Из оцепенения его вывел голос Линкстона:

— Владыка, нам нужно созвать старейшин и советников.

— Да, да, — вздохнув, сказал он. — Сделайте это, как только тигры вернутся. Леурта не разыскивайте — он больше не мой советник. А преступника покуда поместите под стражу в вашем гроте.

Тигрисса и ее наездники возвращались в город молча. Разговаривать не хотелось. Умная тигрица ничего не знала о причине Брыссова потрясения, но тактично молчала, зная, что расспросы только разбередят рану. Впрочем, кое-о-чем она догадывалась.

Перед самым входом в Леополь Брысс попросил тигрицу остановиться.

— Милая Тигрисса! У меня нет желания возвращаться к кошкам, — сказал он удрученно. — Возьмите меня с собой в Красную пещеру! Когда мы можем отправиться?

— И меня возьмите! Я тоже пойду! — вскричала Миола. — К маме! Если только...

«Если только ты не позовешь с собой Мисмис», — хотела сказать она, но вовремя прикусила язычок.

— Нет, друзья мои, — покачала головой тигрица, — не торопитесь. Сначала я должна сообщить Владыке о том, что тигров в Леополе больше не будет. Потом мне предстоит отвести оставшихся здесь тигриц с детьми в ущелье, где их ждут мужья и отцы — это я сделаю завтра. Помимо того, у меня есть еще обязанность —

я возглавляю совет старейшин, и Владыка вправе меня не отпустить.

— Ну что ж, — вздохнул Брысс. — Мы вас подождем. Но в Верхнюю пещеру я не пойду! Спрячусь где-нибудь на это время...

— Я знаю, где спрятаться! — не скрывая радости, воскликнула Миола. — В галерее над тронным залом! Там тепло и интересно! И Тигрисса нас всегда там найдет!

На том они и порешили.

Вечер еще не наступил, хотя тени удлинились и стало прохладнее.

Войдя в пещерный город, Тигрисса направилась к развилке, разделявшей гиений лабиринт и Котокомбы. Вдруг она остановилась. Брысс и Миола встрепенулись, прислушиваясь.

Визг и вопли раздавались со стороны большой гиеньей пещеры — той, где несколькими часами раньше Басси был предан в руки правосудия.

Судя по шуму, там шло сражение. В такой день — еще одно!

Оторопелые путники не успели даже словом обменяться, как им навстречу одна за другой выскочили четыре гиены, а следом — все пегое войско. Галопом промчались они по коридору и скрылись в ущелье.

Тигрисса едва успела отпрянуть к стене, иначе ей и ее друзьям не поздоровилось бы — гиен было много, и неслись они с отчаянной скоростью.

Фофурза, пробегая мимо, оскалила зубы и что-то протявкала, но ее никто не услышал.

Заинтригованные, наши герои двинулись туда, откуда гиены бежали.

Выяснилось все просто: пегих соперников выгнали леопарды. Теперь они толпились в пещере, громко разговаривали и хохотали.

Один из леопардов оглянулся, увидел гостей и подошел к ним. Друзья узнали его: это был предводитель летучего отряда.

— Что у вас тут творится? — спросила его Тигрисса. — Куда бежали гиены? И почему?

Леопард весело рассмеялся и сказал:

— Это их дело, куда они удрали! Мерзавка Фофурза утверждает, что с завтрашнего дня будет править Леополем! Вещает, что мы еще к ней с поклоном придем. Ну, а мы говорим: отлично! — значит, ваше прежнее жилище вам уже не нужно? И выгнали поганцев вон! Грот у них великолепный, да и лабиринт неплох. Лучшего нам не найти!

Тем временем к ним подошли еще несколько леопардов и пантер. Враждебности как не бывало — война закончилась, и к тому же новоселы радовались своей удаче.

— А вы не знаете, что Фофурза имела в виду? — нахмурившись, спросила Тигрисса. — Не в ее обычае хвастаться просто так!

— Могу поручиться: до нашего возвращения из Ровгиля они сделали какую-то подлость, — сказала Леурсия. — Чем счастливее это отребье, тем больше они нагадили кому-то. А мы, вернувшись, тут такое веселье застали — можно было подумать, что гиены победу праздновали!

— Я слышала, — сказала одна из пантер, — как маленький шелудивец хвастался, будто Лионелл дал им слово завтра уйти из города! И — якобы пообещал, что править отныне будут гиены.

— Вот так трюк! — воскликнул Брысс. — Молодцы ребятки, а? С размахом действуют! Любопытно: что же они натворили?...

— Не знаю, мы их не расспрашивали, — ответила Леурсия, — но могу сказать точно: в пещере совсем недавно были рыси. Их запах ни с чьим не спутаешь! Линкстоны, как известно, сами сюда не приходят — уж кто-кто, а они границы соблюдают. Думаю, их позвали сюда гиены.

— Да, но зачем? — спросила Миола. Сердце ее тревожно сжалось от предчувствия. — Может, напротив — рыси пришли с поручением от Владыки?

— Звать их на престол, да? — хмыкнул Брысс.

— Только не от Владыки, — ответила Тигрисса. — Никогда не стал бы Лионелл обращаться к этим тварям! Он их презирает. Да и вообще — хватит гадать! До Нижней пещеры ходьбы несколько минут! Сейчас все узнаем. До свидания! Счастливо устроиться на новом месте! — сказала она леопардам. — Я рада, что вы приструнили эту пегую шушеру.

Тигрисса поспешила домой. Достигнув своей квартиры и освободившись от седоков, она направилась к костру — туда, где сидел Владыка в окружении придворных.

Седоки же взобрались на уже знакомую Миоле скалу у входа в тигриный грот и, пробравшись потайной галереей, устроились с удобством в окошке напротив трона.

Лионелл бесстрастно выслушал рассказ Тигриссы о сражении в Рогвиле и об изгнании тигров. Если и была в его сердце какая-то вражда по отношению к Тигруэну, он никоим образом не выказал ни торжества, ни злорадства. Напротив — вздохнул и горько сказал:

— Ну, что ж! Вчера — леопарды, сегодня — тигры. А завтра — львы. Бедный Леополь!

Все, кто еще не знал страшной новости, ахнули. Миола тихо вскрикнула. Брысс остался равнодушным.

Линкстон счел необходимым пояснить, что произошло:

— Сегодня около полудня Фофурза выдала властям важного преступника по имени Басси и потребовала в качестве вознаграждения, чтобы Владыка отрекся в ее пользу.

Два сердца замерли в галерее за окном. Миола и Брысс обменялись полными ужаса взглядами. Обида тут же была забыта.

— Теперь, — продолжал страж порядка, — нам предстоит решить, можем ли мы спасти Леополь. Не мне вам объяснять, что будет, если гиены дорвутся до власти.

Из ропота, поднявшегося в рядах мелкокрупных, стало ясно, что не все согласны с Линкстоном. Впрочем, таковых нашлось немного.

— Этого допустить нельзя, — сказал старый, порыжевший барс. — Владыка, скажите гиенам, что слово давалось только кошачьим!

— Не могу, — печально ответил лев, — я не могу нарушить данного слова.

— Но ведь от этого пострадает подвластный вам город! — воскликнула старушка-пума.

— Знаю, — сказал Лионелл и гордо поднял голову, — но поверьте: я перестану быть Владыкой в тот миг, когда нарушу слово.

— Безусловно, — сказала Тигрисса задумчиво. — Значит, вы уходите?

— Да, — твердо ответил Владыка.

— Бесповоротно?

— Да.

— Тогда давайте обсуждать то, что еще можно изменить: как не допустить гиен к управлению городом.

Тут взял слово Ягуайр, единственный оставшийся советник Владыки. Судя по его словам, он один стоил двух изгнанных.

— Если не ошибаюсь, преступников было двое, когда объявлялась награда о поимке, — сказал он. — Выдан же только один. Стало быть, не может быть и речи о полной награде.

— Да, но как поделить пополам то, чего нельзя ни увидеть, ни съесть? — воскликнул Линкстон. — Ведь понятие «все, что захочешь» не измеришь!

— Я не договорил, — продолжал Ягуайр. — Гиены ясно высказали свои требования. Требований ровно два: Владыка должен уйти, а Фофурза — воцариться в Леополе. Если Лионелл твердо решил, что он уходит, мы можем отказать гиенам во втором требовании.

— Но ведь Фофурза может выбрать второе! — резонно возразила Тигрисса. — А это будет равносильно обоим, ибо, уж конечно, Владыка не станет подчиняться ей, и уйдет так или иначе. Надо придумать что-нибудь другое.

— Что в законе говорится о смене Владыки? — спросил Линкстон. — Я спрашиваю старейшин, ибо важно каждое слово.

Старый барс откашлялся и с надлежащей торжественностью произнес:

— Закон гласит: титул Владыки передается по наследству внутри львиного семейства, от отца к сыну. Отец имеет право выбрать достойнейшего из сыновей, независимо от старшинства. Если же Владыка умрет, не оставив наследника, тогда все крупнокошачье население города обязано выбрать нового Владыку голосованием.

— Прекрасно! — воскликнула старушка пума. — Сказано: крупнокошачье население! Значит, и выбран может быть только один из них!

— К сожалению, это не одно и то же, — с досадой проговорил Линкстон. — Сами знаете, что значит каждое слово в законе. «Выбрать голосованием» не поясняет, откуда берутся претенденты, хоть это и подразумевается.

— Значит, надо добавить в закон слова «между собой»! — возгласил кто-то из ягуаров. Собрание зашумело, обсуждая эти слова.

Тут поднял голос Лионелл.

— Закон, — сказал он сурово, — не меняют. Его чтут и исполняют из года в год. Менять законы в угоду прихотям и обстоятельствам — удел низших животных.

— Но надо же что-то делать! — нетерпеливо зашумели слушатели.

— Давайте заявим Фофурзе, что подчиняться ей не будем!

— Побьем гиен и выгоним!

— Стоп! — внезапно встрепенулась Тигрисса. — Что в законе говорится об отречении Владыки?

— Ничего, — недоуменно ответил барс. — Закон не предусматривает такой возможности.

— Мы не вправе менять закон, — сказала тигрица. — Но мы можем внести поправку — поскольку впервые сталкиваемся с подобным положением. Так?

Все, даже Лионелл, признали ее правоту.

— Поправка будет звучать так: если Владыка отречется по своей воле, или будучи вынужден к тому обстоятельствами, его место может занять только один из граждан Леополя.

Тигрисса намеренно не сказала «один из крупнокошачьих», поскольку в зале было большинство мелкокрупных, а они по глупости — или просто чтобы досадить Владыке — могли не поддержать ее.

Она оказалась права: все дружно зашумели и одобрили поправку к закону. Лионелл кивком головы поблагодарил ее и сказал:

— Значит, завтра после моего ухода вам предстоит выбрать нового Владыку. Но это меня уже не касается, — он вздохнул и помолчал. — Не расходитесь! У нас есть еще одно дело. Линкстон, приведи преступника.

Басси вошел в зал, ступая смело и гордо подняв голову. Сквозь слезы Миола любовалась им. У Брысса гулко колотилось сердце.

— Подсудимый Басси, — обратился к нему Линкстон, — признаете ли вы себя виновным?

— Смотря в чем, — невозмутимо ответил Басси.

— Вы нарушили закон, запрещающий кошкам входить в Нижнюю пещеру?

— Да.

— Вы нарушили уложение, запрещающее зверям пересекать пространство перед троном без позволения Владыки?

— Да.

— Вы в сообществе с другой преступницей, по имени Миура, отказались подчиниться властям и совершили дерзкий побег из города?

— Да. Только Миура — не преступница: она моя мама и нарушила закон, чтобы защитить меня. Она не виновна.

— Вы признаете, что тайно возвратились в Леополь с целью подготовки правительственного переворота?

Для многих присутствовавших, включая самого Басси, слова Линкстона явились неожиданностью. Шпионы в городе работали исправно. Стараясь не выдать отчаяния, преступник ответил:

— Да.

— Если вы назовете своих сообщников, это может облегчить вашу участь, — сообщил страж порядка.

— У меня нет сообщников, — сказал Басси. — Я все делал один.

— Можете ли вы сказать что-либо в свое оправдание?

— Да! — встрепенулся Басси. — У нас, кошек, слишком мало прав и много обязанностей в Леополе! Это несправедливо! Ведь нас большинство.

— Почему же вы молчали об этом столько лет? Не припомню, чтобы кто-то из вас жаловался, — нахмурившись, произнес Владыка.

— Как мы могли жаловаться, если доступ в Нижнюю пещеру для нас всегда был закрыт? А Каррису пожалуешься — уха или хвоста не досчитаешься.

— Так или иначе, если вы хотели добиться справедливости мирным путем, вы могли это сделать, — ответил Лионелл. — А заговор есть заговор, и заговорщики караются по закону.

— Старейшины, — Линкстон обратился к совету, — какого наказания заслуживает преступник?

Все старики, даже Тигрисса, в один голос произнесли:

— Повинен смерти.

Затем Линкстон вопросил собрание — и получил тот же ответ.

Вслед за этим Владыка произнес свое слово: Басси должен умереть.

— Всем кошкам объявить о решении суда сегодня вечером, — приказал Лионелл. — Приговор привести в исполнение завтра утром. В качесте последнего желания подсудимому дается право выбрать способ казни.

— Я должен подумать, — изо всех сил стараясь говорить спокойно, ответил Басси.

— Хорошо, — подвел итог Владыка. — До утра у тебя будет время.

Глава 6
Прощай, Лионелл!

Преступника увели к себе в грот рыси. Собрание разошлось. Тигрисса направилась к своим сородичам — сообщить им печальную весть об изгнании.

Миола и Брысс сидели там же, где их застигло страшное известие, и пытались придти в себя.

Наконец, Брысс встрепенулся.

— А ну-ка, довольно унывать! — сказал он, обращаясь в первую очередь к себе. — Впереди целая ночь! Мы что-нибудь придумаем.

— Что, Брыссик? — шмыгнула носом зареванная Миола.

— Побег устроить надо, вот что! Отвлечь рысей — и нырнуть вон туда...

Брысс не договорил. Его взгляд поискал под тронным возвышением дыру, служившую потайным ходом Мисмис — и наткнулся на груду камней. Лаз был завален.

— ... хотя нырять некуда, — оторопело закончил он.

— Есть только один способ, — сказала Миола, немного успокоившись. — Когда все уснут, я пойду к Лионеллу. Буду его умолять...

— Да, так он тебя и послушает! Двух слов сказать не успеешь.

— Послушает! Я с ним уже разговаривала.

Брысс посмотрел на нее недоверчиво.

— Не врешь?

— Нет, — серьезно ответила киска. — Помнишь, все говорили, что Владыка воспрял? Это я с ним поговорила накануне ночью.

Брысс открыл рот и чуть было не сказал, как он восхищается подругой... но решил не терять времени. Вместо этого он произнес:

— Слушай! Тогда ты должна внушить Владыке мысль, что побег Басси освободит его от обязательства выполнять гиеньи требования! Может, он сам нам поможет.

Миола обреченно покачала головой:

— Нет, не поможет! Ты посмотри на него: он своих детей и внуков в голую степь уводит, потому что дал слово гиенам! А кота, по-твоему, пожалеет? Конечно, я попробую, но думаю, ничего не выйдет...

— Может, попросить Тигриссу о помощи? Хотя что она может изменить? Уговорить Лионелла? Приговор выносился всем собранием — Владыка его отменять не станет. Что еще? Способ казни? Что тут можно придумать?

Внезапно Миола замерла. Взгляд ее загорелся, глаза округлились — и вдруг она вскочила и засмеялась!

— Знаю! Я знаю, что делать! — воскликнула она. — Только бы Лионелл позволил мне поговорить с Басси!

Когда все уснули и Владыка остался один, Миола тихонько спустилась в зал и подошла к трону.

Лионелл был слишком погружен в свои думы, чтобы заметить маленькую кошку. Ей пришлось окликнуть его.

— Что ты здесь делаешь? — удивился лев.

— Я пришла умолять своего Владыку пощадить осужденного — он мой родной брат, — сказала Миола.

— Ты знаешь, что я не вправе отменить приговор, вынесенный собранием, — нахмурился Владыка.

— Получается, что я навредила сама себе? — воскликнула Миола. — Тот Владыка, с которым я говорила три дня назад, зверствовать бы не стал.

— Правосудие должно быть жестоким к преступникам! Иначе государство не удержится, — твердо сказал Лионелл.

— Кто мне говорил, что Леополю так или иначе конец? И какой это преступник — глупый, но храбрый котенок, потерявший голову оттого, что впервые увидел огонь?

Владыка помолчал: он не мог не признать правоту этих слов.

— Да, я погорячился... тогда, осенью, но теперь уже ничего не изменишь. Гиены поймали меня на слове. Обратного пути нет.

— Да, но если вы помилуете осужденного?

— Неважно, ведь награда обещана за выдачу его.

— А если он совершит побег?

— То же самое! Гиены привели преступника сюда, а последующее их не касается.

— Значит, ничего нельзя сделать? — воскликнула Миола в таком отчаянии, что у Лионелла дрогнуло сердце. Он вздохнул и опустил голову.

— Поверь мне, Миола, что если бы я мог помочь тебе, я бы это сделал. В оправдание свое могу сказать, что охотно поменялся бы с твоим братом участью.

Теперь вздохнула Миола. Она умела понимать всех.

— Могу я хотя бы попрощаться с ним? — спросила она.

— Да, только недолго, — сказал Лионелл. Очевидно, он боялся, что кошка примется громко рыдать и разжалобит его сердце.

Войдя в темный грот после ярко освещенного зала, Миола не сразу заметила Басси. Он сидел в углу, под охраной двух здоровенных рысей, и имел очень жалкий вид.

Увидев сестру, кот чуть не расплакался.

— Миолушка, прости меня! — сбивчиво, глотая слова, заговорил он. — Какой же я был неблагодарной тварью! Я так виноват перед тобой...

Линкстоны деликатно отодвинулись — хотя из грота не вышли.

— Ах, бедный, бедный Бассик! — громко всхлипнула Миола и, кинувшись ему в объятия, быстро зашептала: — Слушай внимательно и не перебивай! Завтра ты скажешь Лионеллу, что хочешь у всех на глазах прыгнуть в костер.

— Я хочу чего? — ошарашенно переспросил Басси.

— Не перебивай! — зашипела его сестра. — Тебя поведут туда, откуда мама прыгнула на голову Лионеллу — ну... помнишь окошко над костром?

— Эй, там, не шептаться! — прикрикнул один из рысей, впрочем, беззлобно.

— Мы не шепчемся! Мы плачем, — трагически произнесла Миола и тихонько продолжала: — Так вот, когда тебя подведут к краю окна, ты посмотришь вниз и обнаружишь между костром и стеной большую кучу углей и пепла. Может, ты увидишь дыру посередине, может, она будет завалена — но она там есть, и достаточно большая, чтобы ты пролетел сквозь нее, не поранившись. Прыгай прямо в золу и ничего не бойся! Я буду ждать тебя там, куда ты попадешь. Но запомни: еще в полете нужно крепко зажмуриться, иначе за твое зрение я не ручаюсь! Все понял?

Миола оглянулась и, увидав навостренное ухо блюстителя закона, заныла:

— Ах, что ж мы без тебя делать будем? Кто ж нам мышек ловить теперь станет? Бедные мы, бедные!

Порыдав еще для вида, она удалилась, а Басси облегченно вздохнул, свернулся калачиком и уснул.

День шестой.

В Верхней пещере почти никто не спал в эту ночь.

Мисмис и Миона рыдали, женская половина кошачьего населения утешала их, а мужская — строила планы освобождения обожаемого вождя. Все планы сводились к одному: «Вот его поведут на казнь, а мы на них кэ-эк скокнем! А они кэ-эк струхнут! И кэ-эк драпанут!»

Под утро, перегорев, переживания сменились покорным ожиданием.

И, когда явившийся в пещеру Каррис объявил, что осужденный будет сброшен в костер, последовала не буря возмущения, а лишь угрюмое молчание.

Поскольку вход в тоннель, ведущий к костру, находился в Верхней пещере, конвою предстояло провести Басси сквозь толпу кошек и котов. Простодушный кошачий замысел «кэ-эк» был бы вполне осуществим — да не нашлось достаточно решительного вожака.

Все же у кошек хватило мужества открыто приветствовать своего любимого вождя. Басси шел, видя справа и слева от себя взволнованных, удрученных соратников. Каждый стремился ободрить шедшего на казнь, сказать ему что-нибудь глупое и ласковое.

С криком «Бассик, я люблю тебя!» к нему рванулась Мисмис. Осужденный был так изумлен, что на минуту даже забыл, куда его ведут. Он чуть шею не свернул, оглядываясь на белоснежное воплощение скорби.

Триумф закончился, и Басси втолкнули в тоннель. Огненным пятном приближался проем в конце коридора. Но пленник смело шел вперед, помня Миолин обычай: обещано — сделано.

Конвой состоял из пум и рысей. Выйдя на площадку перед костром, Линкстон выглянул и сообщил Лионеллу:

— Мы прибыли, Владыка!

Затем подтолкнул преступника к краю проема.

И тут Басси стало страшно. Огромный костер совсем не походил на уютный огонек в очаге. Он дышал убийственным зноем, протягивал к осужденному когтистые языки ненасытного пламени, испепелял безумным взглядом.

Кто-то в Нижней пещере стал торжественно объявлять приговор. Басси глянул вниз... и обмер: да, куча пепла там имелась, но поверх нее лежала горящая ветка — хоть и тонкая, но поди знай, сломается ли она при его падении? Но, так или иначе, решаться надо было.

— Что, может, тебя подтолкнуть? — участливо спросил один из Линкстонов.

— Нет, не надо! — торопливо ответил Басси. — Я сам.

«Ну, решайся!» — сказал он сам себе. — «Струсишь — пропадешь».

Собрав всю свою волю, глубоко вдохнув и хорошенько примерившись, он прыгнул...

Басси повезло — он упал возле ветки, не задев ее. Пролетев сквозь пушистую груду горячего пепла, кот рухнул на что-то мягкое и кубарем покатился вниз. Помня, что глаза открывать нельзя, он сделал другую глупость — вдохнул всей грудью. И тут же закашлялся, чуть не задохнувшись.

Вскоре Басси достиг подножия осыпи. Продолжая кашлять, он приоткрыл глаза — и снова зажмурился: пепел, осыпавшийся с ресниц, запорошил их.

В этот миг на него налетели Миола с Брыссом. Смеясь от радости, друзья стали вылизывать ему глаза и нос. Скоро Басси смог оглядеться.

Он ахнул. Свет костра, проникавший сверху через знакомую ему дыру, освещал обширную пещеру, посреди которой высилась громадная куча золы и остывших углей.

— Помните, я вам говорила, что нашла совершенно невероятный тайник? — сказала Миола. — Это он и есть. Многие века костер сбрасывал сюда пепел — иначе он давно уже затух бы, задохнувшись под слоем золы.

Басси прокашлялся и сказал:

— Миола, Брыссик! Я не стою таких друзей, как вы. Я страшно виноват перед вами. Простите меня!

Падение сквозь пылающий костер все же не прошло для Басси даром. Шерстка его была подпалена, усы скрутились поросячьими хвостиками, глаза слезились, в горле першило. Чувствовал он себя прескверно.

Зато в душе у него щебетали райские птицы! Друзья с радостью простили ему былые грехи. Он поведал Брыссу о Своясях, дополнив рассказ Тигриссы тем, чего она не знала. Брысс, совершенно лишенный злопамятности, ограничился одной фразой:

— Знаешь, роль вождя для тебя похлеще той ядовитой травки оказалась! Совсем мозги вышибла. Я рад, что ты очухался от этого дурмана.

Итак, с друзьями все было улажено, но не эта птица пела громче всех.

Прощальный крик Мисмис продолжал звенеть в его ушах. Если только это правда... Почему-то он был уверен, что Брысс не особенно огорчится, услыхав новость. Отношения с Мисмис явно тяготили его в последнее время. К тому же только слепой мог не увидеть, что Брысс и Миола созданы друг для друга... Но вмешиваться Басси не хотел.

Друзья долго сидели и болтали в пепельной пещере. Внезапно Миола спохватилась:

— Ой, что же мы тянем? Ведь сейчас гиены придут, а мы не будем знать, чем закончатся переговоры! Скорее в Нижнюю!

И Миола повела приятелей в Котокомбы. Ох, и трудным был путь! Немудрено, что в Леополе больше никто не знал об этом тайнике. Друзьям приходилось ползти, распластавшись, по мокрой глине, протискиваться в узенькие щели, прыгать с уступа в глубокий колодец, карабкаться по отвесной стене. Но усилия стоили того, поскольку Басси был свободен.

Примерно через час все трое уселись у окошка, выходившего в тронный зал. Миола и Брысс оттеснили Басси назад, в глубь галереи, сказав:

— Если увидят нас — то просто прогонят, а за тебя примутся снова, да поосновательней прежнего! Хватит с тебя и того, что услышишь.

Они пришли вовремя: гиены как раз входили в Нижнюю пещеру.

На этот раз они явились всем племенем. Выступали пегие развязной походкой, будто все взялись подражать

Фуфру, и при этом победоносно озирались вокруг. Гиен было много — чуть ли не столько же, сколько всех малокрупных.

Фофурза с отпрыском приблизились к трону Лионелла.

— Ну, что, дражайший Владыка, махнемся местами? — развязно пропела предводительница. — Уговор дороже добычи!

— Не торопитесь, — сдержанно сказал лев. — Вчера вам сообщили, что хранители закона в Леополе — старейшины. Вы еще не слышали их суда.

— Ну, конечно, — ощерилась Фофурза, — вы собрались и всем скопом измыслили какую-то гадость!

— Гадости — по вашей части, любезная, — выходя вперед, сказала Тигрисса. — Мы же следуем закону, и вот вам доказательство: Владыка действительно уходит из города со всем своим семейством, ибо опрометчиво пообещал вам это. Но что касается вашего воцарения...

— Так я и знала! — гиена оглянулась на своих соплеменников. — Сейчас начнут юлить.

Героическим усилием воли Тигрисса сдержалась и продолжала ровным голосом:

— ...то закон гласит, что в случае отречения Владыки новым правителем Леополя может стать только его гражданин.

— Прекрасно! — хмыкнула Фофурза. — Мы не прочь принять ваше леопольское гражданство. Можем и мяукать научиться.

Наглость пегих тварей была поистине неописуема. Но Тигрисса и виду не подавала, что внутри у нее все кипит.

— А кто вам это гражданство пожалует? Отрекшийся Владыка?

— Ну, пусть пожалует, а потом уже отрекается! Нашли препону! — раздраженно бросила Фофурза.

— Нет, не пройдет ваш замысел, — ответила тигрица. — Мне, конечно, жаль рушить ваши надежды, но у вас ничего не получится. Владыкой в Леополе может стать только представитель семейства кошачьих!

— К тому же преступников было двое, вы же выдали одного. Это ограничивает ваши требования, — добавил Линкстон.

Старый сыщик, сам того не желая, подал гиенам хорошую, то-есть достаточно гадкую, мысль.

— Ах, вам нужен второй, то-есть, вторая! — обрадовалась Фофурза. — Ну, так будет вам вторая! Правда, не сейчас... но завтра непременно будет!

Нечего и говорить, как испугались Басси и Миола! Гиены были достаточно ловкими, чтобы ночью, воспользававшись отсутствием Шамбо, выкрасть Миуру из Красной пещеры. Но положение спас Лионелл.

— Мы уходим сегодня, — властно сказал он. — Я больше не правитель Леополя — данное когда-то слово я сдержал. Вы больше ничего от меня не добьетесь. А новый Владыка никому еще ничего не обещал.

— Так что же, нам убираться ни с чем? — взвизгнула Фофурза. — У нас теперь и дома-то нет — вы прогнали леопардов, а они отняли у нас грот и лабиринт!

Пегий сброд ненавидели все, поэтому собрание от души рассмеялось. Этого делать не следовало: разозлившись, гиена становится изобретательной.

— Ах, вот как! Прекрасно, Ваше бывшее величество! — в ярости зашипела Фофурза. — Я знаю, что мы сделаем! Мы последуем за вами, Невладыка, и будем докучать вам так же, как наши меньшие братья шакалы — вашим меньшим братьям гепардам. Поверьте, мы сделаем все, чтобы испортить вам жизнь!

И, прежде чем Лионелл нашелся, что ответить, она повернулась и повела свое племя через тоннель в Верхнюю пещеру, к выходу из города в степь.

— Владыка! Прикажите страже не выпускать их! — вскричали сразу несколько голосов. — Пусть уходят в горы!

— Нет, — ответил лев. — Пусть идут за нами, подальше от Леополя. Мы с ними справимся... А вы — нет.

Наступило молчание. Владыка обвел собрание печальным взглядом и произнес:

— Ну что ж, настало время мне проститься с моим городом и вами, его жителями! Я надеюсь, что Леополь будет существовать при новом Владыке так же безмятежно, как это было при мне... Прошу только об одном: храните огонь! Древнее предание гласит: в тот день, когда погаснет костер, Леополя не станет. Помните это! Лучше остаться голодным самому, чем не накормить костер. И еще: когда будете избирать Владыку, включите в голосование кошек. Я был несправедлив к ним, полагая их ничтожными. Но одна кошка открыла мне глаза, хотя, полагаю, она в своем роде единственная... Тигрисса! Будешь править городом до тех пор, покуда изберут нового правителя. Затем ты вольна уйти. Прощайте, граждане Леополя!

Собрание взвыло. Неподдельное сожаление звучало в прощальных возгласах, хотя было среди присутствующих много завистников и недругов Лионелла — но справедливости ради надо сказать, что подспудно уважали его все.

Сопровождаемый многочисленным семейством, Владыка направился к тоннелю, как вдруг его остановил окриком Ягуайр.

— Владыка! — сказал он. — Я и мои сородичи нижайше просим вас отпустить наше племя из города навсегда. Нам тягостно подземелье... Мы мечтаем о жизни в лесу.

— Но ведь я больше не Владыка! — горько воскликнул Лионелл. — Я уже не имею права распоряжаться вашими судьбами. Обращайтесь к Тигриссе.

— Уходить или оставаться — право крупнокоша-чьих, — сказала Тигрисса. — Так сказано в законе.

— Тогда отпустите и нас, — подал голос старый барс. — Нам милее горы.

— Помилуйте! — вскричал Лионелл. — Вы что же, решили все ко мне присоединиться? Кто же из крупных останется в городе?

— Мы, Владыка, — ответила старушка-пума. — Пока горит огонь — мы будем рядом с ним.

— Но ведь по закону нового Владыку должны избирать крупнокошачьи!

— Ничего не поделаешь, — ответила Тигрисса, — придется голосовать всем оставшимся.

— Ну, что ж, — вздохнул лев. — У городов тоже своя судьба. Бедный Леополь!

Глава 7
Чего никто не ждал

Голосование было назначено на вечер, ибо Тигриссе предстояло проводить своих родичей в изгнание.

— Думаю, что теперь, после ухода Лионелла, Басси может вернуться в Верхнюю пещеру, — сказал Брысс.

— А шпионы? Они-то подчиняются Линкстонам, а не Владыке! — возразила Миола.

— Все-таки я рискну туда пойти, — ответил Басси. Ему не терпелось увидеть Мисмис.

— Мы сделаем так, — сказал Брысс. — Когда придем к пещере, вы останетесь наверху, а я пойду позову Мисмис, Миону и Миррену. Пусть они решат, безопасно ли тебе показываться народу.

Весело болтая, они направились в Котокомбы. По пути им встретился Барр с приятелями.

— Вот-те раз! — искренне удивился братец. — А мне доложили, что тебя на костре изжарили!

— Как видишь, недожарили, — ответил Басси не без злорадства. — Дровишек не хватило.

— Береги шкурку, — сказал Барр и криво улыбнулся.

Выйдя из Котокомб, друзья разделились: Брысс отправился в пещеру, а Басси с Миолой спрятались неподалеку от входа. Им хотелось устроить сюрприз для скорбящих соплеменников.

Первое, что увидел Брысс в Верхней пещере, была Мисмис, возлежавшая на бараньей шкуре с самым удрученным видом. Вокруг нее толпились утешители.

Увидев Брысса, красотка вскочила. От скорби не осталось и следа.

— Ну, наконец-то! — воскликнула она и засмеялась. — А я уж решила, что ты тоже меня покинул!

— Почему «тоже»? — спросил Брысс.

— Потому что Басси, как последний дурак, дал себя изловить и казнить! Обо мне он, разумеется, не вспомнил!

— И тебе его не жаль? — любопытства ради спросил Брысс.

— Ах, жаль, жаль, но что толку? Жить-то надо! Но теперь все хорошо, если ты вернулся. Теперь я даже снова хочу есть!

— Да? Прекрасно! Я как раз хотел пригласить тебя на прогулку, — ответил Брысс хитро. — А где Миона?

— Здесь, — отозвалась киска, подходя к нему. — Миола с тобой?

— Да, не беспокойся! Пойди, найди тетю Миррену и поднимайтесь обе наверх — есть разговор.

Мисмис вслед за Брыссом выбралась на скалы и, обогнув большой серый камень, столкнулась нос к носу с Басси.

Изрядно подпаленный герой сиял от счастья. Он ждал бури восторга.

Но, как выяснилось, зря.

— Ах, так ты жив! — возмутилась Мисмис. — Что это была за комедия? Посмеяться надо мной решил, да?

Басси опешил.

— Что ты, Мисмис! Я спасся чудом! — залопотал он растерянно. — Да вот, Миола меня спасла!

— Ну, вот и радуйтесь со своей Миолой! А я тебя еще за вчерашнее не простила!

— Помилуй, да ты же мне кричала... такие слова! — в отчаянии воскликнул Басси.

— Тогда я не знала, что ты обманщик! — она круто развернулась и приказала Брыссу: — Идем! Я хочу есть!

Брысс виновато глянул на Миолу, пожал плечами и отправился ловить «вонючих мышек».

В это время явились Миона с Мирреной — и вот тут-то Басси получил свою бурю восторга. Обе кошки рыдали от радости.

Успокоившись, Миррена решила, что Басси пока не стоит показываться в Верхней пещере.

— Поди знай, сколько у нас шпионов! — сказала она. — Слишком мало времени прошло. Кому мы доверяем совершенно, тому и скажем. Вот будут выборы сегодня вечером, народ отвлечется — тогда и можешь появиться. А пока что прячься.

Друзья рассудили, что она права. Затем Басси вкратце рассказал историю своего пленения и спасения. Мисмис, пообедав, присоединилась к ним — и даже снизошла до обещания никому не говорить о том, что слышала.

Брысс, куда-то ненадолго исчезавший, внезапно появился из-за скалы и положил у ног Миолы большую птицу. Мисмис фыркнула и удалилась, оскорбленная. Брысс проводил ее веселым взглядом.

— Спасибо, Брыссик, — засмеялась Миола. — Только зачем же так жестоко?

— Ничего, пусть привыкает! — ответил кот. — Пойдем, Баська! Нам тоже закусить не вредно.

Басси поймал себя на том, что у него от капризов Мисмис уже не портится настроение. Очевидно, «пусть привыкает» относилось и к нему.

Никогда еще в Нижней пещере не собиралось всего населения Леополя.

Конечно, Линкстоны не собирались пускать *всех* кошек в Нижнюю пещеру, но понятие «делегация» каждый из жителей Верхней понял по-своему — и в результате пришли почти все, за исключением стариков и младенцев. Никто не возражал: рысям доставало забот и без подсчета голов.

На троне восседала Тигрисса. Перед ней широким полукругом расположились малокрупные — каждый клан отдельно. Кошкам было указано место справа от трона, рядом с пушистыми манулами.

— Граждане Леополя! — торжественно обратилась к собранию тигрица. — Мне не нужно объяснять вам, сколь тяжелые времена настали для Кошачьего города. Ушли пошли все крупнокошачьи — за исключением пум, которые, как известно, по роду своего призвания — хранителей огня — в управлении городом участвовать не могут. Отказываются от чести быть избранными и рыси — Линкстоны просят лишь о том, чтобы за ними и далее сохранили право охранять порядок в городе. Поэтому сегодня нам предстоит избрать нового Владыку из числа оставшихся, малокрупных и мелких кошек, за которых просил Лионелл.

Собрание слушало, затаив дыхание. Отсутствие крупнокошачьих позволяло каждому клану мелкокрупных чувствовать себя важнее. Мало того: у каждого появилась возможность стать Владыкой!

— Мы со старейшиной рода Линкстонов, — продолжала Тигрисса, — ответственны перед всеми гражданами Леополя за честность проведения выборов. Доверяете ли вы нам?

— Да! — единым голосом ответило собрание.

— Тогда приступим к голосованию, — объявил Линкстон. — Сначала нам предстоит выбрать правящий клан, а затем внутри этого клана соплеменники изберут достойнейшего, и он-то и станет Владыкой.

— Сейчас мы вас отпустим на какое-то время, — продолжала Тигрисса, — чтобы каждое племя посовещалось без помех и решило, кого они хотят видеть на месте Владыки. Запрещается голосовать за свой клан! Если вы достойны высокой чести, другие изберут вас. Времени на обсуждение у вас столько, сколько будет гореть вон та толстая ветка в костре. Потом, по моему призыву, вы снова займете места в собрании. Дождавшись своей очереди, двое от каждого клана приблизятся: один ко мне, а другой — к Линкстону, и шепотом сообщат нам ваше решение. Почему двое? Чтобы мы с Линкстоном считали голоса независимо друг от друга и потом сверили результаты выборов. Находите ли вы такой порядок справедливым?

— Почему нельзя голосовать за своих? — вопросил Каррис обиженно. — Кто, кроме каракалов, способен править мелкокрупными?

— Обойдетесь! — поднял голос кто-то из камышовых котов. — Бестолочей хуже вас поискать! Разве что оцелоты!

— Что? — взвыли оцелоты. — Да вы на себя посмотрите, уроды!

Поднялся шум: каждый доказывал, что его клан и есть лучший.

Тигриссу вынудили поднять голос. Только громким рыком ей удалось восстановить мир.

— Теперь вы понимаете, почему я сказала не голосовать за своих? — строго произнесла тигрица. — Извольте вести себя достойно! Идите и совещайтесь! И не тяните время — тех, кто ни до чего не договорится, мы просто слушать не станем!

Ровный полукруг распался. Племена разбежались подальше друг от друга и начали яростно спорить, уже не заботясь о том, что их могут услышать. Кошки тоже не отставали: сбившись в кучу, принялись орать дурными голосами, причем одновременно.

Брысс и Миола сидели на окошке и с интересом наблюдали за происходящим. Басси потихоньку выглядывал из-за их спин.

— По-моему, тут все ненавидят своих сограждан, — сказала Миола. — Вы только послушайте, о чем они судачат! Моют другим косточки, и только.

— Правильно, и каждого при этом заботит, чтобы *не* выбрали кого-нибудь из недругов, — отозвался Брысс.

— Интересно, — сказал за их спинами Басси, — чего им больше хочется — быть избранными самим или посрамить соперников?

Страсти тем временем накалялись. Шум нарастал, никто уже не сдерживал бьющего через край возбуждения. В дальнем конце зала возникла потасовка между катопумами и сервалами. Линкстоны помчались туда — усмирять.

Тигрисса нервничала. Она ходила взад и вперед по возвышению, хлеща себя полосатым хвостом по бокам.

Наконец, толстая ветка в костре прогорела и рухнула. С видимым облегчением тигрица возвысила голос, призывая собрание занять места в построении.

По ее команде все кланы прекратили ругаться и принялись спешно обсуждать достойнейших. Тигрисса не торопила их — наконец-то болтуны занялись делом.

В конце концов один за другим племена возвратились на свои места. Вид у всех, кроме кошек, был самый воинственный.

Линкстон стал слева от трона, Тигрисса — справа, подальше от него.

— Онциллы! Ваше слово! — объявил страж порядка.

Две пятнистые кошки вышли из своей группы и, приблизившись каждая к одному из председателей, шепотом сообщили им о своем выборе.

Тигрисса и Линкстон переглянулись. В глазах у них промелькнуло недоумение.

— Ягуарунди! Ваша очередь! — воззвал рысь.

И опять тихонько названное слово вызвало у него растерянность. Тигрисса натянуто улыбнулась и еле слышно фыркнула.

Один за другим представители племен подходили к трону и сообщали имена избранников. А в душах правителей росло смятение. Глаза у них округлились, морды вытянулись.

Они явно отказывались верить своим ушам. А собрание умирало от любопытства и от азарта: кто же окажется избранным?

Наконец, Линкстон вызвал кошек, ибо они стояли в строю последними. Миррена и Бабур выступили вперед, и голосование завершилось.

Тигрисса и Линкстон пошли навстречу другу другу и обменялись одним-единственным словом. Тигрица кивнула, прокашлялась и произнесла:

— Голосование показало редкое единство мнений! Все, за исключением избранных, высказались в пользу одного и того же племени. Итак, новым правящим кланом Леополя становятся...

Все замерли. Слышно было, как потрескивают сучья в костре.

— ...КОШКИ! — торжественно произнесла Тигрисса.

Молчание продлилось еще несколько секунд. Затем собрание разразилось смехом. Все малокрупные захохотали, как безумные. И самым поразительным было то, что смех этот звучал совершенно беззлобно — после такой-то перепалки!

Не смеялись только кошки. Хлопая глазами, они недоуменно переглядывались, не зная, что и думать. Впрочем, наши друзья быстро смекнули, в чем дело — и присоединились к общему веселью.

Наконец, смех умолк, и тогда один из кодкодов сказал:

— Полноте! Ну, какой из кота Владыка! Его и на троне-то не увидишь!

— Позвольте спросить вас, любезный, за кого голосовали вы? — с усмешкой спросил Линкстон.

— Мм... за кошек, — ответил кодкод. — Но ведь только для того, чтобы власть не досталась этим зазнайкам, каракалам!

— И мы! Мы тоже голосовали не за кошек, а против оцелотов! — подали голос хаусы.

Снова поднялся шум — все кричали примерно одно и то же.

Тогда заговорила Тигрисса — и сразу же навела порядок.

— Кошки избраны законным голосованием, причем единогласно. Пусть это будет вам заслуженным наказанием — нельзя же враждовать со всеми, кроме своих соплеменников!

— А по мне, — весело выкрикнул один из котов-рыболовов, — лучше кошки, чем кто-то из малокрупных! Кошки еще никому насолить не успели!

— Да вы что? Посбесились? — взревел Каррис и выскочил вперед. — Это чтобы я со всех ног бросался исполнять кошачьи повеления? Не бывать тому!

— А сам за кого голосовал? — раздались голоса.

— Это неважно! — окончательно разъярился надсмотрщик. — Кто ж знал, что все так обернется? Да я этого Владыку одной лапой пришибу!

— Попробуй, — спокойно и веско обронил Линкстон. — В костер прыгнешь.

Каррис благоразумно юркнул в ряды товарищей.

Тогда Тигрисса обратилась к кошкам:

— Приветствуем правящий отныне клан Леополя! Теперь вам предстоит выбрать достойнейшего, который завтра станет Владыкой! Посторонитесь, малокрупные! Дорогу правящему клану!

Когда собрание разошлось, Брысс и Миола подошли к Тигриссе и попросили выслушать их.

— Помогите рассудить, — начал Брысс. — Что, если кого-то казнят, а он по счастливой случайности остается жив? Ну, не казнить же его еще раз!

— Понимаете, — пряча честные глаза, сказала Миола, — так получилось, что мой брат Басси...

— Ах, он твой брат! — улыбнулась Тигрисса. — Ну, так бы сразу и сказала. Не бойся, ничего ему не грозит. Не сомневаюсь — это вы устроили его спасение, и правильно сделали. Честно говоря, если бы не гиены, даже Владыка бы его помиловал, но... не до того было.

— А что скажет Линкстон? — осторожно спросил Брысс.

— Я берусь уладить дело, — снисходительно пообещала тигрица. — Теперь о главном: завтра сразу после вступления Владыки на престол я ухожу в Красную пещеру! Пойдете со мной?

— Да! — вскричали оба с воодушевлением.

Глава 8
Да здравствует Владыка!

Верхняя пещера напоминала реку в половодье. Буря и перекатываясь, растекаясь в разные стороны и крутясь, будто в водоворотах, металась туда-сюда пестрая кошачья толпа.

Новый правящий клан ошалел от счастья.

— Так им и надо, мелкокрупным! Мы им покажем! — орали кругом.

— Каррис нам теперь прислуживать будет!

— У огня греться будем!

— Заставим рысей нам кланяться!

— Отныне гепарды нам антилоп таскать будут! А объедки Каррису достанутся!

Каждая реплика сопровождалась радостными воплями и взрывами визгливого хохота.

В разгар веселья явился Басси со свитой. Его появление произвело надлежащий фурор.

— Урра! Да здравствует новый Владыка! — бросил кто-то клич, и сотни голосов подхватили его.

— Знай наших! Кошки в воде не тонут, в огне не горят!

— Вот что значит сплоченная борьба!

Под несмолкающие здравицы Басси вспрыгнул на камень, приосанился и завел речь:

— Друзья мои, соплеменники и соратники! Сегодня — великий день в истории Леополя! Кошки единогласно избраны правящим кланом! Много лет попиравшаяся справедливость восторжествовала!

Собрание взревело от восторга.

— Ну, все! — перекрикивая толпу, обратился Брысс к Миоле. — Понесло нашего Басси по старой тропе! Это надолго. Идем погуляем!

Они скрылись в проходной пещерке, а Басси тем временем продолжал:

— Начиная борьбу за правое дело, я знал, что нас ждет успех! Ведь кошек в городе большинство! Кошки умнее всех! Красивее! Отважней! Трудолюбивей! Честней! Благороднее!

Никто не осмелился спорить с очевидным. Собрание, внимая вождю, потихоньку успокаивалось.

— Нас ждут новые победы! Мы построим общество всеобщего равенства...

— Но-но! Это лишнее! — подала голос Мисмис. Она еще дулась на Басси, но уже немного подобрела.

— ...всеобщего для кошек, я имел в виду, — уточнил оратор. — Мы станем править мудро и справедливо, и никто из мелкокрупных не будет угнетаем!

— Как никто? А каракалы? — взревела толпа.

— Сервалы противные! У них уши большие!

— А манулы слишком волосатые!

— Онциллы пронырливые — гнать их!

— Бей ягуарунди! Львиные прихвостни!

Басси запнулся. Тема торжественной речи не вязалась с призывами бить кого-то. Поэтому он решил переключиться на другое.

— Я благодарен вам за оказанное мне доверие! Вы избрали меня вождем в сплоченной борьбе за торжество справедливости. Но стать Владыкой Леополя — честь, которую надо заслужить! Я согласен пройти испытание выборами, дабы убедиться в вашем полном доверии мне.

Толпа зашумела, снисходительно улыбаясь. Всем было понятно, что вождь попросту кокетничает, а соперника ему все равно не найдется.

— Я передаю слово Бабуру, ибо не могу же я проводить выборы сам! — сказал Басси и спрыгнул с трибуны.

Его место занял пятнистый толстяк Бабур, которого все любили за рассудительность. Он призвал к себе Миррену и еще двух соплеменников. Посовещавшись с ними минуту-другую, кот вопросил:

— Кто согласен стать соперником Басси? Может, кто-то предложит своего кандидата, кота, достойного стать Владыкой?

Собрание замялось. Кто-то нерешительно назвал имя Бабура, но никто его не поддержал. Все ждали. И вдруг...

— Я хочу быть Владыкой! — раздался наглый голос.

Изумленные коты и кошки расступились, и к возвышению подошел Барр. За ним следовали его приверженцы.

— А что? Чем я хуже Басси? — весело сказал самозванец. — Тем, что речей произносить не умею? Зато я ближе к народу! Такой же, как все!

Народ заулыбался. Новый кандидат явно пришелся ко двору.

Барр вспрыгнул на камень, окинул собрание взглядом и возгласил:

— Выбирайте меня, соплеменнички! Со мной проще сговориться! Я не прочь дать по морде Каррису.

Собрание возликовало. Раздались возгласы:

— Каррису по морде! Вот это по-нашенски!

— Барра во Владыки!

— С ним веселей!

Басси, стоя у возвышения, самодовольно улыбался. Он не сомневался в своей избранности. Да и как могло быть иначе? Ведь весь леопольский переворот — его затея, его воплощение, его успех! Сейчас собрание поиграет в равноправие и провозгласит Владыкой любимого вождя...

Бабур тем временем откашлялся и объявил:

— Сейчас, ради сохранения приличий, вы должны задать несколько вопросов обоим кандидатам! Басси, прошу на трибуну.

О, это понравилось публике! Вопросы так и посыпались — Бабур вынужден был установить очередность.

Первый вопрос задала Мисмис:

— Где мы будем жить?

— Трудно сказать сразу, — ответил Басси. — Надо осмотреть бывшие жилища крупнокошачьих, хотя, я думаю, большие пещеры неуютны для кошек. Днем, конечно, террасы вокруг костра — к вашим услугам...

— А я скажу, — задорно перебил его Барр, — где кому понравится — там вы и будете жить!

— А если там занято? — спросил кто-то.

— Занято — выгоним! — выкрикнул Барр и загоготал. Толпа поддержала его дружным ревом.

— Кто будет собирать ветки для костра? — спросила облезлая рыжая кошка.

— Кто-то из мелкокрупных, — сказал Басси. — Установим очередность...

— Какая разница? Главное — не мы! — опять захохотал Барр.

— Будут ли гепарды по-прежнему приносить мясо антилоп для Владыки? — задал вопрос старый кот по имени Бак.

— На это трудно рассчитывать: договор заключался со львами, — начал Басси, — но, я думаю, можно попробовать восстановить его...

— «Можно попробовать»! — передразнил брата Барр. — Не захотят соблюдать договор — заставим! И вся недолга!

— Почему ты все время перебиваешь? — возмутился Басси.

— Не занудствуй, братец!

Все покатились от хохота. Басси почувствовал некоторую тревогу: толпа с готовностью поддерживала каждое слово самозванца. Это было нелепо и непонятно — ведь Барр молол чепуху. Глупая бравада, преподносимая с шутовским весельем, вызывала у слушателей больше одобрения, чем серьезные рассуждения Басси.

Вопрос следовал за вопросом, и все повторялось сызнова. Басси раза два попробовал дать первое слово брату — получилось еще хуже: Барр отвечал, все смеялись, а выслушать Басси никто уже не стремился.

В конце концов, Бабур объявил последний вопрос.

— Что вы станете делать, — спросила Милона, мать Мисмис, — если кто-то из мелкокрупных будет недоволен вашим правлением?

— Я попытаюсь разобраться в причине недовольства, — торопливо, пока не перебил Барр, ответил Басси. — Может статься, жалоба будет обоснована...

— Ха! «Обоснована»! Это у мелкокрупных-то? Да по мордасам их! По мордасам! — заорал его братец.

— Урра! По мордасам! — вторила толпа. Веселье било ключом.

«Где-то я уже видел подобное», — подумал Басси и тут же вспомнил: точно так же встречало собрание Тигруэна, когда они с Брыссом наблюдали из гиеньего лабиринта — в первый день их прихода в Леополь.

Бабур объявил голосование. По его команде толпа должна была разойтись по пещере в поисках камешков нужного цвета. Тем, кто хотел отдать голос за Басси, понадобится белый камешек, а за Барра — черный. Председатель строго предупредил: повторного голосования не будет!

Басси, сидя на возвышении, видел, как в толпе сподвижнички брата агитировали за своего атамана, но гор-

443

дость не позволяла ему возмутиться. Он сделал вид, что ничего не замечает.

Барр, напротив, вел себя очень развязно: отпускал шуточки, громко разговаривал, еще громче смеялся. Миррене даже пришлось осадить его, но помогло это ненадолго.

Наконец, Бабур обратился к собранию:

— Всем выстроиться в одну линию! Сейчас каждый из котов и кошек обойдет вокруг вон того высокого камня — и оставит свой камешек на песчаной площадке позади него! Сейчас там нет ни одного камня. Таким образом, голосование будет тайным, и никто не увидит, кто кого избрал! Понятно?

— Мммммм! — ответила толпа. Рты у всех были заняты камешками.

Нескончаемой вереницей потянулись к камню голосующие.

Бабур, увидав, как встревоженно Басси следит за ходом выборов, наклонился к нему и прошептал:

— Чего ты волнуешься? У Барра нет ни единого шанса.

Басси криво улыбнулся и кивнул. Он крепко сомневался в своих шансах.

— Ну, вот все и заканчивается, — облегченно вздохнув, сказала Миола. — Завтра мы пойдем в Красную пещеру! Неужели я увижу маму?

— Пойти-то мы пойдем, — почесав за ухом, ответил Брысс. — А может, подождем Баську?

— Это сколько же нам ждать придется? — ужаснулась Миола.

— Ручаюсь — недолго! — рассмеялся Брысс. — До первой попытки новоявленного Владыки заставить кого-то работать!

— Ну, а если все-таки долго? Если ты ошибаешься?

— Ну... если, вопреки моим ожиданиям, новому Владыке станут подчиняться и ему самому это понравится, тогда придется уговаривать Мисмис пойти с нами, — хитро взглянув на Миолу, сказал Брысс.

Улыбка исчезла с прелестной мордочки. Нахмурив брови, киска сказала:

— Тебе ничего не стоит уговорить ее! Она от тебя без ума.

— Единственный, от кого Мисмис без ума — это она сама, — ответил Брысс. — А почему ты не спросишь, зачем ее нужно уговаривать?

— Я догадлива, — сердито ответила Миола.

— ... и самоуверенна, — ласково сказал кот. — А уговаривать ее нужно, чтобы Баська пошел за ней с нами. Вот уж не собираюсь оставлять его малокрупным на съедение!

Миола округлила глазки и вопросительно посмотрела на него.

Брысс расхохотался.

— Неужели ты думаешь, что я сплю и вижу, чем бы еще услужить этой капризульке? Пускай этим Баська занимается. А у меня на примете кое-кто получше, — сказал он. — Правда, я не знаю, пойдет ли она со мной в заречье...

Теперь хитрить принялась Миола:

— А ты ее спрашивал?

— Да нет еще... Но мне известно, что она очень любит маму. А вдруг мама окажется мегерой и не отпустит ее?

Миола вскочила. Глаза ее метали молнии

— Мегерой?! Это *моя* мама окажется мегерой?!

И тут же стушевалась, поняв, что выдала себя.

— Миолушка, — откровенно смеясь, сказал Брысс, — не сердись. Конечно, я имел в виду тебя — кого же еще? А насчет мамы у меня чудесная мысль. Она не может оставить Шамбо, потому что ему будет одиноко. Так?

— Так, — ответила Миола, все еще сердясь.

— Но ведь мы приведем Шамбо его собственную маму! А твою можем забрать с собой, к людям!

— Это будет замечательно! А ты уверен, что люди обрадуются, если мы явимся впятером?

— Для Липучки чем больше — тем лучше. Хозяйке все равно, на скольких орать. А хозяину — был бы я, а в довесок — хоть еще сотня, — скромно ответил кот.

— А почему ты не спрашиваешь, люблю ли я тебя? — возмутилась Миола.

— Зачем? — ухмыльнулся Брысс. — Я и так знаю, что любишь.

— Теперь, — громко объявил Бабур, — мы собираемся подсчитывать голоса! Я и Бакур будем одновременно брать по одному камешку и откладывать в сторону. Я буду выбирать белые камешки, а Бакур — черные. Так, в конце концов, и выяснится, какого цвета больше. Наблюдать могут все желающие.

Собрание окружило скалу, кое-кто даже взлез на ее верх. Куча камней по мере убывания казалось то белее, то — чернее. Наконец, осталось не больше десяти камешков...

И тут стало ясно, что Басси проигрывает: черных было больше!

Всего двух камешков не хватило Басси до ничьей, трех — до победы.

Барр становился Владыкой.

Взревели от восторга Барровы приятели, но остальное собрание радоваться не спешило. Недоуменно хлопая глазами, коты и кошки переглядывались и пожимали плечами.

— Как же так? — спросила Миррена. — Ведь этого не может быть!

— Но ведь все мы голосовали за Басси! — воскликнул Бакур.

Басси обвел взглядом собрание и сразу понял, кто был против него — опущенные головы и потупленные взгляды говорили сами за себя. С искренним недоумением увидел он среди них пламенных борцов за торжество справедливости.

— Постойте! — вдруг подал голос Бабур. — Я еще не голосовал. Вот мой камешек! Я за Басси!

— Брысс! Миола! Где они? — вскричали сразу несколько голосов.

— Они наверху, на скалах!

— Позвать их! Они еще не голосовали!

Кто-то сбегал за друзьями и привел их в пещеру.

Узнав, в чем дело, Миола сразу схватила белый камешек и положила рядом с черным. Теперь голосов было поровну!

— Урра! — закричали вокруг. Оставался еще Брысс — никто не сомневался, что Басси победит.

— Ну же, Брысс! — довольно смеясь, сказал Бабур. — Приличия требуют, чтобы ты положил камешек на кон. Мы все понимаем, что это лишнее, но все же...

Недоуменная тишина окутала пещеру. Все взоры устремились к песчаной площадке и к камешку, который Брысс только что положил туда.

Камешек был черным.

— Брысс, — еле слышно выдохнула Миола. — Ты ошибся! Ты выбрал черный!

— Ах! — спохватился Брысс. — А что, за Басси должен быть белый? Ну, я сейчас исправлюсь...

— Нет! Не по правилам! — заорали Барр и его банда. — Договор дороже добычи! Голосовать только один раз!

Бабур, расстроенный чуть не до слез, воскликнул:

— Ну вы понимаете, ошибся кот! Его тут не было, когда я объяснял правила!

— Подтасовка! — кричали барровцы. — Председатель хитрит, подсуживает! Гнать его в шею!

— Соплеменники! — возвысил голос Басси. — Знать, не судьба мне стать вашим Владыкой. Барр прав: все должно быть честно, до мелочей. Не огорчайтесь! Я горжусь тем, что помог вам добиться справедливости. Верю, что Леополь будет процветать по-прежнему при новом Владыке!

Разжалованный вождь спрыгнул с возвышения и пошел к выходу из пещеры. Ему хотелось побыть одному.

Позади него раздавался наглый голос Барра и шумные приветствия. Толпа быстро оправилась от потрясения.

Кто-то тронул Басси за плечо. Это была Миона.

— Бассик, ты простишь меня? — сокрушенно залепетала она. — Я голосовала против тебя. Не знаю, что на меня нашло! Отыскала два камешка, белый и черный — ну и взяла черный, потому что он был красивее! Просто не подумала...

— Ничего страшного! Забудь об этом, — грустно улыбнулся ей Басси и, повернувшись, столкнулся с Мисмис.

Красотка молчала, надув губки.

— Мисмис, почему ты голосовала за Барра? — вдруг вырвалось у Басси.

Синие глазки испуганно захлопали.

— Как ты... Откуда ты знаешь? — растерянно спросила она.

Басси молчал.

— Я... я была уверена, что все проголосуют за тебя, — сказала Мисмис и вдруг жалобно заплакала. — И решила наказать тебя, чтобы не зазнавался... Я же не знала, что все так гадко получится!

Басси отвернулся от нее и пошел к выходу.

— Басси! Постой! — Мисмис догнала его и загородила дорогу. — Ты что, не видишь, что я плачу? Скажи мне что-нибудь!

— Когда я виноват, я прошу прощения, — ответил кот.

— Но я не умею просить прощения! — рассердилась красотка. Слезы высохли.

— Оставь меня, — устало ответил Басси и вышел из пещеры.

Он выбрал местечко подальше от входа и сел на теплую от вечернего солнца скалу. Глядя на величественную картину на равнине, бедняга попытался опомниться, но тщетно! Потрясение оказалось слишком велико.

Смятение, обида, досада — все это бурлило в душе Басси, как серный источник, и так же отравляло кровь и даже воздух, которым он дышал. Но самым непереносимым было унижение. Барр, известный всем как дебошир и отщепенец, кот, которого никто в городе не только не уважал — в грош не ставил! — вот этот самый Барр за несколько минут обошел на выборах того, кто сделал переворот от начала до конца. И никто, кроме Бабура и еще, может, десятка самых близких друзей, не огорчился!

Басси не мог понять, как это произошло. Должна же быть какая-то закономерность даже в поведении толпы! Как получилось, что Барр ее знал — или почувствовал, и сыграл на этом, — а он, знаток сплоченной борьбы, сел в лужу?

Он не винил в происшедшем Брысса — каждый мог ошибиться. Но ведь если бы вождя в народе уважали больше, не пришлось бы делать ставку на последний голос!

И подумать только: он сам потребовал выборов!

Краем глаза Басси вдруг заметил что-то белое, приближающееся к нему справа. Сердце дернулось от предвкушения новой неприятности.

Но на сей раз судьба его пощадила.

— Прости меня, Басси, — произнес дрожащий голосок, и чудные синие глазки умоляюще глянули на него, — я, наверное, очень гадкая!

— Мисмис! — вскричал наш герой. Он был потрясен до глубины души. Сколько же мужества потребовалось бедной киске, чтобы такое произнести! — Не смей так говорить! Ты самая, самая лучшая на свете! И самая красивая! И вообще... я недостоин даже смотреть на тебя!

И Басси, давая выход чувствам, разрыдался.

Глава 9
«Туда, где нас ждут»

День седьмой.

— О ужас, — сказала Тигрисса, появившись на склоне кряжа, где четверо друзей дожидались ее. — Сколько живу — подобного позорища не видала!

Утром Миола, Брысс и Мисмис уговорили Басси не ходить на торжественное собрание в Нижнюю пещеру. Они боялись, что триумф Барра подействует на него угнетающе.

Поэтому друзья решили подождать Тигриссу на скалах возле выхода из лабиринта. Ждать пришлось недолго.

— Твой братец, Басси, явно подражает моему отпрыску Тигруэну, — рассказывала тигрица. — Только жалкое это подобие! Пыжится, бахвалится, как будто и впрямь сумел бы любого и каждого одной лапой пришибить.

— А как его приняли мелкокрупные? — спросил Брысс.

— Настороженно, — ответила Тигрисса. — Я ловила недоуменные взгляды, говорившие «Да что они, кого-нибудь поприличней найти не могли?» Должна сказать, в конце своей речи Барр струхнул, хоть и виду не подал: дело в том, что он все время ерничал, да только над его шутками никто не смеялся, кроме нескольких котов — ох, уж лучше бы они молчали! Убогое веселье!

— А что случилось потом? После речи Барра? — спросила Миола.

— В том-то и дело, что ничего! Мелкокрупные разошлись по своим пещеркам, а кошки разлеглись вокруг костра — и ну чухаться и умываться, как у себя дома! Я спрашиваю Барра: «Что вы сегодня будете есть?» Он отвечает: «А что принесут». — «Кто?» — «А я почем знаю? Кто всегда этим занимается!» — «А кто пойдет за хворостом для костра?» — «Пумы, кто ж еще?» — «Пум слишком мало, — говорю я ему, — они и так спят по очереди, чтобы следить за костром». А он в ответ: — «Ну, значит, пусть попросят подмоги у кого-нибудь. И вообще отстаньте, я уже устал от забот».

Друзья ахнули. Положение было еще хуже, чем они ожидали.

— Интересно, сколько эдакая власть продержится? — вслух подумал Брысс.

Остальные немного помолчали. Потом Тигрисса сказала:

— Если кошки выбрали Владыкой этого шута — они заслужили свою участь. Мы с вами сделали все, чтобы в городе был мир и благоденствие. Остальное — не наша забота. Так пойдемте же туда, где нас ждут!

Всю дорогу до Красной пещеры каждый из четырех друзей представлял себе, как Шамбо и Миура примут их. В головы лезло всякое. А вдруг Шамбо не признает мать? Вдруг он захочет отомстить ей за годы одиночества и унижения? Вдруг воспримет ее приход как посягательство на свою свободу?

Так думали все, кроме Басси: он единственный из них знал Шамбо. Его мысли были заняты встречей с мамой — он знал, что ничего хорошего о своих делах не услышит. Но, несмотря на это, он всей душой стремился к встрече с ней.

Щадя силы старой тигрицы, друзья не взгромоздились ей на спину все вместе. Верхом ехали только дамы, а Басси и Брысс топали пешком.

К счастью, дорога к Красной скале была недолгой. К вечеру они достигли входа в пещеру — и на пороге столкнулись с Миурой.

— Мама! — вскричали Басси и Миола и кинулись к ней.

Мисмис спрыгнула с тигриной спины и тоже подошла к Миуре. Брысс последовал за нею.

Бурные восторги, однако, немедленно затихли, как только из темноты пещеры появился Шамбо. Любопытство и страх заставились друзей замереть, наблюдая встречу двух огромных зверей.

— Здравствуй, мама! Я знал, что ты придешь, — просто и спокойно сказал Шамбо, подходя к Тигриссе.

— Ты не удивлен, мой мальчик? — спросила она ласково.

— Нет. Я ведь ждал тебя, — ответил он.

Тигрица подошла к сыну и прижалась щекой к его морде. Затем отстранилась и посмотрела на него.

— Как ты красив! — сказала она восхищенно, и ни у кого не возникло ни малейшего сомнения в ее искренности.

Сердобольная Миола всплакнула, да и у остальных свидетелей наворачивались слезы на глаза.

Надо ли говорить, что той ночью в Красной пещере никто не спал? Шамбо с Тигриссой удалились в глубину пещеры и беседовали до утра, а Миура на радостях заставила каждого из друзей рассказывать историю переворота, составляя собственное мнение о ней.

— Ладно, — сказала она в конце концов. — Я сейчас слишком счастлива, чтобы судить строго. Что сделано — сделано. Ничего не изменишь и не поправишь. Пусть ничего худшего никогда не случится в вашей жизни!

Засыпая на рассвете, Басси потихоньку сказал Брыссу:

— Знаешь, я чуть было не обиделся на тебя — а теперь хочу сказать спасибо.

— За что? Не припомню, — удивился Брысс.

— За черный камешек. Ведь ты его положил намеренно?

— А то как же! Друг я тебе или нет?

Несколько дней спустя.

Счастье угнездилось в Красной пещере.

Тигрисса переживала вторую молодость. Никогда еще не бывала она столь весела и беззаботна.

Для Шамбо настала другая жизнь. Он все время улыбался и шутил. Затворник даже стал выходить из пещеры днем, чего за ним не водилось прежде.

К тому же Брысс сделал ему роскошный подарок, о котором следует рассказать отдельно.

Посетив Свояси на второй день после своего прихода, черный кот произвел там фурор и очаровал всех, начиная со старой Муррайи. В другое время он бы поленился напускать на себя важности и обходительности, но на сей раз Брысс действовал с умыслом.

Ибо через день он заявил своясцам буквально следующее:

— Согласны ли вы, что я и мой друг Басси имеем некоторые заслуги перед вами? Мы избавили вас от постоянного страха. Теперь вам незачем опасаться, что о вашей колонии узнают в городе, не нужно больше дежурить на верхушке скалы, высматривая, не принесут ли на жертвенный камень еще какого-нибудь несчастного малыша! Вы даже можете ходить в Леополь в гости — а если пожелаете, то и переселиться туда! Ведь никто отныне не посмеет тронуть представителей правящего клана.

Черные головы согласно кивали, черные морды улыбались. Никто еще не знал, куда клонит гость. А клонил он вот куда:

— По-моему, мы с Басси заслужили вашу благодарность! Я прав?

— Заслужукали! Еще как заслужукали! — раздались голоса.

— Прекрасно! Так вот: мы просим освободить Шамбо от обязанности приносить вам мясо каждую ночь. Теперь ему есть о ком заботиться, помимо вас — с ним поселилась его старая мать. Шамбо за себя никогда никого не просил — это делаю за него я.

Страшный шум поднялся в пещере. Разленившиеся на дармовом довольствии кошки не хотели лишаться беззаботной, сытой жизни.

— То-есть как не принесукать мясо? А что мы будем едюкать?!

— Ах, так? — оскорбился Брысс. — Значит, мы с Басси рисковакали своей жизнью напрасно? Вот какова ваша благодарючность?

Своясцы не оценили попытку Брысса освоить их варварское наречие.

— Нет! Для себя просюкай чего угодно, а Шамбо нам обязукан! Мы его вырастякали! — вопили они.

— Вы считаете, что за десять лет он еще долга вам не отдал? — презрительно спросил Брысс. — Прекрасно! Я пришлю сюда Тигриссу, и ей вы расскажете, как трогательно заботились о ее сыне.

Мгновенно настала тишина.

— Нет, не надо, — наконец, сказала справедливая Муррайя. — Ты прав. Довольно Шамбо на нас работать. Передай ему спасибо от всех нас.

Угрюмым молчанием поддержали соплеменники ее слова...

Сообщив Шамбо приятную новость, Брысс потихоньку сказал Басси:

— Ты знаешь, *что* я думаю о леопольских кошках. Но своясцы еще хуже! И вообще: я предпочитаю общество людей.

Прошло еще несколько дней — и коты завели разговор о возвращении в заречье. Шамбо с радостью отпустил Миуру, Тигрисса попросила ее навещать их. Миола и Мисмис помирились и даже подружились, насколько это позволяла разница в характерах. Впрочем, иногда они ругались из-за мелочей, что вносило разнообразие в полнейшую идиллию.

В общем, оставалось только назначить день ухода.

Но Миура неожиданно отказалась идти, не повидав Миону. Еще раньше она отчитала Басси за то, что тот не привел вторую сестру с собой. Кошка справедливо опасалась, что за прошедшие дни жизнь в Леополе изменилась не к лучшему.

Поэтому решено было: Миура в сопровождении Басси и Брысса отправятся на денек в Кошачий город, а Миола и Мисмис подождут их в пещере.

Тигрисса и ее сын проводили наших героев до самого Леополя. Нечего и говорить: ехали все трое на могучей спине Шамбо.

Но зайти в город звери отказались и направились домой, предоставив друзьям возвращаться самим.

Сердце Миуры гулко колотилось, когда она подходила к Верхней пещере. Еще бы — она и не надеялась сюда когда-либо еще попасть!

Вход в пещеру никто не охранял. Внезапно сквозняк бросил гостям в лицо слабый, но необычно едкий запах дыма. Миура и коты переглянулись: такого запаха они никогда не слышали в городе.

Они вошли под своды — и тут их оглушил гомон сотен голосов. Кошки опять обитали в Верхней пещере!

Навстречу гостям кинулись несколько знакомых. Кто-то сбегал и позвал Миону и Миррену.

Надо сказать, несчастными обитатели Верхней не выглядели. Но и прежнего веселья не было заметно.

— А почему вы не в Нижней пещере? Я думал, вы теперь живёте там, — недоуменно спросил Басси.

— Не-е, там холодно, — сказал Бабур, — да и угли воняют...

— Костёр наш погас, — печально добавила Миррена. — Никто не хотел собирать хворост.

— Как не хотел? — оторопел Бабур. — Да я сам и ещё несколько котов вызвались пойти за хворостом, а что нам Барр заявил? Мол, осмелитесь — обратно можете не приходить! Правящему классу, мол, работать не пристало.

— Да, а на третий день пумы к нему своего главного прислали, говорят: запасы дров закончились, если не пополнить — костёр погаснет, — продолжала Миррена. — А он им: ну и пусть гаснет, нам и так хорошо.

Рассказ подхватил Бакур:

— Пумы не сдавались. Они попробовали ходить за топливом сами. Не спали, не ели, падали от усталости. Тогда за них вступился Линкстон. Можете угадать, что последовало?

— Барр выгнал их, — весьма уверенно предположила Миура.

— Почти. Он приказал Линкстону выгнать пум. Тогда рыси объявили, что уйдут вместе с ними. Владыка только захохотал в ответ...

— А вот без Линкстонов ему уже пришлось туго, — продолжала Миррена. — Мелкокрупные чихать хотели на его приказания, и даже мясо из запасника кошкам никто не приносил, не говоря уже о свежем.

— Костёр стал гаснуть и дымить, — печально сказал Бабур и вздохнул: он очень любил огонь. — В Нижней сделалось темно и холодно. Вот мы и вернулись сюда!

— Да, сейчас здесь хорошо, но зимой без костра вы замерзнете! — воскликнула Миура.

— Как знать! Попробуем обойтись, — ответила Миррена. — Натаскаем травы, шкур. Будем греть друг друга. А станет невмоготу — попросимся к вам в Красную пещеру.

— Ты хотела сказать, к Шамбо и Тигриссе, — поправила ее Миура. — Хорошо, я предупрежу их. Уверена, они приютят вас. Я-то сама с детьми ухожу в заречье, к людям. Миона, пойдешь с нами?

Миона испуганно глянула на маму, потом повернулась за помощью к Миррене. Та выступила вперед.

— Твоя дочь с моим Баксом уговорились жить вместе, — сказала Миррена и довольно улыбнулась. — А уж я им с котятами помогу, не бойся!

Только теперь Миура обратила внимание на молодого рыжего кота, отиравшегося рядом и глядевшего на Миону с обожанием. Миура помнила его котенком: силен, туповат, но верный товарищ и не трус.

Она вздохнула с облегчением: о будущем Мионы можно было не беспокоиться.

Внезапно раздались крики и шум. Расталкивая по пути котов и кошек, к ним проталкивался Барр.

— Столпились! И сплетничают! — орал он сердито. — Конечно, обо мне! Вот я вам сейчас!.. Ба! Кого я вижу! Мама, ты? И братец... Какими судьбами?

— Да вот, пришли посмотреть на плоды твоего правления, — сдержанно произнесла Миура.

— Какие плоды? — возмутился новый Владыка. — Да разве с такими подданными плодов дождешься?

— А что они делают не так? — поинтересовалась Миура.

— Все! Валяются целыми днями, работать не хотят!

— А ты разве чем-то иным занимаешься?

— Мне можно! Я — Владыка!

— Послушай, дорогой Владыка! — хладнокровно сказала Миура. — Мы хотим закончить разговор. Долго это не займет. Можешь оставить нас в покое?

— Нет! — взвился Барр. — Я еще не знаю, о чем вы тут сплетничали, а позволить продолжать — фигушки!

Вперед протиснулся пятнистый кот с драным ухом. Сразу стало ясно, что это — шпион.

— Они тут квакали, что убегут зимой в Красную пещеру! — чуть не облизываясь от удовольствия, доложил он.

— Еще чего?! — взвизгнул Владыка. — Можете и не мечтать! Будете сидеть в городе как миленькие!!!

— Почему? — еле сдерживаясь, спросил Басси.

— Потому, что мне так хочется! Выбрали — извольте подчиняться!

— Ты помнишь, как тебя выбрали — по ошибке! — сказала Миура.

— Все равно сами виноваты!

— Я не желаю с тобой больше разговаривать! Оставь нас!

Барр открыл рот, чтобы сказать еще что-то, но осекся, остановленный маминым взглядом. Это был особый взгляд — презрительный, властный и вместе с тем грустный и жалостливый. «Эх ты, глупый мой, жалкий дурачок!» — говорили ее глаза. — «Что же ты и себя, и меня на посмешище выставляешь?»

Барр замер, борясь с желанием кинуться маме на шею и попросить прощения. Как много добра принес бы этот простой поступок!

Но увы! Тут же владычья спесь накатила на него снова, и, боясь уронить свое воображаемое достоинство, Барр задрал голову и удалился.

Он хотел изобразить снисхождение, на самом же деле это было трусливым бегством. Вряд ли он отдавал себе отчет о позоре, что навлекал на себя. Будучи сыном Миуры, чувствовать Барр умел — беда состояла в том, что толковал он чувства на свой лад, только ему выгодный.

Миура проводила его взглядом и повернулась к Миррене.

— Ну, а мелкокрупные? — спросила она. — они все еще в городе?

— Не знаю, — ответила кошка. — Рыси ушли вслед за пумами в северные леса, камышовые и сервалы вчера прошли через Верхнюю пещеру, направляясь к реке и в степь. Остальные, наверное, еще в Нижней — хотя там теперь сыро и неуютно. Думаю, они решили остаться, пока не уничтожат тигриные запасы мяса.

— Ну, а сами вы чем питаетесь? Хотя и так понятно, — сказала Миура. — На скалах охотитесь?

— Да, конечно! Впрочем, надо сказать, птиц тут становится меньше — число едоков-то увеличилось. Но, так или иначе, до зимы протянем легко, а зимой будем мышковать.

Миура и коты пробыли в Леополе почти до вечера. Они наведались в Котокомбы, посидели на балконе, любуясь горами. Затем зашли в Нижнюю пещеру.

Жалкое зрелище являл собой тронный зал. Некогда гостеприимное убежище сотен кошачьих теперь тонуло во мраке, а стылое пепелище на месте великолепного костра наводило тоску и уныние.

Там и сям встречались мелкокрупные. Не проявляя враждебности, они, однако, не выказывали и дружелюбности. «Чужие», очень точно сказала о них Миура.

Как всегда, мудрая кошка оказалась права. Переворот в Кошачьем городе не только разобщил все племена кошачьих, но и сделал их чужими. Врагами никто из них не стал, но и друзьями тоже.

Леополь прекратил существовать. Город, который друзья покинули к вечеру, назывался Котополем.

— Вот и закончился ваш переворот... Кошки теперь — хозяева города, их никто не угнетает и не заставляет работать. Доволен ли ты, Басси? — спросила Миура, когда они присели передохнуть на жертвенном камне.

Басси замялся. Признать прямо, что не все вышло так, как он задумывал, ему не хотелось. Он осторожно ответил:

— Пожалуй, да... Вот только огня леопольцам сберечь не удалось.

— Полноте! — хмыкнул Брысс, оглянувшись. — Можно подумать, огонь им и в самом деле нужен...

* * *

Какое счастье — жить в уютном домике на берегу реки! Еще лучшее счастье — быть довольным всем, что имеешь, и не желать большего.

Жадность делает людей несчастными. Она лишает их самого драгоценного, что они могут получить в жизни — покоя.

Кео и его семья жадными не были никогда. А потому и получали от судьбы подарки.

О, какой это был день! Воспоминание о нем грело душу каждого из наших героев всю последующую жизнь.

Дело было к вечеру. Кео только что вернулся с рыбалки.

Вся семья собралась во дворе дома. Эна перебирала рыбу в корзине, складывала ее в глиняный горшок и таскала в кладовую. Аюна с отцом распутывали сети.

— Ну, зачем ты так много рыбы приволок? — возмущалась Эна. — Опять возиться, коптить впрок!

— Можешь не возиться, — миролюбиво отвечал Кео. — Угости кого-нибудь из соседей.

— Нетушки! — возмутилась дочка. — Мне для Зверюшни рыба нужна. А тут еще неподалеку ягуары поселились — они тоже рыбку жалуют...

— Да, ягуаров нам только и не доставало! Хочешь, чтобы они тебе мурлыкали? — спросил Кео. — Смотри, такой тебе на колени влезет — мало не покажется!

Вдруг Бонго повел себя как-то странно.

Верный пес, немало потрудившийся на рыбалке, все это время валялся на траве и следил глазами за хозяином. Но внезапно что-то привлекло собачье внимание: Бонго приподнялся и поставил уши торчком. Затем вскочил и залаял, обращаясь к Аюне.

Девочка насторожилась, огляделась вокруг.

— Что, Бонго? Что, собачка моя? — ласково спросила она. — Зовешь куда-то?

Вместо ответа Бонго подбежал, схватил ее за край платья и потянул. Потом отпустил и кинулся бежать.

Миг — и он исчез за живой изгородью.

Еще миг — и он вернулся. Но в каком виде!

На морде у бедного пса было написано недоумение, смешанное со страхом. Хвост предательски поджимался, в глазах застыло отчаяние.

Не останавливаясь, Бонго пересек двор и нырнул в двери Зверюшни.

— Вот-те раз! — озадаченно произнес Кео. — Не припомню, чтобы наш пес так пугался. Уж не ягуары ли твои за рыбкой пожаловали? Пойти поглядеть...

Но «пойти поглядеть» он не успел. Кусты изгороди легонько зашуршали, и на поляну вышел Брысс.

Хозяин закрыл глаза и помотал головой. Потом открыл снова и ахнул.

— Солнышко мое! — только и успел выдохнуть он. Разбежавшись, блудный кот взлетел ему на руки и замурлыкал так, что мог бы оглушить.

Кео, как во сне, уселся на бревно, посадил питомца на левое колено и стал гладить, приговаривая:

461

— Солнышко мое! Котик мой ненаглядный! Где ж тебя носило?

А на полянке в это время происходило много интересного.

Вслед за Брыссом из кустов вышли сразу четверо!

Аюна с Эной сразу поняли, как чувствовал себя Бонго. Недоуменно хлопая глазами, они переглянулись.

И тут девочка узнала Басси!

— Пуссик!!! — заверещала она и кинулась навстречу питомцу.

И через секунду уже тискала в руках громко мурлыкавшего Басси.

Увлекшись встречей с хозяевами, коты забыли представить дам. Но дамы сами сообразили, что надобно делать.

Миола смело подошла к Кео и вспрыгнула ему на правое колено.

— Ого! Это подружка твоя, Брыссик? — воскликнул хозяин, гладя ее правой рукой. — Где ж ты ее нашел? Славная какая киска!

— Я тоже так думаю, — мурлыкал Брысс.

— Ой! Я и взаправду его понимаю! — засмеялась Миола. — И что, все люди понятно говорят?

— Да, только нас почему-то не понимают, — ответил Брысс, отираясь об руку хозяина.

Мисмис огляделась и быстро нашла себе жертву. Она подошла к Аюне и капризно мяукнула. Миг — и Пуссик оказался на земле, а маленькая хозяйка обнимала новую живую игрушку, причитая:

— Ой ты, лапушка какая! Пушистая, как овечка! Беленькая! А глазки синие! Идем, кисенька, я тебе бантик на шею повяжу!

И она потащила добычу в дом.

«Интересно, кто из них кого первый уморит», — подумал Басси и, задрав хвост, отправился за ними.

Миура с Эной тем временем внимательно разглядывали друг друга. Наконец, кошка подошла к женщине и ласково потерлась об ее ноги.

Не веря своим глазам, Эна наклонилась и подняла Миуру. А та повела себя неслыханно: обняла ее за шею лапками, уткнулась головой в подбородок и запела песенку.

— Ну, наконец-то! — выдохнула Эна. — Настоящая кошка! Не то, что те два крокодила! Пойдем, милая, я тебя рыбкой угощу. Уж ты-то нос воротить не станешь!

И она тоже пошла в дом.

Во дворе остался один Кео. Руки его были заняты — он гладил своих питомцев.

— Ах, бродяга ты мой, бродяга! — ворковал хозяин. — Видно, настрадался, наголодался — ишь, как тебя размурлыкало!

— И вовсе не оттого меня размурлыкало, — отвечал ему Брысс на своем языке. — Знал бы ты, хозяин, как я тебя люблю…

Лилия Александровская преподает английский язык в харьковской лингвистической школе International House. Печатала рассказы в международных литературно-художественных журналах «Зарубежные Задворки» (ZaZa Verlag, Дюссельдорф) и «Белый Ворон» (Екатеринбург — Нью-Йорк). Повесть-сказка «Басси и Брысс», предназначенная маленьким и большим читателям, публикуется впервые.

Литературно-художественное издание

АЛЕКСАНДРОВСКАЯ
Лилия Григорьевна

БАССИ и БРЫСС

Приключенческая повесть-сказка

Редактор *С. Александровский*
Художник-оформитель *И. Осипов*
Компьютерная верстка: *В. Амелин*

Подписано в печать 15.12.2013.
Гарнитура Cambria. Бумага офсетная. Печать офсетная.
Тираж   экз. Зак. №

ТОВ «Видавництво Ігрек-Принт»
Свідоцтво про державну реєстрацію
№ 504299 від 14.10.2005